죽은 자가 남긴 것

SHISHA GA NOKOSHITA MONO
(죽은 자가 남긴 것)
by Lee Hwe sung

Originally published in Japanese by KODANSHA LTD., Tokyo, in 1994.

翰林新書

일본학총서 18

죽은 자가 남긴 것

이회성 지음
김숙자 옮김

小花

죽은 자가 남긴 것 　　　　　　　　　　한림신서 일본학총서 18

초판인쇄/1996년 11월 15일 ▪ 초판발행/1996년 11월 30일
지은이/이회성 ▪ 옮긴이/김숙자 ▪ 발행인/고화숙
발행/도서출판 소화 ▪ 전산편집/최영진
주소/서울 영등포구 영등포동 94-97 ▪ 전화/677-5890, 599-4807
FAX/636-6393, 676-7959 ▪ 등록/제13-412호

ISBN 89-85883-48-8

잘못된 책은 언제나 바꾸어 드립니다.

값 4,500원

차례

빛나는 고독

여기 수록된 세 편의 소설들은 1950년대를 배경으로 하고 있다. 한국전쟁이 한창이었을 당시 필자는 고등학교 학생이었으나 확실히 그 비참한 전쟁은 나 자신에게 엄청난 영향을 가져다 주었던 것 같다. 그 무렵, 아버지는 나에게 곧잘 '半쪽발이'라는 말을 많이 하셨고 나 자신은 민족의 문제에 대해서는 아무것도 모르는 미성년자였을 뿐이다. 그러나 전쟁은 그렇듯 '半쪽발이'인 나에게도 무언가 생각해 볼 것을 요구했던 것이다.

마침내 나는 집을 뛰쳐 나와 도쿄로 갔으며 그 후의 5, 6년은 내 자신의 인생에서 더할 수 없이 귀중하여 빛날 수 있는 것이었다고 생각하지 않을 수 없다. 지금도 나는 그 시기를 통하여 여기저기서 많은 사람들과의 만남과 체험했던 일들이 나에게는 그 무엇과도 바꿀 수 없는 황금의 기억이라고 생각하고 있다.

이 세 편의 소설들은 자전적(自傳的)인 요소를 담고 있음은 부정하기 어렵다. 그중 어느 작품이나 나의 그림자나 분신을 나타내 주고 있다고 할 수 있을 것이다. 그러나 그렇다고 해서 나 자신의 모습 바로 그것이다라고 할 수 없음은 물론이다. 나의 모습이면서 동시에 내가 아닌 것—, 그것이야말로 '재일(在日)' 바로 그 사실이었다. 나는 서른의 나이에 이르러 작가로서 첫 발을 내딛었고 그 후 계속해서 이 소설들을 발표하였다. 결국 나로서는 '재일의 상황과 심리상태, 살아가는 방식' 등에 대하여 써 보고자 했던 것이다. 그렇지 않다면 적어도 '희망'과 '꿈'에 대해서라도. 그 당시 나는 그와같이 소설을 쓴다고 하는 일에 대해서 어떤 사명감마저 지니고 있었던 것 같다. 우리들 자신들에 관한 일들을 우리 스스로의 손으로 직접 써야만 하겠다라고—. 그 밖에 누가 대신 써 주겠는가. 우리들이 스스로 쓰지 않으면 안된다고 생각한다.

이것이 일본어로 소설을 쓰는 '재일' 2세 작가인 나 자신의 은밀한 결심이었다.

독자들은 이 작품집을 읽어 보고 무엇을 느낄 수 있을까?

만일 이 청춘 군상들에게서 이질감이 아니고 친근감을 느껴 준다면 작가로서는 다행스럽게 생각한다. 그들은 인간적으로 살아가는 방식을 찾고자 하였던 것이다. 역경까지도 못 본 체하지 않고 고독을 견디어 내고자 하면서 끊임없이 민족적 아이덴티티를 추구하려고 한다면 그 순간부터 인간으로서는 추락할지도 모른다. 그럼에도 불구하고, 민족적인 것을 모르고, '인간'이 된다는 것도 곤란하다. 더구나 사람은 민족적이 되는 것과 인간적이 되는 것이 한데 어우러져 통일을 이루어 가면서 이 지상에 존재하는 것이다.

이 소설들에 등장하는 군상들도 그랬다. 아니, 그들은 정말로 그러한 노력을 해 가는 도상에 있는 사람들이었음에 틀림없다.

이번에 한림신서에 나의 소설집을 싣도록 기회를 주신 池明觀 선생님께 진심으로 감사를 드립니다. 그리고 원고를 충실히 번역하고자 노력해 주신 金淑子 씨에게도 감사의 인사를 보내는 바입니다.

1996년 8월 15일

도쿄에서 이회성

작품소개

1

이회성은 1972년 「다듬이질 하는 여자」로 제66회 아쿠다가와상(芥川賞)을 수상했다. 이 작품은 한국에 있는 어머니의 고향을 방문한 것을 계기로, 젊은 나이에 돌아가신 어머니의 모습을 할머니의 신세타령을 통해 회상하는 내용이다.

재일 외국인으로서 최초의 아쿠다가와상 수상자가 된 이회성은 그 해 6월 30일부터 15일 간 한국을 방문한다. 일본의 진주만 공격이 행해지기 2년 전에 어머니를 따라와 본 후 세번째의 방문이었다.

조지 오웰의 「右이든, 左이든 나의 조국」에서 영감을 얻어 쓴 여행기 「북이든 남이든, 나의 조국」(『문예춘추』, 1972. 9)은 여행기라기보다 강연이나 인터뷰 등 기회가 있으면 가는 곳마다 '민족은 하나'라는 것을 계속해서 호소한 육성의 기록이기도 하지만, 그런 그의 말은 분단국가의 현실에 접하여 때때로 변형된다. '일본어'로 소설을 쓰는 자신은, 하지만 "같은 민족의 한 사람으로서 조국의 마음을 표현하고 싶다"라는 인터뷰 발언이 '한국 민족의 한 사람으로서 한국의 마음을'이라고 되어가는 이 현실.

이회성에게 '남'과 '북'은 정치체제의 차이와 지역적 제한을 실제적으로 가지는 '상대적인 국가'이며, 그러므로 그곳에서 '한국 민족'이라는 '상대적인 민족언어'보다도 '조국', '우리 민족'이라는 '절대적 언어'를 지향한다고 그는 말한다. 그가 말하는 '우리 민족'이란, 20만 평방킬로의 면적에 살고 있는 5천만 동포이며, 그것은 '인위적'인 것과는 다른 '자연존재'이다. 하지만, 그러한 그의 지향은 분단국가를 앞에 둔 '현실적인 생각'과 몇 가지의 '조건' 앞에 때때로 거세당하고 말 위험이 있다는 것을 되새겨 두지 않을 수 없다.

이회성은 한국 방문을 통해 그러한 '현실'과 '조건'을 깊이 이해하기로 마음먹고 고국 방문길에 오른다. 그것은 분단국가의 현실에 다시 한 번 객관적인 인식을 지니는 데 머무르지 않는다. 객관적이고 정확한 정치인식이 반드시 편견 없는 눈으로 현실을 바라본다고 단정할 수는 없기 때문이다. 아마도 그것을 대신하는 것은 상상력일 것이다. 물론 여기에서의 엄격한 '현실'에 대한 상상력은 하나의 체계에 가담하기 쉬운 일본 및 일본인에 대해서도 마찬가지였음은 말할 나위도 없다.

회고해 보면, 그러한 이회성의 '절대적 언어'에 대한 희구의 말이 현실에 '참가'하는 방향과 흔적을 칭송하고, 소설 속의 언어에서도 다양한 형상으로 표현되었던 것이다.

2

이회성은 아쿠다가와상 수상에 앞서 1969년 6월「다시 두 번째 길」로 제12회『군상』신인문학상을 수상함으로써 문단에 등단했다. 심사위원에는 江藤淳, 大江健三郎, 野間廣, 安岡章太郎이었다. 그중 江藤는, "일종의 청춘소설"에는 무엇보다도 "문체의 순박함"이 있어, 그것은 "외국인이 구사하는 일본어"와 관계가 있는지 없는지는 불분명하지만, "작가의 존재와 문체 사이에 미묘한 긴장"이 있고, 또 "작가의 생존에 불가결한 언어로써 사용되고 있다"고 했다. 또 大江도 "재일 조선인으로서의 그 경험과 사상을 일본어로 표현하는 작가가 나타났다"라고 찬사를 보냈다. 더구나 그것이 정치적으로 경직화 되지 않은 언어로 묘사되어 있다고 하여, 작가의 "주도면밀한 배려"를 감지하고 있었다. 심사위원 대부분이 이회성의 그러한 언어 감각, 즉 "존재와 문체"의 관계에 대하여 언급하였던 점 역시 특이할 만한 것이었다.

「다시 두번째 길」은 일본의 패전 2년 후 조서방 일가가 樺太를 따라 고국으로 돌아오게 되는 역사가 3남 철오의 시점에서 쓰여진 것이다. 어머니를 여의고 다섯 명의 아이들이 계모를 맞이하고, 소련군이 眞岡마을에 상륙해 오는 긴박한 상황 속에서 일가는 아버지의 호령으로 '일본인으로 행세하며' 귀국하게 된다. 조부모와 계모인 도미코를 뒤에 남기고 그들 조서방 일가는 津輕해협을 건넌다. 이윽고 규슈의 佐世保 수용소에서 부산으로 가는 정기선을 기다리는 동안 '조선의 남과 북에 3·8선이 생겼다는 것'을 비로소 알게 되고 하는 수 없이 일본 체류허가를 얻어 북해도의 S市에 정착하게 되는 경위가 그려진다. 그로부터 40년 후, 아버지는 "아이고, 이 원한을 누가 풀어 줄꼬!"라고 신음하며 세상을 떠나고, 계모의 재혼소식을 통해 그들 가족은 재회를 하게 된다.

친자식이 아닌 다섯 명의 아이들을 키워 내고 지금은 다시 다섯 아이들이 있는 집으로 시집을 가려하는 이 계모에 대해 심시위원인 安岡 씨는 "단념과 인내심과 자아의 강인함을 지닌 동양 여인"의 그 "특별한 아름다움"도 물론이거니와, "돌연히 나타나 돌연히 사라지는"이 계모와 자식들 사이에는 "일본과 우리나라와의 불행한 관계를 생각하게 한다"라는 감상을 기록하고 있었다. 작품의 배후까지도 투시하는 탁월한 이해력이지만, 그것은 언뜻 보면 예스럽게 쓰여진 한 가족이라는 존재가 그대로 정치적 존재로 바뀐다고 하는 이른바 경험이 내포하는 지향성의, 그 교묘한 창조적 열쇠를 알아맞춘 것이라고 해도 좋을 것이다. 조부모로부터 손자까지 일족의 강한 '가족'적 유대가 응축된 느낌이 있는 이 작품이, 다시 이회성의 내면을 이루는 '조선인'을 부각시키는 원점이 된 것은, 그 상징적인 제목과 함께 매우 인상적이다.

3

「다시 두번째 길」 이후, 이회성은 작가 자신의 '청춘'을 회고하고자 하는 작품을 잇달아 썼다. 그 방황은 흡사 모래에 묻힌 하나의 보석을 손안에 넣으려고 하는 모습과 닮았다.

예를 들면 두번째 작품 「우리 청춘의 길목에서」(『군상』 1969. 8)는 아버지와의 불화로 가출한 19세의 조선인 청년이 일을 하면서 대입학원에 다니는 이야기인데 그에게는 네 장 반의 아파트에 다섯 명의 조선인과 한 명의 일본인이 동거하는 풍경이 펼쳐진다. 그들 풍경을 특히 신선한 것이기라도 한듯 바라보는 청년의 눈빛은, 이윽고 같은 조선인인 하루지 일가에게 쏠리어 조선인으로서의 자기를 정립시키려는 움직임을 시작하게 된다. 대입학원의 스케치나, 그와 같이 일하는 막노동자들 군상 스케치나 그곳에서의 상세한 파악은 잊혀져 가는 전후 일본의 풍경을 입체화하는 긴장감에 차 있다. 그러나 동시에 그 눈빛은 때때로 6·25전쟁 후에 일어난 고마쓰가와(小松川) 사건을 연상시키는 에피소드나 화염병 투쟁의 여파를 파악하면서, '집'을 나온 조선인 즉, '조국'을 떠나 살고 있는 '재일교포'의 모습으로 발전해 간다. 「우리 청춘의 길목에서」는 그저 '청춘'의 윤곽을 넘어서, 해내야만 할 일의 '도중'에 있다는 것을 알려 주고 있는 것이다.

그 다음에 쓰여진 세번째 작품 「죽은 자가 남긴 것」(『군상』 1970. 2)에서는 아버지의 장례식에 '공동장'을 제안받은 형제들이 그들 자신이 '조총련'과 '민단'으로 나뉘어 있는 데서 오는 알력으로부터 이야기가 시작된다. 그리고 그러한 '재일'의 조직을 둘러싸고 형제들이 다투는 가운데, '일제 강점기'에 조선인으로서 그 난폭함을 뿌리깊게 지닌 아버지의 초상이 되살아나 그 '어느 가정보다도 어둡고 음울한 가정'의 모습이 아버지보다 빨리 식칼을 손에 쥐기 위해 부엌으로 재빠르게 달려가는 '단거리 경주' 선수가 된 '나'의 에피소드와 함께 그려져 있는 것이다. 그것은, 형태가 있는 '조직'이, 아직까지도 형태가 없는 '조국'과 어떻게 연결될 것인가라는 무거운 질문으로서, 그 난폭한 아버지인 죽은 자가 남긴 것을 눈치채게 되는 것이기도 하다.

이 '아버지'는, 보수성과 난폭함을 동시에 지닌 인물로서, 「伽倻子를 위해」(『新潮』 1970. 8. 9)나 「다듬이질 하는 여인」(『季刊藝術』 1971. 7) 등에서 때때로 회상되고 있지만, 다시 「人面의 大岩」(『新潮』 1972. 1)에서는 그 '아버지의 배후에 있는 기분 나쁜 갱도'가 다름아닌 '조선인으로서의 말'과 통하고 있는 것이, 어두움 가운데에 어렴풋이 보이는 한줄기의 '빛'으로 파악되고 있었다. 그것은 다시 말하면, 이 '아버지'는 적어도 '조국'에 돌아올 의지를 한 번은 가졌던 존재로서 어두운 가정 저편에 새로운 빛의 근원을 띠고서 빛나기 시작했다라는 것을 의미하고 있었던 것이다.

그리고 이 '아버지'에 관계되는 '아들'은 「증인이 없는 광경」(『문학계』 1970. 5)에서 전쟁중의 '황국정신'에 '동화소년'으로서 회상되어지고 있는 것을 비롯해서, 「青丘의 宿」(『군상』 1971. 3), 「半쪽바리」(『文藝』 1971. 11)에서는 자기확립을 시험당하는 청년상으로 그 모습을 나타낸다. 그들의 초상을 간결하게 말하면 '일본인 → 반조선인 → 조선인으로서의 의식의 자기변혁'('원점으로써의 8월')이라는 것이 된다. 게다가 작자는 그러한 '변혁'을 굳이 환각을 동반하는 '성(性)'으로 고민하는 청년이나 '민족 허무주의자'라고 불리우는 청년에게 위임해 버리는 것으로, 존재와 이념의 쌍방이 진실로 '귀속'되는 장소란 무엇인가를 묻고 있다. 그곳에는 청년이기 때문에 갖는 자부와 굴욕이 일종의 보편적인 모습을 통해 표현되는 동시에, 이들 이회성의 초기 작품들이 내포하고 있는 '재일'이라는 문제의 그 기로와 애로를 모두 들어올리려 하는 과제의 다양성을 보여 주고 있다.

4

아마 다분히 자전적인 요소를 갖는 이 모든 작품들이, 대체로 '청년'을 주인공으로 하고 있는 것은, 작가 이회성 자신이 '재일교포 2세'라는 것을 인식하고 있는 것과 관계가 있을 것이다.

이회성은, 남과 북에 각각 고향을 둔 아버지 이봉섭(李鳳燮)과 어머니 장술이(張述伊)의 3남으로 1935년 2월 26일 일본령인 樺太의 眞岡에서 태어났다. 아홉 살에 어머니와 사별하고, 패전 후에 계모를 맞이한 후 일가와 함께 북해도로 떠나 삿포로고교를 거쳐 와세다대학 문학부 러시아문학과를 졸업했다. 전시중의 이른바 창씨개명에 의해 大子本(나중에 岸本)이라는 일본명을 가지게 되고, 그 이름으로 중학교와 고등학교를 마치고 대학생 시절에 드디어 본명을 되찾은 이회성이, 다시 '선택'을 강요받은 언어이기도 하면서 동시에 자기표현으로서 '불가결'(「용의자의 말」)한 말 '일본어'를 인지해 가는 과정은, 그의 '재일'의 성격을 깊이 규정했을 것이다. 그 무렵의 환경과 그 자신의 관계란, 이데올로기라는 의제로 쉽게 환원될 수 없는 것으로서, 있는 그대로 시대의 가운데에 포섭되어져 있음을 잘 말해 주고 있다.

'재일 조선인'이라는 존재는 일본의 조선 식민지 지배의 역사적인 소산임에 말할 나위도 없다. 그들은 일본 제국주의 지배를 거쳐, 1945년 8월 15일에 '해방'을 맞이하였음에도 불구하고 곧 '분단'의 현실에 직면하고, 사할린의 소련 편입을 포함해서 6·25 후에 분단국가로서 고정화되는 가운데 이

산가족을 둔 현실을 맛본 자들로서 자연히 정치적 존재가 될 수밖에 없었던 사람들이다.

따라서 그들은 일상생활의 여러 측면에서 역사적인 동시에 원리적이기도 한 성향을 갖지 않을 수 없다. 이회성의 소설이, 일상의 생활을 섬세하게 더듬고, 그곳에 좋든 싫든 침식해 가는 역사를 향한 의식에 의해 '재일'이라는 주제에 불가피하게 관계하는 자세를 공통으로 갖추고 있는 것은, 그 때문이다. 그리고 그것이 주로 청년이라고 하는 존재로 나타나는 것도, 소년 혹은 청년의 신체에 각인된, 부드럽고 또 날카로운 감수성을 통과하지 않고는 이 문제는 도저히 다루어질 수 없을 것이다.

그러한 가운데 '재일교포 2세'는 자칫하면 재일교포 1세들과의 상이점으로서 일본에서의 생활이나 의식에 다소 변화가 일고 있는 세대이다. 유년 시절을 조선에서 보내고 조선에 대해 감각을 지니고 있는 것이 재일교포 1세대라고 하면 2세대들은 인격의 형성기에 다소 차이는 있겠으나 '황국신민'의 모습을 신체에 담고 있는 세대이면서 동시에 다른 일면으로는 일본의 전후 부흥, 경제성장을 함께 하는 가운데, 말하자면 존재의 원리의 풍화와 직면하고 있는 세대라고 말해도 좋을 것이다. 그렇다면 이 '재일'이야말로 새삼 조선인의 역사와 현실에 관계되는 일로서 그들의 의식에 오르기 시작한 것이 아닌가.

1958년의 일본인 여자고등학생 강간 살인범 이진우를 체포한 이른바 '小松川'사건, '2세론'이 함께 화제가 된 것이 때때로 지적된다. 즉, 「우리 청춘의 길목에서」는 이 '재일교포

2세'론의 고조를 진지하게 받아들인 작품이라고 해도 좋을 것이다.

'재일교포 2세'의 문제는 또한, 북과 남의 쌍방의 '재일' 집단으로서 민족조직의 문제와 관계가 있다. 동일 민족이면서도 다른 조직에 속하는 것이 그대로 '분단국가'의 문제로서 무시할 수 없는 긴장과 배타를 강요하는 것으로서 그곳에 있다. 조국의 국가적·민족적 문제가 여기 '일본'에도 그것을 재생산하는 형태가 되어 있다고 하는 현실. 「죽은 자가 남긴 것」이라는 작품은, 민족기관에 근무한 경험을 갖고 있는 이회성의 의식을 반영하고 있는 것임에 틀림이 없다고 해도 그것이 피해 갈 수 없는 그들 '2세'들이 어쩔 수 없는 문제라는 것을 명확히 나타내고 있는 것이다. 이회성의 자전적인 청춘상이 '재일교포 2세'라는 시점으로 그려지는 이유가 거기에 있다. 그리고 그 시점은, 물론 조국과의 왕래에 의해 이윽고 '동시대'를 새겨 가는 눈빛으로 확대되어 가는 것이다.

5

장편 「약속의 토지」(『군상』1972. 48)는 35세의 重吉 일가의 거듭되는 이사를 통해 다시 한 번 '재일'의 뿌리에 깊이를 더해 준 작품이라고 말할 수 있겠다. 여기에서는 일본인에게는 지극히 당연한 '선조대대로 내려오는 토지', '둥지'라는 말들에 '저림'을 느끼는 감수성을 가진 사람들이 임대주거를 둘러싼 소동 가운데 절묘한 유머를 발휘하고 있다. 그러한 가운데 민족의 '조직'으로부터 나와 '종파분자'라는 각인을 찍힐 염려를 불식시킬 수 없는 주키치는 다시, 그 당시 조선어 = 모국어 운동에 힘쓰기 시작한 아이들의 모습에 국가의 '조직적인 대중투쟁'을 감지해 버린다고 하는 예민한 신경을 퍼지게 하고 있다. 역사의 소산인 재일조선인의 존재가 다름아닌 동시대로서의 음영을 새기기 시작해 오는 것은 이 이후의 일이다. 1972년 7월 4일의 「남북공동성명」만이 이것을 쓰는 자를 '격렬하고', '자신의 존재를 걸고서' 이 작품을 썼다고 하는 『약속의 토지』(73)의 「후기」가 무겁게 들린다.

이것은, 더욱이 「流民傳」(『文藝』1980. 1, 원제 「流離譚」) 에서는 樺太에서 돌아온 헤키치의 사촌형인, 진생·민생·신생 세 형제가 사이를 두고 차례로 '북한'으로 귀국하는 모습을 통해, 같은 재일교포의 현저하게 다른 삶을 받아들이는 시선으로 폭주한다. 여기에서는, 역사가 초래한 이산가족이 현실에서 새로운 인척관계를 낳는 그곳에 엄연히 가로놓인 말하자면 流離의 세월이 변함없이 응시되어지고 있었다. 이 세 형제가 「우리 청춘의 길목에서」에서 그려진 高円寺의 네 장 반의 방에서 동거했다는 것을 생각할 때, '재일'의 음영은 더욱 깊다.

반대로, 이렇게 세월의 흐름과 함께 새겨진 자전적인 청춘상은 다시 '동시대'의 조국의 청춘이기도 하다는 인식이, 3천장을 쓴 장편 「다 꾸지 못한 꿈」(『군상』 1976. 7~1979. 4)을 낳았다는 사실은 틀림이 없다. 물론 이회성의 '청춘'은 단순히 인생론적인 시간을 의미하지 않는다. 그것은 시대의 어두운 부분을 간파하는 힘이고, 미래의 이상을 향한 정열을 내놓지 않는 존재이며, 또는 고정적인 제도를 뛰어넘어 오히려 시대 자체를 만들어 내려고 가속하는 행동자를 의미하기도 한다. 거꾸로 말하면, 현대의 일본에서, 그러한 청춘상이 '하루하루'와 '소용없게 된 듯한' 기분 가운데 비쳐져 나올 때 조남식·박채호를 중심으로 하는 매우 많은 '對論'의 세계가 전개되었다라고 해도 좋을 것이다.

물론 그 직접적인 안내인은 시인 김지하의 존재일 것이다. 황토의 나라의 「비참한 연대기」의 작자이고, 65년 한·일 조약체결 후의 박정권하에 '한 마리의 푸른 말'로서 등장하여 역사의 '한(恨)'에서는 그의 작품을 번역(「不歸」 1975)하면서 체험한 경위를 여기에 덧붙여 놓아도 좋을 것이다.

「다 꾸지 못한 꿈」은 '토착된 사회주의'라는 핵심어는 물론이고, 혁명, 조국, 민족 등의 말이 死語가 아니라 주고받아져 그것이 인간의 존엄성과 융화하는 세계이다. 그 세계는 이웃 나라의 정치 정세가 일종의 저널리스틱하게 선전되는 이 나라의 정말로 낙천적이라고 해도 좋을 국경이 없는 시대를 끌어당기는 힘이 있다. 그것은, 그가 지금까지 집요하게 써 온 자전 소설의 허구세계를 틀림없이 현재라는 시간에서 다시 쓴 기록 『사할린으로의 여행』(1983)과 합쳐서 반복해 읽을 때 조선인은 버려진 사람이라는 '미해결 문제'가 전후 일본의 역사와 정치를 더욱 조명해 오는 것은 말할 것도 없다.

그것은 또한 1930년대의 조선인 혁명사에 관계되는 김산의 존재와 그 『아리랑의 노래』의 공저자 님 웨일즈(헬렌·F·스노우)를 방문하는 '특별한 여행'(『아리랑의 노래』 각서

1991. 岩波書店)에 반항하여 중앙아시아, 카자흐 공화국 주재 팔만인의 조선인에게 침잠하는 소련에서의 '37년의 추방'이라는 혹독한 기록을 칭송한 『유역으로』(1992)와 접속하고 있을 것이다. 여기에서는 다른 체제, 다른 문명을 지니는 인간과 인간의 연결에 흐르는 종교를 포함한 독특한 정신의 형태와 재외 조선인의 '백 년 이상에 이르는 유망'의 역사가 펼쳐지지만, 또한 그것은 동시에 당과 국가, 민족과 인종에 미치는 이상과 강제라는, 말하자면 20세기 정치의 빛과 어둠을 부상시키고 있는 것이다. 즉, '재일 조선인'이라는 존재는 다시 말하면 세계 중의 국가·민족이라는 문제를 지금 더욱 통감하는 존재이기도 한 것을 행동적인 추적기록으로 나타내고 있는 것이다.

이회성은 이제 다시 그에게 있어서의 영원한 테마인 민족의 문제를 안고 우리 앞에 서 있다고 할 수 있다. 작가는 지난날의 사할린 잔류의 문제를 포함하여 자연에 담긴 '국경'이라는 감각에 대해서 무딘 일본을 너무도 잘 알고 있었다. 그리고 거기서부터 90년대에 새로운 문제로 되살아난 '민족'의 존재에 대해 방심하지 않고 쓰고 있는 것이 그의 작가로서의 위치인 것이다.

우리 청춘의 길목에서

1

고엔지(高円寺) 역 개찰구에 나타난 남수(南洙)를 보자 형은 왠지 달갑지 않은 표정을 지었다.

"왔냐."

냉담하게 그렇게 말하고는 방금 피워 물었던 담배를 손으로 튕겨 버렸다.

"응—."

남수는 당황해서 대답했다. 형은 왜 가출했느냐고 묻고 있는 것 같았다.

"짐은 그게 다냐?"

형은 남수가 양손에 들고 있는 버드나무로 된 가방과 나무로 된 트렁크를 뚫어지게 보았다.

말없이 고개를 끄덕이자

"정말 할 수 없군."

형은 떨떠름한 목소리로 말했다.

"얼굴에 땀이나 닦아라. 아무리 봐도 갓 상경한 시골 촌놈 같잖아."

남수는 얼굴이 불끈 달아올랐다. 따갑게 내리쬐는 유월의 햇살이 거울처럼 자신을 비추는 것 같았다. 남수는 자신의 모습에 열등감을 느꼈다. 꾀죄죄한 와이셔츠에 무릎이 나온 교복바지, 운동화차림이었다.

형은 말쑥한 옷차림이었다. 유행에 맞게 잘 빗어 넘긴 머리모양이 귀밑털과 멋있게 어울렸다. 산뜻한 여름 양복, 줄을 잘 세운 바지, 반짝거리는 가죽구두, 그런 것들은 태양이 형을 더 돋보이게 비추어 주는 것 같은 생각이 들게 했다. 그 때문에 나만 혼자 땀을 흘리고 있었다. 남수는 이마의 땀을 닦으려고 짐을 내려 놓았다. 주머니를 뒤적거리는 남수를 보고

"옜다."

하며 형은 바지 주머니에서 새 손수건을 꺼내 주었다.

"미안해."

그것을 받아 이마의 땀을 닦으려고하자 향수냄새가 은은하게 풍겼다.

"그건 너 가져."

형은 내뱉듯이 말하고 혀를 차며 덜 무거워 보이는 트렁크를 집어들었다. 남수는 당황해서 말했다. "괜찮아 내가 들게." 형은 대꾸도 없이 앞장서서 걸어갔다. 역 광장을 조금 지난 상점가 초입에서 발길을 멈추더니 자그마한 라면가게로 들어갔다. 남수가 탁자 앞에 앉자 그제서야 형은 살피는 듯한 눈초리로 물었다.

"그런데 너 얼마나 가지고 온 거야?"

"얼마라니……."

"돈 말이야, 돈."

그 목소리는 꽤 엄숙하게 들렸다.

"음—."

당황해서 또 안주머니에 손을 넣은 남수를 보고 형은 재촉하듯 말했다.

"대충만 말해, 대충."

"천이백 엔 정도……."

"겨우 그것뿐이야."

형은 갑자기 거칠게 말했다. 남수는 놀라서 형을 쳐다보았다. 형은 표정을 부드럽게 고치며

"그게 다냐?"

기분을 바꾸는 듯이 말했다.

그리고는 가벼운 한숨을 쉬고 나서 라면 두 그릇을 주문했다.

"그럼 빈털터리로 올라온 거군, 갑자기 상경한다고 전보까지 치더니. 대충 그럴 거라고 생각은 했다."

남수는 멋쩍은 듯이 어깨를 움츠렸다. 어쩔 수 없다는 듯이 자신을 바라보는 형의 시선을 느꼈다. 얼마간 간격을 두고 형은 화제를 바꿨다.

"아버지랑 모두 건강하시니?"

그 질문에는 대답하기가 어려웠다. 아버지는 집을 뛰쳐 나온 자신을 무시하고 계셨다. 어머니는……

"아버지는 내 얘기 가끔 하시겠지?"

그때까지 일그러졌던 형의 표정이 갑자기 밝아졌다.

"응, 이제 제법 기술이 늘었을 거라고."

"그래."

형은 왠지 재미있다는 듯이 웃었다.

"어쨌든 나는 촬영기사니까."

그리고는 탁자 위에 있는 유리잔을 손가락으로 빙글빙글 돌렸다. 물방울이 묻은 유리잔에서 시선을 돌리더니 형은 다시 물었다.

"너 지금 몇 살이지?"

"지난 달에 열아홉 살 됐어."

"열아홉이라 한참 좋은 나이다, 미성년자라고는 하지만 그 나이면 벌써 어른이지."

남수는 형의 말투에서 무슨 말을 하려는지 짐작할 수 있었다.

"너도 일단 집을 나온 이상 네 나름대로 각오는 하고 왔겠지. 그 각오로 한 번 해봐. 도쿄라는 데가 그렇게 만만한 곳은 아니야. 한마디로 어디 가나 공짜는 없는 곳이니까. 그야말로 화장실 한 번 가는 것도 공짜로는 달가워 하지 않고 신경쓰이는 인간들만 북적거린단 말이야."

남수는 형의 혹독한 말에 기가 막혀 그만 자신도 모르게 웃어 버렸다. 그러자 형이 꾸짖었다.

"왜 웃어, 그런 식의 어지간한 생각으로 있다가는 금방 입에 풀칠 하기도 어려울 걸. 한마디 하겠는데 나한테 기댈 생각은 아예 하지도 마라. 나도 내 걱정으로 네 문제까지 신경써 줄 여유는 없으니까."

남수는 진지한 표정을 지으며 형을 바라보았다.

"걱정 끼치지 않을게."

"그럼 됐다."

형은 한 가지 일을 덜었다는 듯이 말했다.

마침 그때 "2인분 들어 가요오"라고 큰소리를 내며 여종업원이 라면을 가지고 왔다.

"먹어라."

남수에게 그렇게 말하고 형은 라면을 먹기 시작했다. 입을 오므리고 후우후우 소리를 내면서 맛있게 먹었다. 마치 아침부터 아무것도 먹지 않은 것 같은 기색이었다.

"너 왜 안 먹니."

형은 문득 고개를 들고 이상하다는 듯이 물었다.

"먹어, 이렇게 맛있는 것을. 이제 먹고 싶어도 못 먹을 거야. 겨우 천이백 엔을 가지고 며칠이나 살 수 있을 것 같니. 일해 봐라. 일하지 않고는 살아갈 수 없을 테니까. 네 일은 네가 알아서 해라."

남수는 잠자코 나무젓가락을 움직였다.

"그래, 공부는 어떻게 할 작정이냐? 하는 게 좋지. 뭐니뭐니해도 대학을 나와야 남들보다 앞서게 되지. 안 그러면 남들에게 뒤처지게 된다. 나를 봐. 이제 너도 다 알게 되겠지."

수수께끼 같은 말을 내뱉으면서 그 사이에도 형은 계속 먹었다. 이윽고 후르륵거리며 게걸스럽게 먹어 치우고는 잘 먹었다는 듯이 젓가락을 놓았다. 그러고 나서 천천히 양복 주머니에서 은색 담배 케이스를 꺼내어 담배 한 개피를 입에 물고 능숙하게 라이터로 불을 붙였다. 다시 조금 전까지의 멋있는 남자로 돌아왔다. 가무잡잡하고 야무진 얼굴이었다.

남수는 형의 예전 얼굴을 떠올려 보았지만 아무런 내색도 않고 그냥 라면을 먹었다. 예전, 그래보았자 불과 사년 전. 형은 그다지 잘생긴 편은 아니었다. 상경하기 직전 눈과 코를 성형수술로 교정했다. 작던 눈에 쌍꺼풀이 생기고 낮았던 코도 높아졌다. 머리부터 발끝까지 너무 멋있어서 지나가는 여자들이 뒤돌아볼 정도가 되었다. 형은 자신만만해 보였다. 그러나, 남수는 예전의 형의 얼굴에 더 친근감을 가질 수 있었다. 만나자마자 귀찮은 사람을 대하는 듯한 눈초리를 보내는 형의 얼굴은 성형수술 후의 얼굴인 것이다.

남수가 다 먹기를 기다리던 형이 얼른 자리에서 일어나 카운터로 갔다. 남수도 서둘러 자리에서 일어나 뒤따라 나갔다. 계산을 끝내려고 하는 형의 등 뒤에서 남수는 머뭇거리며 말했다.

"나도 낼게."

"괜찮으니까 잠자코 있어."

형은 완전히 무시하는 듯이 말하고 나서 검정색 가죽지갑을 꺼내어 계산을 끝냈다.

밖으로 나온 형에게 남수는 "미안해"라고 작은 소리로 중얼거렸다. 하지만 형은 매우 쌀쌀하게 대답했다.

"알겠니, 오늘은 네가 상경한 날이니까 특별히 한턱 내는 거야, 앞으로는 항상 각자 내는 거다. 알겠어?"

일부러 그렇게까지 다짐하지 않아도 괜찮다. 집을 나올 때부터 이미 각오는 되어 있으니까. 남수는 내던져진 기분으로 형 뒤를 따랐다. 오후의 상점가는 유선방송에서 끊임없이 유행가와 광고가 흘러나오고 있었다. 오토미의 노래 일절이 끝나고 이어서 휘파람새 아가씨가 광고를 반복해 댄다. 차차차에서 광고, 고갯길, 그리고 광고. 얼마 동안이나 상점가를 걸었을까. 형은 지장보살이 보이는 길모퉁에서 왼쪽 골목으로 꺽어 들고는 그제서야 뒤를 돌아다보았다. 그때까지는 일부러 모르는 사람들처럼 서로 떨어져 걸었던 것이다.

남수의 걸음걸이가 마음에 들지 않았던지 형은 역정을 내며 발밑을 보고 말했다.

"너 안장다리로 걷는구나. 당장 고쳐. 도쿄는 네가 생각하는 것처럼 그리 만만치 않아."

형의 아파트, 아니 형들의 셋방은 버스길에 바로 접한 낡고 지저분한 서양식 아파트 안에 있었다. 아파트 지붕은 한쪽면에만 기와를 얹었고 정면에는 담쟁이 넝쿨이 뒤덮혀 있어서 겉으로 보기에는 그런 대로 멋있었다.

그러나, 현관을 들어서서 왼쪽 첫번째 방으로 들어갔을 때 남수는 확하고 코를 찌르는 이상한 냄새에 놀랐다. 장아찌 만드는 된장에 버무린 쌀겨의 독특한 냄새가 났다.

다다미 네 장 반짜리 작은 방으로 들어가서 형은 곧 도로에 면한 양쪽으로 여는 창문을 열어 젖혀 환기시켰다. 남수는 토할 것만 같은데 형은 아무렇지도 않은 것 같았다. 형은 양복과 와이셔츠를 훌훌 벗어 던지고, 바지도 벗어서 옷걸이에 단정히 걸어 옻칠이 벗겨진 양복장에 잘 넣어 두었다. 목이 많이 파여진 셔츠와 청바지 차림으로 바뀐 형은 어느새 몸이 날쌘 신문배달원처럼 보였다.

"야, 선머슴처럼 그렇게 서 있지만 말고 앉아."

자리에 앉으니 형은 묻기도 전에 말했다.

"어때, 놀랐지? 나, 이런 데서 살고 있다. 그것도 여러 놈들과 같이."

남수는 지금까지 형은 독방을 쓰고 있다고 믿어 왔다. 형이 집에 계신 아버지께 부치는 편지에는 그렇게 되어 있었다. 그래서 벽에 걸려 있는 형의 것이라고는 도저히 믿기지 않는 더러운 푸른색 작업복과 작업바지가 여러 벌 걸려 있는 것을 보고 의외라는 기분이 들었다.

형은 멋쩍은 기분을 감추려는 듯 애써 마음 편한 척했다.

"이 방에는 말이야, 이치로(一郞) 사촌형이랑 지로(次郞) 형이 있어. 그 외에 다른 녀석들도 있다, 그 녀석들에게는 신경 좀 써야 될 거다. 하여튼 별별 괴상한 버릇들이 다 있는 놈들뿐이니까. 오늘 너 정신 바짝 차려야 될 걸. 쓸데없는 참견을 해도 모르는 체해라. 으음, 그러니까 나하는 대로 눈치껏 하면 돼."

일곱 시가 지나자 방의 임자들이 한 사람씩 차례로 돌아왔다. 방문 손잡이가 찰칵하고 울리며 맨 먼저 나타난 사람은 몸집이 작고 원숭이 같은 얼굴을 한 삼십 사오 세 가량 되어 보이는 남자였다. 그는 방에 들어서자 방의 분위기를 점검하려는 듯 턱을 내밀고 둘러보았다.

"어이, 미남, 집을 뛰쳐 나온 게 바로 이 도련님이신가."

그는 남수를 뚫어지게 쳐다보며 떠들어댔다.

"그래, 맞아, 종구, 잘 부탁한다. 아직 세상물정 모르는 진짜 도련님이라구."

형은 맞장구를 쳤다.

"진짜 그렇게 보이는데, 도련님, 이름이 뭐니? 나는 백종구(白鐘九)라고 하는데 이 방에 세들어 있는 사람이야."

종구는 말 끝의 '세들어 있는 사람'이란 대목에 힘을 주어 또박또박 말하고 나서 남수 앞에 책상다리를 하고 앉았다. 그리고 작은 체격을 좀 크게 보이려는 듯이 팔꿈치를 떡 벌리고 앉았다.

남수는 얌전하게 자기 소개를 했다. "도련님"이라고 불린 것에 대해 좀 어색하게 느끼면서.

"으음, 이외로 순진한 것 같군. 괜찮지 뭐. 자세한 사정은 모르겠지만 한 번쯤 가출하는 것도 인생경험이니까. 하긴 나처럼 제 나라까지 뛰쳐나온다면, 도가 지나치지만, 그때가 아마 저 도련님 나이쯤 되었을 때지. 빌어먹을. 그 후로는 부모님 얼굴을 단 한 번도 못 뵈었단 말이야."

종구는 자신을 나무라듯이 장딴지를 탁 쳤다. 그 장딴지는 거의 털이 거의 안 난 영낙없는 조선인의 그것이었다. 그러고 보니 뒷통수도 납작한 게 절벽이었다.

"진짜, 종구는 천하에 고독한 몸이니까 그 기분 잘 알지."

형은 장단 맞추듯이 그렇게 말하고 맥 없이 다다미 위에 나뒹굴었다.

"잘도 지껄이고 있군. 그건 그렇고 미남 씨, 방세는 오늘 내야 되는 거 아니었던가." 그 소리에 막 다리를 꼬려고 하던 형이 벌떡 일어났다.

"이봐 종구, 그것 말이야, 바로 그 문제로 오늘 친구를 만나려고 했거든. 내가 말했듯이 그 친구 좋은 놈이야. 내가 부탁하면 곧바로 빌려 주게 돼 있어. 그런데 동생 녀석이 온다고 하잖아, 아무리 그래도 마중도 안 나가면 너무 박정하고 또 그렇지 않은가. 형제란 오랜만에 만나게 되면, 이런저런 이야기가 많은 법이거든. 종구 자네라도 고향의 형제를 만난다면 그렇게 될걸세."

"쳇, 그만둬. 잔소리 말고 못 갔으면 못 갔다고 그렇게 말하면 좋잖아."

"그래, 못 갔어."

"너는 이렇다 저렇다 핑계만 잘 대는구나."

종구는 탐탁지 않다는 어조로 형에게 말하고 남수를 보았다.

"도련님, 도쿄에 와서 고생하는 구나. 하지만 네 형처럼 요령 좋은 인간은 되지 말아라."

그렇게 말하고는 벗은 양말을 돌돌 말아 양복장 구석에 팽개쳤다. 그때 문밖에서 무언가가 벽에 부딪히는 듯이 쿵쿵거리는 소리가 나더니 말싸움하는 소리가 들렸다. 곧 바로 문이 열리고 검은 물체가 쓰러져 들어왔다.

"다, 다녀왔어. 무, 무사귀환 했습니다."

검은 물체는 얼굴을 쳐들었다. 사촌형 이치로였다. 등 뒤로 지로가 무뚝뚝한 얼굴로 들어왔다.

"뭐가 무사귀환이야. 어쩌다 일찍 들어왔는가 싶으면 꼭 술에 취해 가지고."

종구가 할 수 없다는 듯한 표정을 지었다.

"어이, 해병님, 정신은 말짱해."

이치로 사촌형은 원래 해군의 일등수병이다. 종구는 다다미 위에 쓰러져 누워 있는 이치로의 등을 흔들었다. '꺼억' 하고 이치로는 트림을 하고 머리를 쳐들었다. 그리고는 바닷물을 저어 나가는 것처럼 팔로 헤엄쳐 나아가 벽에 등을 기대더니 구명튜브라도 찾듯이 주위를 두리번거렸다. 사촌형은 그제서야 남수를 보고 수다스럽게 말했다.

"아, 나, 남수, 오랜만이구나."

육지라도 발견한 듯 큰소리로 반갑게 말했다.

"나, 난말야, 니가 온다, 온다고 해서 빨리 돌아왔다구."

사촌형은 원래 말더듬이라서 어느새 말이 이상해져 버린다. 남수가 대꾸를 해도 이치로는 대답이 얼른 나오지 않는다. 술이 언어장애를 일으킨 것인지도 모른다.

"괜찮다. 괜찮다. 인사는 나중에 천천히 해라."

콧방귀 뀌듯이 종구가 말했다.

"어휴, 지겨워 정말. 형이라서 참지 않을 수도 없고."

지로가 벽에 붙여 놓은 판대기에 박힌 옷걸이 못에 사냥모자를 걸면서 중얼거렸다. 두꺼운 입술이 우울하게 보였다. 그때 종구가 기가 막힌 듯 소리를 질렀다.

"저런, 저 놈이 오줌을 지리고 있잖아."

그러자 이치로는 나쁜 짓을 하다가 들킨 좀도둑처럼 히죽히죽 웃었다. 그때까지 모른 체하고 엎드려 있던 형이 "어디어디"하며 일어났다. 이치로는 못 참겠는지 그래도 멈추지 못한다.

"야 이새끼야. 너, 이 따위 꼴이나 보이려고 일찍 들어온거야. 이 도련님이 질려 있잖아."

종구가 이치로의 양팔 겨드랑이를 부축해서 구석에 있는 마루바닥으로 끌고 가려고 했다. 그러자 이치로는 갑자기 발을 딱 버티고 서서, "제기랄, 바보야. 뭐가 어때서. 바보야." 라고 마치 형장으로 끌려가는 것을 거부하는 것처럼 저항했다.

"네 맘대로 해!"

종구는 화가 나서 이치로의 몸을 내팽개쳤다. 그때까지 옆에서 지켜보고 있던 지로는 몸을 제대로 가누지 못하고 쓰러져 있는 이치로의 팔을 자기 목에 둘렀다. 이어서 남수가 두 다리를 들어올렸다. 방구석으로 옮기려고 하자 이치로는 이번에는 들것에라도 실린 듯 얌전해졌다.

"형은 전보다 술이 더 늘은 것 같은데 대체 어떻게 할 작정인지……."

지로는 걱정스럽다는 듯이 한마디 내뱉고 바짝 치켜 깎은 짧은 머리를 북북 긁다가,

"남수야, 저녁은 먹었니?"라고 천천히 물었다. 고개를 끄덕이자 미안하게 됐다며 혼잣말을 했다.

"상경했으니 축하라도 해주어야 할 텐데…… 오늘은 요 모양이군…… 다시 날 잡아서 조촐하게라도 해야겠지."

"괜찮아. 그럴 것까진……."

남수는 당황해서 거절했다. 자기가 가출한 것을 알면서 그것을 감싸듯 말해 준 것이 고마웠다.

"일부러 날을 다시 잡을 것 없이 오늘밤에 해 줘라. 나도 덕 좀 보게."

두 사람의 대화를 듣고 있던 형이 질투하듯 말했다.

"무슨 소리야. 미남, 상은 네가 차려야 한단 말이다. 아우의 출발을 축하해 주어야 하잖아. 그걸로 덕을 보고 싶다니—. 대체 니가 동생한테 해 준게 뭐냐?"

종구가 그렇게 묻자,

"아아 물론" 하고 형은 흥이 깨어져서 입을 다물었다.

얼마 후 남수는 정신을 잃을 정도로 취해서 곤드레만드레 잠이 든 이치로의 더러워진 바지와 속옷을 갈아입히고 나서 지로형과 함께 대중목욕탕에 갔다. 형과 종구는 마음이 내키지 않는지 그냥 방에 남았다.

남수는 전부터 육 년이나 손위인 지로형에게 호감을 가지고 있었다. 고지식하고 말재주가 없는, 꾸밈없는 그것이 좋았다. 하지만 그 이상으로, 언제 보아도 젊은이다운 사촌형의 한결같음에 마음이 끌렸다. 지금의 지로가 과연 그 당시와 마찬가지인지 아닌지는 모르는 일이다. 하지만 그 당시, 벌써 삼 년 전의 일이 되었으나 지로는 고등학교 일학년이었던 자신에게 책을 한 권 보내 준 일이 있었다. 오스트로프스키의 『강철은 어떻게 단련되었는가?』라는 책이었다. 그 당시까지도 한국전쟁은 격렬한 공방을 계속하고 있었다. 동봉한 편지에 "일본혁명의 성취 없이는 한국의 혁명은 수행되지 않는다. 화염병 투쟁은 무력투쟁 위에 세워진 영웅적……"이라는 과격한 문구가 담겨져 있던 기억이 난다. 정치에 대해서는 문외한이었던 남수로서는 다만 지로가 자기가 믿고 있었던 길로 매진하고 있었다는 것만은 상상이 갔다. 남수는 그러한 지로의 젊은이다운 열정에 끌렸던 것이었을까.

목욕탕에서 돌아왔을 때 남수는 1호실(그것이 방 번호였다)에 또 한 사람이 늘어난 것을 보고 좀 놀랐다. 구깃구깃한 체크무늬 양복을 입은 중년 남자였다. 남수를 보자 그쪽에서 먼저 지나칠 정도로 정중히 인사를 해왔다. 안경 속의 그의 눈은 움직이지 않고 자기 자신을 억제하고 있었다.

"후(風) 선생이다. 그리고 이쪽은 오늘 새로 온 남수."

종구는 대강 얼버무려 두 사람의 소개를 마쳤다. 그것은 성격대로였다.

"그건 그렇고, 방이 좁아서 큰일이군."

종구는 훌렁 벗겨진 머리를 뒤로 쓰다듬으며 입을 오므려 보였다.

"하나, 둘, 셋, 넷, 다섯, 여섯. 여섯 명인가. 다다미 네 장 반에 마루바닥이 한 장이니 한 사람당 다다미 한 장도 안되는군. 양복장에 책상, 책꽂이까지 계산하니 겨우 반 장도 안 돼잖아. 이를 어쩌지."

그러자 중년 남자가 소심하게 작은 목소리로 말했다.

"저어, 오늘밤부터 내가 오시레(다다미방에 있는 일본식 붙박이 벽장) 안에서 잘게."

"그러면 미안한데. 할 수 없지, 내가 그 속에 들어가 잘까?"

종구는 선심을 쓰듯이 말했다. 남수도 자기가 자겠다고 말했다. 형이 엎드린 채로 몰래 발끝으로 남수의 옆구리를 꼬집었다.

"아냐, 아냐. 내가 들어갈거야. 나는 그런 데가 오히려 편하단 말이야."

그렇게 말하고 후 씨는 벌떡 일어났다. 종구가 당황하며 말했다.

"이봐, 후 선생. 그렇다고 지금부터 오시레로 들어갈 건 없잖아. 아직 잠자기에는 이른 시간이잖아."

그래도 후 씨는 오시레 속으로 들어가려고 중간쯤에 걸쳐 있는 선반에 발을 올려 놓고 있었다. 남수는 그 동작을 보고 웃음이 터져 나오려 했지만 꾹 참았다. 왠지 이상한 기분이 들었던 것이다.

확실히 좁다. 형편없는 얄팍한 이불 속에 들어가 남수는 그렇게 생각했다. 서로 등을 맞대고 누운 형은 남수를 벽쪽으로 밀어붙이며 자고 있었다. 앙상한 형의 어깨가 몸에 닿아서 견딜 수 없었다. 그것은 오늘 낮의 형의 인상 그대로였다. 그건 그렇다치더라도 지로에게서 들었던 형에 대한 이야기는 달랐다. 목욕하면서 형의 촬영기사 이야기를 꺼내자, 지로는 여우에게 홀린 듯한 표정을 지었다. 그리고 그 사실을 부정했으나 그 말을 듣고 보니 확실히 거짓말인 것 같은 기분이 들었다. 어처구니 없는 일이다. 시골에 계신 아버지는 형이 촬영기사라고 철썩같이 믿고 계시지 않는가. 저 녀석은 기술자가 되었으니 이제 걱정없다라고. 게다가 형은 그런 아버지를 또 속여 네 장 반짜리 산뜻한 방에서 혼자 자취생활을 하고 있습니다라는 식으로 편지를 띄웠던 것이다. 네 장 반이라는 것만은 틀림이 없다 하지만 산뜻하다니. 게다가 독방이라니…… 한참이나 잠이 오지 않았다. 남수는 아무래도 몸이 근질근질한 것 같아서 벌떡 일어났다. 빈대다! 하지만 모두들 곤히 자고 있었다.

남수는 좀처럼 잠들지 못했다. 불을 켠 채로는 잠이 오지 않는다. 불을 껐으면 좋겠는데 빈대가 좋아할 거라는 종구의 말이 떠올랐다. 도련님의 피는 제일 싱싱하니까 빈대들이 대환영할거라고. 한참이나 눈을 뜨고 있는데도 졸음이 왔다. 꿈나라로 들어가려고 하는 찰나, 확 잠이 깼다. 아버지가 자기를 쫓아서 1호실로 뛰어들어온 것같이 생각했다. 방에 있던 누군가가 소변을 보러 갔다가 돌아온 것이다.

2

남수는 앉은뱅이책상에 앉아 이력서를 쓰고 있다. 아까부터 몇 장째 자꾸 틀려 다시 쓰고 있다. 글씨가 서툴렀다. 게다가 어찌된 일인지 행을 바꿀 때마다 글씨가 조금씩 작아졌다. 기분이 위축되고 있다는 증거이다.

"이번에는—"이라고 생각하며 다시 쓴다.

이번에야말로—. 벌써 두 번이나 취업에 실패했다. 상경한 지 오늘로 일주일이 되는데 그 동안 직업소개소에 몇 번이나 찾아가 보았다.

직업소개소를 찾아가는 일. 그리고 거기서 카드에 등록하고 순서를 기다려 알선받고, 일자리를 찾아 가는 일—. 그런 모든 행위들은 태어나서 처음 겪는 체험이었다.

초여름의 햇살을 받으면서 남수는 약도를 보며 걸어갔다. 도쿄는 놀랄 만큼 넓다. 시계가 열리면 또 다른 장소였다. 길모퉁이에서 지도를 다시 꺼내 보고 목적지를 손가락으로 집어 확인하고, 이윽고 남수는 시내에 있는 어떤 술집 앞에 다다랐다.

귀에 연필을 꽂고 앞치마를 두른 술집 주인이 가게 앞에 서 있었다. 남수를 보고 가볍게 "네, 어서 오십시오"라고 말했다. 손님으로 오해받았다는 것을 알고 남수는 기가 죽었다. 그러나 시치미를 떼고 직업소개소에서 왔다고 말했다.

붓에 먹을 찍어 남수는 정성을 다해 한자한자 써 내려 갔다. 반백의 머리를 한 술집 주인이 자기가 낸 이력서를 읽고 있는 모습이 눈에 떠올랐다. 소박한 사람 같았다. 술집 주인은 이력서에서 눈을 떼고 건강은 어떠냐고 물었다. 운동을 한 남수의 체격이 술집 주인의 마음에 들었던 모양이다. 거기까지는 좋았다. 공부해서 대학에 들어가고 싶다고 남수가 말했을 때 주인은 약간 망설이는 소리를 내면서 엄지손가락으로 턱을 만지작거렸다. 그러고 나서 이력서를 다시 한 번 훑어 보고 걱정스러운지 안쪽을 향해서 부인의 이름을 불렀다. 좀처럼 대답이 들리지 않았다. 주인은 할 수 없다는 듯이 이력서를 들고 안으로 들어갔다. 그때부터 불안해졌다. 그러한 기대감에서부터 불안감으로의 기울어짐은 그저께 외국인 클럽에서 접시닦기 면접시험을 보았을 때 이미 맛보았다. 처음엔 잘되다가 이상하게 되어 결국에는 거절당했다.

남수는 이번에는 꼭 취직을 해야겠다고 생각하며 이력서를 쓰고 있다. 그러나 내심으로는 걱정이 된다. 서둘러 일자리를 구하지 않으면 생활을 지탱해 나갈 수 없다.

천이백 엔 밖에 안되는 전재산은 절약해서 썼지만 지금은 삼백 엔도 안되게 줄었다. 형한테서 돈을 빌릴 생각은 없다. 내 쓸데없는 오기일까. 그러나 그 이상으로 나 혼자 힘으로 모든 것을 해내고 싶은 생각이 들었다. 취직만 된다면 그때까지의 생활비는 교복이나 레인코트를 전당포에 잡혀서 어떻게든 꾸려 나갈 수 있다. 하지만 일자리가 구해질지 어떨지 그것이 문제이다.

잘 풀릴 것 같으면서 잘 안풀려 가는 그런 경험이 자신을 불안하게 만드는 것이었다. 처음 기대와는 반대가 되어가는 현실, 그것은 마치 국철에서 받은 이상한 느낌과도 비슷했다. 순환선 전철을 타고 늘 이상하다고 생각하는 것은, 처음에 출발했던 역으로 다시 돌아오면 전철이 자신이 탔던 때와 같은 방향으로 플랫폼에 들어가는 것이다. 보통은 그렇지 않다. 그럴 때는 반대 방향에서 전철이 돌아온다. 그래야 당연하다고 생각되는데, 순환선은 다른 방향에서 들어온다.

시골에서 갓 상경해 올라왔던 남수는 난생 처음 순환선을 탔었는데 아무래도 여우에 홀린 듯한 기분이 들었던 것이었다. 무언지 모르게 곤두선 듯한 느낌이 들었다.

"잘 되가냐?—"

이력서를 거의 다 썼을 때 형이 물었다. 나른함이 배인 듯한 목소리였다.

"일자리는 찾은 거야?"

"지금 이력서 쓰는 중이야."

남수는 짤막하게 대답했다. 아까부터 이력서를 쓰고 있는 줄 다 알면서, 그런 식으로 묻는다. 그런 형이 어떤 모양을 하고 있을지는 돌아다보지 않아도 알 수 있다. 형은 항상 그렇듯이 바닥에 신문지를 깔고 누워 있을 것이다. 다다미에 습기가 차고 대낮에도 빈대가 나오기 때문이다.

"다 썼으면 이리 가져와 봐."

귀찮은 듯한 목소리로 말한다. 그 때문에 형의 말은 명령조로 들린다.

남수는 뒤돌아보았다. 형은 청바지를 입고 한쪽 다리를 세우고 다른 다리는 길게 뻗고 있었다. 양팔은 셔츠 위의 푹 패인 배 언저리에서 팔짱을 끼고 있다. 쫙 빼 입고 외출을 할 때가 아닌 평상시의 형은 게으른 요가 수행자 같은 모습이다. 그리고 눈을 가늘게 뜨고는 서양 여배우를 바라보고 있다. 요염한 자태를 하고 있는 여배우는 누워서 뒹구는 형의 눈에 잘 들어오도록 딱 좋은 위치의 미닫이 문에 붙어 있다. 남수는 불평조로 말했다.

"거의 다 썼는데."

"그럼 보자."

형은 얼굴도 돌리지 않은 채로 팔만 쭉 뻗었다. 남수는 내키지 않는 표정으로 얇은 이력서 종이 위에 올려 놓았던 문진을 치웠다. 이력서를 건네 주고 남수는 턱을 괸 채로 멍하니 책상 위를 바라보았다.

"이게 뭐야."

잠시 후 형의 목소리가 들렸다.

그 목소리에 남수는 괴고 있었던 턱을 들었다.

"너 이런 식으로 냈던 거야."

형은 벌떡 일어나 어처구니 없다는 듯이 말했다. 남수는 형이 왜 성을 내는지 쉽게 이해가 되지 않았다.

"너 본적을 그대로 쓰는 놈이 어디 있냐? 이대로라면 꼭 채용하지 마시오라고 네 스스로 부탁하고 있는 것 같잖아."

그 순간 남수의 마음속에는 무언가 탁 부딪친 듯한 느낌이었다. 몸 밖으로 폭발할 것 같은 것을 남수는 꼭 참았다.

"이 따위 이력서를 내면 누가 써 주겠니. 그렇지 않아도 한국전쟁이 끝나고, 너 말이야, 실업자가 늘어난다고들 하는데, 너 정말 일할 생각은 있기나 한 거냐?"

남수는 형을 다시 한 번 바라보았다.

"있어."

"그런데 왜 이런 쓸데없는 것을 쓰는 거야?"

"쓸데없는 거는 아니야."

"그럼 일부러 썼단 말이야. 도대체 어쩔 작정이냐?"

형은 도저히 용서할 수 없다는 말투로 꾸짖었다.

남수는 잠자코 있었다. 집을 나왔을 때의 기분을 설명하지 않으면 안된다. 그러나 그것을 말한다고 해도 지금의 형이 자신을 이해해 줄 것 같은 기분이 들지 않았다. 동생이 입을 다물고 있으니까 형은 초조해졌는지,

"너무 쉽게 생각하는군. 너 어디 그런 식으로 세상 살아갈 수 있겠니?"

말을 끝내고 아무렇게나 아까 누웠던 곳에 다시 드러누워 버렸다. 남수는 다다미 위에 살짝 들떠 있던 이력서를 집어 들었다. 그때 형이 작은 소리로 덧붙였다.

"너한테 해로운 말은 아니니까 고쳐 써라…… 나도 다 경험이 있어서 하는 말이다."

그 말을 건성으로 들으면서 돌이켜 생각해 보았다. 그 술집 주인은 이 본적 때문에 거절했던 것일까?……. 일단 안채로 들어갔던 주인은 반백의 머리를 북북 긁으며 나왔다.

그 남편 바로 뒤에 노렌(천으로 된 가리개)을 제치고 피부가 하얀 여주인이 얼굴을 내밀어 힐끗 엿보고는 남수를 보자마자 곧 모습을 감추었다. 그러자 술집 주인은 곤란한 듯이 말했다.

"역시 술집 장사는 자네에겐 맞지 않겠는 걸. 일이 힘들어요. 공부하려면 역시 남의 가정집 일을 도와주며 공부하는 것이 좋지 않을까?"

그 말에서는 본적 때문이라는 증거를 찾을 수 없었다. 그 때 술집 주인은 남수가 공부 생각이 있다는 것에 대해서 난색을 표했던 것이다. 거기까지는 이해가 된다. 그리고 그 주인이 필요한 사람은 술집 심부름꾼이라는 것…… 그것도 잘 이해할 수 있다.

그러나 본적이 문제가 된다니 알 수가 없다. 그럼 바로 문제는 거기에 있었던 건가…….

신바시(新橋)의 외국인 클럽의 경우는 어땠지? 테 없는 안경을 낀 그 중역은 시종 미소를 짓고 있었다. 이력서를 손에 들고 볼 때부터 "결과는 추후에 통지 하겠습니다."라고 하며 그는 마지막 순간까지 미소를 짓고 있었다. 남수는 호의적인 기분마저 느꼈다. 하지만 그 다음날의 통지를 받고는 자기가 역시 너무 쉽게 생각하고 있었다는 것을 깨닫게 되었다. 하지만 그렇다고 해서 그가 본적을 이유로 자기를 채용하지 않았다는 증거는 어디에도 없었던 것이다. 그 미소는 너무나 지나칠 정도로 완벽했다. 도쿄의 순환선을 한바퀴 돌고 오는 것과도 같은 묘한 기분에 빠져 들었다.

남수는 우울한 얼굴로 책상 위에 이력서를 다시 올려 놓았다. 그때까지 누워 있던 형이 벌떡 일어나 밖으로 나갔다. 언짢은 얼굴이었다. 자신을 귀찮게 생각하고 있다는 느낌이 전해졌다. 자기가 실업중인데 동생까지 빈둥빈둥 놀고만 있으니 견딜 수 없다는 그런 느낌이 잘 나타나 있다.

그러나 남수는 그런 형에게서 단돈 한 푼도 신세지지 않았다. 상경하던 날, 라면을 얻어 먹었던 일 외에는, 목욕값 십오 엔까지도 정확히 자기가 냈다. 형도 그것을 당연한 것으로 받아들였다. 그러면서도 탕에서 나와, 만일 남수가 등이라도 밀어주지 않으면 기분 나빠하니 아무래도 계산이 맞지 않는다. 남수는 문득 초등학교 시절 라디오에서 들었던「종이 울리는 언덕」이라는 노래가 떠 올랐다. 그 노래에 나오는 극성 맞은 할머니하고 똑같다. “내 꺼는 내 꺼, 니 꺼도 내 꺼.”

그 말은 그런 대로 참 재미있었는데. 어쩐지 형의 경우는 오히려 한심하다는 느낌이다. 형의 말로는 자기가 실업대책사업의 대상자로서 실업중이라고는 하지만 어째서인지 형은 누구보다도 더 돈이 넉넉했다. 1호실 사람들은 여하튼 날품팔이로 그날그날을 벌어 생활하고 있었다. 거기에 비하면 형은 검정 가죽지갑에 엔짜리를 몇 장씩이나 가지고 있으면서 다른 사람들에게는 그 사실을 숨기고 있었다.

한심하다고 생각하는 것은 그 점이다. 어제도 종구는 방세를 내라고 재촉했었다. 그러자 형은 틀림없이 돈을 빌려주겠다고 하던 친구가 공교롭게도 지방에 내려갔다고 둘러댔다.

“어떤 친구인지 뻔하다”라고 종구는 코웃음을 쳤다. 그러자 형은 엉겁결에 낯간지럽게 들리는 말을 내뱉었다.

"종구야, 그러지 말고, 실업자의 괴로움을 좀 동정해 주라. 결국 그 점에서 우리는 똑같은 프롤레타리아라는 거 아니겠니?"

종구는 급소를 찔린 듯이 기세가 누그러지고, 형은 바로 그런 점을 노린 것이다.

그러나 동생의 입장으로 보면 돈이 있으면서도 그것을 숨기고, 세 치 혀끝으로 그때그때 상황만 모면해 나가고 있는 형을 보면 창피스럽다. 더구나 용납할 수 없다고 생각하는 것은, 종구한테 그 따위 말을 하고 난 후 이런 소리를 하는 것이다. "프롤레타리아라, 꽤 효력이 있는 말이야. 흥, 프롤레타리아라니, 저 녀석 별수없이 날품팔이 아냐, 실업자나 마찬가지야."

어찌된 일인지 형은 실업자인 주제에 자기는 날품팔이보다는 격이 높다고 생각하는 것 같았다.

밖에 나갔던 형은 곧 돌아왔다. 가슴에 구페빵이 든 봉투를 소중히 끌어안고 있다. 식사를 하려고 그래서인지 조금 전의 불쾌했던 표정은 사라졌다. 책상다리를 하고 앉아 두 손을 비비더니, 형은 곧 빵을 덥석덥석 먹기 시작했다.

남수는 일부러 볼 생각은 아니었지만 그 모습을 보고 있었다. 마가린을 바른 구페빵 두 개, 이것이 형의 아침겸 점심이었다. 점심시간이 다 되어갈 때까지 쭉 누워서 뒹굴다가 빈 속에 그런 것만 집어넣는 것이다. 멀리서 보기만 해도 안쓰러울 정도로 아껴서 먹고 있다. 그렇다고 돈이 없는 것도 아니면서. 형이 제대로 된 식사라도 했으면 좋으련만, 일주일 동안 옆에서 보니 저런 음식만 계속 먹고 있다. 왠지 일부러 저러는 것 아닐까 하는 생각이 들기도 한다.

남수가 물끄러미 바라보고 있자,

"너 아직 밥 안 먹었지?"

형은 맛이 없어졌다는 듯한 눈빛으로 보았다.

남수는 다른 쪽으로 시선을 돌려 앉은뱅이책상 위에 놓여 있는 영어 소사전에 눈을 멈추고, 의미 없이 괜히 뒤적거렸다.

아무 말도 하지 않고 빵을 조금씩 떼어 먹는 기척이 전해 왔다. 우연히 눈에 띈 단어를 발음해 보았다.

insubordinate [insəbɔːdinit] 기억이 안 난다. 그 단어의 뜻을 읽어 보니 '순종하지 않는' '반항적인'이라고 나와 있다. 대학입시의 범위에 들어갈 만한 단어이다. 남수는 좀 걱정이 되었다.

봄부터 지금까지 아무 일도 하지 않고 지내고 있는 것이다.

형은 정성들여 천천히 식사를 하고 나서, 주전자의 물을 한모금 마시고 입을 닦았다.

"그런 거나 들여다볼 시간이 있으면 아까 쓰던 이력서나 빨랑빨랑 써. 일자리 찾은 다음에라도 할 수 있잖아. 일의 앞뒤를 잘 가려서 해라."

형이 그렇게 말을 하자마자, 남수는 탁하고 소사전을 덮었다.

insubordinate, insubordinate, insubordinate, insubordinate……

형은 남수의 기분 따위는 개의치도 않고 딴 일을 하기 시작했다. 이제 외출하는 모양이다. 오시레 윗칸에서 화장도구 세트를 꺼내고 나니, 형의 입에서 무의식중에 찻찻차 리듬이

저절로 흘러 나왔다. 그러더니 곧 입을 다물고는 헛기침을 한 번 했다. 그러고는 말없이 여자처럼 차근차근 화장을 하기 시작했다. 주전자 물을 세면기에 뿌려 빗을 적시어, 손거울을 들여다보면서 이발사처럼 능숙한 솜씨로 머리 손질을 했다. 막대모양의 고체 포마드가 들어 있는 일곱 가지 도구로 멋지게 머리를 만지고 나서 이번에는 얼굴 치장이다. 이것저것 볼에 찍어 바르고 매만지니 그럭저럭 자기 마음에 드는 미남처럼 근사해졌다. 마지막으로 옷을 갈아입을 차례이다. 먹는 것에는 그렇게도 돈을 아끼는 형이 옷에는 꽤 신경을 써서 양복을 몇 벌씩이나 가지고 있었다. 낡은 옷장 속에서 자기가 좋아하는 양복을 고르고, 풀 먹인 와이셔츠를 입고 커프스를 채운다. 바지는 이게 좋겠군. 양말은 새것을 꺼내어 신자. 넥타이 모양은, 그렇게 옷장에 달려 있는 큰 거울 앞에서 옷차림을 둘러보고 나서 자 이제 됐다. 드디어 외출이다.

판토마임이 끝나자, 형은 또 한 번 헛기침을 하고, 변명조로 말을 꺼냈다.

"그럼 나 좀 나갔다 오마."

남수는 두 손으로 턱을 괴고 있다가 애매한 표정으로 형이 외출하는 것을 바라보았다. 형이 나가 버리자 남수는 두 손을 머리 뒤에 깍지 끼고 방바닥에 누워 버렸다. 천정 한 구석에 집을 짓고 있는 거미집을 멍하니 한참이나 보고 있었다. 이력서를 다시 쓸 생각은 없다. 그렇다고 영어책을 들여다볼 생각도 나지 않았다. 멍하니 바라보고 있자니 거미집이 시야에서 멀어지는 듯했다. 조금씩 거리감이 희미해졌다.

남수는 자기가 고향집에 있는 것 같은 착각에 사로잡혔다. 전에도 종종 이렇게 천정을 바라보곤 했다. 집을 나오기 전날도 그랬다. 집을 나오는 것밖에는 별 도리가 없지 않은가, 그것말고 다른 방도는 없지 않나. 몇 번씩, 아니 몇십 번씩이나 그렇게 생각하고 망설이고 마침내는 집을 나오고 말았다.

거리감이 정상으로 되돌아왔다. 그러자 남수는 절실한 생각에 빠져 괴로웠다. 나는 저 파리처럼 거미줄에 걸려들고 싶지 않다. 나는 젊다. 나는 겨우 열아홉이다.

남수는 흥분해서 몸을 뒤치락거리고 나니 녹초가 되었다. 상경한 지 겨우 일주일인데 이렇게 좀이 쑤시고 답답한 기분은 어째서일까? 그것은 방금 전, 형이 방을 나갔을 때부터 예고 없이 엄습해 왔던 것이다. 본적 문제로 형에게서 잔소리를 들었던 탓일까. 아니면 두 번이나 취직에 실패하였기 때문일까. 아니다. 앞으로 본적을 어떻게 해야 할까라는 부담 때문일지 모른다. 솔직히 말해서 자기 자신을 본래의 모습대로 드러내는 것이 불리한 것 같은 생각이 들었다. 그러나 아무래도 그렇게 하고 싶었다. 거기서부터 시작하고 싶었다. 남수는 마음이 무거웠다. 이런 기분은 무엇일까. 앞으로 어떻게 해야 할까. 아직 생활대책도 전혀 서 있지 않다.

한참 지나서 남수는 돌연히 일어났다. 벽장을 열었다. 그 속에서 시큼한 냄새가 풍겨 나왔다. 방 전체를 습하게 하고 있던 불쾌한 냄새는 바로 이 오시레가 원흉인 것이다. 그런데 후 씨는 용케도 이 속에서 잠을 잘 수 있다니, 라고 생각하니 신기했다. 이불이 들어 있는 윗칸은 그렇다 치더라도 아래칸은 잡동사니로 엉망이다. 곰팡이 핀 사기 그릇들에, 뚜껑 없는 냄비와 솥 그리고 찢어진 구두에 빈 소주병, 잡지, 날짜 지난 신문들로 뒤죽박죽이었다. 어디 그뿐인가. 누구의 것인지도 모르는 근사한 지팡이와 구근재배법이라는 제목이 붙은 등사판으로 밀어 만들어진 책 나부랑이가 멋대로 뒹굴고 있었고 바닥에는 시치미도가라시(七味唐辛子) 양념가루와 마늘이 어지럽게 흩어져 있었다. 남수는 잡동사니들 속에서 지독한 냄새를 풍기고 있는 속옷들을 부지런히 끌어내기 시작했다.

몰래 가슴에 끌어안고 나오는데 복도에서 마주친 관리인 아주머니가 당황하여 어쩔 줄 몰라했다. 지금처럼 얼굴을 붉히는 그녀는 항상 1호실 사람들을 저런 눈으로 보는 것이다. 제발 아파트의 평화를 어지럽히지 말아 달라고 비난하는 듯한 눈초리였다. 남수는 무슨 말을 해야 할지 몰라서 허둥지둥 공동세면장으로 빠져 나갔다.

대야에 물을 가득 받아서 더러운 옷들을 빨면서 남수는 방금 그 아주머니의 눈을 떠올렸다. 1호실 사람들은 그 여자의 작은 심장을 놀래 주고 있음을 확실히 알 수 있다.

어제만 해도 밤 늦은 시간에 아파트에서 때 아닌 소동이 일어났다. 사촌형 이치로가 술에 취해 3호실에 가서 헤매고 다녀 모두들 비명을 지르게 했던 것이다. 개라도 내쫓듯이 젊은 부인이 잠옷바람으로 손을 흔들어 댔다. 이치로는 해삼처럼 녹초가 되어가지고도 어쩔 셈인지 복도에서 서서 기세당당하게 경례를 부치는 것이었다. 아파트의 이방저방에서 방문이 열렸고, 귀찮아 죽겠다는 듯한 얼굴로 수근거리더니 모두들 곧 들어가 버렸다. 어쨌든 1호실 사람들에 대한 평판은 좋지 않았다. 왠지 조센진(朝鮮人)이라며 뒤에서 손가락질하는 것 같아서 견딜 수 없다, 빨랫감 중에서 몹시 더러운 것을 무심코 집어 펼치니 이치로의 훈도시였다. 해군에 있을 때 생긴 버릇으로 일년 내내 폭이 좁은 T자 모양의 길다란 훈도시를 하고 있었던 것이다. 그리고는 더러워질 때까지 허리에 두르고 있다. 더러워도 그냥 버티는 것이다. 결혼해서 아이가 둘 정도 있어도 어색하지 않은 사촌형이 여전히 술에만 매달려서 살고 있다. 그런 흐트러진 모습의 사촌형이 남수에게는 감상적인 사람으로 느껴졌다. 사촌형네 가족들은 히로시마에 원자폭탄이 투하되었을 때 모두들 사망했다. 해군에 나가 있던 이치로와 학도병으로 동원되어 규슈(九州)의 군수공장에 가 있던 지로만이 겨우 죽음을 면했다. 전쟁이 끝나고 두 사람은 도호쿠(東北) 지방의 M마을에 살던 숙부인 남수의 아버지에게 의지해 오다가, 이삼 년이 지나고 도쿄로 나갔다. 형인 이치로는 동생 지로에 비하면 시골에 있다 도쿄로 갔다가 하며 한곳에 정착하지 못하면서도 해마다 술만 더 늘어갔다. 그리고 그 이유를 원폭 탓으로 돌렸다. 혈육을 잃은 기분은 동정이 갔으나 술로 신세를 망치지 않으면 안된단 말인가. 남수는 열심히 빨래를 다하고 내친김에 벽장 속도 치우기로 했다. 언젠가 한 번은 꼭 치워야지 하고 마음먹으면서도 늘 다른 일로 바빠서 못하고 놔 두었던 것이다. 저녁이 되어 1호실 사람들이 돌아왔다. 제일 먼저 돌아온 것은 종구였다. 몸이 가벼운 종구는 발소리도 내지 않고 사뿐사뿐 복도를 걸어 들어온다. 마치 한시라도 빨리 아지트로 돌아오려는 듯이. 거기에 비하면 지로는 무거운 마음으로 발걸음을 질질 끌듯 돌아온다. 두 사람은 늘 앞서거니 뒷서거니 해서 돌아왔다.

"어어, 이상하다. 그래, 이게 내 방이었던가?"

방에 들어와 오시레를 열어 본 종구는 고개를 갸웃거리며 시치미를 뗐다.

"아무래도 그런 것 같은데. 도련님이 있는 걸 보면. 그런데 오시레 속이 원래 이랬던가?"

남수는 빙긋이 웃으며 말했다.

"기분전환이나 할까 해서 치웠어요. 괜히 우울하기도 하구요."

"으음, 감탄하겠는데. 냄새가 꽤 지독했겠다."

종구는 처음으로 수줍은 듯 말했다. 그때 지로가 우울한 얼굴로 방으로 들어왔다.

"지로차—깅, 도련님이 지독히 냄새 나는 네 팬티를 빨아주었단 말이야. 고맙다고 말해."

종구가 놀리듯 뒤돌아보았다. 종구는 지로를 "지로차—깅"으로 불렀다. 예전부터 친한 사이라서 그런지, 종구는 지로에게 각별히 친근감을 가져왔다. 방을 비스듬히 가로질러 가서 옷걸이의 못에 사냥모자를 걸어 놓고 그제야 지로는 두꺼운 입술을 움직였다.

"앞으로는 그런 일 하지 마라."

"쳇, 이 녀석. 해 줘도 잔소리하구 있네."

닥치는 대로 욕을 퍼붓고 종구는 남수에게 물었다.

"지금 뭐라고 말했지. 기분이 우울하다든가— 고향생각이 난다든가, 아니면 일자리를 못 구해서 맥이 빠져 그래?"

햇빛에 탄 원숭이 같은 표정이 그때의 남수에게는 세상 물정을 잘 아는 인간미 있는 사람의 얼굴로 보였다.

"잠깐만, 저도 닥치는 대로 아무 일이나 할 생각이니까, 내일부터 다시 기운을 내서 일을 찾아볼 생각이에요. 신문배달이나 우유배달 같은 일도 좋고."

실은 나도 낮에 생각해 본 일이었다.

"그런데 그걸로 밥 먹겠나. 꽤 힘들다구."

종구는 머리를 갸웃거리며 옆에서 앉아서 머리의 비듬을 털고 있는 지로에게 말했다.

"어이, 지로차—깅. 고약한 장아찌 버무리는 쌀겨냄새 같은 얼굴로 있지 말고 좋은 생각 좀 말해 봐."

지로는 응 하고 대답은 하면서도 걱정스러운 얼굴이다. 그때까지 내내 지로를 보고 있던 종구가 무릎을 쳤다.

"어떠냐, 차라리 우리들처럼 날품팔이를 하면 어떨까. 그러면 적어도 밥은 먹을 수 있고, 취직하는 데 국적이니 뭐니 하는 골치 아픈 문제도 없으니 좋지 않을까? 마음도 편하구."

"안하는 게 좋아."

지로가 울적한 목소리로 말했다.

"왜?"

종구는 의외라는 듯이 지로를 쳐다보았다.

"너무 어리지 않아. 막노동은 안 좋아. 좀더 젊은 사람다운 일이 좋겠어. 난 그렇게 생각해."

두꺼운 입술을 더 부풀리듯 말하며, 지로는 계속 머리를 긁적이고 있었다.

"하지만 당장 일거리가 없잖아. 저 녀석을 저대로 내버려 둘 생각이야? 그렇지 않아도 요즈음 취업난이라니까. 일본인 마저도 실업자가 얼마나 많다구. 그러니까 막노동이든 뭐든 안하면 조선인은 살 길이 없어. 막노동자라고 하면 듣기에는 안 좋지만, 당당한 노동자가 아니야. 젊은 사람에 맞는 일이 아니라고 말하지만, 그렇게 사치스러운 생각할 형편이 아니잖아."

지로는 잠자코 머리만 긁고 있었다.

"그렇다 해도 본인의 의사가 중요하니까."

종구는 그 대목에서 남수쪽으로 몸을 돌렸다.

"어때, 얘야. 막노동 해볼래? 그렇다면 공부도 할 수 있고, 일도 그렇게 못 견딜 정도로 힘든 것도 아니고."

종구는 경매라도 하듯이 종아리를 철썩철썩 치면서 물었다.

갑자기 이야기가 너무 빨리 진전되어 남수는 당혹스러웠다. 그때까지 멀게만 느껴졌던 막노동이라는 직업이 순식간에 현실로 다가와 있었다. 너무 가까이에 대고 있으면 초점이 흐려지는 렌즈를 들여다보는 듯한 착각이 들었다. 막연히 상상할 따름이다. 하지만 남수는 뭐라도 하지 않으면 안되겠다는 절박한 심정에 휩싸였다. 게다가 공부도 할 수 있다는 종구의 말에 마음이 솔깃했다. 지로가 왜 반대하는지 그게 마음에 걸렸다. 이윽고 남수가 무언지 억제하듯 조심스럽게 말했다.

"종구형, 전부터 말하려고 했는데, 도련님 도련님하는 것 이제 그만할 수 없겠습니까?—"

3

어딘가 그 풍경은 마음속을 그저 스쳐 지나가는 것이다. 그 속에서 자신은 그림의 점들에 지나지 않는다.

오늘 아침도 남수는 직업소개소에 떼지어 모여 있는 막노동자들 틈에 섞여 있다. 일거리 배당을 받기 위해 사람들은 창구에 서 있거나 웅크리고 앉아 있다. 막노동자 상대의 노점과 포장마차들이 나름대로 재미를 보고 있었다. 여러 모습의 별의별 인간이 다 있었다. 캉캉모자에 양산을 겨드랑이에 낀 중년의 남자, 이쑤시개를 문 채 하라마키(배가 차갑지 않도록 배에 감는 천)를 두르고 양손을 호주머니에 넣고 니커보커즈(주름 아래를 졸라매게 되어 있는 푸근한 반바지)를 입은 남자, 힘없이 바구니를 손에 늘어뜨린 몬페(일본식 여자 바지) 차림의 여자들, 아기를 데리고 늦게 도착한 애기엄마, 아침부터 술을 들이킨 소문난 과부, 한쪽 팔이 없는 머리가 덥수룩한 청년과 등에 동냥자루를 짊어지고 있는 머리를 빡빡 깎은 남자, 그리고 아무에게나 말을 걸고 있는 조합의 간부, 그런 풍경은 오늘도 여전히 반복되고 있다.

남수의 취업카드는 다른 누구 것보다도 새것이었다. 7월 1일부터 일을 시작한 증거로 그날그날 인지가 붙여져 벌써 15일이 된다. 실업대책사업소개 적격자 자격을 얻게 된 것은 17일 전의 일이었다. 종구가 아는 사람에게 부탁해서 겨우 얻게 해 준 것이다. 직업소개소에서는 애초에는 미성년자에게 실업대책사업의 기회를 주기를 꺼렸다. 중노년자를 대상으로 하는 구제사업이라는 것이 그 이유였다. 그것을 종구가 담당자를 반은 위협하다시피 다그치고, 조합 사람들의 도움도 받아 어렵게 막노동자의 자격을 얻을 수 있게 된 것이다. 그러나 이제 겨우 취업카드를 손에 넣은 남수가 어느 날 막노동자들의 세계 속에서 몸둘 바를 모르고 거북해 하고 있는 자신을 느끼고 있는 것이다. 말 상대가 없기 때문일까. 같은 또래가 없는 세계 속에 홀로 놓여진 듯한 외로움이 솟구치는 것이었다. 창구에서 작업배당이 정해질 때까지의 기다리는 시간에는, 사람들의 시선이 따가울 정도로 피부를 자극해 왔다. 노인들과 여자들이 어째서 저런 녀석이 막노동 같은 일을 할까?라고 의아해 하면서 바라본다. 남수는 어디다 시선을 두어야 할지 몰라서 먼 곳을 보았다. 저쪽 단지공원 내에서 젊은애들이 아침 야구를 하고 있었다. 그 하얀 유니폼과 활기찬 함성이 가슴에 다가왔다. 그렇다. 나는 분명히 저기서 야구를 하고 있는 모습이 더 어울린다. 그게 자연스럽다. 바라볼수록, 망향에 사로잡힌 포로 같은 자신이 느껴진다.

소개가 시작되자 남수는 오늘도 갑(甲)지구를 신청했다. 지로가 있는 현장이었다. 그곳 대기소는 신주쿠(新宿) 2가의 매춘부들이 있는 적선지대(赤線地帯)로부터 요쓰야(四谷) 방향으로 조금 들어간 공원에 있다. 황토 투성이의 살풍경한 공원 구석에 세워져 있는 판잣집을 찾아가는 것으로 하루의 일과가 시작되었다. 우르르 이 판잣집으로 갔다. 줄줄이 이 판자집에 모여드는 막노동자들에게 이곳은 자기 집과 다름 없었다. 사실 여자들은 이 판잣집에 다녀오면 자기 별장에라도 갔다온 것처럼 명랑해졌다. 안으로 들어가면서 창을 막대기로 버티어 열어서 빛이 들어오게 하고 각자 낡은 다다미 위에 올라서서, 수다 떨며 작업복으로 갈아입기 시작한다. 한결같이 수건으로 얼굴을 푹 가린다. 한여름의 직사광선을 피하기 위해서였다. 여자들은 감색 바탕에 잔무늬 천으로 만든 몬페를 입고, 목장갑을 끼고 반장에게 재촉당하듯이 서둘러 밖으로 나간다. 그 사이에 남자들은 큰 짐수레와 곡괭이, 가래, 도롱이, 삽 같은 연장들을 꺼내 오고 나머지 사람들은 빨간 연필로 경륜을 예상해서 맞추어 보거나 넋이 나간 듯 창 밖의 경치를 보고 있다.

작업은 2가(丁目) 근처의 도로를 포장하는 일이었다. 일은 분담이 되어 있어서 남수는 짐수레에 쇄석(碎石)을 실어 조금 떨어진 곳에서 현장까지 운반하는 일을 맡았다. 자갈을 가득 싣고 수레채를 쥐고 혼자서 끌고 간다. 뒤에서 여자 한 명이 밀게 되어 있지만, 남수는 혼자서 휭하니 가 버렸다. 뒤를 밀어 주는 다른 여자들이 그런 젊은이를 보고 재미있어 하며 웃어댔다.

점심시간이 다가오면, 여자들은 그 어느 때보다 활기에 넘쳤다. 끝나는 시간을 고대하며 기다렸는지 여자들은 판잣집으로 돌아와 왁자지껄 떠들면서 도시락을 연다. 반찬을 나누어 먹으며, 차를 돌리면서 한바탕 재잘거리는 모습이 마치 소풍 나온 계집아이들 같다. 단지 그 여자들의 왕성한 식욕과 세련미 없는 개성 강한 대화에서 처녀들의 수줍음 같은 것은 조금도 찾아볼 수 없었다. 어린애를 데리고 온 엄마는 늘 자기 아이와 마주보고 앉아서 도시락을 먹었다. 쾌활하고 다부진 여자들에 비해서 남자들은 왠지 풀이 죽어 있다. 한 중년 남자는 점심시간이 되면 등을 구부리고 조용히 도시락을 먹었다. 언제나 거무스름한 찬합을 가지고 오는 귀가 큰 남자는 남에게 보이는 것이 싫은지 밖의 나무 그늘에 앉아서 남의 눈에 띄지 않게 숟가락으로 밥을 먹는다. 남자들은 말이 없고 내성적이었다. 잔뜩 먹고 나면 판잣집 안의 여자들은 잠을 자든지, 더 수다를 떨든지 한다. 다른 여자들이 팔베개를 하고 곤하게 낮잠을 자고 있을 때, 뜨게질 바늘을 바쁘게 움직이는 엄마도 있었다. 여자들이 깨어 있을 때는 판잣집 안이 이상하게도 야하고 외설스런 분위기에 휩싸여 버리는 것이다. 오늘도 마찬가지였다. 그 여자들은 그럴 때 쇼키치(壓吉)를 놀려댔다.

"그런데에, 왜 아까부터 회심의 미소를 짓고 그래?"

"몰라요, 내가 뭘."

"시침떼지 마, 다 봤어, 어젯밤에 그렇구 그런데 갔다 왔잖아."

"모르는 일이에요, 나는."

쇼키치는 늘 입가에 침을 흘리고 다니는 마흔 살 된 남자였다. 한여름에도, 카키색 군복을 입고, 그 위에 넓은 가죽벨트를 하고 있다. 지능이 모자라서 여자들의 놀림감이 되곤 한다.

"쇼키치는 머리는 텅텅 비었어도 그거는 제대로 한 사람 몫을 한다며. 아키타(秋田) 지방의 말도 못 당한대."

장단을 맞추며 '와' 하고 모두들 웃는다.

"난 몰라요, 난."

"뭐라고, 그 머리가 증건데. 머리카락 팔아가지고 댕겨 왔잖아."

"이발소에 갔다 온 거야, 난."

"쇼키치, 그럼 간 게 아니고, 불러다 놀았겠구나."

그 말에 판잣집은 웃음 소리로 터져 나갈 듯했다. 여자들은 쇼키치를 놀리지만, 남자들에게 놀림 당하는 때도 있었다. 남자들이라고 해도 언제나 판잣집에서 좀 떨어진 창고 옆에 모여 있던 패거리들 몇 명이었다. 그 속에 지로가 끼어 있었다. 한패거리인 티롤리언 모자(등산모 따위로 쓰이는 테가 조붓한 모자)를 멋있게 쓴 남자와 등에 승천하는 용을 문신한 남자들이 마음 내키면, 판잣집에 찾아온다.

그럴 때 어린애를 데리고 온 엄마는

"얘야, 저쪽을 보면 안된다"라고 자기 아이에게 살짝 타이르는 것이다.

그중 한 남자가 분을 짙게 바른 과부에게 일부러 달라붙는다. 뒤에서 껴안으면서 과부의 다리를 잡아 버린다.

"야 그거 끝내 주네."

라고 남자는 야비하고 외설스런 소리로 웃으며 말한다. 과부는 찢어지는 소리를 지르고 남자의 얼굴을 찰싹 때린다. 여자들은 해해 웃고, 남자들은 "조르기로 단단히 꽉 잡어"라든가 "자물쇠가 필요할 걸"이라고 기합을 넣었다. 그러나 쇼키치까지 그 주위에서

"난 몰라요. 난 몰라요"라며 깡충깡충 뛰어다니기 시작했다.

그렇지만 짓궂은 장난은 곧 끝났다. 오후의 작업시간인 것

이다.

남수는 점심시간을 될 수 있으면 공부에 할애했다. 7월도 절반이 지나가 버렸지만, 시험공부는 손도 못 댔다. 할 수 있으면 빨리 대입학원에 다니고 싶다. 야간반이라도 다닐 수 있었으면 하는 바람이었다. 그렇게 되면 불안한 마음도 다소 누그러질 것 같다. 작업 현장에서는 책을 들고 있어도 시끄러워서 집중이 안된다.

통조림과 삽을 손에 들고 우르르 판잣집을 나가는 사람들 틈에 섞여서 남수도 햇빛이 따갑게 내리쬐는 밖으로 나왔다.

"힘내서 열심히 합시다." 감독이 여자들에게 말을 한다.

"뭘, 그래. 내일은 일자리를 구하지도 못할 텐데"

여자들은 감독이 찍소리도 못하게 해서, 버선신을 질질 끌며 찌는 듯한 더위 속으로 걸어간다. 그 다음은 저녁때의 품삯을 받는 즐거움이 기다려진다.

남수는 오후의 작업은 지로와 같은 조에서 하라는 지시를 받고, 그쪽으로 걸어갔다. 길가에 서 있는 실버들을 만지며 걸어서, 아치가 걸린 거리의 한 모퉁이로 접어들고 있었다. 복숭아빛, 연지빛, 보라빛으로 채색된 건물들이 여기저기 늘어서 있다. 아침시간에 집집마다 남편들을 문에서 배웅하는 소리가 나고는 쥐죽은 듯이 다시 조용해지는 홍등가인 이 거리는 점심때가 지나면 현관 앞에 물을 뿌리거나 하며 손님맞을 채비가 시작되었다. 남수는 한 건물의 뒷문으로 들어갔다. 두서너 명의 남자들이 뚜껑이 열린 맨홀 주위에 쭈그리고 앉아 있고, 그중의 한 사람이 맨홀 속에 어깨를 넣고 있었다. 그 남자는,

"됐어."하고 힘겨운 목소리로 외치고, 땀으로 뒤범벅된 어깨를 빼냈다. 지로였다.

"아니, 뭐야. 너 왔구나."

남수를 보더니 지로는 좀 두꺼운 입술을 삐죽 내밀었다. 그 사촌형의 당황한 기분을 남수는 알 수 있었다.

"어휴, 냄새, 아 지독해. 맨홀 좀 빨리 닫아 줘."

승천하는 용을 문신한 사나이가 여자의 목소리를 흉내내며, 코를 쥐었다.

"쳇! 그게 다 놈들이 재미보고 난 뒷처리라니까. 알겠어!"

티롤리안 모자가 겸연쩍음을 감추려고 자기 허리를 한 번 쳤다.

지로와 그의 동료들은 사창가를 둘러싸고 있는 배설관 수리를 하고 있었다. 그 거리의 여자와 남자들이 배설한 것이 맨홀 밑의 하수구로 흘러 들어가고, 합류해서 어딘가로 흘러나간다. 이번 일은 하수구에 연결된 정화조 구멍의 부식된 부분을 시멘트로 바르는 것이었다.

"인부 좀 더 보내달라고 부탁했더니"

그러나 사촌형은 남수가 올거라고는 생각하지 못한 듯했다.

"해볼 테야?"

"일이니까 해보죠."

남수는 딱 잘라 대답했다. 게다가 그 일은 하청업이라서 운이 좋으면 의외로 쉽게 끝날 수가 있는 장점이 있다. 갑지구에서 이 특권을 누릴 수 있는 것은 고참인 지로와 그 밖에 몇 사람뿐이었다. 일이 빨리 끝난 다음에는 품삯받는 시간까지는 무엇을 하든지 자유이다.

"제기랄, 홍등가 같은 건 빨리 안 없어지나."

"상관말어, 그런 소리하지 마. 네 자식이 울겠다. 네가 말 안해도 여자 국회의원들이 다 국회에서 떠들고 있어."

티롤리언 모자와 문신은 그런 농담을 주거니 받거니 옆가게로 옮겨갔다. 두 편으로 나누어 일을 쉽게 하기로 했다. 남수는 양동이에 체에 거른 모래와 시멘트 가루를 적당히 섞어, 물을 조금 넣고 개면서 끈끈한 시멘트 반죽을 잘 만들었다. 그것을 맨홀에 머리를 집어넣고 있는 지로에게 건네주거나 달라는 대로 소도구를 집어 주면 된다. 남수는 웅크리고 앉아 지로가 작업하는 것을 보고 있자니 지로의 두 팔에 정신이 쏠렸다. 뇌하수체를 이식한 흉터가 뚜렷이 보인다. 그 부분의 살만 1mm정도 튀어나오고 피부 색이 다른 부분보다 조금 보라빛이 도는 말고기색을 하고 있었다. 그것은 마치 도마뱀이 피부에 달라붙어 있는 것 같았다.

남수가 그 흉터를 처음 본 것은 중학생 때였다. 며칠 간 고향으로 돌아온 지로의 팔을 본 순간, 남수는 선명한 색으로 툭 불거진 그 흉터에 놀랐었다. 그것은 딱 지우개만한 크기였다. 수술했느냐고 물었더니 뇌하수체를 이식했다고 의기양양하게 말했다. 여하튼 소련의 선진의학이 낳은 획기적인 성과인 양, 남의 피부를 붙였다고 했다. 왜 그렇게 되었는지는 모르지만, 새로운 호르몬은 만들어 낸다든가라고 말하는 것이었다. 지로는 그것을 마치 사회주의자의 견장과도 같이 자신의 팔에 붙여 놓고, 그 무렵 격렬한 전쟁을 하고 있었던 것이다. 그러나 지금 뇌하수체의 이식 흔적은 살의 부스럼 딱지처럼 흉하게 피부에 붙어 있고, 맨홀에서 배어 나오는 배설물의 냄새를 맡고 있다. 그리고 지로는 이제 더 이상 생기발랄한 모습은 전혀 찾아볼 수 없는 울적한 표정으로 작업을 하고 있는 것이다.

막노동자로 갑지구에 오게 된 남수는 그때까지 일이 서툴러서 당황한 적이 있었다. 그러나 어떤 의미에서는 사촌형인 지로의 변화만큼 놀랐던 일은 없었다. 그 몇 년 사이에 사촌형은 어떻게 되어 버린 것일까. 고등학생인 남수에게 『강철은 어떻게 단련되었는가?』라는 책을 보내 주었던 때의 사촌형은 내심 그런 사람이 되고 싶었음에 틀림없다. 아마도 코주차깅과 같은 삶을 살려고 했겠지. 바로 거기서 지로의 이름을 따라붙인 '지로차—깅'이라는 애칭도 생기게 된 것을 상상할 수 있다. 그런데 지금의 지로는 일체 아무런 활동도 하지 않고, 틈만 나면 막노동자 친구들과 어울려 오이초가부 같은 놀음을 하고 있다. 오늘도 작업이 끝나면 창고에 돌아가서 거기서 도박을 시작할 것이 틀림없다.

남수는 자신이 막노동자가 되려고 했을 때 소극적이었던 지로를 생각했다. 사촌형은 남수를 걱정도 하면서, 한편으로는 자신의 모습을 동생에게 보이는 것이 싫었던 것 같다.

요즘, 남수는 형과 거의 말을 하지 않고 지냈다. 아침 일찍 직업소개소에 나갔다 저녁에 돌아오면, 형은 벌써 어딘가 외출하고 없었다. 그렇게 엇갈리는 탓도 있지만 그보다 형제간에 서먹서먹한 감정이 있기 때문이었다. 형은 원래 남수가 막노동자가 된 것을 탐탁지 않게 여기고 있었다. 형은 자기가 그만큼 주의를 주었는데 하면서 화를 내는 것 같다. 형은 말하기를,

"다른 사람들이 쓸데없이 참견해도 주의하라고 내가 말했지. 무슨 생각으로 도쿄에 온거야. 실업자가 되고 싶어서 왔어. 막노동자라니, 실업자·프롤레타리아란 말이야. 실업자란 말이 앞에 붙는다구. 그러다가 결국에는 진짜 실업자가 되어 버려. 봐라, 우리 방 후타로. 너도 그 작자처럼 되고 싶으냐!"

형은 1호실의 통칭, 후 씨의 예를 든 것이다. 그 일본인은 어디서 왔는지, 무엇을 하고 있었는지, 아무도 몰랐다. 말하자면 정체불명의 인물이었지만 의외로 인정에 약한 종구가 직장에서 데리고 와서, 그대로 1호실에 눌러앉게 된 듯하다. 방에 있어도 참견하는 일이 없고 있는지 없는지 통 알 수 없는 듯한 인간이었다. 남수는 언젠가 이 사람의 이름을 본명으로 불렀더니 "후타로도 괜찮아"라고 한 적이 있다. 인생을 포기한 듯한 서글픈 여운이 담겨 있었다. 좀처럼 희로애락을 표정에 나타내지 않는 이 사람이 남에게 싫은 소리를 하는 것을 남수는 딱 한 번 들은 적이 있다. 그 정도는 직장에서는 아무것도 아닌 광경이었다. 여자들이 해해 웃고 있으니까 후 씨는 그때만은 증오하듯이 내뱉었던 것이다.

"저 큰 입에 돌을 처넣어 주고 싶다."

형은 이 후 씨를 좋아하지 않는다.

"저 놈은 인생의 패배자야. 어차피 다른 데서 실패하고 거기에 더 이상 있을 수 없게 되니까 막노동자가 되었을 거야.

그러나 패배자는 저 놈만이 아냐. 사람은 사귀는 친구에게 감화되는 거야. 막노동자들은 모두들 그렇게 되는 거야. 봐, 우리 방의 패거리들을. 이미 그 징조가 나타나고 있겠지만 종구 그 놈, 입으로는 위세가 좋아. 그러나 오히려 지금 지로보다 더 울적해질 테니까. 지로의 형은 어때. 이치로가 후타로와 비슷해. 지금 잘 봐 둬, 알콜중독이 되어 길가에서 아무렇게나 누워 있게 되고 그 위에 지나가는 개가 소변을 보게 될 테니까."

마치 형은 그렇게 되기를 바라고 있는 듯한 어조로 열심히 떠들었다. 게다가 남수가 막노동자가 된 것을 헐뜯는 것이다. 그러나 남수로서는 무조건 막노동자를 모조리 깍아 내리는 형의 태도에 의문을 가지고 있었다. 막노동자는 실업자·프롤레타리아라고 가차없이 꾸짖어도 괜찮은가. 어쨌든 한편으로 적의마저 느껴지는 말투였다. 확실히 실업자처럼 아침부터 만취되어 있는 사람이나, 정해진 주소가 없는 후타로도 있다. 그러나 대부분의 막노동자들은 가난한 가정을 이끌어 가기 위해서 살아가는 성실한 사람들이었다. 자유 노동자의 숨김없는 야비하고 외설스러움도 생활의 일부에 지나지 않을 것이다. 그러한 남수도 그만 막노동자의 부정적인 면을 먼저 보는 경우가 많다. 그러나 한편 막노동자와의 기분좋은 동료의식도 느끼고 있는 것이었다. 그들 중 한 사람이 더위를 먹어서 설사를 하게 되면 누군가가 다음날 효험이 좋은 버드나무 풀을 뜯어다 준다. 남수는 자신이 그 속에 있을 때 고독을 느꼈지만, 그런 남수 같은 어린 사람을 보고 젊은이가 공부하지 않으면 나라가 잘될 수 없다고 소박하게 격려하는 사람도 있었다. '그렇겠지'라고 남수는 생각했다. 막노동자를 경멸하는 그 형은 도대체 무엇을 하고 있는 것인지…….

형에게서 설교를 들었던 바로 다음날의 일이었다. 어떤 여자로부터 이상한 전화가 걸려왔던 그날은 남수가 일거리를 못 얻은 날로, 하루 종일 1호실에 틀어박혀 있었다. 형은 여느 때처럼 신문지를 깔고 누워 뒹굴고 있었다. 그때 문밖에서 관리인 아주머니가 쭈뼛쭈뼛거리며 "전화예요"라고 말해 주었다.

"니가, 나가 봐."

형이 지친 듯한 목소리로 말한다. 남수가 일어나서 문밖으로 나가 현관 옆의 전화를 집어들었다.

"야마자키 씨에요?"

여자가 수화기에서 낮은 목소리로 말했다.

"네, 그렇습니다."

"야마자키 신이치 씨군요."

확인하듯이 말한다. 차가운 음성이었다.

"아니요, 남수인데요. 누구십니까?"

"야마자키 신이치 씨 계십니까?"

얼음처럼 찬 목소리로 여자는 다시 물었다. 남수가 대답하려고 하는 순간 형이 문에서 상반신을 내밀고 자꾸 신호를 보내고 있는 것이 느껴졌다. 손을 흔들고 입모양으로 '없어', '없어'라고 손짓하고 있는 것이다.

"……안 계신데요."

주저하면서 그렇게 대답하자, 여자의 소리가 멀어지면서

옆사람과 소곤소곤 말하는 기척이 전해져 왔다. 상대방은 남자인 듯했다.

"언제쯤 돌아오실까요?"

얼음같이 찬 여자의 목소리가 들려 왔다. 형이 남수의 또 한쪽 귀에 대고 전하는 것이다. '지금 여기 없다고 해.' 그것은 너무나 말도 안되는 우스꽝스런 일인 것이다. 하지만 형은 반은 위협하고 반은 애원하는 듯한 표정으로 부탁하는 것이었다. 본의는 아니었지만, 남수는 나오는 대로 지껄였다.

"……아, 그래요?"

전화선 저쪽에서 입술을 깨무는 듯한 기척이 전해져 왔다. 여자는 또 소곤소곤 남자와 이야기를 주고받다가, 마침내 멋대로 전화를 끊어 버렸다. 형은 휴— 하고 가슴을 쓸어내리고 방으로 돌아가 신문지 위에 벌렁 누웠다.

"뭐야, 그 전화—."

남수는 눈썹을 찌푸리며 형에게 물었다. 그런 종류의 전화가 무엇을 의미하는지 그 정도는 상상이 가는 것이다.

"아—."

형은 김빠진 대답을 했다. 조금 전까지 당황하더니 벌써 시치미를 떼고 있는 것이다.

"무슨 일이야?"

남수는 믿지 못하겠다는 투로 다그쳐 물었다.

"아—. 시끄러워. 너하고는 상관없는 일이야."

그렇게 들어도 불유쾌했다. 형 때문에 마음에도 없는 거짓말을 하고, 상대 여자가 거칠게 전화를 끊어 버리는 것들이 관계없다는 말로 끝날 일이 아니지 않은가.

"형도 놀지만 말고 일을 해 보는게 어때? 막노동이라도 괜찮지 않아?"

남수는 화제를 돌려서 그렇게 말했다. 형은 힐끗 쏘아보았다.

"바보 같은 소리 하구 있네. 내가 실업자·프롤레타리아 같은 막노동자가 될 수 있겠어?"

"프롤레타리아 말야?"

"어느쪽이든 상관없어. 내 문제는 신경쓸 것 없다. 네 공부나 제대로 해라. 내 일도 그렇긴 하지만… 공부해야 돼. 공부, 안 그러면 나처럼 된다구. 만약에 내가 제대로 배웠다면 이런 지저분한 방에 죽치고 있겠니? 일류 회사에 취직해서 지금쯤 틀림없이 젊은이들의 선망의 대상일 거다. 아아, 일본인으로 태어났으면 얼마나 좋았을까. 그것도 일본인으로 태어나야 가능하겠지. 취직만 되면 좋겠다. 나도 괜히 바보 같은 여자의 궁둥이를 쫓아다니며 돈이나 뜯어 내고 싶지는 않아……."

혼이 빠져나가는 듯한 목소리로 말하는 것이다. 정신이 나간 듯 천정을 바라보고 있는 형을 보자, 남수는 묘한 기분에 휩싸였다. 형은 자신의 성기를 무기로 생활하고 있는 것이다. 일자리를 잃은 형이 짜낸 생활수단이 고작 이것이었나. 종구의 말에 따르면 프롤레타리아의 자본은 육체다라고 하지만, 형의 자본은 성기이고, 그것이 생산수단인 것이다. 사실 죽어도 막노동자는 되고 싶지 않은 허영꾼인 형에게는 여자사냥이 더 고상한 직업인 모양이다. 그렇다 하더라도 그런 형도 자기 직업에 싫증을 느끼는 듯하고, 정상적인 직업을 가지지 못하는 것에 대해 우울해 하고 있는 듯하다. 지금도 아버지에게 영화촬영기사라고 속이며 편지를 보내고 있는 형이 처량하게 느껴졌다.

4

살다 보면 이런 날도 있는 것일까. 그런 날은 누구나 아픈 것 같이 우울하고, 그리움에 빠져드는 것이다. 아침부터 내린 비가 그치지 않고 판잣집 안을 어두컴컴하게 하고 있다. 가뭄이 들어서 건조해진 포장도로와 가로수는 비로 생기를 되찾았지만, 사람들은 어두운 그늘이 드리워진 표정을 한 채 밖에서 줄기차게 내리는 비를 바라보고 있는 것이다.

갑지구 사람들은 비가 새는 천장을 피해 몸을 서로 기대고 있었다. 이런 날은 일이 안된다. 일할 기분도 나지 않는다.

"아아, 막노동자들을 죽이려면 칼은 필요 없을 거다. 비만 한 사흘 내리면……."

가라앉은 분위기를 깨고 누군가가 노래하듯 크게 말했다. 비가 내리면 B6이 인정된다.

막노동자에게는 A에서 D까지 임금격차가 있고, 비가 와서 작업을 할 수 없는 날은 일률적으로 B(325엔)의 6할이 지불된다. 그걸로는 생활해 나갈 수 없기 때문에 비는 막노동자들의 적이다.

이런 날은 점심시간이 되어도, 여느 때와 같은 활기는 없다. 노인이나 중년의 노동자들은 옛날 일을 회상하며 서로 소근소근 낮은 소리로 이야기를 나누고, 여자들은 너나할 것

없이 독기를 띤 표정이다. 쇼키치가 중얼중얼 입 속에서 투덜거리며 말한다. 쇼키치는 비오는 날을 싫어하는 것 같다. 그리고는 "해고야, 해고. 모두 해고다!"라고 소리쳤지만 무슨 말인지 그 뜻을 알 수 없다. 지루해 하던 사람들이 갑자기 어린애 목소리에 놀란다.

"어, 쥐야. 엄마."

어린아이가 장난감이라도 본 듯이 소리친 것이다.

"괜찮아, 괜찮아."

어머니는 계속 뜨게질을 하면서 말한다. 어른들한테는 판잣집에서 쥐를 보는 일은 대수롭지 않다. 그래도 어른들은 아이의 목소리에 결국 쥐를 쳐다본다. 그 눈길은 어딘지 서글프게 이 판잣집의 공존자를 향하고 있다.

찌는 듯 무덥고 음침한 판잣집 안이 그나마 활기를 띄게 될 때는 품삯을 받는 시간이다. 비오는 날은 평상시보다 일찍 돌아갈 수 있었다. 얼마 안되는 돈을 손에 넣자 사람들은 뿔뿔이 빗속을 흩어진다.

1호실의 사람들도 이렇게 종일 비가 내리는 날에는 집에 돌아와도 우울한 듯하다. 각자 무엇을 생각하고 있는지 말이 없다. 그러한 침묵이 한 시간이나 계속되었을 때 종구가 말을 꺼냈다.

"야, 지로차―깅. 그때는 순진했었지이―."

종구가 옆에 누워 있는 지로에게 말을 걸었다. 지로는 사냥모자로 얼굴을 푹 덮고 있었다.

"하루에 구페빵 한 개, 그것만 가지고도 좋았으니까. 차비가 없어서 신주쿠에서 고엔지까지 허기진 배를 움켜쥐고 잘도 걸었지……."

지로는 잠자코 있다. 종구는 계속한다.

"우리들은 그 방침을 믿고 있었지. ―일본혁명의 성취 없이 조선혁명의 수행은 없다. 말은 잘했지. 조국 조선에서는 우리의 영웅적 인민이 미제의 침략에 반대하며 조그마한 땅덩어리를 지키고 있었어. 일본의 군사기지에서는 그런 조선인민을 죽이려고 미국 비행기가 날아오르고 있었지. 네이팜탄을 싣고서. 나는 그것을 멀뚱멀뚱 보고 있을 수만은 없는 기분이었지. 나는 그것이 옳다고 믿고, 화염병을 던졌어. 미제국주의의 앞잡이인 파출소를 향해서― 그래 가까이에 있는 화장실에 내내 숨어 있다가 확 던지고 도망쳤지. 목숨을 걸었어. 어이, 지로차―깅, 듣고 있어?"

지로는 아무런 대꾸도 없었다.

"너도 어렸지만 제법 용감했었어. 마지막까지 분발했으니까―. 믿었던 거지. 일본 공산당에 들어간 것도, 화염병 투쟁에 달려나간 것도 모두 애국심에 불타고 있었던 거지. 누가 뭐라고 해도 이것만은 진실이야."

피를 토하듯 말하고, 종구는 한숨을 쉬었다.

"하지만 하룻밤 새고 보면 극좌(極左)모험주의자란 말이야. 일본 공산당에서는 동지는 조선인으로서의 올바른 운동으로 '돌아가야 한다'고 부르짖고, 총련에서는 지금까지의 잘못을 자아비판해야 한다고 말하고……그리고 우리는―어이, 지로차―깅, 뭐라고 말 좀 해봐. 기가 죽은 거야."

"그런 소리 하지 마. 우리가 잘못 생각했던 거야."

지로는 괴로운 듯이 두터운 입술을 움직이며 말했다. 그리고 다시 사냥모자를 얼굴에 푹 뒤집어썼다.

"틀렸는지 어쩐지 모르겠지만 견딜 재간이 없었어. 제기랄, 나는 생명을 걸고 싸웠어. 그래서 극좌모험주의 낙인이 찍혀서 이 꼴이 되었어. 내 자신을 돌보지 않고, 모든 것을 내버린 내가……."

"그렇게 말한다고 뭐가 달라지겠어. 소용없어."

지로가 우울한 듯 가로막았다.

"그럼, 어떻게 하면 좋겠어. 너라면 좋은 생각이 있어?"

종구가 지로에게 물었다. 그러나 지로는 아무런 대답도 없었다. 단지 온몸이 괴로운 듯이 종구에게서 등을 돌렸다. 그러자 종구는 '아아,'라고 평소와는 달리 기운 없는 한숨을 쉬고, 천정을 향해 벌렁 누웠다.

그때 무슨 생각이 났는지 형이 말참견을 했다. 그때까지 골똘히 뭔가 생각하고 있었던 것이다.

"종구야 한 가지 상의하고 싶은 일이 있는데."

"뭔데?"

"저 오시레 속에 있는 지팡이 말야. 그거 팔면 어때?"

"왜?"

종구가 그 말에 귀를 쫑긋했다.

"이제 쓸모없겠지. 그 속에 칼이 장치된 지팡이 말인데 얼마 전 이치로가 데리고 온 우익분자가 탐내고 있으니까 어차피 필요 없는 것이라면 팔아 버리는 것이 좋을 것 같은데. 오천 엔 준다고 하는데. 으응, 이치로."

그 소리에 이치로는 사람좋게 웃었다. 그 순간까지 이치로도 우울한 얼굴로 무좀 난 발을 긁적이고 있었다.

종구는 몸의 반동을 이용해 상반신을 일으켰다.

"이 바보야. 설령 백만 엔을 싸가지고 와도 저걸 우익 나부랑이에게 넘겨 줄 것 같애? 저건 미제국주의와 아니 혁명의 결정적 순간에 내가 쓰려고 간직하고 있었던 거야. 거기에는 혼이 담겨져 있어. 그것을 우익 따위에게 넘겨 줄 정도로 타락하진 않았어."

종구가 형을 노려보자 형은 아첨을 떨었다.

"그런 뜻으로 말한 건 아니야. 종구는 역시 대단해."

"시끄러. 아첨 떨지 마. 너처럼 계급적 양심이 없는 놈과는 말도 하고 싶지 않아."

"나도 프롤레타리아계급이라구."

형은 히쭉히쭉 웃으며 대답했다.

"너라는 놈은 말야—."

하고 종구는 가르치는 듯이 말했다.

"이중인격자야. 혁명의 결정적인 순간에는 사령부를 팔아넘길 놈이야. 이 여자 저 여자 바꾸는 것처럼. 인민재판감이야."

"그래서 나는 공산당이 싫단 말이야. 아무튼 극단적이라니까. 이렇게 하찮은 나까지 재판을 걸다니. 그런데, 왜 그런지 모르겠지만 공산당에서도 그런 패거리는 요즘 사정이 나쁘지 않아?"

형은 반격하듯이 되받아쳤다. 그것을 듣고 종구는 뭐야아, 하고 반발했다.

"둘 다 그만둬!"

그때 지로가 사냥모자를 벗고, 괴로운 표정으로 말했다.

"그래두, 임마."

하고 종구는 분해서 지로에게 동조를 구했다. 그러나 지로는 종구의 사나운 얼굴에 질렸다는 듯이 시선을 떨구었다.

"나가는 데 나가서 네 자신을 점검해 봐라. 이렇게 말싸움만 한다고 뭐가 생기냐."

지로는 종구에게 더 이상 상처를 입혀서는 안되겠다는 듯이 덧붙였지만, 곧 자신에게 질린 듯이 아무 대꾸도 하지 않았다. 종구는 아직도 기분이 언짢은지 얼마 남지 않은 머리카락만 만지작거리고 있었다.

"이봐, 이 난봉꾼아, 제발 이 방에 여자 좀 데려오지 마. 언제 한 번 주의를 주려던 참이었어. 아무리 돈이 없다고 해도 내 방을 이용하기만 해봐라, 이번에는 정말 내쫓아 버릴 테니까."

하고 무시무시한 태도로 위협했다.

형은 종구의 갑작스런 공격에 한순간 움찔했지만, 이번에는 순순히 말했다.

"나도 그럴 생각은 아니었는데—. 무심코, 헤헤, 여하튼 돈이 없는 것은 괴로워. 자네에게는 정말 신세가 많아."

종구는 혀를 차고 짜증스러운 듯 착 달라붙은 숱이 적은 머리카락을 헝클어 버렸다.

"좀 어지간히 하면 어때."

지로가 완강하게 말했다.

"남수 생각도 해야지."

남수는 건성으로 책을 펼쳐 놓고 있었다. 그러나 아무것도 머리에 들어오지 않는다. 1호실의 우울한 기분이 자신에게마

저 옮아져서 너무 답답했다. 비나 얼른 그쳤으면 좋겠다고 생각했다. 그때, 이런 빗속에 외출할 작정인지, 이치로가 몸을 일으켜 오시레에서 우산을 꺼내 들었다.

"어디 가는 거야? 이런 비에."

종구가 이마를 찌푸리며 물었다. 그 소리에 이치로는 부드럽게 웃었다. 술을 마시지 않을 때의 사촌형은 거세된 사람처럼 보인다.

"자, 잠깐 나갔다 올게. 남, 남수가 공부하고 있는데 방해해서는 안되잖아. 음. 후 씨 그렇지? 하, 함께 나갑시다."

이치로는 종구의 시선을 피하듯이 말하고 벽장 속에 들어가 있는 후 씨를 끌어당겼다.

"나는 됐어."

하고 후 씨는 거절한다.

"그럼, 잠깐, 나만이라도, 바, 방해되지 않게—."

이치로는 종구가 말리는 것도 마다하고 밖으로 나가 버렸다.

"저 녀석, 비오는 날 정도는 좀 들어앉아 장래일이나 생각하면 안되나."

종구는 고개를 젓고 다시 누워 버렸다.

"후 선생 거기서 좀 나와요."

종구가 오시레를 향해 말했다.

"아뇨, 나는 여기가 좋은데요."

라고 후 씨는 말한다.

"그게 아니라, 이불이 축축해진단 말이요."

후 씨는 한 손으로 안경을 잡고, 오시레 윗칸에서 내려온다. 1호실에 다시 정적이 흘렀다. 그런 때 도로에 인접한 방으로 유선방송 소리만이 활기차게 들려온다. 종구가 휘파람새 아가씨 노래를 듣고 있다가 으르렁거리듯 소리쳤다.

"제기랄, 뭐가 텔레비전 선전이야. 뭐가 문화생활, 전후 10년이야. 디플레이션이다, 인플레이션이다 하지만, 일본이 잘살게 된 것은 한국전쟁 때 돈을 벌었기 때문 아냐. 텔레비전이 뭐야. 그게 우리 생활과 무슨 상관이 있어."

아무도, 대꾸하지 않는다. 그저 빗소리를 열심히 듣고 있을 뿐이다. 종구는 한숨을 쉬었다.

"아아……, 나도 벌써 늙었나. 단 하루라도 좋으니까 고향에 계신 어머니에게 돌아가고 싶다. 살아 계실지……. 이봐요, 후 선생. 당신은 마누라도 자식도 있겠지. 욕하지 않을 테니 집에 돌아가시오. 마누라를 용서하면 되잖아. 직장에서 언뜻 들었는데 그것이 원인이겠지. 용서해 줘. 무엇보다도 아이들이 불쌍하지 않아?"

장마비가 활짝 개이자 8월의 도쿄는 찌는 듯한 더위가 시작되었다. 더운 날씨는 계속되었다. 그 와중에 남수의 생활에 두 가지 새로운 사건이 일어났다. 그 하나는 간신히 대입학원에 다닐 수 있게 된 것이었다. 막노동자들에게 하기 수당이 나와서 그 돈으로 곧 등록을 하였던 것이다.

어느 날 점심시간에 남수는 그 돈을 가지고 신주쿠에서 가까운 대입학원을 찾아갔다. 제법 큰 학원으로, 현관으로 들어가니 마침 강의가 끝났는지 학생들이 우르르 나오고 있었다. 복도를 울리는 듯한 요란한 게다 소리와 눈부시게 흰 와이셔츠 빛에 남수는 어지러울 정도였다. 이상한 수치심이 끓어올라 얼굴이 상기되었다. 학생들은 아무 관심이 없이 바닥에 옥돌을 깔아 놓은 정원으로 나가거나, 식사를 하러 문으로 빠져 나갔다. 남수는 학생과의 접수처로 가서 하기 특별 강습과 2학기 수강신청을 마쳤다. 마침 몇 회째 모의고사인지는 확실치 않으나 그것도 신청을 했다. 실력이 안되는 것은 알고 있었지만 다른 학생들에 덩달아 신청해 보았다.

그 다음날 저녁부터 남수는 야간반에 다녔다. 오랜만에 학생 기분이 되돌아왔다. 다른 학생들 틈에 섞여서 강의를 듣고 있자니 남수는 솟아오르는 듯한 감동으로 자신도 놀랐다. 역시 좋다.—라는 기분, 그것은 갑지구나 1호실에서는 맛볼 수 없는 것이었다. 이렇게 해서 남수는 매일 밤, 대입학원에 다니게 되었고, 그 무렵에 직장을 바꾸기로 하였다. 당분간 갑지구를 그만두고 교포가 하청을 받아 하고 있는 하수도 공사장에 가기로 했다.

내년에 내야 할 등록금을 모아 두려고 마음먹고 있었다. 막노동자인 남수 경우에는 아무리 많이 받아봤자 B등급의 325엔에 불과하다. 그것으로는 생활을 꾸려나갈 수 있을지는 모르겠지만 등록금을 마련하기는 힘들었다. 그 점에서 하수공사는 노가다일이기 때문에 하루에 오백 엔도 되고, 그 차액은 저금도 할 수도 있다. 그래서 막노동일은 취업자격에 최소한으로 필요한 한 달에 7일 간만 나가기로 하고, 지로와 함께 가네야마조로 일하기로 했던 것이다. 지로도 이번에 번 것으로 빚을 갚으려는 모양이다.

처음 그곳에 갔던 날 하루지(春治)와 만났다. 자기보다 어려 보이는 하루지를 보자마자, 남수는 어, 하고 생각했다. 어디선가 한 번 본 적이 있다. 어디서 만났었지? 그러나 순간적으로 그런 느낌을 받았다 해도 두 사람이 사실은 이제까지 만난 적도 없고 전혀 보지도 알지도 못하는 사이였던 것에는 의심의 여지가 없었다.

그렇지만 남수는 어릴 적 친구를 만난 듯한 생각이 들었다. 그런 남수의 기분을 눈치챘는지 하루지는 멋적은 듯이 인사했다. 열일곱 살이라고 했다. 하루지의 얼굴은 밤색으로 그을려 있어서 이 소년이 꽤 오래 노가다일을 해 왔음을 추측할 수 있었다. 그 부끄러움을 담은 표정에서 그가 아직 어리다는 것을 쉽게 엿볼 수 있었다. 그러나 하루지의 옷차림은 의외로 특이했다. 약간 때 묻은 복숭아빛 알로하 셔츠를 맨살 위에 입고 있었는데, 앞가슴을 드러내 배꼽 주위에서 셔츠의 옷자락을 쥐어서 묶고 있다. 바지는 무릎 근처에서 가는 실밥이 보이게 찢어서 모양을 냈고, 굵은 밧줄로 허리 둘레를 동여매고, 헐렁헐렁한 부츠를 신고 있었다. 그리고 하루지는 벌써 머리를 기르고 있었는데 딱 벌어진 섹시한 가슴에 은빛 펜던트가 반짝반짝 빛나고 있었다. 그런 차림새는 뭔가 보여 주려고 하는 모습이었지만 아무래도 마음에 걸리는 옷차림이었다.

하루지는 나이는 어렸지만 일만큼은 남수보다 선배였다. 작업은 하수도의 도랑을 쳐내고 썩은 판자울타리와 말뚝 대신 시멘트로 바꾸고 새로운 수로를 만드는 것이다. 하수도에는 장구벌레가 들끓고 악취가 풍기고 있었다. 그 도랑 속에 들어가 더러운 진흙과 나무조각 같은 것을 쳐내고, 순서대로 작업을 해 간다. 남수는 허리까지 차는 도랑으로 들어가 말뚝을 빼내는 일을 했으나 하루지처럼 능숙하게 단번에 빼낼 수 없었다. 감독은 그런 남수를 못마땅해 하고, 시멘트를 공사장의 발판까지 운반하도록 명령했다. 하루지도 일손이 딸리면 그 일을 한 적이 있었다. 여덟 관이나 나가는 시멘트판을 들고 적치장에서 발판까지 왔다갔다 하노라면, 그 무게가 배로 느껴진다. 면장갑 손가락에 구멍이 나고 지문이 없어져 나중에는 손가락이 반들반들해진다. 작업은 힘들었다. 계속해서 목이 탔다. 남수는 주전자의 물을 입에 대고 연거푸 마셨다. 그러나 하루지는 그다지 지치는 기색도 없이 가볍게 시멘트판을 발판 쪽으로 거뜬히 옮겨 간다. 그리고 일이 처지는 남수를 묘한 눈으로 보았던 적이 있었다. 처음 만났을 때의 수줍음을 머금은 눈과 닮았다. 그 후 며칠이 지나 하루지는 거의 말을 걸지 않고, 거리를 두고 자신을 관찰하는 것이었다.

남수는 그제서야 겨우 하루지의 마음을 읽을 수 있었다. 하루지는 새로 온 짝을 일부러 얕잡아 보고 있는 것이다. 그 눈이 그렇게 말하고 있다.—네가 노가다 같은 일을 해낼 수 있겠냐?라고 그 눈은 말하고 있다. 남수는 참을 수 없는 기분이었다. 처음에 자신을 겸연쩍게 쳐다보던 얼굴은 사실은 그런 뜻이었다.

그러나 "자기는 뭐, 어때. 좋아"라고 남수는 분발했다. 자기보다 연하인 하루지에게 질 수는 없다. 그러나, 마음과는 달리 허리가 몹시 아프다. 게다가 이 살인적인 더위로 남수는 몇 번씩이나 밀짚모자를 고쳐 쓰고, 더위로 나른해진 얼굴의 땀을 수건으로 닦았다. 쉴 틈도 주지 않고 감독의 소리가 들려온다. 도랑을 사이에 두고 양쪽에서 똑같이 작업을 해나가기 때문에 남수가 맡은 쪽의 재료가 옮겨져 있지 않으면 작업은 늦어졌다. 하청받은 공사이기 때문에 감독은 쉴 틈을 주지 않고 까다롭게 굴었다.

점심시간에는 그나마 한숨을 돌릴 수 있었다. 식사를 마치면 감독과 어른들은 처마밑에서 세상사는 이야기를 나누며 시간을 보냈다. 지로는 차양이 넓은 밀짚모자를 얼굴에 덮어 쓰고 낮잠을 잔다. 갑자기 우울해진 듯했다.

남수는 점심시간을 이용해서 책을 펴 본다. 그러나 정신집중이 안된다. 문득 발판조각으로 만들어 놓은 도랑의 표면을 멍하니 바라보는 자신을 발견하곤 했다. 그때 호조기(方丈記)의 한 구절이 떠올랐다.—가는 물의 흐름은 끊이지 않을 뿐더러 원래의 물도 아니다. 웅덩이에 뜨는 물거품은 없어졌다가 다시 모여서 잠시도 멈추지 않고…….

왜 갑자기 이 시를 생각하고 있는 걸까. 어쩌면 입시에 대한 불안감 때문인지도 몰랐다. 대입학원에서 발표된 시험결과는 형편없었다. 내 이름은 게시판에 붙어 있는 발표순위의 맨 끝에 나와 있었다. 제기랄, 이러다간 학비가 있어도 대학에 합격하지 못한다. 웅덩이—물거품 그게 자신의 모습과 같은 것이 아닐까라는 아픔이 느껴졌다. 남수는 그때 갑자기 하루지와 이야기하고 싶어졌다. 그 녀석은 학교는 어떻게 하고 있나? 이런 불안한 기분을 같은 처지에 있는 동료와 서로 이야기해 보고 싶다.

그런 하루지는 점심시간에는 늘 혼자였다. 그곳은 하수공사를 하고 있는 현장에서 보이는 꽤 넓은 공터였는데, 하루지는 잡초가 우거진 목재현장에 걸터앉아 있었다. 햇빛이 굉장히 따가운데 모자도 쓰지 않고 입으로 풀을 씹어서 내뱉으며 유심히 주위를 살펴보고 있었다.

하루지가 코끼리 같은 눈으로 이쪽을 바라본 순간 남수가 웃어 주었다. 그러자 하루지는 눈길을 다른 쪽으로 피하곤 했다. 그가 없는 방향으로 시선을 돌렸다. 남수는 하루지가 자기를 달갑게 생각하지 않는다고 느꼈다. 작업이 서투른 탓일까 하고 생각하자 불쾌하기도 했다. 하루지가 워낙 뛰어나게 일을 잘하니 어쩔 수 없다. 그러나 하루지의 경멸하는 듯한 태도에 남수는 마음이 쓰였다. 그때 문득 책이나 들여다보는 아니꼬운 놈 같으니—라고 말하는 듯이 보였다. 거기에 대해서라면 남수에게도 할 말은 있다.

감독은 하루지의 일을 나쁘게 말하지 않았다. 일도 잘 하고, 어른스럽기 때문이다. 하지만 공터에 있는 하루지에게 우연히 눈길이 멈추게 되면 "저 놈은—"이라고 몇 마디 던지는 경우가 있었다. 그 나이에 술을 한 되씩이나 마시고 부모를 힘들게 했다는 것이었다. 게다가 하루지는 거짓말을 하는 나쁜 버릇이 있다고 감독은 말했으나, 남수는 잘 이해가 되지 않았다. 이 현장에 와서 5일 정도 지났지만 남수는 아직 하루지에게서 그런 점을 발견하지 못했기 때문이다. 저쪽에 떨어져 있는 하루지는 감독이 자기 말을 하는 것을 아는지, 입에 넣고 있던 풀잎사귀를 푸— 하고 뱉어내고, 주위의 건물을 보고 있는 척했다. 그런 하루지를 보면서 남수는 고개를 갸웃거리게 된다. 아무래도 어딘가에서 만난 듯한 기분이 들어 견딜 수 없었다.

5

덥다. 미칠 것만 같은 더위다. 도쿄의 하늘은 살기를 품고 번쩍번쩍 빛나는 칼로 치려고 대든다. 이 더위 탓일까? 빛의 열기로 하얗게 보이는 태양이 사고력을 빼앗고, 단순한 동물 본능으로 자신을 해체해 가는 듯하다. 그리고 남수는 그런 자신을 계속 방비하고, 제각각으로 흩어져 버릴 듯한 의식을 견디고 있는 자신을 느낀다. 그렇지만 용해되어 가는 사고신경의 어딘가에 전철이 순환선을 이상한 방향으로 돌고, 갑지구의 쇼키치가 중얼중얼 너는 해고야, 해고라고 말하고 있고, 하늘에서 이력서가 팔랑팔랑 날아다닌다.

남수는 미칠 듯한 기분으로 수온이 높아진 어항 속의 금붕어처럼 입을 벌리고 술을 토해 낸다. 모세혈관이 모두 열리고 거기서 끝없이 자신의 청춘이 증발해 가는 듯한 처절한 생각이 들었다. 이렇게 날아가 버리는 것을 되돌리지 않으면 안된다. 자신의 청춘을 빼앗아 가는 것이 하늘 어딘가에서 태양을 조종하여 일제히 열을 내뿜고 있다. 나를 미치게 하려고 공격해 온다.

덥다. 남수는 신음하듯 하루지를 보았다. 그러한 하루지의 가슴에서 비 오듯이 땀이 흘러내리고 있다. 땀은 명치 끝으로 흘러 들어간다. 그 미적지근한 감촉이 견디기 어렵다. 조금 전부터 하루지는 기분이 나빴다. 작은 코끼리 같은 눈으로 이쪽을 보았다. 목재를 얼른 가져오라고 말했다. 좋아. 남수는 허리를 굽혀 시멘트판을 두 손으로 든다. 이 정도야 잘 들어올렸지만 허리가 휘청거린다, 열여섯 관의 시멘트판은 이제 그 두 배로 느껴진다. 아침부터 몇십 번이나 왕복했다. 재료를 쌓아둔 곳에서 도랑의 공사장까지 둘이서 운반해 가면, 지로와 다른 인부들이 밑에서 받는다.

'—어이, 하루지 이쯤에서 좀 쉬었으면 좋겠어.'

남수는 재료를 둔 곳으로 되돌아가면서 그런 말이 목구멍까지 올라오는 것을 느꼈다. 하루지가 조금도 쉬려고 하지 않았기 때문이다. 기분이 상한 것처럼 보이는 하루지는 작은 소처럼 묵묵히 일하고 있다. 남수는 하루지의 태도가 펜던트 때문에 그러는 것이라고 생각했다. 이제 막 오전의 작업이 시작되었을 때였다. 시멘트봉을 발밑까지 운반하고 있을 때, 지로가 그것을 받으려고 했다. 그때, 발밑의 받침판이 기울었다. 마침 하루지는 가슴까지 시멘트봉을 걸고 건너려던 참이었다. 아! 하는 사이에 시멘트봉 때문에 하루지의 펜던트가 진흙 속으로 휩쓸려 내려가 가라앉아 버렸다. 하루지도 그만 같이 빠질 뻔했다. 그러나 하루지는 자기 몸이 위험했던 것보다 은빛으로 빛나는 펜던트를 잃어버린 것이 더욱 아쉬운 듯했다.

그래서 기분이 상했다. 남수는 하루지의 모습에서 소녀다운 감상을 느꼈다. 하루지는 그 목걸이를 꽤나 소중히 여겼던 것이다. 하루지는 틈만 나면 늘 풀잎사귀를 불든지, 펜던트를 만지작거리고 있었다. 머리를 숙이고 목걸이를 만지작거리고 있을 때의 하루지는 마치 가슴속에 품고 기르고 있는 작은 새와 말을 나누고 있는 듯했다. 뚝! 하고 쇠사슬이 끊어지자마자 하루지는 앗! 하고 소리질렀다. 그것은 마치 작은 새가 날아가 버린 듯한 슬픈 목소리로 들렸다.

남수는 하루지의 기분이 전해져 오는 느낌이 들었다. 노가다라고 해도 아직 하루지는 열일곱 살이었다. 어른들의 대화에 끼기에는 어울리지 않는다. 그것은 남수도 마찬가지였다. 점심시간에 어른들이 말하는 것은 갑지구 판잣집의 연장에 불과하다. 지로가 그런 대로 말상대가 되지만, 그 사촌형은 우울해 하고 있다. 남수에게 말상대가 없는 것처럼, 하루지에게도 없는 것이다. 노가다의 그런 날들로 해서 하루지가 펜던트와 이야기를 나누는 습관을 가지게 되었을 거라는 생각이 든다.

"어이, 하루지, 왜 이리 덥지?"

남수는 쉬자고 하는 대신 그렇게 말을 걸었다. 하루지는 그 말에 잠시 남수를 힐끗 보았지만 흥미없다는 듯이 잠자코 있다. 한여름인데 더운 건 당연하지라고 말하는 듯 무언으로 대답하고 있다.

"너무 더워, 미칠 것 같아."

남수는 또 한 번 반복했다. 그러나 하루지는 아무런 대답도 없이 시멘트봉을 잡았다. 어쩔 수 없이 남수도 허리를 굽히고 박자를 맞췄다.

하루지는 너무나 열심히 일을 했다. 그런 하루지에게 휘둘려 남수는 초조해 하고 있었다. 하루지에게 다시 말을 걸려고 하고, 거부당하는 느낌이 들었기 때문이다. 펜던트가 없어졌어도, 이야기를 나눌 수 있는 살아 있는 인간이 있지 않은가라고 생각한다. 남수는 더위 때문에 자기 생각마저 무뎌져 가는 것 같다고 느끼면서 무턱대고 하루지와 이야기하고 싶어하는 자신, 그런 기분은 지금까지의 도쿄 생활 어디에서도 느끼지 못했던 것이었다. 갑지구의 판잣집과 1호실, 게다가 대입학원에서조차 느껴본 적이 없는 그런 감정이었다. 그러나 막상 하루지와 마주하고 있으면 어째서인지 굶주린 듯 그렇게 생각되는 것이다.

남수는 그 이유를 어렴풋이 느끼고 있다. 아무데도 말할 상대가 없었기 때문이다. 그저 눈앞에 전개된 어른들의 세계와 맞서게 된 듯이 생각된다. 그들의 광경은 매달 바뀌어 나타나고 있었지만, 그 속의 자신은 항상 타인에 지나지 않았다. 그들의 세계를 관찰하고 의문을 품고, 이해하려고 해 왔지만 그 세계 속에서 자신을 표현할 수 없는 초조함 같은 것이 점점 더해갔다. 그것은 학원에서도 마찬가지였다. 옆의 학생에게 잠깐 지우개를 빌리거나 폐가 되지 않을 정도로 강의 진도에 대해 묻는다. 항상 작업이 끝난 다음에 학원에 가는 남수는 그쪽 분위기에 잘 어울릴 수 없음을 느끼고 있었다.

그런데 하루지를 보니 남수는 지금까지 느끼지 못했던 기쁨을 느낀다. 타는 듯한 태양이 자신을 조각조각 내 버리는 듯한 기분이 들면 들수록, 남수는 하루지에게 무언가를 구하는 자신을 느끼는 것이다.

그러나, 하루지는 아직도 알미울 정도로 남수를 무시하고 있는 것이었다. 남수가 우정을 지니고 있다는 것 따위는 염두에도 두고 있지 않다는 듯이 그리고 하루지는 또 무언가 남수와는 다른 세계를 가지고 있는 듯 행동하고 있다. 자신의 세계를 누구도 알 수 없는 장소에 간직해 두고 있다는 듯이 그것이 어떤 것인지 남수는 곰곰이 생각해 본 일은 없었다. 단지 자신의 세계가 하루지의 세계와 서로 비슷한 데가 있다는 기분이 먼저 들고, 거기에 가까워지고 싶다는 감정을 갖는 것이었다. 그래서 그날 오후, 갑자기 하루지가 펼쳐 보인 세계는 그것이 왜인지 하는 의문을 갖게 할 틈도 없이 정말 눈앞이 캄캄해지는 그런 일이었음에 틀림없다.

점심시간에 지로에게 손님이 찾아왔다. 조선총련 S지부의 사람인 듯한데 지로는 그 사람과 늘 점심을 함께 먹고 이야기를 나누곤 했다. 남수는 가까운 식당에서 우동을 먹고 와서 그늘에 앉아 학원교재를 펼쳐 들고 앉아 있었다. 그리고는 별 생각 없이 무심코 공터 저쪽을 바라보니 하루지가 그쪽에서 자기를 쳐다보는 것이 보였다. 그 하루지의 표정을 응시하고 있던 남수는 의외라고 생각하면서도 어쨌든 기분이 좋았다. 하루지가 말은 건네려고 하고 있다. 왜 그랬는지는 모르겠지만 아이들 같은 표정까지 띠며, 자신을 보고 있었다. 하루지의 작은 눈이 웃음을 머금고 있었다.

그러나 옆에 쌓여 있는 목재에 앉아서 하루지를 보자 어느새 그 얼굴은 본체만체하는 표정을 짓고 있었다. 그러나 남수는 걱정되지 않았다. 분명히 하루지는 수줍어하고 있는 것이다. 남수는 가슴이 부풀었다. 서로 많은 이야기를 주고받은 기분이 들었다. 그렇지만 기회를 찾지 못하고 이상하게 초조했다. 그래서 남수는 하루지의 흉내를 내어 풀잎을 뽑아 똑같이 푸— 하고 하루지처럼 입에 넣고 있었던 풀잎을 뱉어냈다.

"저기 좀 봐."

하루지가 여유를 보이며 입을 연 것은 좀 의외였다.

"뭘?"

의표를 찔린 듯 남수는 얼떨결에 소리를 높였다.

하루지의 조그만 눈은 공터와 건너편에 있는 철근 아파트를 보고 있었다. 이층으로 지은 새 아파트였다. 왜, 그 아파트를 보라고 하는 것일까? 의아하게 여기면서 그 건물을 바라보니

"이층, 왼쪽에서 두번째 방 말이야."

라고 하루지는 명령하듯이 낮은 목소리로 속삭였다. 그리고는 그 방에 초점을 맞추고서

"보이지?"

하루지는 고개를 숙인 채 말했다. 발밑의 돌멩이를 굴리면서, 하루지는 계속해서 날카로운 목소리로 말했다.

"됐어. 그만 쳐다봐."

남수는 그 소리에 하루지를 돌아보았다. 바로 그때 오르골과 젊은 여인이 눈에 들어왔다. 창을 열어 놓은 그 방의 천장에 빨간 오르골이 매달려 있고, 그 밑으로 마침 젊은 여자가 스쳐 지나갔던 것이다. 남수는 묘한 기분으로 하루지의 햇빛에 탄 얼굴을 바라보았다. 하루지는 어른스런 목소리로 말했다.

"봤지? 방금, 그 여자."

그 얼굴을 보고 남수는 언짢은 기분이 들었다. 하루지의 그런 얼굴에선 순진함은 찾아볼 수 없고 토우(옛날 무덤 속에 시체와 함께 찰흙으로 만든 인형이나 동물)와 같이 무표정한 그림자가 감돌고 있었기 때문이다. 그 여자는 공사장 가까운 골목길에서 몇 번 본 적이 있다. 입술을 빨갛게 칠한 아름다운 여자로 양산을 쓰고 유모차를 밀고 지나갔다.

"그게 뭐 어쨌다는 거야."

남수는 기가 질렸다는 듯이 물었다. 무엇 때문에 나를 불렀을까. 생각해 보면 하루지가 남수를 부른 적은 한 번도 없었다. 하루지는 싱긋 웃었다.

"오늘 밤, 해치울 거야. 저 여자—."

"해치운다니?"

남수는 무슨 말인지 통 알 수 없었다.

"한다니까, 폭행할 거라고."

"뭐!"

햇살이 뻔쩍 눈을 찌르는 것같이 느껴졌다. 그러나 그것은 자신을 보고 있는 하루지의 잔인한 눈길 때문이었다.

"설, 설마."

"진짜야."

하루지는 기분 나쁠 정도로 조용히 말했다.

"거짓말이겠지, 설마."

남수는 몸을 일으키듯이 하며 말했다. 하루지 내부의 알 수 없는 세계를 들여다보는 기분이 들었다.

"아니야, 정말이야."

하루지는 믿지 않는 것이 불만인 듯이 말했다. 그 말투가 어딘지 모르게 유치했다. 어느덧 잔인하던 표정이 사라지고, 괴로운 듯한 얼굴로 바뀌었다.

"그럼 이유가 뭔데?"

"이유? 그런 거 없어."

"아무 이유 없이 어떻게 그런 짓을 할 수 있어?"

남수는 애써 냉정을 되찾으며 말했다. 하루지는 곤란한 듯 눈을 찌푸리고, 천천히 태양을 응시했다.

"글쎄, 그 여자 꽃처럼 아름다워."

"그럴 수가! 아름답다고 그런 짓을 해도 괜찮은 거야?"

남수는 급하게 다그치면서도 어이없는 기분이 들었다.

"나를 놀리는 거겠지?"

하루지는 그 말을 듣고 의외라는 듯 말을 받았다.

"놀리는 게 아니야. 정말 해치운다니까."

남수는 말없이 하루지를 보았다. 저 녀석이 따가운 햇빛으로 머리가 돈 거 아냐? 하루지의 부드러운 머리카락이 햇빛으로 갈색으로 변하고, 게다가 마른 진흙까지 머리카락에 달라붙어 있었다. 자신을 꼼꼼히 뜯어 보는 남수를 보자, 하루지는 다시 한 번 웃었다.

"나를 못 믿나 본데, 믿을 수 있게 말해 줄까?"

"어떻게 믿겠니?"

남수는 허세를 부리며 말했다.

"그러니까, 그게 이런 거야." 하루지는 아무렇지도 않은 듯 태연하게 말을 꺼냈다.

"그 여자 남편, 오늘 밤 돌아오지 않아, 숙직이야. 남편 이름은 미야타(宮田)라고 하는데 Q출판사에 다니고 있어. 자세한 것까지 내가 알고 있지 저녁때 그것도 밤 늦게 나가는 거야……거기서 우리 3인조가 하는 거야. 우선 남편이 없는 저 방문을 아홉 시 정각에 두드린다. 물론 거기서 누구세요? 라고 그 여자는 틀림없이 문을 걸어 잠그고 있겠지. 그래도 기쿠치(菊知)라는 남편의 친구가 있으니까 그 친구의 이름을 대는 거야. 거기까지 철저히 조사해 두었지. 만약에 그 여자가 문을 연다면……. 그 여자가 차라리 문을 열지 말았으면 좋을 텐데. 안됐지만 거기서 쓰러뜨려 버리는 거야. 어린애가 있으니까 원래 모성이라는 것은 약한 거야. 엉엉 울며 잘못했어요. 제발 살려주세요."라고.

"그만둬 하루지, 미쳤어?"

남수는 창백해져서 하루지를 노려보았다. 하루지는 꿈이라도 꾸는 듯한 얼굴로 남수를 뒤돌아보고 있었다.

"그만 두라니 꼭 하게 될 걸."

하루지는 어른스러운 목소리로 말했다. 정말 저지를 것 같은 박력 있는 목소리였다. 남수는 압도당했다. 하루지는 푸— 하고 풀잎은 입에서 뱉어내고, 천천히 일어났다. 감독이 작업시작이라는 신호를 하고 있었다. 남수는 그때부터 여유를 잃고 말았다.

오후의 작업을 하면서 남수는 몇 번이나 하루지의 거동을 주의해서 지켜보았다. 반신반의였다. 말도 안되는 비상식적인 일이다. 그렇지만 비상식적인 일이 일어나지 말라는 법은 없다. 하루지는 공터에서 점심시간에 말했던 일 같은 것은 없었다는 듯이 일에 열중하고 있었다. 그래서 남수도 그 일은 잊으려고 애썼다. 더위와 작업으로 더 이상 그 일을 생각하고만 있을 수 없었다. 그때, 누가 손가락으로 옆구리를 쿡 찔렀다. 깜짝 놀라 쳐다보니 하루지가 의미심장하게 골목길 쪽을 눈으로 가리키고 있었다. 양산을 쓴 여자의 모습이 보였다. 우아하게 유모차를 밀며 천천히 눈앞을 스쳐가고 있었다. 그 방의 아름다운 여자였다. 하루지의 작은 눈이 쭉 그 모습을 쫓고 있었다. 날카로운 증오의 눈빛이었다. 남수는 오싹했다.

"하루지, 쓸데없는 생각 하지 마."

입이 말라서 굳어진 듯한 목소리로 말했다. 그러나 하루지는 그 말도 건성으로 듣고 계속해서 그 여자를 응시하고 있는 것이었다.

작업이 끝나자 평소처럼 학원에 갈 시간이 되었다. 그때 남수는 다시 하루지에게 확인했다. 하루지는 본체만체 묵묵히 있었다. 그래서 남수는 지로에게 의논할까 하고 망설였다. 그 순간, 마음속 어딘가에 남아 있던 생각이 고개를 쳐들고 있었다. 게다가 지로는 무슨 걱정거리라도 생긴 것인지 초조한 기색을 나타내고 있어서 좀처럼 말을 꺼낼 수가 없었다. 결국 남수는 그대로 하루지를 노려보며 발길을 돌려 공사장을 떠났다. 1호실에 급히 가야 할 일이 있었다. 작업을 마치고 보자기에 교과서를 싸다가 보니 깜박 잊고 영어책을 가지고 오지 않은 것이다.

공사장에서 아파트까지는 걸어서 20분 정도의 거리였다. 아파트 현관으로 들어가 1호실의 문을 열려고 하니 문이 안에서 잠겨있었다. 방안에 사람이 있는 것이다. 무언가 상상이 떠올랐다. 현관을 나와 바로 옆쪽으로 문을 살짝 밀어보았다. 역시 형이었다. 형은 머리까지 담요를 푹 뒤집어 쓰고, 뒤척거리고 있었다. 형의 목 밑으로 헝클어진 머리카락이 부채를 펼쳐 놓은 것처럼 흐트러져 있었다.

하고 있다.— 남수는 숨이 막혔다. 물에 빠졌을 때처럼 콧속이 찡하다. 우연의 일치일까. 하루지로부터 그런 이야기를 듣자마자 형의 정사현장을 목격하다니……. 그것은 아무 관계없는 우연의 일치일까. 남수는 휘청거리는 몸을 벽에 기대었다. 그리고 해가 저무는 거리를 혼란한 기분으로 역을 향해서 걸어가고 있었다.

—그리고 대략 두 시간 정도 흘렀다. 여덟 시가 지났다. 남수는 몰래 공터에 혼자 돌아와 있었다. 신주쿠까지 국철을 타고 가다가 아무래도 마음이 걸려 다시 주오센(中央線)으로 바꿔 타고 아사가야(阿佐ケ谷)역까지 돌아와 공터로 향해 밤길을 걸어왔던 것이다. 공터에는 잡초가 무성했다. 낮에는 잡초가 그렇게 크다고 생각되지 않았다. 달밤이었다. 잡초가 달빛에 비쳐 하늘하늘 나부끼고 있었다. 공터에 들어가자 풀숲에서 풍기는 훗훗한 열기가 느껴졌다. 남수는 점심시간에 앉아 있었던 목재 옆에 다가가 살며시 쭈그리고 앉았다.

"하루지, 하루지—."

남수는 소리를 죽이고 주위의 침묵을 깨고 하루지를 불러보았다. 대답이 없었다. 아홉 시 정각까지는 아직 한 시간이나 남았다. 남수는 낮에 보았던 반대편 철근 아파트를 살펴보았다. 이층 그 방에는 전등불이 밝게 켜져 있다. 발이 내려져 있고, 오르골이 발 속에 비치고 있었고 사람의 그림자는 보이지 않았다. 자신이 이제부터 해야만 하는 일이 남수의 마음을 설레이게 했다. 정말 이상한 역할이라는 생각이 들었다. 왜 이렇게 되었을까? 남수는 일이 이상하게 되어가 땅속으로 쳐박히는 듯한 느낌이 들었다. 한 가지 확실한 것은 하루지의 세계에서 스스로가 꿈틀거리고 있는 기분이 드는 것이다. 이 하루지에게서 우정을 구하다가 그만 얼떨결에 그의 세계로 끌려 들어간 듯한 기분이 들었다. 남수는 후닥닥 일어나서 철근 아파트를 향해 걸어가기 시작했다. 그러나 대여섯 발자국을 옮기고는 발을 멈췄다. 그리고 어느새 자신도 모르게 공사장 쪽으로 발길을 향하고 있었다. 도랑의 웅덩이가 달빛에 비춰지고 있었다. 그 도랑을 바라보고 있자니 누군가가 보고있는 듯한 느낌이 들었다. 하루지가 떨어뜨린 펜던트였다. 그것은 진흙탕물 바닥에서 반짝반짝 빛나며 남수를 올려다보는 듯했다. 문득 그때 그 반짝이는 펜던트를 잃어버리고 속상해 하던 하루지의 기분을 알 수 있을 것 같았다. 하루지에게는 그것보다 더 소중한 것이 없었던 것은 아닐까. 그것만을 의지로 삼고 애지중지하고 있는 것이다. 그래서 펜던트를 잃어버리고 그렇게 기분이 나빠졌던 것이다. 남수는 크게 숨을 들이쉬고 철근 아파트 쪽으로 다가갔다. 안으로 들어가자 취사장에서 한 중년 남자와 마주쳤다.

"저 미야타 부인을 만나뵙고 싶은데요……."

남수는 주인 아주머니을 불러 세워, 쭈빗쭈빗 말을 걸었다. 주인은 수상쩍다는 듯이 몇 번이나 쳐다보았다. 그러고는 이유는 묻지 않고 이층 계단으로 올라갔다. 층계를 돌면서 주인은 다시 남수를 보고는 모습을 감추었다. 한참 후에 삐걱거리는 계단소리가 나고 누군가 내려왔다. 출입구 마루 끝의 가로대에 앉아서 기다리고 있던 남수는 그 소리에 뒤로 돌아 일어섰다. 의외라는 생각이 들었다. 키가 큰 파자마 차림의 남자가 미간을 찌푸리고 서 있다.

"당신이오? 내 아내에게 용건이 있다는 사람이—."

깡마른 인텔리 같은 남자였다. 아! 라고 생각했다. 이 남자가 그 아름다운 여인의 남편인가. 순간 남수는 반가웠지만 상대는 마치 화가 난 듯했다.

"네—."

라고 남수는 이상한 기분으로 대답했다.

"그렇지만 아저씨가 계시다니 다행이군요. 잠깐 말씀 드릴 일이 있습니다."

"무슨 용건이오?"

남자는 머리를 쓸어올리면서 의외라는 듯 물었다.

"하지만, 여기서는 좀 말하기 곤란합니다. 밖으로 나가시지 않겠습니까?"

"밖으로요?"

남자는 경계하는 기색이었다.

"그렇습니다. 중요한 일입니다, 다른 사람이 들으면 좋지 않을 것 같아서요."

남수는 복도 안을 눈으로 가리켜 보였다. 조금 전의 주인이 호기심 어린 눈빛으로 이쪽을 보고 있었다. 남자는 뒤를 돌아보고는

"도대체 무슨 일이오?"

라고 말하며 마지 못해 슬리퍼를 벗고 게다를 신었다. 어느새 두 사람은 달빛으로 파랗게 풀잎이 선명한 공터 한가운데서 마주보았다. 파자마 차림의 남자는 별 볼일 없다는 듯이 허리춤에 손을 찌르고 서 있었다.

"무슨 일이오? 어서 용건을 말하시오."

남수는 그 목소리에서 허세를 느꼈다.

"실은—, 부인께서 폭행당할 것 같습니다."

"폭행?—"

순간 남자는 그 두 글자를 힘을 주어 다시 받았다. 그리고 그 말의 난폭함, 무신경함에 화가 난 듯 희고 날카로운 인상을 주는 얼굴을 찌푸렸다. 그리고는 돌연 자세를 고쳐 다리를 떡 벌리고 섰다.

"그렇습니다. 오늘밤 9시, 3인조 남자들이 부인을 덮치려고 계획을 세우고 있습니다. 이름은 말할 수 없습니다만 틀림없다고 생각합니다. 주의하셔야 합니다. 제가 말씀 드릴 것은 그것뿐입니다."

"웃기는군."

남자는 내뱉듯이 말했다.

"그런 일이 있도록 내버려 둘 것 같아?"

"그래도, 그 위험한 일이 실제로 일어날 것입니다."

남수는 초조해서 말했다. 상대의 눈길이 못 볼 것이라도 보고 있는 듯 집중되고 있었다. 의외였다. 이 녀석은 나를 의심하고 있는 것이다. 어째서 나를 의심하는지, 의심을 할 상대는 3인조인 것이다. 과연 남자는 다급하게 질문하듯이 물었다.

"당신은 뭐 하는 사람이오?"

"저 말입니까? 그런게 무슨 상관입니까? 나는 당신에게 알려 드리러 온 사람입니다. 그럼 됐지 않습니까?"

남수는 자기 자신을 지키려는 듯 대답하고, 말을 서둘러 했다.

"설마 나를 한패라고 생각하는 것은 아니겠지요?"

"아니, 그렇게는 생각하지 않소. 그러나—."

"그럼 무슨 말씀을 하시는 겁니까? 당신은 감사하는 건 고사하고 그런 눈으로 나를 의심하시는데 그럴 이유는 없습니다."

"좋아. 신빙성 있는 말이라. 그걸 믿어도 좋을지 아닐지."

아— 이 작자는 역시 3인조보다 나를 의심하고 있구나. 남수는 자신이 엉겁결에 어떤 올가미에 걸린 듯한 절망감을 느꼈다. 신빙성, 신빙성, 신빙성 — 그렇다, 이 글자는 이제 영원히 잊을 수 없을 것이다. 말을 이을 기회도 없이 남수의 생각은 달이 뜬 하늘 속을 떠돌기 시작했다.

대입학원에서 이 시간에 엎드려 공부하고 있을 다른 학생들의 모습이 눈에 떠올랐다. 나는 그 녀석들보다도 공부가 뒤떨어져 있다. 빨리 만회해야 할 텐데. 그런데 나는 달빛을 받으며, 이 남자와 마주 서 있단 말인가. 게다가 상대방은 나를 의심하고 있다. 일부러 수업까지 빠지고 위험을 알려 주러 온 나를—

남수는 화가 났다.

"왜 못 믿습니까? 그럼 믿을 수 있게 이야기할까요?"

그때 문득 생각했다. 아, 내가 하루지처럼 말하고 있다. 어느새, 점심시간의 하루지처럼 설명하려고 하고 있다. 도대체 이게 무슨 운명인가. 하루지의 세계에서 헤엄치듯이 남수는 말했다.

"당신은 Q출판사 사원이시죠. 그리고 오늘밤, 숙직당번이라서 지금부터 나가실 예정이 아닙니까?"

그렇게 말하면서 이상한 기분이 들었다. 숙직할 사람이 여덟시까지 집에 있다니……. 그러나, 남자의 얼굴이 달빛 아래서 분명히 일그러진 것이 보였다. 움찔하듯이 남자는 한 폭으로 된 허리띠에서 손을 뗐다.

"당신이 그걸 어떻게 알았지? 아니, 어째서 알고 있는거야?"

"어째서라니— 들었습니다. 제발 믿어 주십시오. 오늘밤—."

거기까지 말했을 때, 남자는 안달하며 소리쳤다.

"당신은 뭐 하는 사람이오? 당신, 어째서 개인의 평화를 깨뜨리려고 하는거야. 협박에는 넘어가지 않아. 무슨 목적을 가지고 있는 거야."

남자의 얼굴이 파랗게 질리고, 입술이 떨리기 시작했다. 그것을 보자 남수도 심하게 얼굴이 창백해지고 쓰러질 것만 같았다. 뭔가가 대단히 잘못되고 있었다. 남수는 괴로운 듯이 소리쳤다.

"그러시다면 좋습니다. 마음대로 하십시오. 저는 돌아가겠습니다. 나는 이 근처의 하수공사를 하고 있는 노동자입니다. 도망치는 것은 아닙니다. 돌아가는 것입니다. 안녕히 계십시오."

입이 말라서 말하기가 아주 힘들었다. 그러나 그 말을 던지고 남수는 남자를 등지고 막뛰기 시작했다. 왜 뛰었는지 자신도 알 수 없었다.

"기다려!"

라고 뒤에서 남자가 비명과 같은 찢어지는 소리로 외쳤다. 그 소리에 남수는 더 미친 듯이 달리기 시작했다. 무턱대고 계속 뛰는데, 갑자기 분한 생각이 복받쳐 올라왔다. 누구에 대해선지는 확실하지 않았다. 그러나 갑자기 자포자기가 되어 큰소리로 외쳤다. 개새끼. 그 아름다운 여자를 해치워, 해치워, 끝내 버려. 멀리 밤하늘 저편에서 봉화가 오르고 승리의 함성이 들리는 듯했다.

6

그날 밤 일이 있고 나서, 남수는 하루지에 대해 이전보다 한층 더 흥미를 갖게 되었다. 기묘한 달밤 그 다음날 아침, 남수는 초조하게 하루지를 기다리고 있었다. 그가 오자마자 말을 걸었다.

"하루지, 설마."

하루지는 여유를 잃지 않으며 남수를 보고, 눈썹을 희미하게 찌푸렸다.

"무슨 일 말입니까?"

"무슨 일이라니―."

남수는 기가 막혀서 엉겁결에 하루지의 얼굴을 다시 보았다.

"이봐, 어제 공터에서 말한 거 말야."

"나는 아무 말도 안했는데요."

"뭐?"

남수는 순간 귀를 의심했다. 도대체 왜 시치미를 떼는 것일까?

"그런 말을 하다니……그만큼 '한다'라고 말했으면서."

"무슨 말입니까? 무슨 말인지 도대체 모르겠는데요."

알 수 없는 것은 이쪽이라고 남수는 외치고 싶었다. 그리고 당했다라고 마음속으로 부르짖었다. 하루지의 거짓말에 넘어갔던 것이다.

"그러고 보니, 나를 속였군."

"무슨 일? 한다라든가, 속였다라든가—전연, 무슨 말을 하는지 모르겠군요."

하루지는 의연히 눈썹을 찌푸리고 있었다. 그 얼굴은 아이들이 어른에게 야단맞고 있을 때 같았다. 그을린 그 얼굴에 눈썹을 찌푸리니 어린애 같은 표정이 떠오른다. 어제 공터에서처럼 옷깃이 벌어진 가슴에 은빛의 펜던트가 아침햇살을 받아 반짝이고 있었다. 어제 진흙탕물에 떨어뜨렸던 펜던트이다. 그것을 보니 남수는 어지럽고 현기증이 났다.

"그 펜던트, 어제 떨어뜨리지 않았어?"

남수는 떨면서 말을 건넸다. 만약 그 말마저 부정한다면, 어제라고 하는 날은 어디로 가버린 것일까?

하루지는 비로소 고개를 끄덕였다.

"그래요. 하지만 똑같은 것을 또 하나 가지고 있었거든요."

그렇겠지. 그렇지 않고서는 앞뒤가 맞지 않는다. 그렇지만 그 일은 그것으로 이해가 갔지만, 어째서 하루지는 공터에서 한 말을 부정하는 것일까? 몇 번을 말해도, 꿈쩍도 하지 않는다. 하루지는 나중에는 거의 공포에 가까운 당혹감마저 나타냈다. 그것은 아무래도 시치미를 떼고 모르는 체하는 것 같지는 않았다. 남수는 머리가 혼란해졌다. 백일몽이었을까? 더위로 비몽사몽이 되어 환상에서 헤매다가 그런 일을 알려 주러 갔던 것일까?

남수는 더 이상 다그쳐 묻지 않았다. 그날은 하루 종일 불쾌했다.

남수는 될 수 있는 한, 아파트 쪽을 보지 않으려 하며 일을 했다. 달밤의 그 장면도 가능하다면 없었던 일로 생각하기로 했다. 그러면서도 아름다운 여자의 방으로 눈을 돌렸을 때 남수는 자신을 집요하게 따라오는 시선을 느꼈다. 그 인텔리 남자다. 그 녀석은 자기의 사랑의 보금자리를 지키기 위해 커튼 사이로 내내 이쪽을 감시하고 있는 것이다. 남수는 몸이 오그라드는 느낌이 들었다.

그것은 지금에 와서는 전혀 불필요한 경계이고, 우선 지키는 상대도 영 잘못 짚은 것이었다. 빗나간 것이다. 남수는 꼭 오늘 아침에 자초지종을 말해 주어야겠다고 생각했다. 그러나 설명하려고 하면, 너무나도 번거롭게 될 것 같아서 자신이 없었다. 게다가 지금까지도 자신의 거동을 쫓고 있는 남자에 대해 묘한 적의를 느꼈다.

그날 이후 남수는 될 수 있는 한 하루지와 멀어지려고 애썼다. 하루지에게는 자신이 알 수 없는 부분이 있는 것이었다. 그것을 거짓말을 하기 때문이라고 말하면 간단하지만 하루지의 청춘 어딘가를 자신이 알 수 없는 한, 깊이 개입하는 것은 위험하다고 생각했기 때문이다.

그러나 하루지에게는 묘하게 사람을 끌어당기는 힘이 있었다. 그것은 처음 만났을 때 느꼈던 그 그리움 때문일지도 모른다. 게다가 어린애다움과 어른스러움이 뒤죽박죽 된 듯한 하루지에게 이상하게도 마음이 끌렸다. 일은 잘하고 어른스러우면서 과음과 술버릇이 나쁘다는 점이 남수는 오히려 자신에게는 없는 매력이라고까지 생각되었다. 공사가 막 시작되었던 때는 느끼지 못했지만, 일주일이나 지나자 하루지가 역시 주정꾼이라는 것을 알 수 있었다. 그 며칠 전, 바로 그 사건이 있었던 다음날쯤부터 하루지가 술에 취해 비틀거리기 시작했다. 그것은 감독이 언젠가 말했던 것인가 하고 남수는 생각했지만, 나중에 생각해 보면 그 정도의 일은 조그만 단서에 지나지 않았던 것이다.

그날 일과가 끝나고 현장부근의 민가의 술집에서 술판이 벌어졌다.

"하루지, 너는 한 잔뿐이야." 감독이 미리 다짐을 해 둔 것은 하루지의 술버릇을 알고 있었기 때문일 것이다. 그런 말을 듣고 하루지는 부끄러운 듯 머리를 긁적였다. 남수도 그날은 학원을 쉬고 남아 있었다. 드디어 술집에는 술이 바닥나고, 일행이 모두 일어서려고 할 때쯤 하루지의 걸음걸이는 아직 단정했다. 지로와 함께 남수가 공사장에서 가까운 길목에서 집으로 향해 걸어오고 있을 때였다. 누군가 이름을 부르기에, 지로와 남수가 돌아보자 하루지가 길목의 술집에서 소주를 따르고 있었다. 어느새, 거기 앉아 있었던 것이다. 하루지는 지로가 말리는 것도 마다하고 컵으로 소주를 몇 잔이나 비웠다. 그러고는 곤드레만드레 취해 버렸다. 가게에서 겨우 끌고 나오니 지나가는 사람에게 시비를 걸기도 하고 택시를 급정거시키거나, 가게의 입간판을 쓰러뜨렸다. 두 사람은 난폭해진 하루지를 간신히 1호실로 데려갔다. 1호실에 온 하루지는 다른 방에까지 다 들릴 정도의 큰소리로 술을 내놓으라고 떼를 썼다.

상식을 벗어난 하루지의 행동을 종구가 참고 있을 리가 없었다.

종구는 고개를 내밀고, 눈을 부라렸다.

"야, 이 꼬마놈아. 머리에 피도 안마른 어린 놈이 술을 퍼먹으려 하다니! 나는 너 같은 꼬마는 주는 것 없이 미워. 이 새끼, 술이나 마시고 너희 부모를 울리고 있겠지. 한 번 기진맥진하도록 박치기라도 해 줄까?"

종구는 정말로 하루지의 머리채를 잡고 박치기 시늉을 했다.

"그만둬."

라고 지로가 말렸다. 그때 하루지는 머리를 잡힌 채 꼼짝도 않고 다다미 위에 정좌하고 앉아서 소리치기 시작했다.

"날 때리세요. 박치기로 마음껏 이 얼굴을 때려 주세요. 자, 제발—."

하루지는 얼굴을 위로 치켜들고 몇 번이나 부탁을 했다. 생각지도 않은 하루지의 태도에 종구는 오히려 기세가 꺾여서 잡고 있던 머리채를 놓아 버렸다.

"저 녀석, 이치로보다 더하지 않아."

하루지는 고개를 푹 숙이고 잠자코 듣고 있다가 다시 소리치기 시작했다.

"네, 때리세요. 제발 부탁이에요. 때리세요. 때리지 않으면 나 이제 아버지를 때릴 거예요. 때려서 못 일어날 정도로 만들 거예요. 그러니까 계속 때리세요. 네."

"이 녀석, 이상한 놈이군. 미친 게 아닐까?"

종구는 고개를 갸웃거리며 난처해 했다. 분명히 이상한 광경이었다. 남수는 그때 하나의 광경을 생각해 냈다.

전쟁이 한창이었을 무렵 조선사람끼리 싸움을 하고 얻어맞은 쪽이 아우성치던 광경이었다. 얻어 맞은 사람은 길가에 주저앉아 일본인 군중을 향해서 상대가 어디어디를 이렇게 때렸다, 저렇게 때렸다 라고 소리를 높여 호소하며, "아이고—"라고 괴로운 듯이 울어대고 있었다. 그러다가 사람들이 흩어져 버리자 아무일도 없었다는 듯이 부리나케 사라졌다. 하루지의 호소하는 듯한 이상한 태도가 그때의 광경을 생각나게 했다. 때려 달라고 하는 것은 달랐지만, 전쟁중의 그 불쾌했던 감정을 하루지가 가지고 있는 것이 의외라는 기분이 들었다.

한참 지나서, 남수는 지로와 함께 하루지를 택시에 태워 집까지 데려다 주었다. 녹초가 된 하루지는 뒷좌석에 쓰러져 누워 있었다. 하루지의 집은 S구 H마을의 조선인 마을에 있었다. 마을이라고 해도 지붕에 돌을 얹은 조잡하게 지은 집들이 대여섯 채. 논을 따라서 쭉 쌓아 놓은 제방 밑에 있는 정도였다. 차에서 내려서 그 정경에 가까이 다가갔을 때 남수는 몸이 뜨겁게 달아오름을 느꼈다. 시골집 생각이 난 것이다. 바로 몇 개월 전에 떠나온 고향집과 지금 눈앞에 펼쳐진 풍경이 한 폭의 그림과 같이 겹쳐지고 있다. 역시 이 동네에서도 돼지를 기르고 있는지 가스가 가라앉은 냄새가 탁한 밤공기 속을 맴돌고 있었다. 남수는 그때 아! 이것이었던가 하고 마음속으로 중얼거렸다. 하루지를 처음 보았을 때부터 어디에선가 만난 듯한 기분이 들었었다. 그것은 분명 이 조선인 마을에서 나는 특이한 냄새 때문이었을 것이다. 돼지를 기르고, 밀주를 만들고, 파리 떼가 있는 집에서 자란 사람들이 느끼는 향수 같은 것이 아닐까?

형편없이 찌그러진 단층집 문앞에서 하루지의 요란한 소리를 듣고 한 소녀가 모습을 나타냈다. 하루지와 닮은, 피부가 거무스름한 소녀로 머리를 양쪽으로 갈라 땋아서 늘어뜨리고 있었다.

"오빠 또 마셨어?"

눈살을 찌푸리고, 소녀는 다투듯 오빠를 째려보았다.

"왜 이렇게 엄마 속을 썩이는 거야. 엄마가 늘 걱정하시잖아."

"시끄러, 이 계집애야. 닥쳐."

하며 여동생을 째려보았다.

"아니, 계집애. 계집애라니. 그럴 땐 꼭 아빠같애—."

거기까지 말하고 소녀는 "오빠앗" 하며 비명을 질렀다. 하루지가 세게 때렸다. 소녀는 손으로 볼을 누르고 그 자리에 못박히듯 서 있었지만, 지기 싫어하는 성질이라서 그런지 눈물도 흘리지 않았다. 지로가 급히 하루지의 팔을 붙잡고 어두침침한 불빛이 비치는 현관의 시멘트 바닥으로 밀어넣었다. 그때 저쪽에서 '하루지—' 라고, 말꼬리를 늘이는 목소리가 났다. 어머니 목소리임에 틀림없다. 지로가 안으로 들어간 후, 남수는 문밖에 우뚝 서 있었다. 그제서야 소녀의 눈에 눈물이 핑 돈 것이 그렇게 만든 것일지 모른다. 중학교 3학년 정도로 따귀 맞은 것을 남에게 보인 것이 싫어서였는지, 아니면 눈물을 보이지 않으려고 생각했는지 고개를 숙이고 말았다.

남수는 망설이면서, 말을 건넸다.

"하루지 오빠도 아버지와 싸우니?"

그 질문은 당돌했지만, 자연스럽게 나왔다. 아까 1호실에서 보았던 하루지의 그 이상한 말이 머리에 달라붙어서 떠나지 않았다.

"가끔 싸워요. 왜 그렇게 됐는지 잘 모르겠어요."

소녀는 재빨리 눈물을 닦고 대답했다.

"……아버님은 이해심이 많으시니?"

"천만에요. 막걸리만 드시면 아빠는 말보다 손이 먼저 올라가 늘 오빠를 때리세요."

"그럼 하루지가 대드니?"

"아니오. 오빠는 그냥 개처럼 맞기만 해요."

남수는 그 말에 감동했다. 그렇게 난폭한 하루지도 자기 아버지에게는 개처럼 맞고 있을 따름이라는 것이다. 고향에서도 그랬었다. 아버지는 포악해서 고등학생이었던 남수를 향해 부지깽이를 치켜올린 일이 있었다. 힘으로는 벌써 남수를 못 당했다. 그러니 부지깽이를 뺏으려고 하면 간단했다. 반대로 반격할 수도 있었다. 그래도 남수는 한 번 두 번 하고 속으로 세면서 맞고 있었다. 어머니가 그런 아버지를 필사적으로 말려 주었다. "아이고—, 불쌍타"라고 아버지한테서 부지깽이를 빼앗고 등의 매맞은 자리에 침을 발라 주셨다. 방금 하루지 어머니의 목소리를 들었을 때 남수는 하루지의 어머니도 그렇게 인자하신 분인 것 같은 느낌이 들었던 것이었다.

"지금 아버님 계시니?"

걱정이 되어 물었다.

"응, 하지만 주무셔요. 부자가 술만 마시고—."

소녀는 어두운 표정으로 말했다. 분명히 이 하루지의 여동생은 피해자인 것이다. 한 가정 안에서도 가해자와 피해자가 있다. 남수는 자신의 감정을 누르고 계속 물었다. 남의 일같지 않은 느낌이 들었던 것이다.

"하루지는 왜 학교를 중퇴했니? 생활이 어려워서?"

남수는 그 이유를 알고 싶었다. 지난번 달밤의 사건이 있은 후 남수는 하루지를 경계하는 한편 흥미를 가진 면도 있었다. 그리고 하루지의 입에서 고등학교 1학년 때 학교를 중퇴했다는 말을 들었던 것이다. 그냥 다녔으면 지금 2학년일 것이다. 그러나 중퇴한 이유를 묻자 하루지는 토우처럼 무표정하게 입을 다물고 말았던 것이다. 그녀는 아까부터 이것저것 캐어 묻는 남수를 원망하듯 째려봤다. 위로 올려다보는 눈에서 나이보다는 조숙한 감성과 망설임을 느끼는 것은 너무 지나친 생각일까? 하루지처럼 대답하기 싫은 물음에는 입을 다물어 버리는군 하고 있을 때 소녀는 뭔가 저항하듯이 빠른 어조로 지껄였다.

"오빠는 나쁜 짓 하지 않아. 여자한테 3인조로 나쁜 짓 하지 않아."

소녀는 힘주어 그렇게 말하고, 눈썹을 팍 찌푸리고, 집 앞의 논두렁을 보았다. 뭐, 남수는 목이 쉰 비명을 질렀다. 역시 그랬구나. 그 공터에서 하루지가 말했던 것은 역시 신빙성이 있었던 것이다. 3인조로 여자를 덮쳤던 일이 정말 일어난 것일까. 남수는 우울했다. 그건 그렇다 치더라도 왜 그 아름다운 여인을 덮치겠다는 말을 했을까? 덮친 여자는 그 철근 아파트의 아름다운 여자와 닮았던 것일까? 그래서 이 나를 완전히 속인 본의는 어디에 있었던 것일까……. 남수는 하루지와의 우정이 상처받은 것같이 느꼈다. 그 녀석은 그런 식으로 나를 가지고 놀았고 그래서 비뚤어진 자신을 어딘가에서 이해하고 싶은 고민을 가지고 있었던 것은 아니였을까?

남수는 소녀의 시선을 맞추고 어두운 논두렁길을 응시했다. 개구리가 시끄럽게 울어댔다.

"오빠는 바보야."

갑자기 소녀는 슬픔에 찬 비명소리를 냈다.

"아빠는 오빠를 때리시면서 사실은 오빠한테 기대를 걸고 있어요. 돼지를 모두 팔아서라도 대학까지 보내신다고, 아빠는 학교에 다닌 일이 없으셔서 그렇게 생각하세요. 조선인 학교에 들어가지 않고서는 사람이 되지 않는다고. 그렇지만, 오빠는 조선인이 싫어서 불량배들과 사귀게 되었어요. 그리고 싸움을 하면 어째서 자기를 조선인으로 낳았느냐고 반항하는 거예요."

거기까지 말하고 소녀는 급하게 입을 다물고

"오빠도 정말 조선 사람이세요?"

라고 경계하듯 쳐다보았다.

"그래."

남수는 자연스럽게 대답하면서도 가슴 한구석이 찡했다.

"오빠는 조선인을 어떻게 생각하세요?"

소녀는 자신의 가슴에 늘 품고 있었던 질문을 격렬하게 끄집어내듯이 물었다. 이번에는 남수가 수동적으로 대답하는 입장이 되었다. 남수는 결국 거기서부터 입을 열기로 했다. 그때 현관 출입구에서 지로가 모습을 나타냈다.

"남수야, 어떻게 할까? 하루지 어머니께서 밥을 먹고 가라고 하시는데……."

"하루지는―?"

하고 남수는 물었다.

"머리를 감싸고 잠들었어. 어떻게 할까? 들어갈래?"

지로는 여느 때와는 달리 힘을 주어 말했다. 그때 거의 발꿈치까지 닿을 정도의 긴 치마를 입은 하루지의 어머님이 나오셨다.

"들어가서 밥 먹고 가. 고향에서는 거지가 지나가도 불러서 있는 대로 대접을 한단다. 그런데 우리 하루지에게 친절하게 해 준 사람들을 그대로 돌아가게 할 수는 없어."

한국말로 건네 온 그 말이 상냥스러웠다. 두 사람은 얼굴을 마주보고 안으로 들어가기로 했다.

"순희야, 얼른 밥상 차려 와라. 거기 수박도 있지?"

어머니의 그 말이 끝나기도 전에 소녀는 어느새 남수의 곁을 빠져나가 안채로 들어간다. 모기향 냄새가 났다. 하루지의 어머니는 스텐 밥공기에 밥을 고봉으로 담아 주고, 놀라서 눈이 휘둥그레진 두 사람에게 식사를 권했다. 그리고 두 사람 옆에 앉아 부채질을 해주시며 하루지에 대한 걱정이나 여의치 않은 살림이야기를 하셨다. 그리고는 두 사람의 가정에 대해 물으셨다. 지로의 가족이 히로시마의 원폭으로 희생

당한 것을 듣고는 "아이고" 하고 가슴 아파했다. 남수의 부모님은 살아 계시다고 말하니 마치 먼 친척의 소식이라도 묻는 것처럼 꼬치꼬치 캐어 묻는 것이었다. 남수는 말이 막혔다. 부모님 허락도 없이 집을 뛰어나왔다라고는 도저히 말할 수 없었던 것이다.

밥이 제대로 안 넘어갔다.

어머니 생각이 났다. 집을 나오려고 현관에 트렁크를 내놓는 남수를 어머니는 눈물을 흘리며 말리셨다.

"아이고, 왜 나가는 거니 왜. 아무리 불만이 있어도 부모 곁이 제일 좋은 거야."

남수는 고개를 흔들며 "아니야, 아니야"라고 마음속으로 절규하며, 어머니를 달래려고 했으나 끝내 단념했다. 어머니는 절대로 이해할 수 없었던 것이다. 자식이 왜 집을 나가려고 하는지, 어머니는 그것을 부모의 애정이 모자라기 때문이라고 생각하고 있었다. 아버지한테 매를 맞으면서 돌멩이처럼 잘 견디어 내던 아들이 더 이상 참지 못하고 나가려는 것인 줄 알고 슬퍼하셨다. 그러나 부모의 애정 탓은 아니었다. 만약 그렇다면 남수는 아버지에게 얻어맞고 있던 그 순간조차 아버지의 애정을 느꼈기 때문이다. 이상한 이야기지만, 아버지는 앞뒤 분별없이 마구 때리면서도 어디를 때릴까를 다 생각하고 계셨다.

아버지에게 얻어맞지 않으려고 도망치는 것은 아니다. 남수는 '집' 그것에서부터 벗어나려고 발버둥치고 있었던 것이다. 한국 사람—아버지가 느끼게 했던 한국 사람의 집은 남수에게는 질척질척하고 어둡고 바닥이 없는 늪과 같이 생각되었다. 아버지는 생활의 고달픔에 찌들어 있었고, 그 초조함을 그 자체로 작열시켰다. 나갔다 들어오면 늘 일본 사람들 욕만 하셨다.

"왜놈들은 끝까지 믿을 수가 없어. 겉으로는 생글생글 웃으면서 오징어처럼 그 속이 시커멓다. 여차하면, 먹물을 쏘아 버리니까."

아버지는 일본인이 한국인을 차별한다고 화를 내고, 멸시당하는 일에 대해 왈가왈부했다. 남수는 그런 아버지의 울분을 전혀 이해하지 못하는 것은 아니다. 한국인이 일본에서 어떤 대접을 받고 있었는지, 그것은 어차피 일상생활이 가르쳐 주고 있었다. 아들인 남수도 어느 정도는 그러한 아버지의 울분을 이해할 수 있었다.

그러나 남수는 오히려 집에서의 아버지를 경멸하고 있었다. 그와 같은 경멸심은 일본인에게서 아버지가 느끼는 멸시와는 다른 한국인 자식이 자기 부모에 대해 느끼는 감정이라고 말할 수 있는 것이었다. 집안에서 아버지는 완전히 봉건군주이고 폭군이었다. 큰소리를 지르고, 닥치는 대로 화를 내고, 손찌검을 하는 아버지는 남수에게 수치심을 불러일으켰다. 그것은 바로 한국인에 대한 수치심이 되었고, 아버지에 대한 경멸일 뿐 아니라 남수 자신을 향한 모독으로도 이어졌다. 자기 자신이 바로 그 한국인이었기 때문이다. 그러나 남수는 집에 있으면 자신이 점점 더 한국인을 미워하고, 자기 부정에 빠지는 듯한 기분에 사로잡히는 것 같았다. 그러니까 한국인의 그 진짜 모습은 그런 게 아니라 따로 있다는 기분이 든다. 남수는 갑자기 집을 나가야겠다……고 자신을 몰아세우고 있었다. 한국인이 되기 위해서라도 아버지의 집을 부정하지 않으면 안된다. 사회에 나가서는 한국인으로 살아나갈 생각이었다.

집을 나올 때 자신의 그런 복잡한 기분을 도저히 어머니에게 설명드릴 수가 없었다. 아들이 아버지한테 맞을 때마다 어머니는 "아이고, 불쌍타—"라며 몸을 덮쳐 말리신다. 아들을 위해서라면 어떠한 고생도 마다하지 않는 어머니다. 그러나 그 어머니도 아들이 한국인으로서 괴로워하고 있는 데 대해서는 마치 구름을 잡는 듯이 속수무책이 되어 버린다. 어머니는 자신이 한국인인 것에 조금의 의문도 품고 있지 않다. 또한 배 아파서 낳은 자기 자식도 어디까지나 한국인인 것이다. 때문에 그 아들이 괴로워하는 것은 설령 심정적으로 이해한다 해도 막상 아들이 집을 나갈 정도가 되면, 어쩔 줄 모르고 그저 당황할 뿐이다.

아마도, 라고 남수는 생각했다. 하루지의 어머니도 아들이 한국인을 경멸하고 왜 나를 한국인으로 낳았느냐고 반항할 때 당혹해 했음에 틀림없다. 그렇지만 부모가 아무리 자식들에 대해 비관적인 생각을 해도 자식들은 진정 한국인이라고 자랑할 것을 가지고 있지 않는 한 정말 자연히 돌아가는 일은 생기지 않을 것이며 한국인이 되는 일도 불가능할 것이다. 남수는 묵묵히 젓가락질을 하고 있었다. 하루지의 비뚤어진 기분을 조금은 이해할 수 있을 것 같았다. 저 녀석은 우리들이 빠진 것 같은 덫에 걸려 버린 것이다. 고봉으로 꾹꾹 눌러담아 준 밥을 겨우 다 먹으니 하루지의 어머니는 더 먹으라고 권했다.

"젊은 사람은 많이 먹어야지. 한 그릇만 먹는 것은 부처님에게 떠 놓을 때나 그러는 거야."

그날 밤 늦게서야 1호실에 돌아와 남수는 곧 잠자리에 들었다. 남수는 한밤중에 가위에 눌렸다.

처음은 뜻밖의 꿈이었다. 어느새 자신이 대학생이 되어 있었다. 그리고 감색의 세라복을 입은 소녀와 함께 들판을 달리고 있었다. 소녀의 긴 머리카락이 바람을 잔뜩 안고 있었다. 그 머리카락을 휘날리며 달리는 것은 순희였다. 가슴이 설레였다.

한참이 지나자 남수는 혼자서 달리고 있었다. 뒤에서 누군가가 쫓아온다. 부지깽이를 든 아버지였다. "이 불효자식 놈, 너를 공사판 막노동꾼을 시키려고 키우진 않았다"라고 소리지르며 쫓아온다.

지금이라도 손을 뻗어서 머리를 잡으려는 듯했다. 맞는구나 생각하는 순간 아버지는 푹 쓰러져서 괴로운 듯 숨을 헐떡거렸다. 남수는 어찌할 바를 몰랐다. 아버지를 부축해 드리고 싶기도 하고 한편으로는 잡히고 싶지도 않았다.

거기서, 꿈은 줄거리가 바뀌어, 하루지의 이야기가 되었다. 전화벨이 요란하게 울리고, 귀찮다는 듯이 관리인 아주머니가 여자에게서 전화왔어요. 전화받으세요. 라고 전해 주었다. 형은 깜짝 놀라 남수에게 애원했다. 하는 수 없이 남수가 전화를 받자 순희가 빨리 나와 달라고 우는 목소리로 소리쳤다. 하루지가 자기 아버지를 찌르고 그 아름다운 여자의 방을 습격하고 있다고 말하는 것이었다. 남수는 형을 밀치고 밖으로 뛰어나가 공터로 달려갔다.

공터는 벌써 완전무장을 한 경관들로 포위되고, 사람들이 빙 둘러서 있었다. 몇천 명, 몇만 명의 일본인들의 시선이 그 아름다운 여인의 방으로 모아졌다. 그런데 바로 거기에 하루지가 있었다. 아! 토우와 같은 얼굴을 하고 있다. 하루지는 창에 다다미를 몇 개나 방패로 삼아 세워 놓고 그 틈으로 이따금씩 얼굴을 내밀어 주위를 살폈다. 손에 들고 있는 지팡이 모양의 칼이 태양빛을 받아 번쩍하고 빛났다.

1호실의 오시레 안에 있던 것을 언제 꺼내갔을까? 남수는 앞으로 나오려고 안달을 했다. 경찰관들이 언제라도 일제사격을 할 수 있도록 권총과 가스총을 준비하고 있었다. 스피커가 울렸다. "인질을 곧 석방하시오. 그리고 반항을 그만두고 곧 나오시오. 반복합니다. 쓸데없는 저항을 그만두고 곧 나오시오." 남수는 필사적으로 군중을 밀어 헤치고 앞으로 나가려고 했다. 스피커가 또 울렸다. 앞에서 보다 한층 엄한 경고였다. 하루지는 다다미의 그늘에서 얼굴을 내밀고 소리쳤다. 오그라든 목소리였다.

"교환조건이다. 내 펜던트를 찾아 줘. 내 펜던트—. 그렇지 않으면 여자를 끌어들이겠다. 여자를 죽이고 나도 죽겠다."

하루지의 풀어헤친 앞가슴에 은빛의 펜던트가 보이지 않았다. 겨우 남수는 군중을 헤치고 맨 앞줄로 나왔다. 순희가 남수 쪽으로 팔을 뻗쳐 자신도 가겠다고 발버둥치고 있었다. 또 스피커가 울렸다. 펜던트는 찾을 수 없다. 그런 것은 없다. 그런 것은…….

그러나 하루지는 스피커를 향해 울부짖었다.

"나는 그것만이 자랑이었다. 자랑스러운 것이 없어졌다. 펜던트를 찾아 줘. 그렇지 않으면……." 남수는 눈앞에서 경찰들이 총을 쏠 태세를 하는 것을 보고 하루지를 향해 소리치려고 했다. 웬일인지 목소리가 나오지 않았다.—하루지 펜던트가 아냐. 너에게 필요한 긍지는 그런 것이 아냐. 아! 아버지를 찌르다니, 게다가 어째서 아름다운 여자를 위협한 거야. 그렇다고 뭐가 해결되니?"

큰소리를 지르려다가 남수는 잠에서 깨어났다.

7

여름이 끝날 무렵, 남수는 다시 갑지구로 되돌아갔다. 하수공사가 끝나고 다시 막노동자로 거꾸로 되돌아가기로 했던 것이다. 노가다 일은 돈을 벌 수 있었지만 너무 피곤해서 대입학원에 다니는 게 너무 힘들었다. 그런 대로 일의 요령을 배워 재미도 있었지만 주객전도가 되는 것을 피하려고 했던 것이다. 하지만 대학 입학금을 벌어야 하는 문제가 있었다. 그러나 남수는 먼 장래의 일까지는 생각하지 않기로 했다. 어떻게 되겠지라며 절반은 포기한 듯한 기분도 있었다. 지금의 자신에게는 그날그날을 살아가는 것이 문제라는 기분이 들었다.

그즈음부터 남수는 이른 아침, 눈을 뜨면 이상한 일로 마음이 쓰이기 시작했다. 그 목소리로 잠이 깨는 일이 있다. 잠이 깨고 나서도 자리에서 일어나지 않고 그 목소리가 서서히 이쪽으로 다가오는 것을 기다리고 있는 일도 있다. 매일 아침, 6시경이 되면 길가로 나 있는 창 밖으로 한 생선장수가 지나갔다. 그 시각에는 가끔씩 차가 지나가지만, 보도에는 거의 사람의 그림자가 없고, 개들이 왔다갔다할 뿐이다. 생선장수는 그 조용한 길에 굵고 탁한 음성을 울리면서, 모시조개와 가막조개를 팔러 온다. 어느 집에서 부르면 잠시 목소리가 끊어지고 이윽고 그 목소리는 또 천천히 아침 안개속을 울려 온다. 때때로 개가 짖는다. 그렇지만 그 소리는 조금도 움직이지 않고 역 쪽으로 간다.

"모시조개~, 가막조개~."

열심히 외쳐 대는 그 목소리는 남수의 귀에는—아예, 죽어 버려—라고 말하는 것으로 들렸다. 조개장수의 "모시조개"(앗사리)라는 발음이 "깨끗이(앗사리) 죽어버려!"라는 소리로 착각되었다. 아예 죽어 버려라고 매일 아침 종용당하고 있는 기분이 들어 참을 수 없다. 정말 당당히 죽음을 권유하고 있다. 처음, 그것을 느꼈을 때 남수는 귀가 간지러운 듯한 유머를 느꼈다. 근질근질하게 우스웠다. 그 즈음은 그 소리를 듣는 탓인지, 아! 나는 살아 있구나라는 기분이 들었다. 그러던 어느 날 아침, 아직 이불 속에서 남수는 혼자서 이렇게 물었다.

"저 소리, 아예 죽어 버려!라고 하는 말로 들리지 않아?"

그러자 놀란 듯이, 응 하고 모두들 대답했다. 그런데 모두들 잠이 덜 깨서 그런지 그 목소리는 아이들처럼 솔직하게 들렸다. 그러고 보니 후 씨의 목소리가 안 들렸다. 후 씨는 언제인지 종구가 몸을 건드린 이후 딱 하고 1호실에서 사라져 버렸던 것이다. 있는지 없는지 통 그 존재를 느끼게 하지 않았던 사람이었다. 후 씨가 그런 것을 바라고 있었던 때문일지 모른다. 그렇지만 자신의 형체가 윤곽을 드러내기 시작하자 홀연히 사라져 버린 것이다.

남수의 물음을 받고 종구는 말했다.

"벌써 몇 년이나 들어 왔어. 저 소리—좋은 목소리야. 금방 죽어 버리고 싶을 정도야. 그러나 한국 사람들은 그렇게 쉽게 죽지 않아. 일본인들은 곧잘 자살을 하지만, 한국 사람들은 일제시대에도 절대로 자살하지 않았어. 왜 그런지 알어?"

"글쎄…." 남수는 천정에 눈을 집중하고 대답한다.

"죽는 게 오히려 간단했으니까 살아 있는 편이 더 어려웠어. 아! 나도 이대로 죽을 수 없어. 왠지 할 수 없어서……."

종구는 가라앉은 말투로 말하고 입을 다물었다. 평소처럼 호탕하지도 않은 자연스런 목소리였다.

그때 이치로가 말을 걸어왔다.

"나도, 저 소리를 들으면 죽은 아버지한테서 야단맞고 있는 것 같은 기분이 들어. 원자폭탄 때문에 해병대에서 돌아와 보니 아버지는 폭격으로 돌아가셨고, 유골도 거두어 들이지 못했지. 아예 죽어 버려!라고—."

"그만둬요. 순 술만 마시고 있으니……."

"뭘, 그렇게까지 자책하진 마. 하여튼 술을 끊어. 마음만 먹으면, 끊을 수 있어. 오늘부터라도 시작해 봐. 어때?"

종구는 조용조용히 말했다. 그것을 보고 이치로가 얼버무리는 듯 미소를 띠우며 말했다.

"그 그것만은, 그것만은, 아 아무래도……."

"무슨 말을 그렇게 해. 봐. 너의 아버지가 말씀하시는 것이 들리지. 술을 끊으라고—."

"그 그런 말 비겁해. 아—, 아예 죽어 버리라고 말하고 있어."

"그러니까, 술을 끊으라고 말하고 있는 게 아냐."

그 대화는 어느새 우스꽝스러운 말장난이 되어가고 있었다. 형이 끼어들었다.

"웃기는 군. 저건 만담의 재치 있는 익살이나 점잖은 에로티즘을 내용으로 하는 짧은 이야기에 나오는 대사 같애. 그것을—이제 와서 이렇다저렇다라고 말하기에는 격이 안 맞는 이야기가 아냐?"

물을 끼얹는 듯한 이야기이다. 남수는 형의 비난과 야유의 말을 듣자 묘하게 겸연쩍었다. 형은 분풀이를 하고 있었다. 바로 어제, 일요일이었는데 형은 모두들 있는 앞에서 외출할 채비를 하고 있었다. 그런데 형은 양복을 입다가 자칫 실수를 했다. '똑' 하고 무언가 다다미 위에 떨어졌다. 그것을 종구가 아무 생각 없이 열어 보았더니, 큰 실수였다. 형은 아무도 모르게 지금까지 실업보험 수당을 받고 있었던 것이다. 항상 쪼들려 보였던 형은 사실, 막노동자가 한달 일한 만큼의 돈을 받고 있었던 것이다. 만일 지로가 중간에서 말리지 않았다면, 종구는 형을 1호실에서 영영 내쫓아 버렸을지도 모른다. 지로의 중재로 형은 가까스로 자아비판을 하고, 그때까지 밀렸던 집세도 다 내었던 것이다. 짐짓 점잔을 빼며 자아비판을 했었지만, 형은 어제 일도 있고 해서 남의 진지한 말에 훼방을 놓는 것이다.

종구는 형의 말참견에 기분이 상했는지 곧 말을 받았다.

"만담인지 뭔지 알게 뭐냐. 이쪽은 그런 것에 신경쓰지 않아. 살지 않으면 안돼. 바람둥이 당신도 이쯤 해서 성실하게 살아 보시지. 여자들 등쳐서 살아가는 째째한 생각은 언제쯤 버릴 거야?"

종구는 처음의 차분한 어조에서 다시 예전의 위풍당당한 말투로 되돌아 갔다.

"자, 이러다가 작업시간에 늦겠어. 일어나. 우리들은 어차피 일을 하지 않으면."

그날 아침은 그런 식으로 결말이 내려져 어딘지 앞뒤가 맞지 않게 막을 내렸다. 그렇지만 며칠이 지나면서 남수는 이른 아침의 조개장수 소리에 점점 더 마음을 빼앗기게 되었다. 땅속에서 용솟음쳐 나오는 듯한 그 목소리는 죽음을 종용하는 것이다. ―무엇이 좋아, 가만히. 아예 죽어 버려!…….

그 무거운 소리는 갑지구에서 노동일을 하고 있을 때에도 생각이 났다. 그 목소리를 떠올리면, 남수는 자신이 왜 살아있는 것일까라고 생각할 때가 있었다. 공부하기 위해서다라고 자문자답한다. 그것이 자신의 펜던트인 것이다. 그럼 어떠한 한국인이 되는 것인가 하고 또 물어 본다. 거기서 남수는 말이 막혔다. 단지 되는 대로 아버지와 같은 낡은 집의 한국인이 되고 싶지 않다고 아픈 듯이 생각하는 것이다. 그런 남수의 편에서 본다면, 사촌형인 지로 쪽은 하나의 모퉁이에 와 있는 것처럼 보였다. 갑지구에 되돌아온 어느 날, 지로는 어쩌다 자신의 심경을 말해 주었다. 막노동자를 그만둘 생각이라고 말했다. 하수공사를 할 때 총련지부의 사람과 서로

의논해서 결단을 내리려고 했던 것이었다고 말한다. 그리고 하루지의 집에 갔을때, 지로는 거기서 옛날부터 구원이 없는 생활을 하고 있는 동포의 모습을 보았던 것이다. 그 현실을 접하고 지금까지 일본혁명을 운운하고 동포의 생활을 돌보지 않았던 자신이 국제연대상에서도 잘못을 범하고 있었던 것을 실감했다고 한다. 아직 자기에게는 자신이 없지만, 앞으로 뒤늦게나마 차별과 편견 속에서 살아가는 동포에게 자긍심과 실제적인 이익을 가져다 주는 일에 종사하고 싶다고 하는 것이 지로의 결론이었다. 남수는 그 말을 들으면서 지로의 팔에 붙어 있는 뇌하수체가 사라져 가는 듯한 기분이 들었다.

지로는 자신이 추구하던 길을 갈 것이다. 그렇지만 자신은 어떻게 될 것인가. 남수는 아직 사촌형처럼 인생의 경륜과 경험도 없었다. 모든 것은 지금부터였다. 그렇지만 막연히 지로의 삶의 방식에 한 줄기의 광명이 비춰 오는 듯하게 생각할 뿐이었다. 남수는 자신이 고독하게 느껴졌다. 노인이나 여자들에 섞여서 일을 하고 있으면, 청춘이 덧없이 느껴졌다. 말할 상대가 없는 쓸쓸한 기분이 괴로운 마음을 파내는 듯했다. 앞으로 어떻게 될까?— 문득 정신을 차리자 큰 수레의 수레채에 턱과 양팔을 대고, 멍하니 혼이 나간 듯 서 있는 것이었다.

그러자 하루지를 생각했다. 그 하수공사 이후 계속 만나지 못했다. 만나고 싶어도 학원에 다니기 때문에 서로 기회가 없었다. 아이들 같은 순진한 얼굴과 무덤 속에 넣는 토우 같은 얼굴로 여전히 술을 마시고 있을까. 어딘가의 공터에 앉아서 풀잎을 씹다가 뱉아 버리는 모습이 떠올랐다. 그러다가 반항하듯이 자신을 올려다보던 순희의 눈길이 마음에 다가왔다. 우리들은 아직 젊다. 아무래도 새벽 조개장수의 그 소리를 무시하고, 살아갈 나이였다.

청구의 하숙집

1

'아, 또 시작이로구나'라고 생각하였다.

고이즈미 도시에(小泉とし江) 씨 집을 찾아 나서서 겨우 그 집 문앞에 다다랐을 때 환각이 일어났다. 아무런 징조 없이 그냥 일어나는 것이다. 몇 년에 한 번씩, 불시에 찾아오는 일시적인 환각상태이다.

분명히 어딘가에서 본 집이다. 꼭 그런 것 같다. 내가 이 집을 어디서 보았을까? 그게 언제 일이었었나…….

평범한 단층집이었다. 두 사람은 큰길가에서 골목으로 접어들어 좀 걸었다. 골목길의 양편으로 늘어선 집들의 담장이 마치 칸막이처럼 후덥지근한 공기를 가르고 있었다. 아지랭이가 하늘하늘 피어오르는 듯 내리쪼이는 햇빛을 받으며 걸어갔다. 담벼락이 끝나는 지점에서 오른쪽 골목으로 집 한 채가 나타났다. 모양만 남은 정원수들만이 눈에 들어오는 단층집이었다. 언제, 어디서 본 적이 있었던가.

그러나 이렇게 이상한 이야기는 또 없을 것이다. 옛날에 이 집을 본 일이 없음은 분명하다. 와 본 적도 없다. 사실 동인(東仁)이 이 집을 소개받게 된 것은 겨우 두 시간 전의 일이다. 장창섭(張昌涉)과 함께 대학의 학생협동조합(生協)에 가서 비로소 찾아 낸 것이다. 그때까지 이 집이 여기 있다는 사실조차 모르고 있었던 것이다. 세이부선(西武線) 전철을 타고 아라이야쿠지(新井藥師)역에서 내려서 이곳에 온 것이 처음이었던 것처럼.

그런데 왜 이런 느낌이 들까?……

동인은 의식이 몽롱해졌다. 도대체 그 정체를 알 수 없다. 꿈속에서의 섹스와 너무도 닮은 느낌이다. 아름다운 여자와 몸을 겹치려고 다가간다. 하지만 그녀는 단 한 번도 몸을 허락해 주지 않는다. 그 순간이 되면 어김없이 모든 것이 사라져 버리고 그녀는 항상 '속편'을 기다리게 하고 여운을 남겨 버린다. 아침이 되어 잠에서 깨어나 보면 잠자리가 진득진득한 날이 있었다. 그럴 때 나는 문득 여자와 같이 자는 꿈을 꾸었던가 하고 돌이켜보곤 한다. 그러나 몽정의 상대는 아름다운 여인이 아니었구나라는 서글픈 기분에 빠져드는 것은 구태여 감추려고 하지도 않았다. 그때의 정체 모를 기분 그와 똑같은 것이다.

꿈— 혹시 내가 꿈속에서 이 집을 본 것은 아니었던가. 머리를 스쳐 가던 그런 생각이 이제 그렇게 믿고 싶어진다. 꿈속에서 줄곧 집을 찾아 헤매고 있었던 적은 있었다. 골목길을 따라 들어가면 갈수록 좁은 미로로 되어 막다른 골목에 부딪힐 것 같은 기분이 들었다. 출구를 찾아보려고 몇 번이나 애써 보았지만 발걸음을 옮기다 보니 어느새 어떤 집 앞에 다다른 것이다. 왠지 모르게 그 집만이 모습이 또렷하게 나타나는 것이다. 동인은 도대체 이게 웬일일까라고 생각했다. 분명히 어딘가에서 이 집을 본 것 같은 느낌이다. 아마도 이 집은 꿈속에 나타났던 그 집이 아닐런지…….

"아, 아, 겨우 찾아냈군, 그렇게 힘들게 찾아냈는데 왜 이렇게 초라하지."

장창섭은 대문의 문패를 확인하고는 동인에게 그렇게 말했다. 동인은 몸을 주춤하며 "글쎄 말이야"라고 대꾸했다. 집이 썩 마음에 들지 않았던 것이다.

누가 있을까? 어떤 작자일까. 혹시 할망구 같은 노인이 살고 있는 건 아닌지.

장창섭이 우습다는 얼굴로 흰 이를 드러내 보이며 강철처럼 단단해 보이는 이마의 땀을 손수건을 꺼내어 연거푸 닦았다. 꼬깃꼬깃해진 손수건을 주머니에 쑤셔 넣고 "어디－" 라고 헛기침을 한 번 하고는 동인을 재촉하듯 쳐다보았다.

장창섭이 몇 번이나 안채를 향해 부르고 나니 그제서야 안에서 인기척이 났다. 장창섭이 현관문을 열어 보려고 했으나 문은 편지 한 장을 끼어 넣을 정도로만 열렸다.

"네에, 네. 잠깐만 기다리세요." 현관문 저쪽에서 창호지문으로 비치는 사람 그림자가 하얗게 움직이며 소리를 높여 말하고 나선형으로 빙글빙글 돌려 여는 잠금쇠를 풀었다. 바깥쪽에서 그 모습을 지켜보고 있던 동인은 마음이 무거워졌다. 이시다(石田) 씨 하숙집의 철통 같은 현관의 자물통을 떠올렸던 것이다.

"이 집에 사는 사람들도 꽤 철저하게 문단속을 하나 봐."

장창섭이 몸을 기대며 그렇게 말하고는 곧 앞쪽을 보며 입가에 미소를 띠웠다. 문이 움직이면서 안쪽에서 하얗게 비친 그림자가 미닫이문에서 사라지는 것이 보였다.

"들어오세요—."

두 사람이 현관문을 열고 안으로 들어가니 현관 마루에 여주인이 엎드려 이쪽으로 나오는 모습이 비쳤다.

"저어, 실은—." 장창섭은 일부러 여유 있게 말을 꺼냈다. 여주인의 동작에 홀려서 얼떨결에 머뭇거리게 되는 자기 자신을 그 작은 체구에 담아 내려고 하는 듯이.

"학교에서 소개받고 이렇게 찾아 뵙게 되었습니다. 저희들은 하숙집을 구하고 있습니다."

"네에."

중년으로 보이는 여주인은 얼떨떨한 소리로 대답했다. 찾아온 용건을 말했는데도 그녀는 순간적으로 멍해진 것이다. 그리고는 그런 자기 자신에게 당황한 듯 숱이 적은 머리카락을 만지작거리며 몸을 비켰다.

"자, 안으로 들어오세요. 여기서 말씀하시기도 그렇고."

여주인은 긴장을 풀고 몸을 재빨리 움직여 안내했다. 다다미 여섯 장 방에 펼쳐져 있던 재봉도구와 옷감들을 대충대충 옆 방으로 치우고는 깨끗한 면카바를 씌운 방석을 두 사람에게 내놓았다. 두 사람이 그녀와 마주 앉으니 그녀는 윤기 없는 볼에 손을 가져다 대며 말을 꺼냈다.

"이렇게 빨리 찾아오실 줄은 몰랐어요."

"죄송합니다."

장창섭은 마치 나쁜 짓이라도 한 것처럼 익살스럽게 고개를 푹 숙였다.

"그게 좀 급해서 말입니다. 학생회관에 가 보았더니 게시판에 광고가 잔뜩 붙어 있더군요. 우리들이 작전을 세웠지요. 손때가 묻은 카드들은 이미 누군가 여러 번 찾아 갔을 것 같고 해서 제일 가까운 날짜가 찍힌 쪽이 낫겠다 싶어서 댁에 이렇게 찾아오게 된 것입니다."

"아, 그렇군요."

여주인은 살짝 웃었다. 장창섭이 꺼낸 말이 마음에 들었던 모양이다.

"그리고 또 한 가지. 이 댁의 하숙조건이 솔직히 말해서 다른 데보다 저렴한 편이라서 더 마음에 들었습니다. 괜찮으시면 저희들을 받아 주십시오."

"글쎄……."

그녀의 눈길은 두 청년을 한 순간 똑같이 나누어 동시에 집중시키듯 쳐다보더니 이내 자기와의 사이에 거리감을 두어서는 안되겠다고 생각했던지 애써 친절해지려고 하는 눈치였다. 드디어 그녀는 결심을 했는지 더 이상 망설이지 않고 말했다.

"그런 조건으로 괜찮으시다면…… 그런데 두 분이 오시는 건가요?"

여주인은 망설이며 두 사람을 차근차근히 바라보며 자세를 고쳐 앉았다.

"아니요. 그게 아니라."

장창섭은 고개를 흔들고 동인을 향해 눈짓했다.

"저하고 또 한 사람, 중학교 3학년짜리 아이입니다."

그제서야 동인은 고이즈미 도시에에게 입을 열어 말을 했다. 중학생이라는 말에 그녀는 좀 놀랐다는 표정이었다.

"자제분이세요?"

장창섭이 금방 말을 받았다.

"그렇답니다. 아주 재미있지요. 그게 곤란하십니까?"

동인은 아주 즐거운 듯이 말하는 그의 옆 얼굴을 보며 쓴웃음을 띄었다. 동인은 무언지 모르게 부담감을 느끼고 있었다.

"……그거야 저에게는 별로 상관없는 일이지만 어떤 관계이신데요?"

고이즈미 도시에는 가느다란 눈썹을 살짝 움직이며 쓸데없는 불안감을 지워 버리려고 하고 있었다. 장창섭이 웃었다…….

이윽고 이야기가 잘 끝나니, 장창섭이 생각났다는 듯이 말을 꺼냈다.

"아주머니, 냉수 한 잔만 주십시오. 더운 날씨에 이집저집 찾아다니다 보니 목이 마르군요."

"아유, 미안해요."

고이즈미 도시에는 서둘러 일어났다. 동인은 그제서야 자기도 갈증을 느끼고 있음을 깨달았다.

"저, 아주머니 죄송하지만, 커다란 잔이 좋겠습니다. 한국사람에게는 그게 어울리거든요."

그녀가 쟁반에 받쳐들고 나온 물잔을 보고는 장창섭이 얼른 그렇게 말했다. 그 말투는 미안해하면서도 전혀 사양하지 않는 당당함을 엿볼수 있었다. 그래도 고이즈미 도시에는 전혀 개의치 않고 "네네, 그러세요"라고 부드럽게 받아 넘기고는 가지고 나왔던 물잔을 다시 부엌으로 가지고 들어가 이번에는 커다란 유리잔에 가득 채워 찰랑찰랑하게 해서 쟁반에 받쳐들고 왔다.

"어서 드세요. 우물물이라서 물맛이 좋을 거예요. 마침 아무것도 내놓을 것이 없어서."

"웬 말씀을. 이게 최곱니다. 실례합니다."

장창섭은 유리잔의 물을 꿀꺽꿀꺽 마시고 맛좋다는 듯이 손으로 입가를 닦았다. 그는 빈 잔을 눈위치로 들고 손가락으로 가리키며 말을 계속했다.

"일본 사람들은 '물 좀 주세요'라고 하면 잔을 가득 채우지 않고 7부만 담아가지고 오지요. 그것은 사양하는 정신과 관계가 있는 것입니다. 제가 일본에 처음 왔을 때는 한국전쟁이 한창이었던 때인데, 그때 제 자신은 한국과 일본이 상당히 다르다고 느꼈습니다. 온천에 가 보면 남녀가 혼탕에 들어가기도 하구요. 고국에서는 절대로 그런 경우는 없으니까요. 7부만 담는 것이 더 좋은 것인지 모르겠지만 목이 마를 경우 같을 때에는 좀 불편하겠지요. 그것도 양보라고 보아야 할지."

"글쎄요. 저 같은 사람은 잘 모르겠는데요."

고이즈미 도시에는 그 이야기를 잠자코 들으면서 고개를 갸우뚱했다. 동인은 빈 물잔을 방바닥에 내려놓았다. 잘되었다고 안심했다. 그녀는 그렇게 까다로운 사람이 아닌 듯이 보였다. 소년 이야기를 했을 때만 해도 그렇다. 자기들이 한국 사람이란 것을 먼저 말했어야 했다. 그런 말을 듣고도 그녀는 전혀 개의치 않는 듯한 표정이었다. 소년과 함께 하숙을 하려고 한다는 말을 다소 신경 쓰인다는 정도로 받아들이고 있었다. 눈에 익은 다다미 바닥에서 시선을 옮겨 위쪽을 쳐다보다가 고이즈미 도시에의 온화한 눈길과 마주쳤다. 동인은 문득, 소년의 호기심에 찬 시선과 그 눈길이 겹쳐져 하나로 되는 것 같은 기분이 들었다.

장창섭과 함께 영일이네 집에 간 것은 바로 나흘 전의 일이다. 동인은 마지못해 끌려 나왔다고 하는 게 맞을지도 모르겠다. 고탄다(五反田)역에서 전철을 갈아타고 다시 다른 선으로 한 번 더 갈아타고 나서 두 사람은 T역에 도착했다. 초여름 한낮의 햇살이 쨍쨍 내려쪼이는 상가를 벗어나 국도를 따라 제법 걸어갔다. 동인은 발걸음이 무거워졌다. 몇 번이나 그냥 되돌아갈까라고 생각했다. 소년의 집이 가까워지면서 그런 생각이 더 간절했지만 그렇다고 결심도 안 서고 그저 질질 끌려 가고 있는 느낌이었다.

소년의 집은 국도를 등지고 자동차 소음이 잘 들리지 않는 곳에 있었다. 작은 공장이 인접해 있어서 또 다른 소음으로 시끄러웠다. 두 사람은 공장입구에 도착했다. 열기가 가득 찬 공장 옆을 지나 소년의 집앞에 다다랐다. 이층 집 바로 뒤에 큰 떡갈나무 한 그루가 서 있었다. 나무는 마치 기와지붕의 능선을 한가운데에서 터서 하늘로 올라가는 듯이 보였다. 주변의 황폐한 분위기가 그 나무를 더욱더 돋보이게 했다.

강철 구멍을 드릴로 뚫는 쇳소리, 전기용접기의 혀를 치는 듯한 소리, 그런 소음을 뚫고 누가 부르는 소리가 들려왔다.

"힘차게 잘 돌아가는군. 역시 잘 움직이는 게 보기 좋아!"

장창섭은 그렇게 말하며 동인을 보았다. 동인은 말이 없었다. 장창섭은 문이 열린 쪽으로 가서 집안을 살펴보고 나서 사람을 불렀다. 현관문에는 벗어 놓은 구두와 게다가 흐뜨러져 있었다. 반쯤 문이 열린 신발장 안에는 먼지 덮힌 신발들이 보이고 그 위에는 고무 볼을 꽉 쥐고 있는 야구 글러브가 놓여 있었다.

안채에서 여자가 나왔다. 무릎을 덮은 회색 스커트 차림의 중년 여자는 흰 블라우스가 너무 꽉 낄 정도로 풍만한 몸매였다.

"오셨군요. 자 어서 어서 올라오세요."

벌써 전화 연락을 받고 두 사람을 기다리고 있었다. 광대뼈가 튀어나온 장창섭은 싱글벙글하며 인사했다. 그리고 옆에 서 있는 긴장한 동인을 가리키며 "이 사람입니다……." 라고 유창한 한국말로 소개했다.

"아, 선생님—. 잘 오셨습니다. 자 안으로 들어오세요."

그녀는 동인을 반갑게 맞이했다. 그때 복도 저쪽에서 아이들이 나와 엄마의 겨드랑이 사이로 한 녀석씩 얼굴을 살짝 내밀었다. 그녀는 흩어진 물건이라도 주워 담는 모양으로 서둘러 아이들을 자기 옆으로 끌어당겼다.

"누구야. 이 사람?"

엄마의 손을 빠져나온 계집아이가 계단 난간에 기대어 동인을 올려다보았다. 네 명의 아이들도 두 사람을 빤히 쳐다보고 있다. 그 아이들은 계단의 발판만큼씩이나 서로 키가 차이났다. 이층으로 안내되어 올라갔다. 잠시 후 17·8세쯤 되어보이는 소녀가 먹음직스럽게 보이는 수박을 쟁반에 들고 나왔다. 소년의 어머니는 두 사람을 향해서 "영일(英一)의 누나, 영희(英熙)에요"라고 소개하고 잘 익은 수박을 권했다. 소녀가 얼른 쟁반을 내려 놓으려고 하니, 어머니는 딸에게 나가서 소년을 찾아 오라고 하고, 애들은 아래층으로 데리고 내려가라고 일렀다. 창호지문 밖에서 아이들이 방안으로 들어오고 싶어 소란을 떤다.

"아이들 때문에 힘들어요. 정신이 없습니다. 어찌나 말을 안 듣는지요."

어머니는 고개를 저으며 웃었다. 애들이 벽에 해 놓은 낙서가 벽화 같았다 . 동인은 잠자코 앉아 방안을 둘러보고 있었지만 마음은 몹시 불안했다. 수박을 세 번이나 권하기에 한입 베어 물었을 때 미닫이문이 열렸다. 얼떨결에 수박을 접시에 내려놓았다. 거무스름한 얼굴에 작은 체구의 중년 남자가 불쑥 나타나서, 사람들을 둘러보고서는 방안으로 들어왔다. 장창섭은 급히 담배 불을 재털이에 비벼 끄고 바로 앉았다. 동인도 장창섭이 하는 대로 따라했다.

"영일이 아빠, 영일이 선생님이 오셨어요."

어머니는 양쪽을 번갈아 보며 책상다리를 하고 옆에 앉아 있던 남편에게 그렇게 말했다. 그런데 남편은 들은 체 만 체하며, '제기랄'이라고 낮게 말했다.

"가야마(香山) 녀석, 오늘로 잘라 버려."

그녀는 언짢은 듯 눈쌀을 찌푸렸다. "또 무슨 실수를 저질렸어요?" 소년의 아버지는 지겹다는 표정으로 고개를 끄덕이며 말없이 다다미 바닥의 탄 얼룩만 들여다보고 있었다. 그러다가 문득 정신이 든 듯이 두 사람을 보았다. 무릎을 꿇고 앉아 있던 장창섭이 자기 소개를 하고 이어서 동인도 따라 했다. 어머니가 한국말로 뭐라고 참견을 했다.

소년의 아버지는 자세를 고쳐 앉아 정중하게 인사했다. 순식간에 태도가 변해서 정말 이 사람이 방금 그 사람인가 하고 의심스러울 정도였다.

"아이구, 이거. 선생님이십니까? 정말 잘 오셨습니다. 제가 영일이 애비 김—입니다."

동인은 잠시 주춤했다. 인사치레라고 해도 동포의 어른에게서 존칭으로 불리고 보니 몸둘 바를 몰랐다. 여기 온 것이 후회스러웠다. 이윽고 소년의 아버지는 동인에게 이것저것 물었다.

"선생님 고향은 어디십니까?"

아버지는 처음으로 한국말로 물었다. 그러나 한국말이 잘 통하지 않는 것을 보고 일본어로 다시 물었다.

"……잘 모르겠습니다. 아마 충청도라던가."

"……그렇습니까? 음 …… 申씨 성입니다만 그게 어디입니까?"

무슨 이야기지? 옆의 장창섭이 그윽한 눈웃음을 띠며 친절히 말을 거들었다. 그것은 일본에서의 계보(系譜) 같은 것으로 선조를 더듬어 올라가면 신씨라도 무슨무슨 신씨라고 하는 것이 있다. 자기는 장씨이지만 선조가 남조선의 인동(仁東)지방이기 때문에 족보상 '인동 장씨'라 설명해 주었다. 그러고 보니 그런 것이 있었던 듯한 기분도 들었다. 그러나 동인은 자기 집 족보가 어떻게 되어 있는지는 전혀 모르고 있었다. 동인은 등에 식은땀이 흐르는 것을 느꼈다.

"영일 아빠. 요즈음 젊은 사람들에게 그런 말씀하시면, 그건 무리예요. 그런 건 옛날 얘기예요."

어머니까지 말을 말을 거들며 미소지었다.

"당신은 잠자코 있어." 아버지는 부인을 쏘아보고 나서 거칠고 무딘 손으로 거무스레한 얼굴을 가볍게 문질렀다. 동인은 창피스러웠다. 장창섭이 이 집 가정교사 얘기를 해 온 것이 원망스러웠다. 원래 가정교사 같은 것을 할 수 있는 사람이 못된다. 상대가 일본인의 자녀라면 얘기는 다르지만 같은 한국인의 아이를 어떻게 일주일에 네 번씩이나 가르칠 수 있을까. 그것도 그저 수학이나 사회를 가르치는 것이 아니라는 말이다. 아직 모습도 나타내지 않은 그 소년은 장창섭에게 들은 바로는 한국인 학교에 다니고 있다는 것이다.

거절하려면 지금 해야 한다고 동인은 생각했다. 자격도 없을 뿐더러 기력도 없다. 게다가 자기는 실력도 없으면서 그럴 듯하게 얼버무리고 있는 것도 마음에 안 든다. 아래 턱을 만지작거리고 앉아 있는 소년의 아버지에게 말하려고 했을 때, 우연히 그쪽에서도 말을 꺼냈다.

"신 선생은 혹시 고생해 본 적이 있습니까?"

고생이라니, 아니 왜, 무슨 생각으로 그런 걸 다 묻지? 동인은 자기를 계속 주시하고 있는 상대를 한 번 박차듯이 바라보았다. 어머니가 뭐라고 한국말로 참견하고, 장창섭이 맞장구쳤다. 아버지는 귀를 쫑긋이 하고 동인은 꼼짝도 하지 않고 잠자코 있었다.

"저는 일자무식 인간입니다. 선생님—"이라고 그는 화제를 바꾸었다.

"내가 어렸을 때는 학교에 못 다녔습니다. 그뿐인 줄 아십니까? 서당 앞을 매일 지게를 지고 왔다갔다 했지요. 그때 하다못해 「천자문」이라도 배워 두었더라면 얼마나 좋았겠습니까? 고생을 해도 사람은 학문을 배우지 않으면 아무 소용없습니다. 그 점에서 나는 당신들이 부럽습니다. 우리들은 평생을 막노동을 하며 살아왔습니다. 지금은 이럭저럭 작은 회사 사장이 되었지만 그까짓 것 아무것도 아닙니다. 하지만 신 선생 저도 한자 서너자 정도는 알고 있습니다. 대학 교수라도 모를 한자—"라고 말하며 그는 양복 주머니에서 볼펜을 꺼내고 자기 아내에게 종이를 가져오라고 시켰다. 그는 기름때가 묻은 굵은 손가락으로 뭐라고 한자를 허공에 그리더니 갱지 위에 '甲山', '千地'라고 썼다. 그리고는 얼굴을 내밀어 그 종이를 들여다보는 장창섭에게 그 뜻을 알아맞춰 보라고 만만하게 말했다.

장창섭은 수수께끼라도 풀려고 들여다보는 것처럼 고개를 갸웃거리며 "그게 무슨 뜻입니까?"라고 웃음을 띠면서 물었다. 아버지는 동인에게도 물어보고 나서 갑자기 자신을 비웃듯이 말했다.

"이런 것은 별것 아닙니다. 甲山은 '철', 千地는 '동'이라는 뜻으로 쓰레기 장사들이 쓰는 글자입니다. 나는 이것밖에 모르는 인간입니다……. 저는 제 자식은 공부를 시키고 싶습니다. 영일이 녀석은 —."

아버지는 비로소 부인이 옆에 있는 것을 알아차린 듯이 말했다.

"뭐야, 선생님이 오셨는데 그 녀석 어디 갔어. 빨리 찾아와."

"지금 영희가 나갔어요. 영일이는 학교에서 돌아왔나 싶으면 어느새 현관에 가방만 던져 놓고 안 보이는 아이니까요."

그녀는 쓴 웃음을 지으며 대답했다. 아버지는 상을 찌푸렸지만 자식을 끔찍이 사랑하고 아끼는 눈치다. 동인에게 이렇게 말했다.

"그 놈은 아무것도 몰라요. 우리들 개구장이 시절은 문제도 아닙니다. 하지만 내가 이 놈은 장래성이 있다고 생각한 적이 있습니다. 글쎄 이 녀석이 세 살 되었을 때 무슨 생각이었는지 갑자기 지붕 꼭대기에 올라가 꼼짝않고 하늘을 쳐다보고 있는 것입니다. 떨어지면 그 자리에서 죽는 거지요. 왜 거기에 올랐는지. 저는 글쎄, 아 그거 희한한 놈이구나라고 생각하고 그 이후로 영일이는 장래성이 있다고 생각하고 있습니다."

아버지의 표정이 부드럽게 누그러졌다. 장창섭은 여전히 그윽한 미소를 지으며

"소영웅입니다"라며 장단을 맞추었다.

"아이고, 그때는 정말 기가 막히더군요. 당장 애가 떨어져 죽는 줄 알았습니다. 다행히 떨어지지는 않았어요. 애 아빠는 그렇게 말하는 사람이니까 그렇지만 영일이는 밑을 내려다보며 울었어요." 그런데 애 아빠는 "이 바보야 울지 마, 위쪽을 봐!" 라고 하셨어요.

그 말에 모두 웃었다. 동인은 거절할 기회를 놓쳤다고 느꼈다. 어머니는 동인이 무슨 생각을 하고 있는지 전혀 신경쓰지 않고 이야기를 멈추지 않았다.

"신 선생, 애 아빠는 영일이를 고생시키자고 말씀하세요. 고생을 해야 사람이 된다고 글쎄 그래서 제 자식을 집에서 내보내 남에게 맡기라고 하신답니다. 이제 겨우 열다섯 살인데 남의 집에 맡기다니, 남편은 한 번 생각한 일은 꼭 해내고 마는 사람이라서……." 그녀의 푸근한 표정에는 약간 한이 서려 있었다. 동인을 쳐다보면서 그녀는 무거운 엉덩이를 흔들며 한숨 섞어 말했다.

"아무쪼록 영일이를 잘 부탁합니다……."

영일이가 온 것은 좀 지나서였다. 복도에서 찢어지는 소리가 났다. 계속해서 우는 소리도 들리더니 누가 달랬는지 금새 조용해졌다. 그리고 창호지문에 사람 그림자가 비쳤다. 찢어진 문틈으로 사람 그림자가 방안을 엿보고 "난 이제 죽었군"이라고 작은 소리로 말했다. 도망치려고 하는 그림자를 향해서 어머니가 급히 소리쳤다.

소년은 창호지문을 열었다. 아버지를 꼭 닮았고, 가무스름한 피부에 좀 날카로운 인상을 주었다. 그런데 소년은 겸연쩍은 듯이 방으로 들어와 살며시 어머니 옆으로 가 앉았다. 아버지가 눈을 부릅떠 쏘아보며 말을 하니 소년은 하는 수 없이 무릎을 꿇은 채 앞으로 다가앉았다. 두 손으로 얼굴을 가리는 시늉을 하면서.

소년의 그런 태도가 어딘지 익살스러운 데가 있었다. 하지만, 소년은 쑥스러움을 감추려고 두 손으로 얼굴을 가린 채, 손가락 사이로 동인을 훔쳐보았다. 재빠른 시선이었다.

2

상자에 심어 놓은 봉선화가 피어 있다.

하얗게 핀 그 가련한 꽃을 보고 있으려니 동인의 마음은 어두워졌다. 앵초를 떠올렸던 것이다. 동인은 발길을 되돌려서 툇마루에서 방안으로 들어갔다.

짐은 아직 풀지 않았다. 소년이 도착하면 풀어야지라고 생각했다. 다다미 여섯 장짜리 이 방과 옆에 있는 다다미 두 장짜리 방을 쓰라고 한다. 작은 방에는 자기 앉은뱅이 책상을 놓기로 하고, 큰방에는 영일이 책상을 놓고 책꽂이는 이 방에 놓을까. 요전에 내가 찾아갔을 때에 전에 이 방에 있었던 고이즈미 도시에의 짐은 뒷방으로 옮겨져 있었다. 응접실의 꽃꽂이 화기와 족자가 지난번 그대로 있다. 살벌한 분위기가 되지 않게 하려는 배려이겠지. 그리고 또 하나. "신에게 죄를 시험받고 상처를 치료받게 기도한다"라고 쓰인 그을린 부적이 한쪽 구석에 작게 걸려 있었다.

대낮에는 바람이 간간히 불어오는 듯했다. 동인은 양무릎을 두 팔로 두르고 다다미에 앉아 있다. 드디어 이사를 했구나라고 생각했다. 바로 두 시간 전만 해도 이시다 집에 있었다. 그 이상한 집의……

이시다 세쓰코(石田世津子)의 백자같이 흰 얼굴이 떠올랐다. 그녀는 생나무로 둘러쳐진 울타리 옆에 서서 생기 없는 눈으로 놀란 듯이 동인을 보고 있었다. 이사한다는 말은 며칠 전에 했었다. 하지만 그 눈매는 동인의 동작을 바짝 쫓고 있었다. 동인은 짐을 옮기기 시작면서도 마음이 무거웠다. 여자를 버리고 가 버리는 남자 같은 뻔뻔스러움을 자신의 동작에서 느꼈다. 하지만 이시다 세쓰코와의 사이에 무슨 일이 있었다는 말인가? 무언가 있었다고 하면 그것은 불행한 그녀에 대한 연민의 정뿐이었다. 그녀는 꿈에 나타나는 아름다운 미인도 아니었고, 그래서 노골적으로 욕망을 품을 일도 없었던 것이다. 그러니까 동인은 자기를 빤히 쳐다보는 이시다 세쓰코를 그다지 탐탁하게 생각하지 않고 있었다.

맨 마지막 짐을 삼륜차에 실으니 그녀의 어머니가 안채에서 나왔다. 일 년 가까이 방을 빌려 썼던 지극히 평범한 학생을 가볍게 배웅하려고.

이 할머니에게 딱 잘라 한 인사는 그것으로 좋았다고 해도 이시다 세쓰코에게는 좀더 다른 인사말이 있었던 게 아닐까. "그럼, 안녕히—"라고 말했을 때, 인사말이 겉도는 듯한 불안을 느꼈다. 그녀는 멍하니 계속 쳐다보고 있었다. 동인은 호리호리한 그녀의 모습을 보지 말아야지라고 다짐했다. 무엇인가를 뿌리치듯 총총히 그 집을 떠났다.

세쓰코로부터 멀어지려고 했던 것이 아니라는 기분도 든다. 혹시 그녀를 불행하게 하고 있는 저 '홀린 세상'으로부터 빠져 나오려고 한 것은 아니었을까. 바짝 쳐다보는 그녀의 시선 속에서도 비춰지는 홀린 세상……. 숨이 막힐 것 같았다. 장창섭이 찾아와서 그 하숙집을 나가지 않겠는가라고 하여 중간에 서서 소개해 준 것이다. 꽤 괜찮은 가정교사 자리를 찾았다고 했다. 장창섭을 알게 된 것은 겨우 삼개월쯤 전의 일인데, 그는 친절했다.

그는 같은 대학의 동포학생이라고 해서 남의 일에 책임감 있게 돌봐 주는 그런 면이 있다. 끈기 있는 성격이었다. 나를 대학생들의 조선문화연구회라는 동아리에 끌어넣은 것도 그였다. 자기를 그 집에서 빼내 준 그에게 감사해야 할 일이었다. 자기 혼자서는 도저히 그 이상한 집에서 빠져 나올 수가 없었을 것이다. 그렇지만, 그 덕분에 이번에는 이 소년과 같이 지내는 벽에 판자를 가지런히 붙인 것 같은 신세가 된 것이 화가 치미는 것이었다.

고이즈미 도시에가 안방에서 얼굴을 내밀었다.

"드시겠어요. 시원한 주스에요."

그녀를 보고 자리에서 일어나려고 했던 동인은 다시 다다미에 앉아서 절을 했다. 유리잔에 담긴 주스를 받아 잠시 후에 마셨다.

"지난번에 오셨을 때는 아무것도 없어서 대접도 못해 드렸어요. 장 군과 이야기를 나누었는데 그 학생 꽤 재미있던데요. 컵에 담긴 물 이야기도 하고……."

"네에－."

동인은 웃었다. 장창섭에게는 자기가 갖지 못한 명랑한 성격이 있다. 그리고 꽤 신랄한 점도 있다. 소년의 집에서 돌아올 때 소위 그 족보 이야기에 대하여 '그런 건 케케묵은 이야기야. 아직도 그런 이야기나 하고 있어'라며 웃었다. 그러나, 소년의 아버지 앞에서는 이를 정면에서 부정하지 않고, 오히려 문명비평적으로 그 유래를 설명해 보이는 것을 보면 그는 교활하면서도 침착한 데가 있다. 그러나, 뭐니뭐니해도 그의 특징은 남을 위해서 애쓰려고 하는 열렬한 점이 있다고 여겨지는 것이다.

"지난번에는 그이가 갑자기 그런 말을 해서 기분이 상하지 않으셨습니까?"

"아니오, 오히려 솔직하고 좋지 않습니까?"

"그러세요. 그렇다면 다행이군요."

"어째서 그렇습니까?"

"아니—." 동인은 드리워진 발 너머 밖을 바라보며 천천히 대답했다.

"나는 그때 사실 놀랐어요. 일본인이라면 모처럼 갖고 온 것을 그렇게 말하면 싫게 생각하는 사람이 많지 않겠어요? 그런 기분이 들었으니까."

장창섭 같은 조선인 학생도 있다. 하지만 자기 같은 인간도 있다. 동인은 장창섭을 보고 있으면 자신의 감각이 일본인적인 게 아닐까라고 생각할 때가 있다.

"나 같은 일본인도 있어요."

고이즈미 도시에는 가볍게 웃으며 대답했다.

"그렇군요. 정말."

동인은 얘기에 정신이 팔려서 들고 있던 유리잔에 힘을 주었다.

"그는 열심히 남의 행복을 생각하는 듯한 사람입니다. 그것은 좋은 일입니다. 하지만, 바로 그 때문에 오히려 반발을 느낄 때조차 있습니다."

그렇게 말하고 보니 동인은 어쩐지 이야기의 초점이 빗나간 것을 느꼈다. 좀 틀렸다. 장창섭은 꿈이란 걸 이해할 수 있을까라고 의심하고 있는 것이다. 꿈과 현실과의 경계를 확인하기 어려워 우왕좌왕하는 듯한 느낌을……. 하지만 이런 문제는 장창섭에게 직접 물어야 하는 것은 아닐까.

"아주머니, 제가 이 댁에 처음 왔을 때, 전에 어디선가 본 것 같은 느낌이 들었습니다."

"어머, 그럼, 이 부근에 오셨던 적이 있으세요?"

"아니, 그런 건 아니구요."

동인은 쓴웃음을 지우며 다시 말했다. "초면인 것 같은 느낌이 아니었습니다."

"그렇게 마음에 드셨다니 다행입니다."

아주머니는 너무도 오해하고 있는 것이었다. 동인도 할 수 없다는 듯이 웃자 그녀도 마음좋게 따라 웃었다.

"하지만, 그 영일이라는 아이, 용기가 있네요. 아직 열다섯 살인데 부모님 슬하를 떠나 하숙을 한다니, 부모님도 대단하시구요. 그렇지 않고서는 자식을 남의 집에 맡긴다는 게 보통 일이 아니지요."

도시에가 인사말로 한 것은 아니었다. 부모가 자식을 여행시키려고 하는 기분도 그렇지만 소년이 그럴 작정으로 집을 떠나 오는 것도 요즘 세상에 보기 드문 일이고 하여튼 감동이 된 것이다.

"아주머니는 아이가 없습니까?"

얼떨결에 그렇게 묻고 나서 동인은 곧 후회했다. 너무 지나치게 관심을 보인 것 같다. 도대체 그녀는, 그러자 그녀는 얼버무려 "있다구요"라고 일부러 꾸민 목소리로 대답했다.

"여기 얘가 우리집 외동아들입니다. 잘 부탁해요. 그러니까, 이제 가족이 모두 네 명이 되겠네요."

그녀가 눈짓으로 가리킨 안방에 귤상자가 보였다. 미닫이문에 가리워져서 이쪽에서는 반만 보였다. 일어나서 그쪽으로 가 보았다. 하얀 고양이가 천이 깔려 있는 귤상자에 몸을 뻗고 길게 누워 있다. 윤기 없는 가지런한 털이 눈에 띄는 흰 고양이는 송곳니를 드러내고, 지긋이 눈을 감고 있다.

"고양이가 아니라 토끼 같습니다. 수컷인가요?"

"네. 맞아요."

옆방에서 아주머니가 대답했다.

"암컷 같습니다. 느낌이."

목을 쓰다듬어 주니까, 고양이는 처량한 울음소리를 내며 살며시 눈을 떴다. 고양이가 목에서 골골하는 소리를 내기 시작하더니 갑자기 뒷다리를 세차게 오그리고 쫑긋쫑긋 허공을 할퀴기 시작했다. 동인은 당황해서 손을 쑥 비켰다. 여섯 장 다다미방으로 돌아와 놀랐다는 듯이 어깨를 움츠려 보이는 동인에게 아주머니는 '우리 아이'의 수난에 대해 진지하게 얘기하기 시작하는 것이었다. 영일이 차를 타고 온 것은 그 얘기를 한참 듣고 있었을 때이다. 자동차 경적 소리를 듣고 현관으로 나가니 삼륜차 조수석에서 소년이 뛰어내렸다. 동인은 순간적으로 위압감이 들었으나 곧 표정을 고치고 소년을 반가이 맞이했다. 현관문을 연 소년은 한걸음 안으로 들어와서 학생모를 벗고 정중하게 인사했다.

"잘 부탁드리겠습니다."

그 태도가 마치 운동부에 새로 들어오려고 신청하러 온 중학생 같았다. 단추가 반짝거리는 학생복 윗도리에 새하얀 트레이닝 바지를 입고, 그물처럼 구멍 내어 만든 구두를 신고 우뚝 서 있는 모습이 너무 근사했다. 아주머니는 싱글벙글 소년의 인사를 받았다. 그리고는 "큰데요오!"라며 그만 감탄해서 말했다. 키가 동인의 귀까지 왔다. 소년은 아주머니가 빤히 쳐다보자 쑥스러워서 구두 끝으로 현관바닥을 몇 번 찼다.

짐은 그다지 많지 않았다. 하숙생활에 꼭 필요한 최소한의 것들만을 가지고 왔다. 불필요한 것은 가져온 것 같지 않다. 그런데 그 안에서 글러브가 눈에 띄었다. 그것은 삼륜차가 짐을 내려놓고 돌아가려고 할 때 소년이 서둘러 조수석으로 뛰어가서 찾아온 것이다. 짐 정리를 끝내고 동인은 소년과 함께 공중목욕탕에 갔다. 하숙집 아주머니에게 물어서 큰길가로 나가 구부러진 길을 한 정거쯤 걸어 들어가니 골목 안에 공중목욕탕이 있었다. 굴뚝에서 검붉은 하늘에 연기를 내뿜고 있었다. 소년은 비누곽을 싼 수건을 움켜쥐고 따라왔다. 어디가 불편한 듯이 데면데면한 표정을 하고 있다. 탈의장에서는 한층 더 멋쩍어 했다. 목욕탕 카운터에서 동인이 돈을 내는 틈에 소년은 등을 돌려 맨몸으로 휭하고 목욕탕 안으로 들어가 버렸다.

하지만 욕탕에서 더운 물을 한번 몸에 끼얹고 나더니 소년은 조금 전까지의 서먹서먹함을 떨쳐 버렸다. 소년은 욕조에 손을 집어 넣어 보더니 "츳" 하고 외마디 소리를 내며 들어온 동인을 쳐다보았다.

"선생님, 뜨거워요. 미지근하게 할까요?"

그 소리에 눈을 지긋이 감고 있던 한가한 노인이 산양 같은 얼굴로 소년을 돌아보았다. 아직 이른 시간이라서 목욕탕에는 손님이 별로 없었다. 상점 주인 같은 남자가 목욕탕 옆쪽의 몸 씻는 곳에서 넓적다리 사이를 척척 수건으로 닦고 있었다.

"응. 물 너무 많이 틀지 말아라."

동인이 그렇게 말하니 소년은 얼른 수도꼭지에 손을 대어 세차게 물을 틀기 시작했다. 타일에 그려진 금붕어가 흔들려 헤엄치듯 움직이기 시작했지만 연기만 났던 수증기에 금방 모습을 감추었다.

"이제 됐지?"

노인이 이쪽을 힐끔힐끔 보는 게 미안해서 동인은 말했다.

"좀더."

소년은 전혀 개의치 않았다. 겨우 수도꼭지를 잠그고 소년은 동인의 옆으로 들어와 물 속에 몸을 담갔다. 아, 좋다. 뜨거웠다. 피부 근질거림이 타듯이 사라지고 현기증 같은 쾌감에 몸이 저려왔다. 동인이 한참 동안이나 탕에 몸을 담그고 있으니 소년은 그만 먼저 일어나서 나가 욕조의 가장자리에 앉았다. 그리고는 문득 생각이 난 듯이 수건으로 거북이 새끼를 만들어 탕에 띄웠다. 소년은 통통하게 배를 부풀어 오르게 한 거북이 새끼를 재미있게 들여다보았다.

동인은 탕에서 나와 소년과 맞은편의 가장자리에 앉아 수건으로 앞을 가렸다. 소년은 물가에 띄운 거북이 새끼를 이쪽으로 오게 하려고 목욕탕물을 손으로 긁어 내고 있다가, 귀찮은 듯 손으로 들어 올려 무릎 위에 놓았다. 한참 후에 다시 심심해져서 수건으로 만든 거북이 새끼를 물 위에 띄웠다. 아마도 소년은 처음으로 둘이서 목욕탕에 간 것이 어색하고 멋쩍어서 그랬을 것이다. 소년의 몸이 편안히 굽혔다 폈다 하며 움직이는 것을 보면서 동인은 그제서야 가볍게 한숨을 쉬었다. 소년의 맨살은 엷은 갈색으로 선명하게 보인다. 쭉 뻗은 다리나 시원스럽게 늘어지는 팔은 기골차게 보였다. 그리고 적당히 탄력 있는 근육에는 아직 어린 정기가 서려 있고, 그 힘이 목욕탕물을 튀게 한다. 동인은 축 처진 자기 피부를 느꼈다. 레몬 같은 소년의 피부와 비교해 보니, 자기 몸은 수분이 빠져 버린 여름 귤같이 시들시들하고, 탕 속의 물이 피부의 느슨함에 잘 어우러지려고 하고 있다…….

"선생님, 거북선이란 거 있지요. 이순신 장군(李舜臣將軍)의—."

갑자기 생각난 듯이 소년이 물었다.

"그거, 대단하던데요. 저 존경하게 되었어요."

동인은 놀라서 소년을 쳐다보았다. 으응, 벌써 질문을 받고 있구나라고 느꼈다. 소년이 재일교포 학교에 다니고 있다는 사실을 잠시 잊고 있다가 그제서야 생각이났다.

"으음" 동인은 막대기를 삼킨 듯한 말투로 대답했다. 거기 대해선 별로 아는 게 없다. 도요토미 히데요시(豊臣秀吉)의 '조선의 역(役)'에서는 일본군을 괴롭힌 해군의 영웅이지. 그러나 이런 식으로 하다가는 앞으로가 문제이다.

왠지 모르게 동인은 멋쩍은 생각이 들어서 욕조에서 몸을 일으켰다.

"등 좀 밀어 드릴까요?"

소년은 옆에 앉아서 수건으로 만든 새끼 거북이를 이번에는 수세미 모양으로 만들었다.

"그래, 번갈아 밀어 주자."

정신을 가다듬고 동인이 말하자 소년은 기쁜 듯이 눈을 가늘게 뜨고 웃었다. 그렇지 않아도 가늘게 보이는 소년의 눈이 더 작게 보였다.

도시에는 두 사람이 목욕하러 나간 뒤, 혼자서 멍하니 부엌에 쪼그리고 앉았다. 저녁 반찬거리 사러 나갈까 하다가 다리가 저려서 그대로 주저앉았던 것이다.

이제 어떻게 되는 것일까? 불안했다. 앞으로의 일을 알 수 없다. 두 명의 하숙생과의 생활이 시작되려고 하고 있다. 두 사람은 이사를 끝내고 몸을 씻으러 간 것이다. 그들이 돌아오면 집주인답게 몇 가지 주의를 주어야 할 것이다. 그건 당연한 일이고, 전혀 이상하지 않다. 그런데 도시에는 불안했다. 그것을 내색하지 않으려고 애써 태연한 척하지만, 혼자 남게 되면 마음이 약해지는 듯 걱정이 되었다. 마치 길을 잃고 헤매다 쭈그리고 앉은 모습이다. 방향이 틀린 듯한 언짢은 기분이 된 것은 모리타(森田) 부인과 만났을 때부터였다. 도시에는 그저께, 단골손님 집에 주문 받았던 맞춤옷이 다 만들어진 것을 알려 주러 갔다 오는 길에 잠깐 들렀던 것이다. 혼자 사는 도시에는 동네 사람들과 거의 교제가 없이 지냈지만, 모리타 부인과는 허물없는 사이였다. 부인은 도시에보다 연하이면서도 싹싹하고 때로는 언니 같은 말투로 말하는 버릇이 있다. 그 부인만이 혼자 사는 도시에에게 신경을 써 주는 것이었다. 하숙생이 두 명 들어왔으니 조금은 여유가 생길 것이라고 말하면 모리타 부인은 기뻐해 줄 것이라고 생각했다. 그런데 의외로 부인은 '괜찮을까?'라고 걱정스러운 듯 중얼거렸다. 한국 사람을 하숙생으로 받아들였다는 것이 못마땅했던 것이다. "왜, 하필이면……"라고 걱정스러운 듯이 말했다.

"만약 무슨 일이 있으면 어떻게 할 거야?"

도시에는 기뻐해 줄 거라고 생각하고 있었던 것이다. 그것만으로도 당혹스러웠다. 일부러 한국 사람을 하숙시키려고 했던 것은 아니다. 가끔 찾아온 학생들이 그랬지만 도시에는 착실한 학생이라면 어느 나라 사람이든 상관없다고 생각했던 것이다. 그 학생들이 한국 사람이라고 자기 소개를 했을 때, 도시에가 전혀 신경을 쓰지 않았던 것은 그 때문이었고, 처음부터 그들이 국적을 확실히 해둔 것은 나중에 생각해 보니 오히려 기분좋게 받아들일 수 있을 정도였다.

그러나 모리타 부인의 눈에 확실히 경솔하다고 책망하는 듯한 표정이 감돌고 있었다. 그것을 보자 도시에는 망설이면서 불안해졌다. 만약의 일—. 막연히 그렇게 말하는데, 그 막연한 것이 어쨌든 애매해지고, 그런 일로 해서 생활이 위협받을 수도 있겠다는 언짢은 기분만이 남았다. "잘 모르잖아, 그 사람들"이라고도 말했다. 그 이상은 아무것도 말하지 않았지만 함부로 한국인을 끌어들인 것을 염려하는 표정이 도시에를 동요시키고, 당황하게 했다. 길을 잃고 헤매는 사람에게 길을 가르쳐 주지 않고, 대신 멀리 벗어난 것만 꾸짖는 듯한 말투였기 때문이다.

잠시 후에 도시에는 시장바구니를 들고 일어섰다. 별일 아니야라고 생각한다. 어떻게 된다고 하지만 설마 상대가 나를 죽일 것도 아닌데. 게다가 더 이상, 내가 더 나빠질 것도 없고, 그렇다고 해서 도시에는 무슨 일이 생기면 그대로 팽개쳐 둘 리도 없었다. 만약 나쁜 사람들이라면 나가 달라고 해야겠지라고 생각한다.

밤이 깊어가고 있다. 잠 못 이루는 것은 동인뿐이었다. 두 사람의 잠을 깨지 않게 하려고 동인은 천장을 향해 누운 채로 꼼짝 않고 있다. 조금 전까지 소년은 잠이 안 오는 눈치였다. 동인이 몸을 움직이자 꾸벅구벅 졸고 있던 소년은 머리를 살짝 쥐어짜며 몸을 뒤치락거렸다. 그러나 그 소리에 맞춰서 안방에서도 이불 뒤척거리는 소리가 났다.

소년이 잠을 못들어 하고 있는 때 동인은 기분을 풀어 주려고 생각했다. 그러다 보면 자기도 잠들지도 몰랐다.

"역시, 잠이 안 오지?" 동인이 묻자 소년은 어둠 속에서 순순히 끄덕였다.

"집 생각하고 있니?"

동인은 자기가 상냥스럽게 묻고 있다고 느꼈다. 뭐니뭐니해도 소년은 아직 열 다섯 살인 것이다. "네에" 소년은 역시

고지식하게 대답했다. 하지만 바로 경계하는 듯이 동인의 감상을 막았다. "그래도 내가 하는 집 생각은 좀 달라요. 이러면 좋은 본보기가 못 되는데 하고 생각했어요."

"본보기?" "네. 이제 통제할 수 있겠어요? 내가 없어졌는데. 어쨌든 집에서는 남동생이나 여동생이 다들 빈둥빈둥거리고 있겠죠. 모두들 한 마리 늑대처럼 소란을 피우니까. 말을 안 들으면 내가 단단히 혼내곤 했는데, 제가 이렇게 형무소에 들어온 거나 마찬가지니까 잠시 나쁜 본보기는 안될 것 아니에요."

동인은 미소를 지었다. 하숙집을 형무소 생활에 비유하고 있다. 꽤 재치 있는 발상이다. 목욕탕에서는 진지한 아이 같았는데 이거야 보통 수단으로는 안되겠다는 기분이 스쳤다. 소년은 노래하듯이 계속 재잘거렸다.

"아무튼 우리 누나는 마음이 안 놓여요. 누나는 어머니를 닮아서 무턱대고 착해서 그게 동생들한테는 오히려 좋지 않다구요. 하지만 당분간은 할 수 없어요.. 여기서는 내가 영향력을 미칠 수도 없고."

소년은 그런 말투로 자기 집의 일을 생각하고 있었던 것이다.

"영일이 너, 아버지 좋아하니?"

불쑥 그렇게 물어 보았다. 아버지 앞에서 움츠리고 있던 모습이 생각났기 때문이었다. 곧바로 대답이 돌아왔다.

"좋아해요."

"그래?"

"무섭거든요. 저는요. 상냥한 것은 싫어요. 어머니는 뭐든지 웃어서 얼버무리기 때문에 질색이에요. 그 대신 아버지는 팍 노려보세요. 저, 정말로 무섭다구요. 하지만 그래도 다정하니까 좋아요."

"그렇겠다."

꽤 괜찮은 얘기를 하는구나라고 생각했다.

"이제 잘까? 내일부터 학교 시작이다."

소년은 자고 있다. 정말 잘 자고 있다. 이 소년과 앞으로 잘 지낼 수 있겠지라고 생각해 보았다. 쌔근거리며 규칙적으로 숨쉬며 자는 모양으로 보아 믿어도 좋을 것 같다. 그러나 불면에 시달리는 자신이 소년을 해치는 듯한 기분이 들었다. 소년은 연말에 한 번 집에 가도 좋다고 허락을 받았다. 그때까지는 일본 고등학교에 진학하기 위해 여기서 공부하기로 되어 있다. 내년 삼월에는 이 소년을 합격시키지 않으면 안 된다. 아들이 앞으로 기술계통으로 나가기를 소년의 부모는 바라고 있다. 밖에 내보내서 고생시킨다고 해도 사실은 소년을 그 발판이 되는 고등학교에 넣기 위해서 하숙시킨 면도 있는 것이다.

잠을 자야 하는데라고 생각한다. 눈을 감고 자신을 최면에 걸어 봤다. 잘 수 있다. 잘 수 있다. 너는 잘 수 있다……. 내쉬는 숨만을 천천히 세고 있다.

15…… 45…… 105……. 책을 읽어 볼까. 살며시 일어나 책꽂이에서 적당한 책을 꺼내어 머리맡의 형광등을 켰다. 마찬가지야라며 중얼거렸다. 불면은 이시다 씨 집에서 살던 때부터의 버릇이었다. 어떻게 하면 숙면을 취할 수 있을까. 한때는 그런 생각으로 시달렸던 적이 있었다. 잠깐씩이라도

선잠을 자서 수면시간을 모으는 재주를 익혔다. 짧은 시간을 전후 분별없이 조금씩 그러다가 잠이 깨면 눈을 뜨지 않으려고 필사적인 노력도 해보았다. 빛을 싫어하는 바퀴벌레가 불빛을 보면 당황해서 어둠으로 도망치듯이 그것은 잠의 그네뛰기라고도 말해야만 하는 곡예였다. 잠을 푹 자지 못하면, 잠이 깬 채 뜬눈으로 날을 밝히게 되는 것이다. 책을 읽는 것은 잠의 그네뛰기를 시작하는 것이었다. 꾸벅꾸벅 졸음이 몰려 오고 의식이 몽롱해진다. 그러던 어느 날 밤, 이시다 세쓰코가 이층 계단으로 살그머니 올라왔던 적이 있다. 그녀가 미닫이문 밖에서 나지막한 소리로 동인을 불렀다. 동인은 깜짝 놀라 몸을 일으켜, 그대로 숨소리를 죽였다. 눈에 안 보였지만 세쓰코가 하얀 기모노를 걸치고 복도에 쪼그리고 앉아 있는 것을 알 수 있었다. 숨을 꽉 틀어막고 있는데 그녀는 점점 호흡이 거칠어지고 "죄송해요"라는 말을 남기고 귀신처럼 사르르 계단을 내려갔다…….

자다가 몸을 뒤척거렸다. 자지 않으면 안돼. 그 홀린 듯한 생활을 다시 떠올리고 싶지 않았다.

3

청년들이 우르르 들어와서 다다미 여섯 장 방을 가득 메우고 있다. 차례대로 도시에와 인사소개를 끝내고는 곧 양복을 벗고 이마의 땀을 닦으면서 땅거미에 눈을 돌린다. 개 중에는 응접실에 걸린 족자의 초서체(草書體) 붓글씨를 판독해 보려고 하는 학생도 있었다. 그중 한 학생이 도시에의 눈에 이상하게 보였다. 창백한 얼굴을 한 그 청년은 구석에 몸이 쓰러지는 듯한 자세로 앉아서 소가 음식물을 되새김질 할 때처럼 입술을 조금씩 오물거리고 있었다. 도시에가 말을 건네자 한번 히죽 웃고 나서 야단이라도 맞은 듯이 고개를 떨구었다.

그 모습을 눈치 챈 듯이 동인이 "아주머니, 그 사람—"하고 두둔하듯이 말했다. "이호인(李浩仁) 군이에요. 그 애는 지금 좀, 피곤해서—"라고 말끝을 얼버무리고 도시에를 보았다.

"네에—."

도시에는 억지로 미소지었으나 어딘가 기분이 섬뜻했다. 병에 걸렸나? 한 학생이 유쾌한 듯이 소리를 높혔다. "이 소년이구나 소영웅이라는 애가. 과연 천하를 지배할 모습이구나."

사람들이 영일이 소년을 보고 제각각 웃었다. 도시에는 그 틈을 타서 보기에도 언짢은 청년의 옆을 떠나 부엌으로 들어갔다. 부엌에는 마늘 냄새가 배어 있다. 오늘 저녁 모임을 위해서 일부러 사다 놓은 불고기 냄새이다. 오늘 모임은 영일이와 가정교사의 공동생활을 격려하기 위한 것이었다. 얘기를 꺼낸 것은 장창섭이었다. 동인은 굳이 사양했지만 장창섭이 억지로 설득했다. 그것이 바로 어제였지만 도시에도 사람들의 호의를 고맙게 받으라는 둥 말을 거들었다. 하지만 사람들에게 무슨 음식을 대접해야 좋을지 도시에는 좀처럼 감을 잡기가 어려웠던 것이다. 전골을 할까 샤브샤브를 할까.

아니면, 스키야키를 할까. 그러다가 싹싹한 장창섭에게 물어 보았다. "이왕 해 주실거라면—" 하며 말을 꺼낸 것이 한국식 불고기인 것이었다. 일본 요리는 너무 달아서 입에 안 맞는다는 것이다.

"여러분, 지금부터 회비를 걷겠습니다." 장창섭의 들뜬 목소리가 들렸다. 도시에는 소년을 불러 음식을 날랐다. "가만히 앉아 있어라. 오늘은 네가 주빈이니까." 장창섭이 영일이를 놀렸다. 불고기에 파의 하얀 밑둥을 둥글게 잘라서 곁들인 큰 접시를 동인이 들고 갔다. 고기만 먹으면 너무 기름져서 몸에 해로울거라며 준비해 놓았던 야채를 담은 접시도 맥주와 함께 날랐다. 도시에는 불고기의 양념간이 손님들의 입에 맞을지 좀 걱정스러웠다. 지난 일주일 동안 영일이 식사하는 것을 보니 더욱 그런 기분이 들었다. 동인은 음식을 가리지 않고 잘 먹었지만 소년은 반찬에 젓가락도 잘 가져가지 않았다. 장아찌나 단무지 종류는 손도 대지 않고, 오뎅을 폭 끓여 주어도 거의 먹지 않았다. 생선 후라이를 해 주면 다행히 양배추만 남기고 깨끗이 다 먹었지만, 누구나 다들 좋아하는 계란찜도 웬일인지 별로 좋아하는 것 같지 않았다. 그렇다고 소년이 반찬이 마음에 안 든다고 거부하는 것 같지는 않고 다만 자기가 좋아하고 싫어하는 것만은 너무도 잘 알고 있었던 모양이다. 그래서 도시에는 지금도 요리가 사람들의 입에 맞을지 안 맞을지를 속으로 걱정하고 있는 것이었다

"아주머니, 고무호스요"라고 재촉하고 동인이 들어왔다.

"되겠어요? 좀 짧지 않을까?"

"어떻게 되겠지요."

동인은 고무호스를 풀어 가면서 부엌에 있는 도시에에게 들뜬 어조로 대답을 했다. 맥주로 건배할 때 청년들은 도시에를 들어오라고 불렀다. 장창섭이 그럴싸하게 건배를 선창했다. "그럼 세 분의 앞날을 위하여—."

일단 건배를 선창하고 장창섭은 문득 생각난 듯이 방구석을 보았다. "아, 이 동무도 함께 건배합시다."

이호인은 그 소리가 들리지 않았는지 고개를 푹 숙이고 이마에 달라 붙어 있는 질은 머리카락을 한가닥 한가닥 핀세트로 집듯이 뾰족한 젓가락으로 집어올리면서 무엇인가 골똘히 생각하는 것 같다. 그는 돌연 머리를 쳐들어 자신에게 쏟아지는 사람들의 시선과 마주치자 다시 고개를 푹 수그리고 목을 가슴 쪽으로 잔뜩 움츠리고 있다. 그리고 도둑놈처럼 사람들을 힐긋힐끗 엿보기 시작했다. 그리고는 동인의 얼굴과 눈이 마주치니 좋아하며 지저분한 잇몸을 드러내 보여 웃었다. 하지만 그는 몹시 피곤한 듯이 침을 삼키고 힘없이 고개를 떨구고 있었다.

"그럼, 우리 우선 건배합시다. 건배—."

장창섭은 흥이 깨진 분위기를 다시 잡으려는 듯 건배를 청했다. 유리잔들이 서로 부딪히며 건배하고, 나무젓가락을 가르는 소리가 났다. 불고기판에 불고기를 올려놓으면서 도시에가 말했다.

"많이 드세요. 근데 제가 솜씨가 없어서요."

"아니, 이 장창섭이가 코치 했으니까 맛있을 텐데." 그는 유쾌하게 말하며 사람들을 웃겼다. 분위기가 잘 어우러지고 고조되고 있었을 때, 옆에 있던 영일이 동인에게 작은 소리로 물어 보았다.

"저 사람, 선생님을 보고 왜 웃었어요?"

소년은 이호인을 몰래 보면서 재빠르게 말했다. 아까부터 소년은 손님들에게 흥미를 가지고 있었다. 그중에서도 특히 이호인의 모습을 이상한 듯이 주시하고 있었던 것이다. 동인은 그 질문에 어떻게 답해야 할지 망설였다. "응, 글쎄" 애매하게 얼버무리고 다시 말을 이었다. "그자는 뭔가 말하고 싶어하는 듯하구나." 그것도 시원하지 않은 대답이다. 그러나 지금의 동인은 소년에게 그 이상은 말할 수가 없는 기분이 들었다. 자기도 잘 몰랐다. 왜, 자기에게 접근하려고 하는 것인지, 이상한 기분도 드는 것이다. 이호인과는 약 한달 전에 조문연(朝文硏)의 방에서 처음 만났었다. 그는 그때부터 동인에게 호감을 보였다. 조문연 모임이 끝나고 나서 대여섯 명이 찻집에 갔을 때, 동인이 우연히 꿈 얘기를 한 일이 있었다. 이 집을 찾아왔을 때의 환상에 대해서였다. 그 일이 있은 이후, 그는 더 가까워지게 되고 자신의 소년 시절에 대한 이야기도 하게 되었다.

그런데…….

"여러분, 취하기 전에 얘기를 말씀드리겠는데 『청구(靑丘)』의 원고, 월요일까지 꼭 '귀화인'에게 내주십시오. 창간호라서 좀 잘 해보고 싶으니까요."

장창섭이 모두를 둘러보았다. 톡 튀어 나온 광대뼈가 맥주를 마시더니 더 두드러져 보였다. 알겠어, 알겠어라는 소리에 뒤섞여서, "아. 알았다구, 됐어. 이제 그만 해, 술 맛 없어져"라고 퉁명스럽게 되받아 치는 소리가 났다. 일찍이 조문연의 책임을 맡고 있던 학생이었다. 그 당시 조문연의 활동은 침체상태였다. 무엇보다도 조국의 문화를 연구해 보겠다는 주체적인 의식이 결여되어 있었고, 문화 서클활동이 교우회(校友會)처럼 수준이 낮아졌던 것이다. 언젠가 장창섭은 그런 점에 대해 어느 모임을 통해 날카롭게 비판한 적이 있었다.

"됐어. 그럼, 더 이상 말하지 않기로 하지. 하여튼, 역작을 부탁합니다." 장창섭이 쓴웃음을 지으며 그 학생을 뒤돌아보았다. "이의 없음" '귀화인'이라고 소리친 얼굴이 동그란 최(崔) 청년이 고함을 질렀다. 『청구』라는 회지의 이름은 그의 제안이었다. 처음에는 신라시대의 젊은 무사를 의미하는 '화랑'이나 '주체성', '아리랑', '계림' 등 각종의 안이 나왔다. 그것이 결국 『청구』라고 하는 타이틀로 결정한 것도 이 제목이 옛날부터 한국 내지는 한국인을 의미하는 것이고, 게다가 이와 비슷한 '계림'보다는 감각적으로 대학생의 이미지와 맞는다고 해서 채택되었던 것이다.

조금 지나서 '귀화인'이 새우색깔처럼 빨갛게 달아오른 얼굴로 도시에한테 말을 걸고 있다. "아주머니 앉으세요. 오늘 밤 정말 고맙습니다. 요리가 너무나 맛있습니다. 그건 그렇고 이쪽으로 앉으세요." 그 청년은 딱 버티고 앉아 두 손으로 양쪽 무릎을 만지며 말했다. 도시에는 청년이 어지간히 취했다는 것을 곧 알 수 있었다.

"네, 네에." 거절하지 못하고 그 옆에 앉으니 청년은 감격해서 꾸벅거리며 절을 하고 "감사합니다. 실은— 저어엇……. 그렇습니다. 저는 아주머니에게 하고 싶은 말이 있습니다"라고 자꾸만 이마에 늘어진 머리카락을 쓰다듬어 올렸다. "뭔데요?"

도시에는 청년이 정말 심각하게 나오는 것이 이상해져서, 망설이며 미소지었다.

"네. 말씀드리겠습니다. 말씀드리겠습니다. 실은 지난번에, 저는 고마(高麗)마을에 갔다왔습니다. 알고 계십니까? 사이타마현(琦玉縣)의 이리마시(入間郡)에 있는…… 우리 조상들이 옛날에 자리잡고 살았던 곳입니다." 청년은 도시에가 아무것도 모르는 것을 미리 알고 있었던 듯이 선수를 쳤다.

"좋습니다. 괜찮습니다. 그 역에서 내려 밖으로 나갔는데, 글쎄 아주머니, 바로 그 역 앞에 아치가 걸려 있었습니다. 천하대장군(天下大將軍), 지하여장군(地下女將軍)이라고 쓰인 나무로 된 토템이 서 있었어요. 저는 그런 건 생전 처음 보았습니다. 그것을 아, 이곳이 우리 조상들이 정착하고 살던 연고지로구나 라고 생각하니 저는 가슴이 뭉클하고 갑자기 울고 싶어졌습니다. 그런 기분 이해하시겠습니까?·····" 도시에는 청년이 정말로 울음을 터질 것같이 보여서 속으로는 부담스러웠다. 다행히도 청년은 곧 정신을 가다듬었다.

"묘한 기분이었습니다. 고마진자(高麗神社)를 향해 걸어가는데 그 부근의 농가들이 꼭 한국의 농가들같이 보였습니다. 그리고 내 자신이 마치 한국의 농촌에 와 있는 것 같은 착각마저 들었습니다. 일본에 살면서, 아직 가 보지 못한 조국에 가 본 듯한 이상야릇한 기분이 소용돌이쳤습니다……." 그 말에는 감정이 서려 있었다. 도시에는 곧 자리를 뜰 생각이었는데 거절하지 못하고 어정쩡하게 붙들려 그대로 앉아 있었다.

"갑자기 저는 이상한 기분이 들었습니다. 왜 일본 사람들은 한국인을 차별하고 그럽니까? 이 땅에 정착한 선조들은 일본 문화를 발달시키는 데 힘을 다했습니다. 이 지역만이 아닙니다. 제가 졸업논문 관계로 좀 조사를 해보니까, 한두 군데가 아닙니다. "호류지(法隆寺)를 세운 것은 목수인가? 성덕태자(聖德太子)인가?"라는 말도 있지만, 그 말투는 정말 구립니다. 왜냐하면 호류지의 건립은 삼국시대의 기술자의 공고가 크지요. 그럴 때는, "목수(大工)"라고 말해서는 안되고 오히려 의미를 덧붙여 "호류지를 지은 것은 도래인(渡來人)인가? 성덕태자인가?"라고 말해 주었으면 좋겠습니다. 아주머니, 저는 아무래도 석연치 않습니다. 일본인들은 한국인들이 자기 나라 문화에 끼친 영향에 대하여 좀처럼 인정하고 싶지 않겠지요. 인정한다고 해도 고작 중국의 영향만으로 간주하고……. 아주머니, 그것은 결국 '목수'라고 하는 말과 같이 묵살하는 것은 아닙니까? 부당합니다. 진실이 아니예요. 한국인에 대한 차별감이 나타나 있어요. 들리는 바에 의하면 무사시노(武藏野) 지방에 살고 있는 일본인으로 관청에 다니는 사람들은 계장으로 진급하기가 아주 힘들다고 하던데요. 그게 사실입니까?"

"대체 그게 무슨 짓인지. 저는 소문이라고 해도 그 이야기를 듣고 화가 치밀어 올랐습니다. 귀화인의 자손까지 차별을 하는 것인가 해서……. 하지만, 나는 아주머니보고 그렇다는 말은 아닙니다. 아주머니는 좋은 사람이십니다……. 그런데 분합니다. 일본인들의 근친 증오란 것이……."

청년은 다다미에 한손을 짚고서 무릎을 쭉 펴고 편안히 앉아 이야기를 계속하려고 했다. 도시에는 그 이상 청년의 얘기를 들어주는 것은 인내심이 필요하겠다는 기분이 들어서 넌지시 말을 막았다.

"글쎄. 나는 다이쇼(大正) 시절에 태어났기 때문에 그런 어려운 이야기는 잘 몰라요. 다음에 다시 이야기해요."

그렇게 말하며 자리에서 일어났다. 청년은 맥이 풀린 듯이 고개를 떨구었다. 도중에 그 이야기를 귀기울여 듣고 있던 장창섭이 놀리듯이 청년 어깨를 쳤다.

"이봐, 이봐 너무 아주머니를 그렇게 골리지 마."

동인은 아까부터 이호인이 이쪽을 보며, 말을 하고 싶어하는 모습을 눈치챘다. 그는 옆 사람이 따라 준 맥주를 별로 마시지도 않고 그대로 손에 들고만 있었다. 그 잔은 금방이라도 손에서 미끄러 떨어질 것 같이 불안했다. 자신이 옆에 앉아 있으니 이호인은 진심으로 기쁜 듯이 지저분한 잇몸을 드러내 웃으며 맥주잔을 다다미 바닥에 놓았다.

"꼭 내 옆에 와 주실거라고 생각했어요. 아까부터 그것을 기다렸습니다." 이호인은 동인의 귀에 자기 손을 갖다 대고 속삭였다. 그리고 그 말을 다른 사람이 엿듣지는 않았을까 하고 의심하듯이 주위를 둘러보고, "그런데요—"라고 일단 소리를 낮추었다. "단 둘이 만나 주세요. 전부 말씀드릴게요……."

동인은 수상쩍다는 듯이 창백한 이호인의 얼굴을 돌아보았다. 지친 듯이 처진 그의 눈이 누군가와 닮았다고 생각했다. 다다미 위에 놓은 맥주잔이 쏟아질까 봐 천천히 팔을 펴서 상에 올려놓고 나서, 시치미를 떼고 중얼거렸다.

"무슨 이야기를 한다는 거야……."

"원 별말씀을, 아시잖아요. 다 아시면서. 저기요……. 꿈 얘기입니다."

이호인은 히죽 웃고, 입안에서 흘러 나오는 거품 같은 침을 삼켰다.

"가까운 시일 내에 한 번 시간을 내 주십시오. 저는 신 선배님에게만 털어놓고 이야기하고 싶습니다. 그러니까. 꼭 좀 만나 주십시오."

동인은 우울한 기분에 빠져들었다. 그리고 그 순간에 곪은 듯이 보기 흉한 그의 눈이 누구하고 닮은 건지 알게 되었다. 이시다 세쓰코인 것이다. 그녀의 홀린 듯한 눈매와 똑같다. 이시다 세쓰코의 시선을 피하듯이 먼 곳을 바라보다가 영일이의 바로 집어 삼킬 듯한 시선과 맞부딪쳤다. 영일이는 기묘한 것을 발견한 듯이 두 사람의 모습을 보고 있었다. 동인은 당황하여 우물쭈물했다.

"무슨 얘기일까……. 그보다 다른 사람들과 함께 마시자는 것 아니야. 그게 차라리 더 즐거울 텐데."

이호인은 그 말을 듣자마자 몸을 한바탕 떨었다.

"즐거우십니까? 이런 모든 게, 모두들 저렇게 서로 웃으며 이야기하고 있지요—. 하지만 자기 자신을 얼버무리는 거 아닙니까? 가면을 쓰고 있는 것입니다. 특히 저 장 선배님이야말로 탈을 쓰고 있는 것입니다. 신 선배님, 선배님은 그런 위선자는 아닐 것입니다. 자신을 속이지 않죠. 신 선배는—.

그러니까 저도 진심으로 제 자신의 얘기를 털어놓고 얘기하려고요. 저, 만나 주세요. 저, 지금이라도 신 선배님, 당신하고만……."

동인은 답답해졌다. 끈적끈적한 것이 고막에 착 달라붙어 스며들어가는 느낌이었다. 대체 어떤 꿈 얘기를 하고 싶다는 말일까. 요전에 얘기했던 것을 오해하고 있는 듯한 기분이 들었다. 동인은 다시 그를 쳐다 보았다.

"하여튼 언제 한 번 들어보기로 하지. 하지만, 기분이 내킬 때 해 줘. 좋아?"

"아, 들어 주시는 것입니까? 그럼, 빨리 가능하면 하루라도 빨리 자, 그렇지 않으면 제가 좀 곤란한 일이 있어서—. 아아 이래서 보람이 있다구요. 그럼 기다리겠습니다. 네"

그렇게 확인하고 이호인은 손을 내밀어 악수를 청했다. 손이 촉촉한게 여자 손 같았다. 그의 검지 손가락이 동인의 손바닥을 간지럽혔다. 얼떨결에 손을 비키고 싶어졌다. 그는 만족한 듯이 훌쩍 일어나 곧장 현관문 쪽으로 나가려 했다.

"이봐, 왜 그래?"라고 수상히 여긴 장창섭이 말했다.

"벌써 집에 가려고? 다 같이 갑시다."

발길을 멈춘 이호인은 놀란 듯한 눈으로 그를 보았다. 그리고 불안함을 보이며 그래도, 겉으로는 머리를 숙여, "안녕히 계십시오"라고 서둘러 인사를 하고 어느새 현관에서 구두를 신고 있었다.

그가 돌아가 버리자 분위기가 흐트러졌다. 화끈한 더운 바람이 일고, 모두들 못 참겠다는 듯한 표정이었다.

"저 친구, 휴학해서 병이나 고치면 좋을 텐데."

그중 한 학생이 아연질색하며 말했다.

"머리는 좋다구요. 하지만 저쯤 되면 끝장이지." 또 다른 사람이 말을 받았다.

"노래나 부를까? '신라의 달밤'이나 '목포의 눈물'을 듣고 싶다구우."

"아니야. 그거 말고 좀 명랑한 노래가 좋아. 그럼 내가 '노들강변'을 부를게." 그중 한 학생이 떠들어 대며 일어섰다.

모두들 돌아가고 나니 한참 동안 가만히 있던 도시에가 느닷없이 용수철처럼 몸을 날쌔게 움직이며 뒷정리를 시작했다. 동인과 영일이도 함께 빈 맥주병이나 수박 껍질을 모아서 부엌으로 날랐다.

정리를 끝내고 셋이서 응접실에 앉았다. 도시에는 차를 준비하면서 말을 꺼냈다. "참, 그래요. 손님들이 모두 열심이시고, 명랑하시고."

자기에게 열심히 곤란한 얘기를 걸어 온 청년을 떠올린 것이다. 그리고 노래를 시작하니 청년들이 하나같이 목소리가 좋고 열심히 부르는 그 모습이 인상적이었다고 말했다.

"아참, 그분, 그 이름이 뭐라고 했더라— 이런 말하면 미안하지만. 오싹했다구요. 마치 내 자신이 알몸이 되는 것 같아서."

이호인의 얘기였다. 동인은 좀 고개를 갸웃하고, 소년을 돌아보았다.

"영일이도 기분 나빴어?"

"기분 나쁠 리가 있겠어요. 그보다는 이 댁의 고양이가 훨씬 기분 나빠요."

소년은 쌀쌀하게 말했다. 도시에가 소년을 어찌해야 할지 모르겠다는 듯이 바라보았다.

"그렇게 말하지 말아요. 시로는 저래 뵈도 불쌍한 고양이니까. 어떤 동네 어른에게 막대기로 맞지만 않았어도 괜찮았을 거예요. 아무런 나쁜 짓도 않했는데 괜히 한 번 때린 것 같아요." "맞아요. 그런 일만 당하지 않았더라면, 아주 잘생긴 숫고양이였을 텐데. 털이 가지런하고 윤기 있고……. 그런데 지금은 내가 손으로 부축해 주지 않으면 혼자서 일어서지도 못하게 되었어요."

도시에는 눈가에 살짝 노여움을 띄우며 말했다. 소년은 그 얼굴을 보고 고양인가 뭔가라고 말했던 자기 표정을 애써 고치려 했다.

"글쎄요, 시로도 안됐지만 어쩌면 때린 사람도 어디서 언짢은 일을 당했던 게 아닐까요?"

"……그 친구는 혹시 안 좋은 꿈을 꾸었는지도 모르겠어요."

동인은 그런 기분이 들었다. 소년이 다시 자기를 빤히 쳐다보는 것을 알 수 있었다.

"그러니까 그 사람한테 선생님이 있었다고 하더군요. 일본이 패전당한 그 해에 철도 자살을 했던 청년 이야기인데요……. 그때까지만 해도 그 청년은 곧잘 자기 집에 가서 황도철학(皇道哲學)에 대한 애기를 하거나, '아시아의 새로운 질서'라든가 열심히 그런 이야기들을 하고 그랬던 것 같습니다. 매우 진실한 청년이었다고 합니다. 그를 매우 귀여워 해줘서, '형, 형' 하며 쫓아다녔던 것입니다. 하지만, 어느 날 그가 현관 앞에서 놀고 있는데 그 청년이 와서 책 한 권을 주었다고 합니다. 어른이 되거든 읽어 보라고 그 한마디를 남기고 멀리 사라지는 청년의 뒷모습을 그는 매우 인상적으로 기억하였다고 합니다—. 그 후 철도자살했다는 소식을 들었을 때 그는 그런 예감이 들었다고 합니다. 그런데도, 말리지 못하고 마냥 보고만 있었던 것 같은 기분이 든다고 말했습니다."

동인은 자기 마음이 무거워지는 것 같았다. 말린 오징어를 씹어 먹고 턱이 피곤해졌을 때처럼 아무 말도 하고 싶지 않은 기분을 느끼며 그래도 이야기를 계속했다..

"그는 그날 일이 자꾸만 생각이 나서 견딜 수 없었다고 합니다. 그가 받았던 책은 무슨 책인지 어려워서 통 이해할 수가 없었고, 지금은 가지고 있지 않지만, 읽어 보고 싶다든가, 자신이 정신이상이 되었다는 것은 그 청년 때문이라고 엉겁결에 말해 버리고……. 저도 사실 그 사람에 대해 잘 모릅니다."

도시에는 눈을 깜박거리며 말했다.

"안됐군요……. 좀, 그 사람 말이에요. 규슈(九州)의 뭐라더라. 아아, 소쇼잔(雙葉山) 폭포에 한 번 가 보게 하면 좋겠어요. 그 폭포수가 아주 효험이 좋다던데요."

"네에."

동인이 쓴웃음을 띄우자,

"선생님, 선생님은 저한테 책 같은 거 안 주실 거죠?"

소년이 당치도 않은 큰소리를 냈다. 소년은 경계하는 빛이 없어지고 격의 없는 표정으로 말했다.

"아니야, 줄지도 몰라. 그러면, 영일이는 그 칼같이 날카로운 눈으로 나를 푹 찌르면 되잖아."

동인은 장난스럽게 말했다. 그런데 갑자기 생각해 보니 정말로 자기가 스스로를 싫어하게 될 때가 올 것 같은 기분이 들어서 마음을 딴 데로 돌려 달래듯이 웃었다. 아주머니가 영일이를 보며 슬쩍 말했다. "남자의 눈은 실같이 가늘게, 여자의 눈은 방울같이 동그랗게라는 말도 있잖아. 영일이 눈은 매우 남자다워."

"체엣, 왜 그래요."

소년은 다다미 바닥을 손바닥으로 탁 치며 얼굴을 찌푸려 보였다. 그러나 그 말이 싫지는 않은 모양이었다.

"이렇게 손님들이 모두 돌아가고 나니 정말 조용해졌군요. 정말."

도시에는 차분한 얼굴이 되어가고, 그러다가 문득 생각난 듯이 앞치마 자락을 잡아당겨 코에 대며 웃었다.

"이봐요. 불고기 냄새가 이렇게 내 앞치마에 배어 있어요."

4

소년과의 생활은 순조로웠다.

실제로 영일은 예상 외로 편안한 소년이었다. 타고난 개구쟁이로 짓궂은 데가 있고 게다가 다부진 소년스러움을 동시에 느끼게 했다. 처음에 목욕탕에 갔던 날은 거북선 얘기 등을 꺼내 동인을 긴장시켰으나, 소년의 자유분방한 성격으로 퍽 다행스럽다는 기분이 들었다.

어느 날 밤엔가 영일이가 이런 이야기를 꺼내어 동인을 당황하게 한 적이 있었다.

"선생님, 상의드릴 게 있는데요. 말씀 드려도 괜찮아요?"

의외로 진지하게 말하기에 무슨 일인가 생각했다. 수학 응용문제를 풀고 있다가, 갑자기 연필을 내려놓고 말하는 것이다.

"뭔데?"

"수학공부 말이에요. 이제 그만두면 안되나요? 그러는 게 서로의 행복을 위하는 거라고 생각하는데요."

"왜?"

"사실은요. 제 귀말이에요. 청소가 너무나 구석구석까지 잘 되어 있거든요. 그래서 선생님의 설명이 오른쪽으로 들어와서 왼쪽으로 빠져 나가는 거예요. 그러니 선생님은 가르치셔도 손해에요. 나도 귀가 간지러울 뿐이거든요."

소년은 능글맞게 지껄여 댔다. 동인은 그 실없는 소리에 기가 막혔다.

"사실은 나도 수학은 질색이야. 내 설명이 서투른지도 모르겠구나. 이 Y란……."

"잠깐만요, 너무해요. 그렇다고 선생님 그러실 거예요? 하기는 할게요."

동인은 웃을 수밖에 없엇다. 내 교수법이 신통치 않은 모양인 것 같았다. 소년이 결코 수학을 못하는 애는 아니다. 뿐만 아니라 제법 소질도 있는 것처럼 보인다. 지금 붙들고 씨름하는 문제는 수준이 높은 것이다. 하지만, 당장 풀지 못한다 해도 끈기 있게 달라붙으면 풀 수 있을 것이었다.

"선생님, 이런 공부말고 다른 거 가르쳐 주세요. 선생님 지난번에 그 인상 나쁘게 생긴 사람과 소곤소곤 무슨 이야기하고 계셨어요?"

"소근소근 얘기하지 않았다. 그리고 그런 일은 공부하고는 아무런 상관도 없는 거잖아" "—사회공부."

그 순간 소년은 실수한 것을 바로 잡듯이 말하고, 하나 잡았다라는 듯한 얼굴을 해보였다.

소년의 타고난 짓궂음은 아침에 자리에서 일어나는 시간부터 시작된다. 아침에는 좀처럼 자리에서 일어나지 않으며 뺀질거린다. 이곳 하숙집에 처음 왔을 때는 등교시간을 생각해서 일찍 일어나더니 두 주일쯤 지나자 일어나지 않으려고 했다. 아주머니가 깨우면 소년은 이불을 머리까지 푹 뒤집어 써 버린다. 시계를 보며 시간이 늦었다고 재촉하면 소년은 겨우 이불 속에서 소리지른다.

"지금 몇 시에요?"

"벌써 여덟 시야. 이러다가 지각하겠어."

"음, 아직 여덟 시 전이라구요? 뭐야. 아직 여덟 시도 안됐다구요? 그럼 아직 삼 분 정도는 괜찮으니까." 그렇게 말하고 이불을 뒤집어 써 버린다. 그러면 이번에는 동인이 엉덩이를 간지럽히거나 다리를 잡아 끌어서 겨우 깨우는 것이다. 그러나 일단 자리에서 일어난 다음에는 재빨리 움직였다. 잠옷을 홱 벗어던지고 바지로 갈아입고 몇 번씩 되풀이해서

"지금 몇 분이에요?"라고 아주머니에게 물어가면서 황급히 이를 닦고 물을 튕겨 가며 세수하고, 서둘러 아침밥을 먹고 하숙집을 뛰쳐나가 버린다.

아무런 가식도 없는 소년의 모습에 동인은 내심 안심하고 있었다. 하숙생활에 완전히 익숙해지는 것처럼 보였다. 동인도 요즈음 밤잠을 푹 자게 되었다. 자다깨다 되풀이하지 않고, 꿈속에서 아름다운 여자를 범하려고 애태우는 일도 없어져 가고 있다. 그것이 오히려 병의 잠복기 같은 기분 나쁜 생각도 들지만, 반대로 여태까지 곪아 있던 상처가 아물어서 살이 생기기 시작하고 있는 것일까라고 생각해 보기도 했다. 하지만 그렇지 않았다. 긴장하고 있는 것에 지나지 않는 자기 자신을 느낀다. 긴장하고 있어서 늘 소년보다도 일찍 일어나곤 하지만 몸 전체에 피곤이 쌓여 있는 것은 확실했다.

동인이 대학에서 돌아오는 시간은 일정하지 않았다. 조문연 모임이 있는 날이나 개인적인 볼일이 생기면 저녁때가 되어서야 돌아왔다. 하지만 일주일에 네 번으로 정해 놓은 가정교사를 해야 하는 날에는 저녁 무렵까지는 집으로 돌아오기로 했다. 아라이야쿠지 역에서 전차를 내려 집까지의 거리는 칠 분 정도이다. 장창섭과 처음으로 하숙집을 구하러 돌아다녔을 때는 그 몇 배나 걸렸지만, 알고 보니 가까운 거리였다. 이 근처는 전쟁 때 재난으로 불타지 않았는지 오래된 집들이 많고, 오후가 되면 노인들이 눈에 띄는 것은 그 근처에 음악당이 있는 때문인가 싶다.

골목길을 지나서 집에 돌아올 때, 늘 노인들이 그늘에 모여 이야기 나누는 것을 보게 되었다. 할머니들은 주름투성이인 손으로 차양을 만들거나, 햇볕에 바랜 파라솔을 쓰고 정신없이 소문 얘기에 한창이었다.

"임신이라던데요. 그렇다니까요. 한창 나이라서요오."

"그렇게 옷을 질질 끌게 입는 우리 딸아이가, 그게 걱정이에요."

"좋다구요. 다른 집 자식 욕을 하는 것도 뭣하지만서두……."

신나게 떠들어 대는 할머니들 옆을 지나가면서 동인은 왠지 씁쓸하게 웃었다. 그것은 잘들 하고 있구나라는 기분과 메이지(明治)시대 할머니들이 아직까지 살아 있구나 하는 기분이었다. 노쇠한 시선이 등에 조금씩 조금씩 모여 오는 것 같을 때가 있었다. 그 노파들은 어디서 사는 사람일까 하고 궁금해졌다. 그 할머니들은 모르는 것이 없다. 이 부근에 고양이가 몇 마리나 있는지조차 샅샅이 다 알고 있는 게 아닐까하고 생각했다. 집에 돌아오자 오래 기다렸다는 듯이 영일이가 바싹 다가온다.

"선생님. 저하고 공원에 가실래요?"

영일이는 글러브를 가지러 간다. 동인은 몸이 나른할 때도 거절하지 않았다. 기분전환이 되었기 때문이었다. 공원은 음악당 바로 옆에 있고, 제법 넓었다. 소년은 거기까지 가는 사이에도 글러브에 쑥쑥 공을 넣으며 걸어간다. 공원 울타리를 들어서면 소년은 곧바로 도망치듯 달리기 시작하는 것이었다. 그리고 멀리까지 가서는 이쪽을 보고 획 돌아서서 "선생니임—"하고 소리치며, 하얀 공을 힘껏 던져 보냈다. 공은 여름 하늘에 점점 튀어 올라 활을 그리며 떨어졌다. 하지만 거리가 짧아서 크게 바운드해서 동인의 글로브에 잡혀 버린다. "이게 뭐야—공을 이렇게—"라고 말하며 저쪽으로 공을 던지면 이번에는 소년이 재빠르게 뒤로 돌아 울타리 쪽으로 마구 달려가는 것이었다.

그렇게 몇 번 조정해 가는 사이에 두 사람은 적당한 거리를 두고 잘 던지게 되었다. 공은 편안하게 늘어져 딱 알맞게 소년의 글러브 안에 들어간다. 문득, 동인은 소년과의 생활에서도 이와 같은 적당한 거리를 유지하고 싶다고 생각해 보았다.

"영일아, 뭐 좀 먹어야 하지 않겠니? 공만 던지고 있을 게 아니라."

동인이 공을 받아들고 말했다.

"근데, 후쿠진쓰케(福神漬) 장아찌 같은 거 말구요! 역시 김치가 먹고 싶어요."

"아니 너 사치스런 생활하려고 하숙한 거냐?"

"하지만 이것만은요."

동인은 겨우 잘 던져지던 공을 다시 속도를 조절해서 소년에게 던졌다.

여름방학에는 매일 이렇게 공원에서 캐치볼을 즐겼다, 때로는 가까운 철학당까지 같이 산책하기도 했다. 공부는 오전중에 시원한 시간을 골라서 하고, 밤에는 각자의 자습시간으로 정했다. 그런데 달이 밝은 밤에는 예정이 뒤바뀌어 버리는 일이 있다. 그것은 대개 음악당에서 축제가 열리는 밤이었다. 어떠한 이유에서인지 7자가 붙는 날은 음악당의 경내에 장이 선다. 그런 날 밤에는 마을의 여기저기에서 유카타 차림의 아가씨들이 하나둘씩 모습을 나타내고 딸가닥거리는 게다 소리를 내면서 축제가 열리는 곳으로 몰려온다. 그러면 젊은이들도 어둠 속에서 호오호오 하는 소리를 지르며 나타나 그쪽으로 끌려가는 것이었다.

장이 서는 밤에 영일이는 방안에 가만히 있지 않았다. 학생모자를 눌러 쓰고 "선생니임—" 해 가며 조른다. 그래도 동인이 그다지 마음 내키지 않으면 영일이는 혼자라도 게다를 신고 가서는 어떤 때는 밤늦도록 돌아오지 않았다. 동인이 혹시 불량학생들에게 변이나 당하고 있는 것은 아닐까 하고 찾으러 나가 보면 영일이는 군중들 틈에 끼어 예능대회의 무대를 구경하고 있을 뿐이었다. 학생모를 단정히 쓰고 곁눈질도 하지 않고 열심히 구경하고 있는 것이다.

두 사람이 함께 하숙집으로 돌아오니, 아주머니가 "어땠어요?"라고 물었다.

"너무 재미없었어"라고 영일이는 쌀쌀맞게 대답했다.

"그래도 꽤 늦었네요."

"응, 재미는 없었지만."

"그거 이상한 얘기군요." 둘이는 만담쟁이같이 대화를 주거니받거니 하고 있었다.

하지만 다음날 영일이가 학교친구를 만나 영화를 보러 갔을 때 아주머니는 아무렇지 않은 듯이 이렇게 말했다.

"신 선생, 어쩐지 영일이가 고향생각을 하는 것 같아요. 벌써 두 달 가깝게 집을 떠나 있잖아요."

아주머니에게서 그 말을 듣고 보니 동인은 그럴지도 모른다는 생각이 들었다. 그러고 보니 여름방학에도 집에 돌아갈 수가 없었다. 집에 돌아가게 허락이 된다면 같은 도시이기 때문에 두 시간이면 충분히 갈 수 있다. 지방출신이라면 포기할 수 있지만 영일이네 집은 엎드리면 코 닿을 거리인데도 갈 수 없는 것이었다.

"역시, 그런 생각도 들겠군요."

동인은 막연히 대답하고 나서 기분이 무거워졌다. 생활은 순탄하게 해 나가는 것 같은데, 영일이의 기분은 울적한 것이다. 피아노 건반을 두드리듯이 여동생들의 머리를 때리는 재미도 없고 잔소리하는 누이에게 얼굴을 찡그려 반항해 보거나, 아빠가 노려보시는 것에 대한 두려움도 없고, 엄마를 귀찮게 하는 일도 하숙집에서는 할 수가 없다. 그런 외로움을 느끼기 시작한 것일까. 축제의 예능대회를 아무 재미도 없다면서 그나마 보고 있었던 소년을 생각해 보니 무언지 짐작되는 게 있었다. 그런 기분이 되어 있는 소년을 감상이라고 하는 바람으로 딱 잘라 말할 수 없었다. 그런 원인의 일부분은 자기에게 있기 때문이다. 자기는 보호자인 척하면서 사실은 소년의 정기를 훔쳐서 살아가는 도둑은 아닐까 하고 의심할 때가 있었다. 목욕탕에 갈 때나 캐치볼을 하면서도 소년의 싱싱한 젊음을 훔치고 있는 자신을 느낀다. 자신이 소년에게 주는 것은 단순한 지식밖에 없다. 그 지식은 수학이나 일본어의 보충수업 같은 소위 입시대책이었지 혈기 왕성한 청춘의 지혜에 넘치는 그런 게 아니다. 자신은 도저히 그런 일을 책임지고 해낼 인물은 못된다고 생각한다. 자신의 마음에 새겨진 기억은 그 어느것도 소년에게 말해 주기에는 너무 어두운 것들이다. 말하자면, 저 이호인에게 영향을 끼친 황국청년과 같이 자신은 영일이의 마음에 어두운 면만 보여 주는 듯했다. 그러나, 타고난 개구쟁이로 보이는 소년에게는 소박하게 이순신 장군을 존중하는 것 같은 향상심이 있어서, 강한 호기심으로 자신의 주변에서 산 지식을 얻으려고 노력하고 있다는 것도 잘 알고 있다. 하숙집에서 함께 공동생활을 하는 내 자신이 소년에게는 약간 부족해서 탐탁지 않을 수도 있다. 아주머니는 낮시간에는 부지런히 부업을 하고 있다. 돋보기를 끼고, 바늘에 실을 끼는 모습은 아주 호리호리해서 소년의 눈에는 참기 어려울 때도 있겠지.

게다가 이 가정교사라는 사람은 어딘가 어둡고 음침하고 축제에도 함께 가 주지 않고, 뭐라고 하면 쓴웃음만 짓고 있으니 말이다.

가끔 가다 장창섭이 놀러 올 때가 있다. 그가 오면, 동인은 마음이 놓인다. 그는 한국 사람다운 우직함에 투박한 덕이 있고, 그가 찾아오면 몸에서 마늘냄새가 났다. 동인은 자신에게 부족한 것을 우려낼 수 있는 듯이 생각한다. 동인뿐만이 아니라 영일이나 아주머니까지도 그가 오는 것을 환영했다.

장창섭은 소탈하게 농담도 잘했다.

"아주머니, 그렇게 등을 구부리고 일하시면 허리가 꼬부라져요."

그러면 아주머니는 곧 자세를 바로 고치는 것이다.

"벌써 할머니에요. 오십 고개를 넘었으니까요."

"아니, 그런 기분이 나이 들게 하는 겁니다. 나는 일본 노인들 같이 아주머니의 허리가 꼬부라지면 싫으니까요"

장창섭은 그런 식으로 우리를 웃겼다.

"그럼. 어떻게 하죠? 사람이 그러고 싶어서 그렇게 되는 건 아니잖아요. 그럼, 한국 사람들은 어떤데요?"

"또옥바로 등이 꼿꼿하답니다. 그것도 팔십, 구십까지 말이에요."

그는 허리에 손을 대고 뒤로 젖혀 보이며 흉내를 냈다.

"그건 말이죠. 육식 때문이죠. 조상 때부터 동물성 단백질을 많이 섭취해 왔기 때문입니다."

"그럼, 그래서군요. 역시."

아주머니는 요전 모임 때 손님들이 불고기를 볼이 미어지게 넣고 먹는 것을 생각해 냈던 것 같았다.

"농담입니다. 아주머니—" 장창섭은 좀 꺼림직한 듯한 말투가 되었다.

"아주머니는 너무 진지하단 말이야. 바로 곧이들어 버려요. 그게 아니라, 옛날부터 한국 사람들은 그다지 잘살지 못했으니까 육류를 그렇게 흥청망청 먹었을 리가 없었어요."

"속이면 안되요. 장 선생은 못됐어요."

아주머니는 안경 너머로 동인에게 동의를 구한다.

"그렇죠? 신 선생."

"맞아요"라고 소년이 옆에서 유쾌한 듯이 대답했다. 장창섭은 다시 진지하게 말을 꺼냈다.

"골상학적 차이라는 것은 잘 모르겠습니다만 단지 생활양식의 차이에 대해서는 알 수 있을 것 같습니다. 한국에서는 일년 내내 온돌에 불을 때죠. 그러니까 방안이 후끈후끈해요. 장판이라는 게 말하자면 방바닥에 스팀이 들어온 것 같은 것입니다. 그래서 겨울에도 요 없이 잘 수 있습니다. 그러니까 언제나 척추 맛사지를 하는 셈입니다. 그래서 노인들 허리가 곧은 게 아닌가 싶습니다." 그때, 영일이가 기세 좋게 질문을 던졌다.

"그럼. 재일한국인들은 어떤데요? 온돌도 없는데, 허리가 반듯하지 않아요?"

장창섭은 영일이를 뒤돌아보며 그 머리를 긁었다.

"삼십 년이나 오십 년 정도 외국생활 한다 해서 골상이 그렇게 쉽게 변할까?" 영일은 한수 이기려고 하다 실패한 그런 얼굴이 되었다. 그러면서도 그런 얘기를 듣는 것이 즐거운 듯했다. 장창섭은 다시 숨을 이어 표정을 고쳤다.

"한데, 온돌말이에요. 좋은 점도 있지만 반드시 그렇지도 않습니다. 아주머니는 한국의 벌거숭이 산을 보신 적이 없으시죠? 저는요, 조국의 산이 그렇게 된 것은 온돌 때문이 아닐까라고까지 의심해 본 적이 있어요. 온돌에 때는 것은 잔디나 작은 나뭇가지니까요. 불을 지필 수 있는 것이면 무엇이든지 다 땝니다. 소똥을 말려서 즉석 코크스(해탄) 같이 해서—."

그는 소년과 아주머니가 웃어도 조금도 웃지 않고 말을 계속했다.

"결국 연료가 되는 것이라면 뭐든지라는 말인데요. 소똥이 그렇게 많이 있을 리가 없죠. 할 수 없이 산에 의존하겠죠. 나무를 심어 삼림을 가꾼다 해도 어림도 없어요. 게다가 이조 오백 년 역사를 돌아봐도 식목 같은 것은 하지도 않았고, 일본의 식민지 시대에는 벌림정책(伐林政策)으로 나무를 계속 베어 냈던 것이죠. 한국의 벌거숭이 산에는 그럴 수밖에 없는 이유가 있었던 것입니다.

그러니 따라서 사람들이 매일매일 온돌에 땔 땔감을 산에서 구하게 되자, 산에게 제일 미운 것은 온돌이 되고 말았던 것입니다……. 그러니 언젠가는 다른 방도를 구하지 않고는 일본의 농촌에서 집중 난방 같은 것을 하는 곳이 있죠. 그런 방법을 한국의 농촌에서 채택하는 날이 빨리 오지 않는 게. 후우우, 아주머니 저말이죠, 남한의 농촌에 돌아가 그런 일이나 할까 하고 생각하고 있답니다.

"역시 고향에 돌아가시는 겁니까? 대학을 졸업하고 나서."

"네, 돌아가려고요. 어떻게 해서든지—." 장창섭은 언뜻 넉살좋게 웃고,

"조국이니까요. 아참 그렇지. 한국이 통일되면 언젠가 아주머니를 꼭 초대하고 싶습니다. 그때는 아주머니를 온돌방에 안내할게요. 무엇보다도 그때는 근대적인 중앙난방식으로 온돌이 개량되야 할 텐데, 아니 이봐 동인 군, 당신이랑 영일 군이 아주머니를 초대해야만 해."

그런 말에 아주머니를 겸연쩍은 표정이 되었다.

"그럼. 그날을 잊지 않고 기다리고 있을까요? 이왕이면 내 허리가 꼬부라지기 전에 초대해 주세요."

아주머니도 그와 얘기하는 사이에 그런 농담까지 할 정도로 친해졌다.

동인은 장창섭의 얘기를 듣고 있으면 항상 느끼는 것이 있었다. 무슨 이야기든지 그는 조국과 연결해서 생각하려고 하는 것이었다. 갑자기 그런 느낌이 들면, '이 놈은 언제나 겉

으로만 그럴싸하게 얘기한다'라는 기분이 들어 싫어진다. 그러나 자기와 다른 점은 그 안에는 조국에 대한 분명한 존재감이 있고, 더구나 제법 구체적인 목적도 갖고 있는 것 같은 점이다. 그러한 의지가 학우들에 대한 포용력으로도 나타나고, 정열이 되기도 한다. 뿐만 아니라 그의 말투는 딱딱하지 않고, 알기 쉽고 유머러스하다. 언젠가 조문연에서 한국 근대사에 대하여 공부를 하고 있을 때도 그랬다. 그는 고문자격으로 『김옥균(金玉均)의 사상과 행동에 대해서』라는 테마를 가지고 발표했다. 동인이 김옥균이라고 하는 한국 근대사상의 인물에 대하여 알게 된 것은 그때가 처음이었다. 김옥균이 19세기 후반의 봉건적인 한국 사회를 개혁하려 했고, 근대화를 위해 몸을 바쳤던 인물이라는 것, 그래서 한국보다 앞서 근대화를 이룩한 일본에게서 배우려고 했고 끝내는 저격당하게 되기까지 파란만장한 생애를 보냈다는 것—그는 열심히 말하면서 이렇게 계속했다.

"그러나 한국의 근대화라는 문제가 아직 해결되지 못한 상태입니다. 모든 의미에서 저는 이런 토막 이야기의 의미를 절실히 느껴요. 미국의 '셔먼호'가 대동강(大洞江)에 들어온 것은 1866년으로 마침 일본의 메이지유신(明治維新) 때 일거예요. 하지만 40년대부터 한참 구미 자본주의가 한국을 노리고 있었고, 접근해 왔지만 우리나라에서는 쇄국정책을 쓰고 있어서 들어올 수가 없었지요. 거기에서 재미있는 이야기이지만, 검은 배를 타고 왔던 서양인들이 망원경으로 우리나라 사람들을 보니 모두들 머리에 대포를 묶고 그 끝을 이쪽으로 향하고 있었다고 합니다. 그래서 이 나라는 사람들 모두 중무장하고 있으니 아무래도 안되겠다라고 포기하고 일본으로 돌아갔다고 합니다. 그것이 일본과 달리 하늘을 향하고 있었지만 서양인들에게 그것은 대포로 보였다는 것입니다."

"이것은 당시의 봉건성을 비웃는 에피소드입니다. 실학사상이 뿌리 내리고 개화사상이 발전했다면 근대화도 일본에 뒤지지는 것은 않았을 테고 일본에게 침략당하지도 않았을 게고, 어떤 의미로는 김옥균이 비장한 최후를 마치게 되지는 않았을 텐데……."

동인에게는 조문연의 세미나가 퍽 인상적이었다. 장창섭의 진의는 한국에 아직 강하게 남아 있는 봉건적 요소를 자기들 손으로 서서히 없애 나가지 않으면 안된다는 의미 외에는 아무것도 없었다. 그는 남조선에 대한 이야기를 자주 했다. 하지만 동인은 목적을 가진 인간을 보면 반발심을 느낀다. 논리에는 끌리면서도 감성으로 의심하게 되는 점이 있다. 특히 그와 같이 정열적인 인간에 대해서는 그랬었다. 진짜 개구쟁이는 영일이가 아니라 동인 자신일지도 모르겠다.

영일은 장창섭의 얘기를 눈을 반짝이며 듣고 있었다. 그 모습을 보고 있자 동인은 복잡한 심경이 되었다. 자기에게 없는 것을 장창섭이 소년에게 주고 있다는 안도의 기분과 동시에 질투의 감정이 일어나는 것이다. 도대체 저 놈은 꿈을 이해할 수 있는 남자일까. 왜 섹스 얘기를 하지 않는지 의문이 일어났다.

그리고 또 이런 상상을 해볼 때가 있었다. 만약 조국을 위해서 죽어야만 할 경우에 처하면 그는 틀림없이 기꺼이 죽을 인간인 것이다. 그럴 때 되어 도망쳐 버릴 듯한 남자라고는 믿고 싶지 않았다. 그것에 비교해 보면 자신은 어떻게 행동할지 그 순간이 되어 보지 않으면 모르겠다. 죽는 것도 도망치는 것도 모두 가능하다는 기분이 들었다. 그것은 동인에게는 조국관이 그다지 분명하지 않기 때문이기도 하지만 사는 것이나 죽는 것이 그다지 두렵다는 기분이 들지 않기 때문이다. 사는 보람을 느끼지 못하고 있기 때문일까? 그러나 예를 들어 그 목표를 달성했다고 해도, 자기는 꿈속에서 여자를 범하려고 하는 인간임에 틀림없다고 생각하는 것이었다.

드디어 여름방학은 끝났다.

영일이는 다시 한국교포들의 중학교에 다니기 시작하고, 한편으로는 입시준비에도 신경을 쓰고 있었다. 소년의 집에서는 매달 초순에 두 사람의 생활비를 꼬박꼬박 보내 왔다.

"조금 더 고생시키면, 조금 더 사람이 될 거라고 생각해서… …"라던 어머니의 서투른 말씨가 동인의 귀에 불안하게 생각될 때도 있었다.

5

가을이 깊어가면서 저녁놀이 물든 하늘은 자주빛 단풍색을 띠기도 했다. 그물을 펼쳐 놓은 듯 하늘을 가득 뒤덮던 구름은, 어느새 어부가 그물을 당겨 버린 듯 지평선 가까이로 사라져 버리고 하늘에는 구름이 몇 조각 남아 있다. 그 사이로 어둠이 조금씩 어느새 지상을 뒤덮는다. 어딘지 모르게 매일매일이 지루하다고 느껴지는 저녁풍경이었다…….

동인은 그날 밤늦게 하숙집으로 돌아왔다. 현관에서 구두를 벗으려고 하는데 영일이가 큰방에서 나와 갑자기 "선생님" 하고 말했다.

"왔었어요, 그 사람이." 소년은 기가 막히다는 표정을 해 보였다. 그날 이후 계속 만나지 않았다. 위험한 기분이 들어서 피하고 있었던 것이다.

"그래서, 그 사람 돌아갔니?" 방에 들어서며 태연스럽게 물었다.

"방금, 한 십분 전에요. 글쎄 두 시간이나 현관에 버티고 앉아 있었어요. 선생님에게 꼭 말씀 드릴 게 있다면서……."

소년은 그렇게 말하고 나서 동인에게 짖궂게 물었다. "대체, 선생님에게 무엇을 그렇게 말하고 싶은 거예요?"

동인은 그 말을 무시하고 다다미 위에 가방을 내려놓고 코트를 벗었다. 아주머니가 안방에서 손을 비비며 나와서 동인을 올려다보았다.

"'올라오세요' 라고 해도 그냥 '네'라고 대답만 하고……. 추운데 계속 현관에 웅크리고 앉아 있는 거예요."

도시에는 열심히 말했다. 이호인은 늦가을인데 여름 코트 차림으로 떨고 있었다. 까마귀의 젖은 깃털같이 검고 흥치르르하다는 것일까. 옻나무 같은 머리가 창백한 얼굴을 한층 들떠 보이게 했다. 말을 걸자 요전과 같이 기분이 나쁘게 웃지도 않고 단지 꾸중듣고 있는 느낌만이 전해오는 것인지 "네" 라고 작은 소리로 대답만 하고 오로지 몸을 쪼그리고 앉아 있었다.

"그렇게 고분고분한 모습이 너무 안됐더군요. 정말로 규수에 있다는 그 무슨 폭포에라도 한 번 다녀오면 어떨까요? 그렇게 권하세요."

잠자코 듣던 동인이 물었다.

"뭐라고 전해 달라는 말은 없었습니까?"

"아니요. '또 오겠습니다'라고만 하고 돌아갔어요."

이상하다—라고 생각했다. 보통 같으면 두 시간이나 기다렸으니 내일 온다든가 언제 만나고 싶다고 말하는 것이 당연할 것이다. 일부러 찾아왔을 텐데 하는 기분이 든다. 그것만 보아도 신경이 상당히 약하다는 것을 알 수 있다. 며칠 후 동인이 학교에 나갔던 김에 조문연 방에 들러 보았다. 이호인의 주소를 알려고 했던 것이다. 가 보니 그는 여름방학이 끝난 후 학교에 나오지 않았던 것을 알게 되었다. 조문연에는 한 번도 얼굴을 나타내지 않았고 소문에는 그가 휴학했다는 것이었다. 등사판 잉크 냄새가 풍기는 그 방에 들어가니 후배들 몇 명이 쾌활하게 잡담을 하고 있었다. 그들은 동인을 알아차리고는 가볍게 인사하고 얘기를 계속했다. 동인은 책장 문을 열고 다 낡은 회원 주소록을 꺼냈다. 이호인의 집 주소를 수첩에 메모한 뒤 선 채로 후배들과 몇 마디 나누고 나서 방을 나왔다.

이호인의 주소는 알파벳의 O구에 있었다. O역을 나서니 가을 햇빛이 역 앞길의 건물과 가로수에 내리쬐고 있었다. 가까이에 있는 육교를 건너려니 그 아래로 화물열차가 지나가고 있었다. 무개화차에 시커먼 석탄이 실려 있었다. 끼익 하며 고막이 울렸다. 기관차의 경적 소리가 머리속을 저리게 했다. 육교를 건너서 길게 뻗은 완만한 비탈길을 내려가며 이상하네 하고 완만한 느낌으로 중얼거렸다. 이호인의 집이 이쪽 방향인 게 확실하지는 않았는데, 마치 눈에 익숙한 길을 걸어가는 것 같다. 틀림없이 이 길이라고 속삭이는 소리가 들리는 것 같았다. 무의식중에 동인은 발길을 멈추었다. 꿈속에서 현실세계로 나온 것 같은 기분이었다. 이 부근의 모습은 분명히 낯이 익다. 그러니까 한 번도 본 적 없는 초행길을 마치 누구에게 안내받는 것처럼 걸어가고 있다. 그것은 고이즈미 도시에 집을 처음 보았을 때의 환상과 같은 것이었다. 동인은 잠시 길가에 웅크리고 앉자 이 의미를 곰곰이 생각해 보려고 했다. 이게 어떻게 된 거지……. 몸이 나른해서 그 이유를 풀어 볼 것 같지 않았다. 고이즈미 도시에의 집에 갈 때 그랬던 것 같이 이호인을 찾아가는 일도 마찬가지다. 그는 대체 어떤 꿈 이야기를 내게 털어 놓으려고 그럴까. 아름다운 여자를 껴안으려고 하다가 그렇게 하지 못하는 내 꿈과 같은 그런 것일지도 몰랐다. 아니면 더 무시무시한 얘기를 듣게 될 것 같기도 하다. 촉촉한 이호인의 손의 감촉이 되살아나며 도저히 만날 용기가 나지 않는다. "위험하군" 하고 중얼대고 있다. 그와 만나고 나면 겨우 불면증을 추스리고 있는 듯한 생활이 다시 이시다 씨 하숙집에 있을 때처럼 악화될 것 같았다.

동인은 술취한 사람처럼 어슬렁 어슬렁 O역 쪽으로 발걸음을 옮겼다. 그는 그날 이호인을 찾아가다가 되돌아왔던 사실을 아무에게도 말하지 않을 작정이었다. 이시다 세쓰코를 피하는 듯이 이호인도 모른 체하고 팽개쳐 두겠다고 생각했다.

"아줌마, 깨워도 소용없어요. 정신없이 주무시는데 그냥 주무시게 깨우지 마세요."

꾸벅꾸벅 졸고 있는데 어디서 건초냄새가 나고 있다. 연두빛 그림자가 흐릿하게 움직이며 해조처럼 흔들리고 있다. 누구일까. 말을 걸고 있는 게 너무 졸리다. 자고 싶다. 나를 내버려 둬…….

영일이는 도시에를 되돌아보았다. "아주머니, 괜찮아요. 그냥 주무시게 깨우지 마세요." 도시에는 거친 손에 멘소레담을 문질러 바르며 나왔다.

"웬일일까. 오늘따라…… 자아, 어서 출발해요. 벌써 여덟시 오분 전이야."

"네. 다녀오겠습니다." 영일이는 현관 마루에 서서 가는 눈으로 도시에를 보며 말했다.

"……어머님께 안부 전해요." "선생님한테 잘 말해 주세요."

"그래, 알았어."

도시에는 코트 옷깃을 만져 주며 대답했다. "다녀오겠습니다"라는 말을 남기고, 소년은 힘차게 현관문을 열었다.

동인이 잠에서 깨어나 한 시간이나 지나서였다. 옆을 보니 소년의 잠자리가 치워져 있었다. 벌써 학교에 갔는지 방은 조용했다. 이런 일은 처음이다. 아무리 졸려도 영일이 깨기 전에 자신이 먼저 일어나 있었다. 그러고 나서 둘이서 소리를 함께 맞추어 일어나거나 영일의 이불을 걷어 올려 깨우거나 했었다. 이불을 개고 있는데 아주머니가 얼굴을 내밀었다. "아니, 웬일로 늦잠을 주무셨어요? 영일이가 아무리 흔들어 깨워도 안 일어나셨어요."

"아, 그렇습니까?" 동인은 멋쩍은 듯 머리를 긁적였다.

"저, 가위 눌리지 않았습니까?"

"아뇨 별로 그보다 밤에는 저도 정신없이 잠들었기 때문에 전혀 몰랐어요."

"부러운데요. 가을이 되어서 그런지 저는 아무래도 푹 잘 수 없군요."

"책만 보시니까 그렇죠. 어젯밤은 늦게까지 안 주무시는 것 같던데."

"네. 잠이 안 와서……."

아침 상을 차려다 주며 아주머니가 말했다.

"그런데 영일이 아버지는 아주 엄하시네요. 어머니가 입원하셨을 때 정도는 만나게 해 줘도 좋은데—."

"네—."

동인은 작은 접시에 담긴 김치에 젓가락을 가져가며 대답을 얼버무렸다.

"영일이도 대단한 애예요. 스스로도 안 가겠다고 하니. 얼마나 어머니가 보고 싶겠어요. 어쩐지 불쌍한 기분이 들기도 해요……."

소년의 누이가 하숙집에 찾아 간 것은 어제 일이었다. 김영희는 둥근 얼굴이었다.

소년의 집에서 처음 얼핏 보고는 어제 본 것이다. 그녀는 방으로 들어가서는 조급한 듯 늘어뜨린 머리를 만지며 용건만 말하고 서둘러서 돌아갔다. 어머니가 갑자기 현기증으로 쓰러지셔서 입원하셨다고, 병세는 대단치 않으나 영일이를 한 번 보고 싶어 하신다고 했다. 가능하다면 동생이 엄마를 병문안 와 주었으면 좋겠는데 아버지가 반대하신다는 이야기도 넌지시 귀뜸해 주었다. 아마도 소녀는 부모 사이에서 어쩌지 못하고 망설이다가 이렇게 왔을 것이다. 학교에서 돌아온 영일에게 사정이야기를 하니 영일이는 긴장하는 듯했다. 그러나 곧 태연하게 말하는 것이었다.

"칫. 그래서 여자란 문제라니까요. 그까짓 입원한 거 정도 가지고 일일이 놀라서 눈빛이 변해 버리고 말이에요, 난 또 우리 집이 부도가 났나 하고 생각했어요. 그렇다면 가 봐야 할 테지만." 그러나 소년의 본심은 어머니의 병문안을 가고 싶은 것이다. "아버지하고 약속한 게 있어서"라고 말하는 것은 소년이 자기 나름대로 각오를 했기 때문일 것이다. 그러고는 오늘 아침 소년은 그냥 학교로 가 버렸다. 여느 때와는 달리 혼자서 일어났다. 동인을 깨우려고 흔들다가 포기하고 학교에 갔다고 하는데 혹시 뭔가 말하고 싶었던 게 아닐까. 집을 나서니 으시시 추웠다. 담배를 피우려고 코트 주머니에 손을 넣어 보니 터져 있던 주머니의 작은 구멍이 꿰매져 있는 것이 아닌가. 아주머니가 꿰매어 준 것이 틀림없다. 하숙집 식구들 중 자기가 제일 칠칠치 못하다는 기분이 들었다. 아직도 꿈이 깨지 않은 것같이 기분이 개운치 않다. 오랜만에 아름다운 여자를 범하려고 했다. 여자는 도망쳐 버렸고 허무하게 속옷에 사정을 했다.

고탄다역에서 내려 소년의 누이가 남기고 간 약도를 보고 찾아가니 개인병원이 보였다. 병동으로 들어가니 크레졸 냄새가 가볍게 코를 찔렀다. 접수처 간호사에게 물어 이층 10

호실의 앞에 갔을 때 문이 열렸다. 안쪽에서 식사를 끝내고 그릇을 내놓으려고 나오는 소년의 누이와 하마터면 부딪힐 뻔했다. 아, 하고 소리를 내며 영희는 식기를 잡으며 동인을 보았다. 황갈색 얼굴에 수수한 웃음을 띠며, 눈 둘 곳을 모르며 당황해 했다.

"저, 영일이는—."

"혼자 왔습니다. 오지 않는다고 해서요."

동인은 거북하면서도 그냥 그렇게 대답했다. 영희는 곤란한 듯한 얼굴을 했다. 하지만 바로 쟁반을 들고 있던 몸을 비키면서 "이렇게 와 주셔서 고맙습니다"라고 말하며 문 뒤로 비켜 섰다.

어머니는 바깥의 인기척으로 누가 왔는지 벌써 알고 있는 것 같이, 철제 침대에 등을 기대고 동인을 기다리고 있었다.

"아이고 신 선생님, 이렇게 오시다니."

그녀는 잠옷의 옷깃에 손을 대고, 다른 한손을 어린 계집아이의 어깨에 올리고 동인을 맞았다. 어린 계집아이는 동물원의 짐승이라도 보듯 이쪽을 뚫어지게 보고 있다. 동인은 안부를 물으면서 눌러 만든 듯한 둥근 나무의자에 앉았다.

"별 거 아니에요. 현기증이 좀 난 것뿐이에요."

어머니는 변명하듯이 말하며, 손을 흔들었다. 그런 것은 병에 끼지도 않는다는 것이었다.

포동포동한 모습이 건강해 보였다. 얼핏 보기에는 분만을 기다리는 임산부 같았다. 그래도 탈지유같이 된 얼굴색이나 목언저리로 보아 전보다 생기가 없는 것같이 느껴진다. 가는 길에 산 파인애플 꾸러미를 내놓으니 그녀는 몇 번이고 미안해 했다. 영희가 돌아와 침대의 반대편 의자에 조용히 앉았다.

"영일이가 안 온다고 한대요."

어머니는 '나도 알아' 하는 표정으로 눈에 미소를 머금었다.

"선생님에게 폐만 끼치는 거 아닙니까? 그 녀석은 철이 없어서요."

"아니요. 그럴 리가."

"공부 잘 안하죠?"

"아닙니다, 오히려 제가 한국말을 잘 몰라서 배우고 있습니다."

그것은 인사치레 말이 아니었다. 소년에게 교과서를 펴 보라고 할 때마다 자기 자신이 싫어질 때가 있다. 재일교포 학교의 교과서를 읽어 내지 못하기 때문이다. 할 수 없이 소년에게 번역하라고 해서 겨우 이해하게 된다. 소년이 그런 가정교사를 마다하지 않는 것이 다행이었다. 어떤 때는 어느쪽이 가정교사인가 하는 자격지심마저 들 때가 있다. 아들의 근황을 자세히 듣고 나서, 어머니는 몸을 천천히 움직이며 말했다.

"조금만 더 고생하시면 우리 애가 사람이 될 거예요."

그 말에는 아들에 대한 신뢰와 걱정이 엿보였다. 동인의 마음에 문득 의문이 일었다.

아들을 고생시키겠다는 것은 좋지만 왜 일본 고등학교에 보내려는 것인지 모르겠다. 동인은 민족교육을 받지 못했다. 그래서 가정교사를 해도 자신이 없어질 때가 있다. 소년과의 관계에서도 그렇고, 요즈음 자신의 고국에 대해서 모르는 게 너무 많은 것이 수치스럽게 생각될 때가 많다. 그 때문일까, 영일이 애써 중학교까지 익혀 온 민족교육을 중도에 그만두고 일본 고등학교로 진학하겠다는 게 쉽사리 이해가 안된다. 겨우 자연계 대학에 입학하기 위한 방편이라고는 하지만 아무래도 마음이 내키지 않는다. 영일이 어머니가 영희를 보며 말했다.

"선생님에게 차 좀 갖다 드려라."

영희는 그 소리에 수줍어하며 일어나 문으로 나갔다. 어머니가 그 뒷모습을 보며 웃었다.

"저 아이도 아직 눈치가 없는 나이입니다. 우리는 결혼했을 때 내가 열여섯, 애 아빠는 열 살이었어요. 시중들기가 힘들었어요. 밖으로 오줌누러 갈 때도 따라 갔다니까요……. 하지만 선생님 영희는 모두들 칭찬하지요. 부엌일 잘 한다고 인물은 못생겼지만. 저 애는 비둘기의 자식이니까요. 이제부터 예뻐질 거에요." '비둘기 자식'이라는 게 무슨 뜻일까? 모르겠다. 동인은 말이 없었다. 영희는 절대로 예쁘다고 할 수 없었다. 성품은 착한 것 같지만 생김새는 평범했다. 동인은 영희에 대해 특별한 관심도 없었다. 조금 전 문앞에서 서로 부딪힐 뻔했던 때, 파냄새 같은 것이 났다는 것만 생각난다.

소녀는 이마에 늘어진 머리에 주의하며 차를 따랐다. 차를 마시고 나서, 작별인사를 하는데 어린 계집아이가 철제 침대에서 얼굴을 쑥 내밀고 불안한 듯 소리쳤다.

"영일 오빠를 돌려 줘. 보내 줘요."

동인은 당황하여 어린 소녀를 쳐다보았다. 어머니는 우습다는 듯한 얼굴을 했고, 영희는 곤란한 듯이 동생을 쳐다보았다.

집에 도착하니 영일이 튀어나왔다.

"어땠어요? 우리 엄마."

"으음. 괜찮으셔, 한 일주일 지나면 퇴원하신대."

소년은 과장하듯 눈을 찡그리며,

"바보라니까. 엄마는, 이런 때나 살림을 떠나서 쉬시면 좋으련만. 집에 돌아가시면 다시 노예처럼 일만 하실 텐데. 정말 한심해."

영일은 유감스럽다는 듯이 내뱉고는 동인 쪽으로 바싹 다가섰다.

"많이 피곤하시죠?" 동인은 낯간지러운 기분이었다. 하지만 듣기 좋다. 여동생이 동인을 유괴범 취급을 하더라고 말했더니, 영일은 다시 눈을 가늘게 떴다. 그리고는 쾌활하게 큰소리로 말했다.

"아. 참, 편지가 와 있어요. 굉장해요! 여자로부터던데요"

"편지?"

의아해 하며 물었더니 영일은 아주 기분 좋은 듯이 끄덕이고 자기 책상 위에서 봉투를 가져왔다.

"애인이에요? 선생님도 대단해요"

영일에게서 받은 봉투의 겉을 보았다. 동인은 태연하게 시치미를 떼며 소년의 물음에 대답하지도 않고, 편지를 자기 책상 위에 놓았다. 발송인은 이시다 세쓰코였다.

6

이호인이 언제 현관에 들어와 있었던 것일까? 그런 것도 모르고 동인과 하숙집 식구들은 방에 앉아 고다쓰에 발을 넣고 있었다. 그날은 '귀화인' 최 청년이 장창섭에 끌려 같이 왔다. 그는 『청구』의 창간호를 몇십 부 보자기에 싸서 가져왔다. 그 보따리를 풀어 아주머니에게도 한 권 드리며 "이것은 지난번에 아주머니를 귀찮게 해드린 거 사과하는 뜻에서"라고 농담을 했다.

"저는 아무것도 몰라요. 이런 책 받아도."

도시에가 그렇게 말하자 최 청년은 의아해 하며 그 얼굴을 쳐다보았다.

"아주머니는 너무 겸손하세요. 일본인 중에 그런 사람들이 있는데 아주머니도 그러신가요?"

도시에는 조금 당황했다. 최 청년이 그렇게 말하리라고는 생각지 못했었기 때문이다.

"아니에요, 정말이에요. 옛날 여학교라도 졸업했다면 그런 글을 이해할 수 있을지 모르지만."

"글쎄요. 오히려 옛날 교육을 받은 사람들이 더 나을 때가 많습니다."

최 청년은 의문을 던지고 나서 계속했다.

"사람에 따라 다르지요. 사고방식이 문제입니다. 아주머니는 제가 쓴 이 에세이를 읽어 주셨으면 좋겠습니다. 「근친상간의 주박(呪縛)」이라는 제목인데 놀라시지 말고 읽어 주세요."

"불온하군요."

도시에는 그렇게 말했지만 젊은 사람이 열심이라고 생각되어 읽어 볼까 해서 돋보기를 꺼냈다. 그 모양을 보고 장창섭이 히쭉히쭉 웃었다.

"선생님. 근친상간이라는 말은 한자로 어떻게 써요?" 하고 영일이 동인에게 물었다.

"괜찮아. 그런 건 시험에 안 나올거다." 동인은 질려서 머리를 긁고 있었다.

요즘 들어 영일은 뭐든지 한자로 고쳐 보고 싶어한다. 교포학교에서는 너무 한자를 소홀히 하기 때문이었다.

"선배님, 너무 구식이세요. 근친상간은 이렇게 쓰는 거야. 그 뜻은 글자 그대로 아주 가까운 사람끼리…… 그러니까 서로 상처를 준다는 거야. 괜찮아. 어쨌든 시험에는 안 나오니까."

역시 적당히 대답해 버린 최 청년을 보고 도시에는 물었다.

"선생의 글은 어떤 내용이에요? 너무 어려운 것 같아요."

철필로 긁어 인쇄한 책을 무릎 위에 올려 놓고 묻자 최 청년은 눈을 깜박거리며 진지한 표정이 되었다. 그리고 그는 가능한 한 알기 쉬운 표현을 골라 자기의 생각을 설명하기 시작했다. "차별이나 편견에 대한 얘기입니다. 그 근원을 더 듬어가면 아무래도 근친상간과 관련되어 있는 감정이 일본인과 한국인의 사이에 개재하고 있는 것이 아닐까라는 요지로 써 보았습니다만. 실은 다른 책에서 힌트를 얻었던 것이지 제 독자적인 생각은 아닙니다. 그런 것 같아서 그 생각을 발전시켜 보니까 아무래도 근친상간입니다."

"서론은 그쯤하고"라며 장창섭이 담배를 빼어 물고 말했다. "조용히 하세요. 차분히 말 좀 합시다. 그것은 말하자면 두 가지입니다. 근친증오와 근친상간에서 주술에 의한 속박을 어떻게 이해하느냐는 것은 어렵습니다. 서론은 이 정도로 하고—. 고대부터 한국과 일본은 깊은 관계가 있습니다. 단순히 지리적만이 아니고 문화적으로도 그랬던 것은 분명합니다. 제가 언젠가 말씀드린 적이 있는 바와 같이 '성덕태자'와 '목수'의 경우 말하자면 일본은 문화개혁에 의해 독자적인 문화를 만들기 전까지는 한국 문화의 영향을 받고 있었습니다. 시대적으로는 그 뒤에도 여러 가지의 영향을 받았습니다. 고대로 말하자면 아스카(飛鳥) 문화 같은 게 그렇습니다. 일본에서 가장 오래된 아스카대불이 만들어진 것은 고구려의 구라쓰구리 노도리(鞍作止利)가 지도했다고 합니다."

"그것은 불과 한 가지 예에 불과하고 사실 일본인들이 그 후 역사적으로 발전해 오면서 한국의 기술이나 문화를 얼마나 잘 살렸던가는 이루 헤아릴 수 없이 많습니다. 그런데 예를 들면 귀화인이 탁월한 건축기술을 전해 주어도 그것을 '목수'라는 말로 위장해 버리고 말 듯이 그것은 일종의 근친증오라고 보면, 그런 것이 일본인들에게 작용했다고 봅니다. 그것은 가장 가까운 이웃 사람의 문화나 기술을 그 나름대로 이용하면서도 그 나라의 존재가 눈에 거슬린다고 하는 콤플렉스 같은 것이 아닌가 싶습니다. 이런 말씀을 드리면 아주머니는 기분 나쁘실지도 모르지만. 한편, 한국인은 도요토미 히데요시, 이토 히로부미(伊藤博文)에게 침략을 받아서, 드디어 1910년에는 합병이 되고 일본인들의 무례함을 더 이상 용서할 수 없는 감정이 생기게 되었습니다. 이러한 상태가 말하자면, 근친상간적인 것입니다. 제 말이 좀 두서가 없습니다. 그러니 제 글을 읽어 보십시오. 다만 저는 오늘날 야기되고 있는 차별이나 편견 같은 문제는 역사적인 근원까지 거슬러 올라가지 않으면 해결될 수 없을 것 같은 생각이 듭니다."

최 청년의 얘기는 끝부분에 가서 제대로 정리가 안되고 논리의 비약을 느끼게 했다. 실제 본인 자신도 그 의의를 제대로 전달할 수 없었던지 그런 초조함이 얼굴 표정에 드러났다. 동인은 아주머니에게 열정적으로 말하는 것을 그저 잠자코 들으며, 양 민족의 문화사를 통해서 오늘날의 차별이라든가 편견의 문제를 추궁하려고 하는 그의 태도에 관심이 갔다. 그가 얘기한 내용이 역사적으로 충분히 옳은지 그렇지 않은지는 모르겠다. 하지만 문제를 그 핵심까지 파 내지 않으면 정말로 해결이 나지 않는다고 하는 것이 어쩐지 마음에 걸린다.

마음속이 부글거린다. 꿈도 역시 이런 것이 아닐까? 꿈의 핵심은 무엇인가? 아름다운 여자를 범하려고 하거나 꿈속으로부터 현실로 나온 듯한 환각 때문에 괴로워하는 이유는……이 놈에게도 역사가 있는 것은 아닐까. 그러고 보면 원래 꿈은 원시시대로부터 우리들의 조상들에 의해 꿈꿔져 온 것이었다. 만약 그것이 처참한 꿈이 아니고 풍요로운 꿈이라고 하면 지금과 같은 차별이나 편견 같은 현대인의 상극은 조상들의 꿈을 이어받지 못하고 공유하는 것이 별로 없기 때문일 것이다. 하지만 선조들이 나무토막이나 돌을 연마해서 그것을 가지고 타민족을 배척하는 일에 몰두했다고 하면 현대인은 그 처참함을 원시적으로 반복하고 있는 데 지나지 않는 것이었다. 그러나 선조들이 처음 꾸었던 꿈에는 어떤 동물, 인간에게 가장 가깝고 인간과 마찬가지로 동물의 영장이라고 불리는 유인원과도 확실히 다른 체험이 있었던 것 같다. 꿈의 기원이라고 말할 만한 그 꿈은 현대 인간의 꿈과 어떠한 관계가 있을까?…….

옆에 앉아 있던 소년의 다리가 움직였다. 동인은 그 감촉을 느끼자 퍼뜩 정신이 들어 어느샌가 떠들며 이야기하는 장창섭의 긴 턱을 쳐다보았다. 아주머니가 소년을 돌아보면서 얘기했다. 영일이는 알았다는 듯이 고개를 끄덕이며 고다쓰에서 빠져나와 현관문을 잠그러 나갔다. 최 청년과 장창섭이 오늘밤 여기서 자기로 한 것이었다.

"우왓—!" 영일이 현관 마루에서 소리치며 재빨리 몸을 비켰다. 그 소리에 놀라 모두가 내다보니 영일이가 몸을 일으키며 어두운 현관을 향해 말했다. "놀랬잖아요. 거기서 뭐 하는 거예요?"

그제서야 비로소 사람들은 현관에 이호인이 웅크리고 앉아 있었던 것을 알았다.

찻집에 들어가니 쥬크 박스 위에 손을 올리고 있던 눈이 가늘게 째진 불량기 있는 소녀가 이쪽을 힐끗힐끗 보고 있었다. 소녀는 얼굴을 돌려 전축에 동전을 집어 넣었다.

이호인은 안절부절못하는 눈으로 그 소녀를 쳐다보고는 동인에게 바싹 달라붙으려고 했다. 두 사람은 담배연기가 자욱한 찻집 한쪽 구석의 빈자리로 가서 앉았다.

여름이 지나고 오랜만에 보니 이호인의 얼굴은 너무 여위었다. 그는 탁자에 팔꿈치를 대고 앉아 얼굴을 기대고 "저어, 그런데—있잖아—"라고 말을 꺼내기 시작했다. 마침 웨이트리스가 다가왔다. 그러자 그는 입을 다물고 소심한 태도로 상대를 올려다보았다. 여종업원이 쌀쌀맞게 주문을 받고 저쪽으로 가니 "저기, 제가—"라고 이호인은 다시 같은 말을 반복했다.

그는 그러기만 하고 막상 아무것도 말하지 않았다. 창백한 손으로 지긋이 이마를 누르며, 뭔가를 생각해 내고 있다. 동인은 잠자코 두 사람의 커피잔에 설탕을 넣고, 자기 잔을 스푼으로 천천히 휘저었다. 현관에 쭈그리고 앉아 있던 이호인은 디스템퍼(강아지가 걸리는 급성전염병)에 걸린 개처럼 떨고 있었다. 방으로 들어오라고 하니까 고개를 저었다. "안돼요. 거긴 위선자가 있어서, 나의 적이 있어서 들어갈 수 없어……"라고 소리를 죽였다. 그것은 장창섭을 두고 한 말이었다. 그 말이 장창섭에게 들려서는 곤란할 것 같았다. 고다쓰로 돌아와서 자기 담배를 가지고 장창섭에게는 "잠깐 나갔다 올게"라고 말하고 밖으로 나온 것이다.

스푼으로 커피를 저었다. 이호인의 코에 콧물이 약간 맺혔다. 손목이 아이들처럼 가늘고, 몰골이 꾀죄죄하다. 커피가 식은 듯했다. 커피를 권하니 그는 일단 탁자에서 팔꿈치를 내렸으나 가늘고 긴 손가락을 이마에 그대로 대고 있었다.

"머리가 아파서요. 이쪽이 손오공의 머리같이 땡겨서—."

동인은 눈으로 아는 체해 주었다. 가책이 느껴졌다. 친구가 괴로워하고 있는데 그 동안 본체만체해 왔던 것이다. 불행한 인간이 자기보다 더 불행한 사람을 구해 주려고 하지 않고, 비록 자신의 행복이 상대방의 행복보다 조금만 많다면 그것을 지키려고 애쓰는 것같이. 그렇지 않으면 자기의 안녕이 상대방에게 위협당하는 것을 막으려고 하는 것과 무엇이 다르단 말인가. 사실 이호인에 대해 취해 온 자신의 태도는 그런 정도였던 게 아닌가.

"나라는 인간이 그렇게 시시하게 보이니? 글쎄 그 아주머니 말이야 자기는 별 수 없는 주제에 내 소문이 좋지 않은 것 같으니까. 정말 약이 올라"

"놔둬, 저런 놈들 상대도 안돼. 걱정할 거 없어." 반대편 대각선 쪽 자리에서 사오 명의 고등학생들이 수다를 떨고 있었다. 동전을 넣은 소녀가 다리를 꼬고 앉아서 한숨을 쉬며 얘기를 계속하고 있었다.

"그래 봐도, 나도 마음에 두고 있는 남자가 있어. 그 애는 뭐랄까—. 아주 신선한 느낌이 드는 애야……. 으응, 어느 고등학교 학생인지 모르겠지만……."

쥬크 박스에서 흑인영가가 흘러나오고 있었다. 그 순간 불량기 있는 소녀와 흑인영가의 배합이 묘하게 느껴졌다. 그러나 인간끼리의 배합이 기묘하고 인간 그 자체가 이상한 존재로 보이는 게 아닐까. 동인은 자기와 이호인의 관계가 꿈에서 서로 연결되어 있는 건지 아니면 같은 한국인이라는 것으로 서로 얽혀져 있는 것인지 잘 알 수 없었다. 대학에 갓 입학했을 당시의 일이 생각났다. 성인이 되고 난 직후였다. 그런데 내 청춘이 빛바랜 색으로 희미하게 보였다. 뭔지 모르게 고백하고 싶은 충동이 일어나기도 하고 어떤 때는 길을 걸어가다가 절름발이가 되고 싶은 기분에 휩싸이는 일도 있었다. 심지어는 다른 사람들과 어울려 있을 때 나도 모르는 사이에 사람 살려라고 소리치고 싶을 때도 있었다.

우리 최후의 순간 너와 함께 기도하는 것은
이 최후의 순간 어째서인지 모르지만
아아, 이 최후의 순간
어째서인지 모르지만
………………

흑인 영가가 흘러나오고 있었다.

겨울에도 콧등에 땀을 흘리는 친구가 있었다. 고등학교 동창생인 그는 어떻게 알아냈는지 이시다 씨 집으로 동인을 찾아왔다. 그 무렵이었다. 그는 지방에서 상경하여 기독교 계통의 대학에 입학하더니, 어느새 열렬한 신자가 되어 있었다. 얘기를 주고받는 사이에 그의 눈은 점점 동인에게 모아졌다. "야아, 시마무라(申村). 자네 대단하네. 예수님이 틀림없이 너를 인도해 주실 거야"라며 끈질기게 설득하여 마침내 어느 일요일에는 동인을 예배당에 데리고 갔었다. 그는 방황하는 어린 양과 같은 동인을 맨 앞줄로 끌고 가 자기 옆에 나란히 세웠다. 드디어 신도들이 경건한 찬송가를 합창하고 기도를 드렸다. 동인은 갑자기 이상한 생각이 들었다. 고개를 흔들며 열중해서 오르간을 치고 있는 품위 있는 젊은 여자와 근엄한 표정의 신사들이 예수 그리스도의 구원을 받으려고 하는 모습이었고, 그것이 갑자기 낯간지럽게 느껴졌다. 신자들은 웃음을 참고 있는 구원받지 못할 자까지 함께 포용하려고 하듯 열심히 기도 소리를 높였다. 친구는 당황하여 팔꿈치로 동인을 쿡 찌르고, 다시 낭랑한 목소리로 계속해서 찬송가를 불렀다.

그때 동인은 자기에게 필요한 것은 구원이 아니고 살아가는 보람이라고 생각했다. 어떤 대상에게 비는 것으로 자신의 길을 발견한다는 것이 쉽사리 납득되지 않았다. 그러한 사고방식의 차이는 그 친구와의 대화를 통해 해결될 것이 아니었다. 그는 더 이상 동인을 찾아오지 않게 되었다. 세쓰코도—라고 생각한다. 이시다 세쓰코도 역시 살기 위해서 그 편지를 쓴 것은 아닐까…… 오랫동안 적조했습니다. 한 번 찾아뵙고 말씀드리고자 하옵니다…….

……이런 편지를 받고 보니 기분이 무겁다. "이만 실례합니다"라는 여자들이 편지에 잘 쓰는 고풍스러운 마지막 한 글자에도 이시다 세쓰코의 떨리는 손길과 백자처럼 깨끗한 그녀의 표정이 담겨 있음을 느꼈다. 하지만 자신은 이호인을 만나기를 회피해 온 것과 같이 그녀도 멀리 하려고 하고 있었다. 홀린 생활에서 벗어나기 위해서 과거를 잊으려 했다.

정신을 차리고 보니 이호인이 이마에 진땀을 흘리고 있었다. 눈이 마주치자 그는 겨우 침묵을 깼다.

"저기요. 신 선배 꿈이— 아니, 꿈 때문에 사람을 죽인다는 일이 있을 수 있을까요?"

이호인의 목소리가 떨리고 있었다. 이 자는 대체 무슨 이야기를 하려는 것일까. 동인은 자기 쪽으로 가까이 다가오는 그의 얼굴을 자세히 들여다보았다.

"나는 아무래도……아직 꿈속에서 여자를 범하고, 내가 여자를 죽인 것 같은 생각이 들어서 못 견디겠습니다. 그러니까 나는 역시……자수하지 않아도 좋을지도 모르고……하지만 죽였기 때문에 자수하는 게 좋을 거라고 생각하기도 합니다……."

그 순간 동인은 주위를 살피고 그리고 앞쪽을 향해 소리를 낮추었다.

"무슨 소리 하는 거야. 그거야말로 꿈 같은 이야기잖아. 남들이 들으면 정말인 줄 알겠네."

이호인은 무기력하게 웃었다. 그러고는 다시 진지한 표정을 짓고 동인의 눈앞에서 두 팔을 쭉 뻗어 손바닥을 단번에 쫙 펴 보였다. 다섯 손가락을 힘껏 핀 손바닥에서 여자의 비명이 들려 오는 듯한 기분이 들었다. "살려주세요"라고 그는 피곤한 목소리로 말했다. 축축한 손의 촉감을 생각하며 동인은 망설였다. 얼빠진 듯한 눈이 호소하고 있었다. 마지못해 손을 테이블에 올리자 기골찬 손이 갑자기 손목을 잡았다. 마치 수갑이 채워진 것 같은 기분이었다. 하지만 이호인의 암울한 눈동자를 다시 뚫어지게 쳐다보자 고해성사하는 받침대에 올려 놓은 손 같은 무게가 전해져 왔다.

"어떤 꿈을 꾸었는데……." 동인은 불행한 감정에 동요되어 부드럽게 물었다.

"제가, 전에 한 번 얘기했었죠. 책을 빌려 주고 가 버린 형 이야기. 거기서부터 얘기하지 않으면 설명이 잘 안돼요……."

"좋아. 어디서부터라도— 솔직한 얘기를 할 거라면 해봐."

동인은 달래듯이 말했다.

"제가 요즈음 꿈속에서 그 형을 자주 만나고 있어요. 그날 형은 책을 한 권 주고 그냥 기찻길을 따라서 걸어갔었죠……. 꿈은 그 다음부터 계속되는 거예요. 내가 그 형을 따라가는 거죠. 형은 휘청거리며 술취한 사람처럼 걸어가고 있었어요. 내가 아무리 쫓아가도 도저히 따라가지 못하는 거예요……. 그런 꿈을 해마다 꾸고 있어요. 자꾸자꾸 달려가면 선로도 쑥쑥 늘어나고 그러다가 피곤해져서 멈춰 버려요. 그러면 그 형의 모습이 보이지 않아요. 매년 그런 꿈을 꿔요."

이호인은 관자놀이에 손을 댔다. 머리가 아프기 시작한 모양이었다. 이윽고 끈적거리는 입속을 맛없는 듯이 쩝쩝대고 천천히 말을 이었다.

"형은 틀림없이 나를 구해 줄 거예요. 그런 기분이 들어요. 형을 따라 한참 가다 보면 내 자신이 죽어 있으니 말예요 …… 하지만, 대학에 갓 입학했을 당시 나는 꿈에서 형에게 가까이 갔었어요. 잘 모르겠지만…… 나를 쳐다보며 '결국 호인이도 대학생이 되었구나'라며 상냥하게 말했어요. 이제 어른이니까. 진짜 얘기해 주지. 내가 자살한 원인에 대해서라고……."

꿈꾸는 듯한 표정이었다. 꿈을 얘기하는 그 말투까지 자살한 청년의 목소리와 닮았다. 동인은 마치 청년의 본래의 목소리를 들어서 알고 있는 것 같은 착각에 사로잡혔다.

"내가 자살한 이유는 대일본제국이 망했기 때문이라고 믿고 있다. 나는 황도철학을 믿고 산화(散華)사상에 심취되어 있었다. 물론 그것도 있겠지. 하지만. 호인아, 내가 죽은 것은 다른 이유 때문이란다" 신 선배, 그 형은 이렇게 고백했죠. 무엇을 고백했는지 알아요…… 형이 내 어머니를 범했다고 말했어요. 누가 그 현장을 보았던 거죠. 그것도 절대 보이고 싶지 않은 사람에게 들켰던 거지요. 그래서 죽게 되었죠. 자기의 위선자 같은 태도가 용납되지 않았기 때문에.—그렇게 말했어요……. 그러자 나는 자주 꿈속에서 꿈을 꾸기 시작하는 거예요. 꿈속에서 어머니가 겁탈당하는 장면을 내가 보게 되었어요……. 그러다가 형이 휙 뒤돌아보았기 때문에 나는 어두운 그늘로 몸을 숨겼어요. 그때 어머니가 내게 '괜찮아. 아무도 없어'라고 내게 속삭이는 거예요. 발버둥치며 도망치려하던 어머니가 말이에요."

나는 관자놀이가 땅기는 듯한 기분이 들었다. 불쾌한 기분이 들어서 동인은 말을 막았다. "잠깐. 나 그 얘기 듣고 싶지 않은데—왜냐하면. 첫째, 말하는 투가 이상해. 그것은 꿈얘기가 아니고 현실의……."

"꿈이에요. 꿈이 틀림없어요."

이호인은 필사적으로 우겼다. "글쎄, 좋아……. 하지만 왜 그런 이야기를 하지? 난 듣고 싶지 않아."

"꼭 내 괴로움을 이해해 주리라고 생각해요. 신 선배는 꿈을 알고 있어요. 장창섭 같은 위선자가 아니잖아요."

"위선자일지도 모르잖아? 게다가 자네가 얘기하듯이 장창섭도 위선자는 아닐 거야."

"아니, 그 사람은 나의 적(敵)이야……. 남을 위해서 최

선을 다하는 척하며 실지로는 인간의 본성을 왜곡하는 인간의 본성은 추악해요. 그것을 아름답게 보이게 하는 것은 위선이겠죠. 그런 사람들은 원래 본심은 추악한데 조국애라든지 동포학생의 단결이라는 것 등을 내세워……'나한테서 한국말을 배우고, 민족 정신을 기르도록 해'라고 제멋대로 말하죠. 그러나 나에게 지금 필요한 것은 나 자신입니다. 전체와 개인에게 있어서 전체가 더 중요하다고 단언할 수 있을까요? 그는 전체를 위해서 개인은……, 신 선배, 형은 왜 그런 무서운 사람을 변호하는 겁니까?"

이호인은 증오에 쌓여 자신의 생각을 펼치고는 서글픈 듯이 동인을 쳐다보았다.

"남을 위해서 애쓰는 인간은 아름다워. 조국을 위해서 살려는 것도. 장창섭은 그렇게 되고 싶다고 생각하지 않는가. 나름대로 순수하지 않으면 해낼 수 없다고 말하지. 게다가 방금 인간의 본성이라고 말했는데, 인간의 본성은 추악한 것이라고 그렇게 한결같이 말할 수 있을까? 난 잘 모르겠어."

"나는—"이라고 이호인은 절규했다.

"신 선배, 난 신 형을 믿어요. 형은 인간의 슬픔을 이해할 수 있는 사람이라고 생각했죠. 다 아는 얘기를 하지 마세요…… 신 형은 위선자가 아니에요……."

눈송이 같은 눈물이 뺨으로 줄줄 흘러내렸다. 동인은 꼼짝도 않고 있었다. 잠시 후 호인은 가느다란 손목을 쭉 펴서 눈물을 닦았다. 고개를 떨군 채로 기어들어가는 소리로 말했다.

"나는 어머니를 용서할 수 없어요. 행위 그 자체가 아니고 끝까지 숨긴 것 말이에요. 형은 순수하니까 죽었어요. 하지만 어머니는 장례식에 나가 위선의 눈물을 흘렸고, 아버지에게도 계속 숨기고 있었죠. 나는 '성(性)'이 두렵고 자기의 몸이 점점 성에 빠지면 여자가 나의 적으로 보이고…… 그런 주제에 꿈속에서 모르는 여자를 겁탈하고 섹스를 즐겼어요. 게다가 반항하면 그 목을 졸라 죽이기까지 했어요……. 그런 꿈만 꾸고 있으니……신 선배……꿈과 현실이 점점 경계가 없어지고 말았어요. 믿어 주세요……. 뭐라 할까. 하여튼 여자를 욕보이고, 그러고 나서 죽여 버려도, 아무렇지도 않다는 기분이 되었던 거예요……. 아니 그렇지 않아…… 나는 그날 밤, 비틀비틀 그 길을 걸어가다가 꿈속의 여자와 만났어요. 내가 언제나 범하는 그 여자—. 갑자기 아랫배가 떨리고 붙잡으려고 해도 그녀는 도망치기 때문에…… 이것은 내 꿈의 연속이야, 언제나처럼 여자를 누르고 몸을 덮치면 된다라든지 그런 식으로 생각하고 그 여자를 넘어뜨렸어요……. 아아 머리가 아파……. 그런데 그 여자가 아주 심하게 반항하고 아니, 그게 아니라 그 여자는 어머니같이 일부러 반항하는 거예요—. 나는 뜻대로 되었다고 우쭐해서 목을 졸랐죠……. 뚝하며 내 손에 목이 울리는 듯한 소리를 느꼈을 때 나는 아직 꿈이구나라고 생각했어요. 여자를 농락하고, 배가 부를 때처럼 흐뭇한……그런데 자세히 들여다보니……여자의 몸이 차디차게 식어 있었어요. 나는 갑자기 무서워져서 그 여자를 가까운 맨홀로 끌고 가 그 안에 밀어 넣고 도망쳤어요……. 나는, 꿈속에서 다시 사람을 죽인 것 같은 기분이 들어요. 그런데…… 이 손이 기억하고 있어요

……. 역시 자수하지 않으면…… 나는……. 신 선배에게 어떻게 하면 좋을지. 신 형의 의견을 듣고 싶었어요…….”

재즈 음악이 요란하게 울리고 있었다. 드럼을 두드리는 소리. 리듬악기인 마라카스의 성급한 울림, 경련을 일으키듯이 부르는 가수. 동인은 심각하게 미간을 모으고 이호인의 얼굴을 뚫어지게 쳐다보고 있었다. 동굴 같은 눈, 홀린 듯한 손의 움직임, 너무 믿기 어려운 고백……. 게다가 여자를 범하려고 하는 자기의 꿈과 그 자의 꿈 얘기는 왠지 서로 닮았다고 말할 수 있지 않을까? 그렇지만 동인은 문득 아니다, 다르다라고 생각했다. 아니, 자기의 꿈과 틀린 것이다.

“거짓말이야. 그 얘기는 꾸며 낸 이야기지?”

동인은 떨리는 듯한 목소리를 높여 말했다. ‘이 녀석이 지금 창작에 취해 있구나’라고 생각했다.

“사람을 욕보이고서 죽이다니. 자네는 그렇게는 용기가 없어. 더구나 그런 일을 태연하게 지껄이고 있는 자네야말로 진정한 꿈이란 걸 모독하고 있단 말이야.”

“어째서? 왜 그렇게 말하는 거예요?”

이호인은 너무나 굴욕스러워 하며 하얀 얼굴을 일그러뜨리고 입에 거품을 물고 대들었다.

“꿈이라는 핑계로 그렇게 말하겠지만 아이들이라도 믿지 않을 걸세. 여자를 욕보이고 죽였다고 하는 그 부분만은 분명히 망상이야. 그리고 뒷부분은 꿈이 아니고 필시 현실에서 일어났던 일일 거야. 그렇지? 그래 꿈이라는데 그렇게 앞뒤가 조리 있게 잘 맞을까? 현실로 일어났던 사건을 적당히 집어 넣어 꿰어 맞춘 것을 그럴싸하게 얘기하고 있는 것에 지나지 않아. 알겠어. 자네는 바로 그런 인간이야. 소년 시절에, 그 누구라고 했던가. 청년이 어머니를 욕보이려고 하는 것을 보고도 그 녀석에게 덤비지도 못한 나약한 아이에 불과했잖아―. 성년이 되고 나서는―. 그래 맞아, 섹스만 생각하는 음탕한 인간이 되어 버린 거야. 애인을 만들려 하지도 않고, 사는 보람을 찾아보려고도 하지 않고, 어디 그뿐인가, 조국이나 남을 위해서 일하려고 하는 사람들을 함부로 증오하고, 자기는 여자를 범하는 망상 같은 것만 하고 있단 말이야. 신체는 청년이니까. 하지만 너의 영혼은 이미 노인과 같으니까. 이제 그런 이야기는 그만 해."

동인은 단숨에 그렇게 얘기하고 보니 자기 자신에 대해서 의혹이 일어났다. 위선자로 여겨졌다. 왜 내가 그를 나무라고 있는 거지? 왜 이 가련한 친구에게 좀더 친절하게 대할 수 없단 말일까? 금욕적인 청년이 부녀자를 능욕하는 꿈을 계속 꾸고 있는데. 결국 착란에 빠져 있다고 해도 그만을 나무랄 수 있을까? 그러나 한편으로는 가슴이 답답해 오고 고통스러운 것이다. 아마도 서로 닮았으면서 서로 다른 것에 대한 생리적인 혐오감일 것 같다. 바로 이런 것이 근친증오 또는 근친상간의 감정이라는 게 아닐까? 아름다운 여자를 범하려고 하면 도망쳐 버린다. 그래서 언제나 '속편'을 기다리기로 하고 가지고 있던 것으로 얼버무린다. 그 속편은 빵에 굶주린 인간이 음식을 구하는 것만큼 절실한, 금욕 청년에게는 고귀한 바람이었다. 몽정으로 몸이 더럽혀진 다음의 아침 햇살은 눈부시지 않고, 끈적거리는 속옷을 서둘러 감추려고 한다. 그것은 어렸을 때, 이불에 오줌을 싸서 모르는 사이에 요가 뜨뜻해졌을 때의 언짢았던 기분과는 다른 참담한 기분에 잠기게 되는 것이었다. 이런 일상이 자기의 일인 것처럼, 어쩌면 이호인의 일이기도 하다. 그렇지만 그는 꿈을 오해하는 것 같다. 꿈이라는 것은 그렇게 처참한 것일까? 그는 현실의 욕구불만이나 잔상을 꿈에서 다시 이루어 보려고 하지만 진정한 꿈은 현실에서의 빈곤을 풍요롭게 마무리 지어 가는 것이 아닐까라고 생각했다.

이호인은 몸을 부들부들 떨고 있었다. 심하게 상처 입은 것이 눈에 보이는 듯했다. 게다가 동인은 무자비하게 심한 말을 해댄 것이다. 그는 신경이 상처받고 있는 것이었다.

"신 형은……검찰관 같아요. 좀더 친절한 사람일 거라 생각했는데……좋아요. 믿을 수 있는 것은 자기 자신뿐이니까. 자수하겠어요. 그것으로 모든 것은 끝나겠죠……."

이호인은 녹초가 되어 벽에 기대어 이마에 손을 대었다.

"아아, 그렇게 말해도 좋아. 적어도 사람들을 놀라게 하겠지. 그러나 그렇다고 내가 동정하리라고 생각한다면 착각이야. 정말이야……하지만 자네는 휴양을 취해야 할 사람이야. 정신병원에라도 들어가야 하는 것 아니야."

동인은 참담한 기분에 싸여 명령조로 말했다. 그는 그 말을 멍하니 듣고 있더니 벽에 기대고 있던 상반신을 떼고 왠지 싱긋 웃었다. 정액 같은 거품을 삼키고 이호인은 슬픈 듯이 얼굴을 일그러뜨렸다.

"……이제 신 형 앞에 나타나지 않겠어요. 저, 이제 돌아가야지. 모두가 걱정하며 기다릴 것 같고……."

"막차도 다 끊어졌을 텐데. 오늘밤은 하여튼 우리와 함께 자고 가지 그래."

동인도 피곤했다. 한시라도 빨리 하숙집에 돌아가서 자고 싶었다. 자리에서 일어나서 보니 그제야 아까 그 고교생들이 다들 가고 없음을 알았다. 레지가 졸린 얼굴로 매상 시트를 들여다보고 있었다. 양 어깨를 축 늘어뜨리고 밖으로 나간 이호인은 동인의 멈추라는 말도 듣지 않고 휘청거리며 가 버렸다. 자살하려는 게 아닐까? 그런 공포가 일어났다. 동인은 막대같이 그 자리에 꼼짝 않고 서서 그의 뒷모습을 한참이나 지켜보고 있다가 뛰어서 마구 뒤쫓아갔다. 하지만 그는 벌써 어둠 속으로 사라져 버렸다.

하숙집에 돌아와 현관을 잠그고, 소년의 이불 속으로 조용히 들어갔다. 영일이는 입을 꽉 다물고 자고 있었다.

"그 친구는?"

자는 줄 알았던 장창섭이 어둠 속에서 물었다. 문 여는 소리에 깬 것일까. 아아, 이 사람에게 아직 꿈 얘기를 묻지 않았다고 생각했다.

"으음, 갔어."

장창섭이 중얼거렸다. 가능하면 아무 말도 하고 싶지 않았다.

"휴학한 거 알아?"

동인은 아무 말도 않고 등을 돌렸다. 너무 졸렸다.

7

도시에는 동인의 태도가 이상하다고 눈치챘다.

말이 너무 없어졌다. 그럭저럭 오개월 정도 같이 생활하고 있으니 속마음을 알 수 있고, 원래 말이 많지 않은 성격인가 보다 하고 자연스럽게 받아들였으나, 요즘처럼 말이 없는 것은 아무래도 심상치 않았다. 왜 그럴까 궁금했으나 젊은이들에게는 나름대로의 고민도 있을 것이라고 생각하여 모르는 체 하고 있었다.

그러나 도시에가 이상하다고 느낀 것은 요즘 들어 동인이 늦잠이 잦아진 것이다. 전에는 그러지 않았다. 지금까지는 아침에 소년을 깨우는 데 동인이 함께 해 주었다. 그런데 요즘은 도시에가 혼자서 깨워야 한다. 영일이는 여간해서 잘 일어나지 않는다. 시간이 빠듯하게 일어나서는 서둘러 준비하고 학교에 가는 것을 보면 정말 놀랄 정도다. 겨우 아침밥을 먹이고 영일이 소년이 등교하고 나면, 그제야 동인이 부시시한 얼굴로 이부자리를 개기 시작한다. 서로 얼굴을 마주치면 어색한 듯이 머리를 긁적이며 "영일이는 학교 갔습니까?"라고 물었다.

"네, 방금 갔어요. 날씨가 추워져서 그런지 아침에 일어나기 힘들어 하네요"라고 아무렇지 않은 듯이 대답하면, "미안합니다"라며 마치 자신의 일을 지적당하고 있다는 듯이 미안해 하며 말했다. 그러면서도 종종 늦잠을 자는 것이었다.

도시에는 두 사람의 하숙생에게 어머니 같은 감정을 갖고 있다. 코트 소매 길이를 줄이거나 단을 내서 길게 해주거나 하다가 소년의 교복 단추가 떨어지려 하는 것을 생각해 내곤 한다. 우울해 하는 동인의 태도가 마음에 걸린다. 어느새 자기 식구에게 신경 쓰는 듯한 기분이 되어 버렸다. 그것은 도시에게 원래부터 내재하고 있었던 모성이 되살아난 듯했다. 도시에는 괴로운 기억이 있다. 벌써 오래 전의 일이어서 남편에게 빼앗긴 자식의 일까지 잊어 가고 있었지만, 영일이를 보고 있으면 자기 자식을 기를 수 없었던 슬픔이 되살아나곤 하는 것이다. 양수가 가득 차 아랫배가 팽팽해지는 듯한 여자들만이 알 수 있는 그런 이상한 감정이었다.

처음에는 이렇지 않았다. 모리타 부인이 이런저런 충고를 해 주었을 당시에, 도시에는 해저무는 길에 서 있는 기분이 되었었다. 앞으로의 생활이 불안했다. 생리가 끊어졌지만 그래도 아직은 여자이다. 실수하는 일이 있어서는 안되겠다 싶어 밤에는 선잠을 자곤 했다. 엉뚱한 걱정을 했던 것이 바보스러웠다.

두 사람만이 아니고 가끔 놀러오는 청년들도 모두들 좋아 보였다. 여름에 청년들이 떼지어 몰려와서 놀며 한국 노래를 불러 댔을 때는 생활이 위협받을 것같이 염려스럽기도 했다. 이웃사람들의 소문에 신경이 쓰여 점점 더 소심해졌다. 그녀가 합창하는 청년들로 둘러싸여 본 것은 처음이었다. 지금 생각해 보니 모두 건강한 젊은이들이었던 것 같다. 그중에는 어쩌다 이호인 같은 학생도 있었지만, 집에 찾아오는 청년들은 모두들 생기발랄했다. 최 청년이 수상쩍은 듯이 "아주머니는 너무 겸손하십니다"라고 한 말에 도시에는 감동했다. 정신없이 떠들어대는 것도 순진해 보였고, 오히려 자기 자신이 나이들어 가는 데 대한 자극이 되기도 했다. 한 번은 어른스러운 장창섭이 이렇게 말한 적이 있었다. "아주머니, 우리가 변하는 게 재미있습니다. 전쟁 전이나 전시 때 대학생은 거의가 문과계를 다니고 있었는데 지금은 자연계 학생들이 훨씬 많답니다…….”

도시에가 무슨 뜻이냐고 물으니 장창섭은 ‘조국’ 때문이라고 대답했다. 옛날에는 나라를 빼앗겼기 때문에 자연과학을 배워도 써 볼 기회가 없었다. 별로 소용없는 연구밖에 할 수 없었고 설령 귀국한다 해도 어쩔 수 없이 조선총독부 밑에서 일할 수밖에 없었다. 그러나 현재는 독립된 조국의 건설을 위해서는 기술이 필요해서 과학분야로 진출하는 학생이 자연히 늘었다는 것이다.

그런 얘기를 듣고 있으면 생각나는 것이 있었다. 아직 남편과 헤어지기 전이니까 중국사변 때쯤이었을까. 사업에 종사하던 남편의 부하직원 중에 박(朴)이라고 하는 청년이 드나들었던 적이 있었다. 30세 정도의 남자였고 남편의 신임이 두터웠다. 나이 차이가 많았던 남편은 난봉꾼이었다. 박씨는 그런 남편의 비위를 잘 맞추었다. 이제는 거의 잊어버리고 생각이 나지 않으나 “반도의 여자들은 다리가 미끈했죠”라든가 “온돌 덕택에 그런 거예요. 발도 중국 여자들처럼 작아요”라고 말하던 것을 기억한다. 그러면 남편은 덩달아서 “그 저고리 좀 어떻게 안될까. 가슴을 꼭 조이고 있으니 손을 집어 넣기가 너무 불편해”라는 등 둘이서 옆 방에서 음란하게 웃고 있었다. 도시에는 태어날 아이의 배내옷을 지으면서 그런 얘기를 들었다. 어떤 때는 놀다가 지쳐 잠든 아이의 베갯머리에서도 그런 이야기를 들었다.

그런 일들이 이렇게 또렷이 기억나는 것은 도시에로서는 원한이 쌓였던 탓이다. 남편은 남의 여자에게 손을 대거나 여자를 만들거나 해서 도시에와 불화가 끊이지 않았다. 그리고 한국에 출장 나가면 거기에서도 분별없는 행동을 했다. 남편은 박씨를 연회장이나 술좌석에 같이 데리고 나갔다. 출장에서 돌아오면 바람 피우는 이야기를 노골적으로 하곤 했다. 심지어는 잠자리에서 도시에의 몸매를 흉보고 헐뜯기까지 했다.

박씨는 대체로 품위가 없었다. 쾌활한 성격이었지만 비굴했다. 도시에를 웃기려고 언젠가 이런 농담을 했었다. 학교에서 선생님이 박씨의 성을 물었던 이야기였다. 선생님에게서 질문을 받고 "저(僕: ぼく, 보구)는 박(朴: ぼく, 보구)입니다"라고 힘차게 대답했다. 선생님은 화를 내시며 "성을 묻고 있는 거야"라고 소리치셨다. 그는 똑바로 부동의 자세로 서서 "선생님, 저는 역시 박입니다"라고 대답했다는 것이다. 도시에는 그 말이 만담같이 들려서 너무나 우스웠다. 하지만 이제 와서 돌이켜보니 자신의 성(姓)을 만담으로 꾸며서 이야기했던 박씨가 마음에 들지 않았다.

도시에가 옛날 일을 생각하게 된 것은 청년들이 집에 찾아오게 되고 나서부터이다. 하숙생들이 일본 학생들이었다면 이렇게 옛일이 추억거리로 떠오르지도 않을 것이다. 가슴 속에 남아 있던 한국 사람들에 대한 인상도 틀림없이 박씨에 대한 인상과 같은 그런 것들일 것이다. 마찬가지로 농담은 하더라도 장창섭의 경우는 달랐다. 다소 뻔뻔스러운 점도 있지만 그다지 거슬리는 정도는 아니었다. 그 차이는 나이 차이라기보다 좀 다른 것인 것 같았다. 그것이 장창섭의 말대로 '조국'이 있고 없음의 차이일까라고 의심해 보게 된다.

청년들과 접하면 모리타 부인이 사정을 모르기 때문에 걱정하고 있다는 기분이 든다. 내가 이렇게 말하니 부인은 이상하다는 듯이 "그럴까요?"라고 말하며 내심 놀라는 것 같았다. "그래도 말야, 그렇게 잘 해 줄 필요는 없잖아."

영일이를 위해 한국 김치를 담가 주는 것, 놀러 오는 청년들에게 저녁을 대접하거나 한다는 얘기를 했을 때였다.

"아니, 도시에. 도대체 무엇 때문에 하숙을 치고 있는 거예요? 조금이라도 남는 게 있어야지. 아무 의미가 없지 않아. 그리고 더 나이 먹으면 어떻게 할거야. 바보 같아."

정말로 바보인지도 모르겠다. 하숙을 생각해 낸 것. 실은 어느 정도 생활에 보탬이 되었으면 해서 하숙을 치려고 생각했다. 그런데 도시에는 한 달에 몇 번씩이나 청년들에게 식사를 대접했다. 청년들이 놀러 와 있는데 식구들만 밥을 먹기도 안됐다는 기분이 들었기 때문이었다. 마음이 약한 탓도 있다. 한마디로 거절해 버리면 좋으련만, 하지만 어차피 인생은 고통의 사바세계 같은 것인데. 살아 있을 때 조금이라도 좋은 마음으로 지내면 그게 좋지 않겠나. 그렇게 스스로를 다짐하며 자신이 잘못 생각하고 있다고 믿지 않았다. 마치 두 사람의 하숙생이 한 가족같이 여겨지고 그 둘의 엄마 같은 기분이 들기도 한다.

그래서 동인이 우울해 하는 것이 걱정스럽다. 요즘은 영일이의 공부도 제대로 봐 주지 않는 것 같았다. 11월에는 중간시험이 있는데, 사실 영일이도 신 선생의 태도를 달가워하지 않는 듯했다.

어느 날 저녁때, 도시에가 김치를 담고 있는데, 영일이가 학교에서 돌아왔다. 글러브를 구두 상자 위에 탁 올려 놓고 부엌으로 와서 도시에가 일하는 것을 물끄러미 바라보고 있었다. 영일이는 기둥에 기대어 서서 문지방을 양말로 비비고 있었다. 심심해졌는지 "오늘밤도 선생님이 늦으실까?"라고 혼잣말로 중얼거렸다.

"글쎄, 오늘은 일찍 돌아오시지 않을까? 이런저런 일로 바쁘신가 봐."

"나도 모르겠어요.." 영일은 쌀쌀맞게 대답하고 기둥에 등을 마구 비벼댔다. 그리고 여느 때와 다른 목소리로 말했다.

"오히려 고마운 일이죠. 내가 공부하기 싫어하는 것을 알고 도와주시니." 도시에는 아주 차가워진 손을 항아리에서 빼며 영일이를 돌아보았다.

"신 선생이 돌아오실 때까지 혼자서 공부하지 그래. 시험도 얼마 안 남았잖아."

영일이는 일부러 눈을 부라리며 반발했다.

"걱정 없어요! 내 실력으로 하면 되니까. 이래 뵈도 학교를 9년이나 다녔어요. 실력 발휘를 할 찬스죠."

그런 말을 하다니. 도시에는 소년의 말투에 놀랐다. 웬만한 친절 같은 것은 필요 없다는 듯한 강한 불만이 느껴졌다.

어색해 하며 저녁식사를 마치고 영일이는 휘파람을 불면서 책상에 앉았다. 잠시 후 생각난 듯이 목욕탕에 갔다가 금방 돌아와 타올과 비누를 책상 위에 올려 놓았다.

"목욕탕이 쉬는 날이었어요."

도시에도 오늘이 월요일인 것을 깜박 잊고 있었다. 영일은 무료하게 책상에 앉아 서랍을 열었다 닫았다 하며 칼로 책상의 테두리에 흠집을 내기 시작했다. 칼을 가지고 장난하는 것도 질렸는지 이번에는 유행가의 가사를 바꿔 흥얼거렸다.

너를 기다리니까 한국인이 온다.

어디 사람인지 상상해 봤는데

…………

영일이는 한번 노래를 시작하더니 몰두했다. 눈을 지그시 감고 고개를 흔들어 대며 한 곡씩 부른다. 그날 밤에 아예 공부하지 않고 그대로 자 버렸다. 동인은 영일이 고이 잠들어 버린 후 돌아왔다. 도시에가 문소리에 나가 보니 동인이 살짝 들어오고 있었다. 놀란 듯이 멈칫하며 이쪽을 보았다. 그리고는 자신 없는 듯 얼굴을 다른 쪽으로 돌렸다.

동인은 즐겁지 않았다.

이호인이 어두운 현관에 웅크리고 앉아 있었던 그날 밤부터 그렇다. 동인은 그 친구가 자살이나 하지 않았는가 해서 아침마다 신문의 사회면을 샅샅이 훑어보았다. 일주일이나 그랬다. 그리고는 휴우하고 안도의 한숨을 쉬었다. 동인은 그러는 동안 몸의 한 부분이 천천히 비대해져 가는 듯한 공포에 빠져들게 되었다. 부풀어진 살이 혹이 되어 단단해지고 사람들의 시선이 그 부분에 집중되는 듯한 불안이 생겨나기 시작하여 사람 앞에 나서는 것이 두렵기까지 했다. 그렇게 사람들의 시선이 두려우면서도 훌훌 집을 나와 외출하는 것은 소년과 같이 있는 것이 더 힘들었기 때문이었다.

영일과 책상에 마주 앉으면 일정한 거리감을 유지할 수 없는 듯한 기분이 들었다. 배가 물 속에 잠기는 부분 같은 영일의 시선과 정면으로 눈을 마주칠 수 없는 것이다. 그날 밤,

아주머니가 충고해 주었다. 영일이 동요하고 있다는 것을 알았다. 그러나 어쩔 수 없는 기분이었다. 자신이 영일의 옆에 있으면 그 애를 더럽힐 것 같았다. 전철을 타고 의자에 앉아 있는데 맞은편에 앉은 여자가 동인의 시선을 차츰차츰 피하기 시작한다. 이유도 없이 무릎 위의 하트지로 된 페이퍼백을 꼭 움켜쥐거나 목덜미를 감추거나 하더니 나중에는 문쪽 가까운 자리로 옮겨 앉았다. 거기 앉아서 밖의 광경을 응시하며 마음을 진정시키고 있는 것이다. 동인은 비로소 정신이 들었다. 알고 보니 그 눈은 범할 것 같은 표정이었다. 여자가 몸에 감겨오는 듯한 상상이 일어났다. 모르는 사이에 현실에서 아름다운 여인을 쫓아 가고 있었던 것이다.

동인은 이호인의 고백을 증오했다. 사악한 무엇이 강하게 퍼져 가는 것 같은 느낌이었다. 그런 불쾌감이 가슴을 짓누르고 있었고, 한편으로는 자신이 더 이상 버텨 낼 수 없을 것 같은 불안감에 싸이기도 했다. 꿈을 지키지 않으면 안된다. 꿈의 근원을 거슬러 올라가 거기서부터 현실로 돌아와야만 한다. 불쑥 그렇게 중얼거렸다. 그런데 날이 갈수록 이시다 씨 집에서 홀렸던 세계로 되돌아가는 듯한 위험을 느끼고 있는 것이다. 이시다 세쓰코가 두려워하고 있던 '빨간 천을 두른 남자'가 이호인이나 자신과 겹쳐지는 것 같은 망상에 견딜 수가 없었다.

이시다 씨 집에서 하숙했던 것은 작년 시월이었다. 동인은 아무데라도 좋으니 마음 편하게 지낼 수 있는 하숙집을 찾고 있었다. 가능하면 바다가 보이는 장소로 가고 싶었다. 가파르지 않은 완만한 바다라면 더욱 좋았다. 시선이 멀리까지 닿을 수 있는 곳이 없을까 하고 찾고 있었다. 동인은 신경이 쉽게 피로해지는 것이다. 무기력해졌기 때문일 것이다. 동인은 쓸데 없는 것은 아무것도 보이지 않았으면 좋겠다는 심정이었다. 바다가 보이는 장소를 찾아가는 것은 학교와 아르바이트 관계로 해서 무리였다. 시내 어딘가에서 바다 같은 하숙집을 찾기로 했다. 조용하고 마음 편안해지는 장소. 동인은 부동산을 찾아다니며 수소문한 끝에 드디어 작은 바다 같은 하숙집을 발견했다. 그곳이 바로 이시다 세쓰코의 집이었다. 이층 방에서는 지붕의 기와 너머로 공터가 내려다보였다. 그곳은 색다를 것 없는 평범한 공터에 지나지 않았으나 다닥다닥 집들이 붙어 있는 도심지에서는 그래도 그것이 바다로 보였다.

이시다 세쓰코를 처음 본 것은 뒷문의 초인종을 몇 번이나 누르고 나서였다. 노송나무로 된 현관문은 굳게 잠겨 있었다. 그녀는 스물 두서넛되는 수수한 느낌을 주는 여성이었다. 백자처럼 흰 소극적인 아름다운 선이 어려 있었고 평범한 인상을 받았다. 그녀의 어머니가 몬페차림으로 나타나 동인과 셋방 계약을 하였다. 그때 어머니는 더 이상 하숙생을 받지 않도록 명령하셨다. 동인에게는 오히려 잘된 것이었다.

개조한 것으로 보이는 다다미 네 장짜리 이층 방에 짐을 풀고 나니 자신만의 생활이 시작되었다. 주인집 사람들과도 좀처럼 말을 건네지 않았다. 세쓰코는 어쩌다 복도에서 마주치면 눈을 내리뜨고 몸을 비켜 지나갔다. 낮에는 재봉틀을 밟는 소리가 간간이 들렸다. 어머니는 복도로 면한 자기 방에서 낮은 책상 앞에 앉아 자주 독경을 하고 있었다. 셋방을 계약하던 날 그 방을 살짝 들여다보았다. 머리에 포마드를 바른 근엄한 인상의 중년 남자의 사진들이 걸려 있었다.

동인이 이 집에 오자마자 보았던 것은 이 두 사람이었으나 옆방에는 먼 친척이 세를 들어 살고 있었다. 그러나 막상 그 방 사람은 본 적이 없다. 입주하고 일 개월 정도 지나 세쓰코의 남동생이 지방 대학에서 돌아왔다. 같은 대학생이므로 두서너 번 이야기를 나누었고 그 후에는 보지 못했다. 그는 소심한 듯했고 말 수가 적은 편이었다.

동인은 이 조용한 방이 마음에 들었다. 다만 한 가지 집에 들어올 때 늘 불편한 것이 있었다. 현관문이 이중으로 단단히 잠겨 있어서 벨을 울려 누가 열어 주지 않으면 들어갈 수 없는 것이다. 처음 찾아왔을 때도 밖을 내다보는 작은 창문이 빼꼼히 열리고 상대방을 확인하고 나서야 문을 열어 주는 것이었다. 그 외에 먼지 하나 없이 청결하게 집안이 정돈되어 있어서 어쩐지 친숙해질 수 없었던 점이다. 복도와 계단은 늘 반들거리게 걸레질되어 있었다. 이시다 세쓰코가 정성들여 마른 걸레질을 하기 때문이다. 바느질을 하지 않을 때는 늘 걸레질을 하는 것 같다. 한 번은 동인이 계단에서 미끄러질 뻔한 적이 있었다.

그렇게 지나치게 꼼꼼한 것들이 비정상적이라는 사실을 좀더 빨리 깨달았어야 했는지 모른다. 12월 초순의 어느 추운 밤의 일이었다. 동인은 코트를 어깨에 걸치고 책을 읽고 있었다. 누군가 황급하게 계단을 올라오는 소리가 들렸다. 이윽고 미닫이문 밖에서 "사루무라 씨"라고 부르는 것이다. 문을 열어보니 세쓰코의 얼굴이 파랗게 질려 있었다.

몇 년 만에 찾아온 여자친구를 배웅하려고 현관문을 열어 보니 수상한 남자가 서 있었다고 한다. 별일이 아닌 것 같았다. 소심한 그녀가 지나가는 남자를 보고 그러는 것 같았다. 동인은 이시다 세쓰코의 부탁대로 그녀와 함께 여자친구를 역까지 배웅하러 갔다. 역까지는 열 블록 가량 걸어가야 했다. 공터를 지나 완만한 언덕길을 오르고 인적이 드문 철도의 건널목을 빠져 나가면 주위가 화려한 네온 불빛으로 휘황찬란해진다. 문득 깨닫고 보니 이시다 세쓰코는 여자친구와 동인의 틈에 끼어 걸어가고 있었다. 친구를 배웅한다기보다 그녀가 배웅을 받고 있는 듯한 모습이었다.

여자친구를 배웅하고 나서 두 사람은 왔던 길을 되돌아왔다. 인적 없는 철도의 건널목을 건너자 주위는 다시 어둠이 짙어져왔다. 그럴수록 그녀가 침착성을 잃고 휘청거리며 자갈길을 걷고 있었다. 공터가 가까워지면서 걸음걸이가 자기의 발자취를 다시 찾아서 더듬어 걷고 있는 듯한 느낌이 들었다. 동인은 보다 못해 "괜찮으세요?"라고 말을 건넸다. 그러나 무엇이 괜찮냐고 묻고 있는지 자신도 알 수 없었다.

"사루무라 씨, 손 좀 붙들어 줘요."

이시다 세쓰코는 흥분된 목소리로 부탁했다. 더 이상 한 발자국도 움직일 수 없게 된 것처럼 그 자리에 꼼짝 않고 서 있었다. 동인이 우물쭈물하며 오른팔을 잡으려 하니 그녀는 갑자기 고개를 저으며 자신의 가슴에 굳게 팔짱을 끼었다. 그리고 어둠 속에서 동인에게 의지하고 걸어가면서 입술을 떨며 말했다.

"나, 남자를 정말로 보았어요. 당신은 웃고 계시지만, 아까도 허리에 빨간 띠를 두르고 있었어요. 조금 전까지도 그랬어요. 그러니 나는 사람들 틈에서도 그 남자를 곧 찾아낼 수 있어요. 그 사람이 나에게 무슨 짓을 하려는 건지 모르겠어요."

동인은 이시다 세쓰코의 얼굴을 곁눈질로 훔쳐봤다. 빨간 띠를 허리에 두른 남자라는 표현이 이상하게 느껴졌다. 그녀는 멀리서 쓸쓸하게 내리비치는 가로등 갓을 바라보면서 걷고 있었다. 일직선으로 바라보는 눈빛과 비틀거리는 걸음걸이가 마치 균형을 잃은 듯했다. 무엇엔가 홀린 것 같았다. 눈가에 남아 있던 웃음이 사라져 가는 것을 느낄 수 있었다. 그녀는 몸이 떨려 오는 것을 참으려는 듯 이야기를 계속했다. 빨래를 널려고 하면 마당의 수풀 속에 그 남자가 숨어 있던 것, 남동생은 어려서부터 카메라 플래시도 무서워하는 겁쟁이라서 아무 도움도 안된다는 것, 어머니는 돌아가신 아버지의 제사를 모시는 일은 잘하시지만 불안한 자기에게는 도움이 되지 않는다는 것이다. 공터에 다다르자 이시다 세쓰코는 호흡이 괴로운 듯이 말했다. "사루무라 씨, 팔 좀 잡아 줘요."

이번에는 가냘프게 간절히 애원하고 있었다. 얼른 팔을 내밀자 그녀의 팔 위쪽이 단단하게 경직되어 있어서 젊은 여자의 팔 같지가 않았다. 동인은 천천히 걸었다. 어둠 속에서 마네킹을 운반하고 있는 듯한 착각이 일었다. 집이 가까워지자 붙들고 있던 팔은 차츰 풀려서 부드럽게 느껴졌다. 집 앞에 다다르자 동인은 끼고 있던 팔에서 손을 뺄 때 시간을 혼동할 것만 같았다. 세쓰코는 휴우하고 한숨을 몰아 쉬었다. 감사의 말을 남기고 이마를 새끼 손가락으로 가볍게 누르면서 먼저 현관으로 들어갔다.

다음날 동인은 넌지시 뜰의 수풀 쪽을 응시했다. 백일홍 나무와 붉은 열매가 열린 남천가지와 여러 가지 분재가 겨울 햇살을 받고 있었다. 수풀을 사이에 둔 건너편에 툇마루가 붙은 이시다 세쓰코의 방이 있고 유리가 검은 빛으로 반사되고 있다. 처마 밑에는 빛 바랜 빨래 너는 막대가 한 개 걸쳐 있었다. 진짜 이 수풀 속에 치한이 숨어 있던 것일까? 동인은 문득 그 속에 들어가 웅크리고 앉아 보고 싶은 충동에 사로잡혀 급하게 그곳을 떠났다.

그런 일이 있은 후, 세쓰코에게는 아무런 변화도 없었다. 여느 때와 마찬가지로 재봉틀을 밟고 복도를 열심히 걸레질하고 복도에서 우연히 마주치면 몸을 비켜 양보한다. 그런 단조로운 나날들이 한동안 계속되었다. 바로 어젯밤 그녀가 무의식중에 입 밖에 낸 것 등은 도저히 믿을 수 없는 언행이었다. 그러나 그것이 꿈이 아니고 현실로 존재했던 사건이라고 생각하게 된 것은 그날 오후 세쓰코가 동인에게 화분을 주었기 때문이다. 겨울 햇살이 고무나무의 잎맥을 윤기 있게 비추고 있는 안뜰에서의 일이었다. "저어—" 하고 세쓰코가 동인을 불러 세웠다. 전기곤로에 올려 놓은 주전자 물을 따라 마시러 나온 때였다.

"이거 드릴게요."세쓰코는 상냥하게 동인을 바라보고 있었다. 동인은 그녀의 옆으로 다가가 말을 건넸다.

"무슨 꽃입니까?"

"앵초(櫻草)라고 해요."

겨울 해를 머금은 백자처럼 얼굴에 아련한 생기를 띠고 있었다.

"아주 강한 꽃이에요. 추위를 잘 견뎌내지요……."

그녀가 작은 화분을 건네 주었을 때, 손가락에 붕대를 감고 있는 것이 눈에 띄었다. 그녀는 동인의 눈길을 느꼈는지 "그만 재봉틀 바늘로……"라고 말하고는 새끼 손가락을 가슴 가까이 들어올렸다가는 곧 뒤로 감추어 버렸다. 동인은 방으로 돌아와 창문을 열고 앵초를 책꽂이 위에 올려 놓았다. 홍차 빛의 꽃잎이 바람에 가볍게 흔들렸다.

그날 일은 동인의 마음을 푸근하게 해 주었다. 그런데 그 다음날부터는 지루한 하루하루가 계속되었다. 섣달 그믐날을 며칠 남겨 놓고 동인은 고향엘 갔다. 한달 가까이 시골에서 빈둥거리다가 도쿄로 돌아왔다. 무심코 창문을 열고 움찔했다. 꽃은 시들어 죽어 있었다. 그 시들은 화분을 대하니 너무나 안타까웠다. 꽃잎도 줄기도 바삭바삭해져서 허연 갈색으로 변하고 갈라진 흙 위로 잔해를 드러내고 있었다. 마지막 수분까지 다 써 버리고 나서 바닥이 오글쪼글한 비단처럼 그런 모습이었다. 문득 세쓰코가 걱정스러웠다. 빨간 띠를 허리에 두른 남자가 다시 나타난 것이나 아닐까?

새해가 찾아와도 그녀에게는 아무런 변화도 없었다. 동생은 다시 지방의 대학으로 내려가고 옆 방의 청년은 언제나 방을 비우고 있고, 어머니는 아침부터 염주를 만지작거리며 불경을 외우고 있다. 모든 것이 그대로였지만 복도와 계단을 청소하는 세쓰코의 태도가 전보다 눈에 띄게 조심스러워졌다. 이층에 틀어 박혀 있으면 재봉틀질 하는 소리가 계속 들린다. 그녀가 또 실수를 해서 자기 손을 재봉틀에 꼬맬 뻔하지는 않을까?

동인은 신경이 점점 예민해지기 시작했다. 조용한 집을 찾아서 하숙했지만 이 집은 잔잔한 바다가 풍랑이 일어 거칠어진 것 같았다. 밤이 되면 고요함을 몸으로 만끽한다. 어둠 속으로 끌려 가는 듯이 느껴질 정도의 고요함이었다. 사람이 그리워진다. 멀리서 간간이 들려오는 전철 소리가 인간세계와 연결되어 있음을 일깨워 준다. 이 집은 동떨어진 세계 같다.

그러던 어느 날 밤, 정적을 깨고 가까이에서 여자의 비명 소리가 들려왔다. 간간이 들리는 비명 소리가 추운 겨울의 창문을 뒤흔들었다. 밖을 살폈다. 어둠만이 흐르고 있을 뿐 더 이상 아무것도 보이지 않았다. 그 무렵부터 동인의 귀에는 밤마다 여자의 비명 소리가 메아리쳤다. 꿈을 꾸면 붉은 띠를 허리에 두른 자신이 어둠 속에 웅크리고 앉아 있었다. 아름다운 여자를 만나기 위해 몇 시간씩이나 공터에 숨어 있는 것이었다. 그 여자는 자기가 앞으로 저지르려고 하는 것을 용서해 줄 것 같다. 그렇다면 숨을 필요가 없기 때문에 용서해 주리라고 믿으려 하는 것일까? 아름다운 여자는 웬일인지 목 위쪽의 모습이 생각나지 않는 것이다. 꼬옥 껴안으려고 하면 갑자기 파도물결에 떠 있는 것처럼 여자의 몸은 하늘하늘 멀어져간다. 섹스는 안타깝게도 만족하지 못한 채 끝나 버리고 '속편'을 기다리게 된다.

눈을 뜨면 좀처럼 다시 잠들기 어렵다. 뜬눈으로 누워 있으면 시간이 너무 빨리 간다고 느낀다. 그럴 때는 처음으로 죽음의 공포에 사로잡혀 있던 그날을 멍하니 떠올려 보기도 했다. 초등학교에 입학하던 해였다. 바닥에 엎드려 책을 읽고 있다가 동인은 갑자기 일어나 앉았다. "나는 언젠가 죽는다"라는 생각이 머리를 스쳤던 것이다. 인간은 언젠가 죽는다. 자신도 그처럼 언젠가는 죽을 것이다. 그것은 피할 수 없는 인간의 약속이다. 동인은 멍청하게 열병 든 사람처럼 되어서 그리고 나서 "죽고 싶지 않아"라고 생각했다. 어째서 자신이 죽는다는 사실을 믿을 수 있단 말인가? 내가 지상에서 영원히 없어져 버린다니.

그때의 공포감은 지금까지도 몸 속에 가라앉아 뿌리 깊이 남아 있다. 어차피 죽음이 피할 수 없는 것이라면 죽는 그날까지 인간답게 살아보고 싶다는 생각이 들 때가 있다. 거짓말만 해온 나 자신이 한심하고 뻔뻔스럽게 느껴졌다. 이 집으로 이사온 후로도 거짓말을 했다. 나는 과연 사루무라 동인인가? 네 이름은 신동인(申東仁) 아닌가?

동인은 몸을 뒤척였다. 남을 속이기는 쉬웠지만 남을 속임으로써 자신이 죽는 것 같은 느낌에 빠지는 것을 막을 수는 없었다. 이 집의 호젓한 분위기가 동인을 점점 무기력하게 하는 것 같다. 이 집에서 떠나야 하지 않을까? 어디로 가면 좋을지 목적지는 없지만, 일단 나가보자…….

그런 생각을 하고 있으면 관자놀이가 귀쪽으로 당겨지는 듯 정신이 더욱 또렷해진다. 여간해서 다시 잠이 오지 않는다.

봄이 되니 세쓰코는 분위기가 좀 바뀌어 여성스러워졌다. 그 동안은 복도에서 마주치면 조심스럽게 몸을 비켜 동인이 지나가기를 기다리고 있곤 했다. 요즈음은 서로 맞부딪혀도 전혀 개의치 않고 몸이 닿을 정도로 가까이 지나가는 것이다. 날씨가 따뜻해지면서 그런 그녀의 태도는 더욱 노골적이 되었다. 그녀는 마치 체온계처럼 계절의 변화에 대해 민감하게 몸으로 반응을 나타내고 있음을 알 수 있었다. 백자같이 흰 얼굴에 겨울 동안 가득했던 빛이 일제히 혈색을 더해가는 것을 그녀 자신도 느끼고 있는 것 같았다. 그녀의 시선은 들뜨기 시작하고 복도에서 스쳐 지나갈 때는 여자의 그윽한 냄새마저 풍겼다. 재봉틀을 밟는 소리도 리드미컬하고 복도에서 걸레질하는 태도도 묘하게 관능적이었다.

동인은 어느 날 방세를 내러 세쓰코 어머니의 방에 갔다. 어머니가 마침 부재중이어서 세쓰코가 받아 두었다. 용건을 마치고 나오려고 하니 세쓰코는 머뭇거리는 시선으로 동인을 바라보고 있었다. 동인은 밖으로 향하던 발길을 거두고 서로 마주보며 앉았다. 호리호리한 몸을 뚫어지게 보고 있으니 세쓰코의 몸이 가늘게 떨고 있었다. 시선이 부딪히자 들뜬 듯한 시선이 자신을 내던지듯이 순식간에 난폭해졌다. 갑자기, 세쓰코의 건강이 조금도 나아진 것 같지 않다고 느꼈다. 그 열어 젖혀진 듯한 그녀의 눈이 건강이 더 악화된 것 같은 조짐으로 보인다. 그녀는 평소의 두려움으로 마비되어 이제 와서는 오히려 남에게 당하기를 바라고 있는 것이다. 동인은 재빨리 눈길을 돌려 일어났다.

몇 개월이 흘렀다. 여름 햇살이 따갑게 느껴지던 어느 날, 동인은 이시다 하숙집을 나왔다. 동떨어진 세계로부터 빠져나가는 계기를 잡은 것이다. 자기 혼자서 이곳을 빠져 나가는 듯한 기분이 들었다. 하지만 어차피 어쩔 수 없는 기분이었다. 이시다 세쓰코는 그런 생이별이 아무렇지도 않은 듯 내가 이삿짐을 나르는 것을 담담하게 지켜보고 있었다.

8

영일이의 태도가 이상해졌다.

이제는 동인이 기다리는 쪽으로 입장이 바뀌었다. 영일이는 학교에서 돌아오면 그 길로 밖에 나가서 공부할 시간이 되어도 여간해서 돌아오지 않았다. 이번에는 영일이가 보복을 하는 것일까? 동인은 불과 4, 5일 전까지 그런 영일이를 그대로 못본 체했다.

"무슨 일일까요?"

아주머니가 걱정스럽게 말했다. 언젠가 동인에게 말한 것과 똑같은 이야기였다. 두 사람은 모두 그 원인을 잘 알고 있었다. 동인이 영일을 무책임하게 내버려두었기 때문이라는 것이다. 영일이로서는 공부를 하느냐 안하느냐의 문제보다는 자기가 무시당하고 있다는 것에 화가 나 있었다. "선생님은 너무하세요"라고 아주머니에게 말했다. 변명의 여지가 없다고 생각한다.

그야말로 말도 안되는 가정교사이기 때문이다. 영일이는 적어도 말로는 틀림없이 "훌륭한 가정교사예요"라고 할 것이다. 그 애는 말로 나타내지 않고 태도로서 동인을 거부하고 있었다. 사실, 그 말에는 가시가 있었다. 저녁 늦게 집에 돌아와 허겁지겁 밥을 먹었다. 아주머니가 밥을 차려 주려고 하면 "괜찮아요, 제가 하지요"라고 일부러 동인에게 잘 들리도록 말했다.

어젯밤도 8시경에 돌아온 영일에게 말을 걸으니 영일은 일부러 어처구니 없다는 듯이 대답했다.

"네?, 공부요, 공부하자구요?"

동인은 쓴 웃음을 지었다.

"응, 그래."

"괜찮아요, 선생님 괜찮으시겠어요?"

"왜?"

"저 혹시 오늘밤에 다른 일 있으신 거 잊어버리지 않았어요?"

"아니, 됐어."

동인은 얼굴을 찌푸렸다. 영일이의 빈정거림이 못마땅한 것이다.

"어이구, 비가 오잖아요."

영일이 일부러 그렇게 말했으나 동인은 끈질기게 재촉하였다.

"어쨌든, 공부 좀 하자."

영일은 마지못해 가방을 가져온다. 그런 것을 보면 공부할 생각은 있는 것이다. 하여튼 공부를 거절하는 것이 아니라 동인을 거부하려고 하는 것이다. 서먹서먹해하는 태도를 보아 알 수 있다. 오늘밤에도 영일은 늦도록 돌아오지 않고 있다.

"설마 별일은 없겠지요. 하지만 불량한 아이들과 어울리는 것은 아닐까 해서……."

도시에가 그렇게 말했다. 다행히 동인이 예전처럼 다시 착실해져 달라졌다고 생각했었는데 이번에는 대신 영일의 태도가 이상하게 달라졌다. 동인에 대해 반항하는 태도에는 실은 영일이로서는 그리움이 깃들어 있었던 것이다. 하지만 도시에는 영일이가 거의 매일밤 놀러나가는 것이 걱정되어 어딘지 모르게 걱정스러웠다.

"그런 아이는 아니겠지요……."

동인은 잠시 생각하고 나서 아주머니를 쳐다보았다.

"하지만 만일을 위해서 한 번 영일이와 이야기 해보지 그래요."

"……그러지요, 한 번."

그러나 도대체 영일에게 어떤 식으로 이야기를 해야 좋을지 감이 잡히지 않았다. 무시해 온 것이 아니라 피해 온 것이다. 동인은 어떻게 해야 영일이와 적당한 거리를 유지할 수 있는지 고민스러웠다. 영일과 자기 자신과는 그 생활의 범위가 너무 달랐다. 피차 일정의 간격을 유지하고 싶다고 생각하고 있었다. 너무 가까우면 자신의 내부의 세계가 영일이를 잠기게 하는 것 같다. 그것이 두려웠지만 오히려 그 거리가 멀어서 그 애를 잡을 수 없게 되어 버렸다. 일정의 간격이란 무엇일까? 동인은 가정교사로서의 권위와 체면을 지키기 위한 방패로 삼는 자신을 깨달았다. 영일은 민감하게 그것을 알아채고 있는 게 아닐까? 그렇게 되면 자기에 대해서 소홀한 가정교사의 태도를 달갑지 않게 생각하는 것은 당연하다. 동인은 영일에게 이런 것들을 이야기해야 겠다는 생각이 들었다. 하지만 어떻게 이야기를 해야 좋을지 망설여지는 것이다. 격리된 세계로부터 힘들게나마 빠져 나와 자신을 가누게 된 것은 다행스러운 일이나 그렇다고 그런 이야기를 할 수는 없다. 가능하다면 영일이가 그런 자신의 갈등 같은 것에 대해 모르는 편이 오히려 좋을 것 같다.

이시다 세쓰코를 찾아간 것은 개운치 못한 기분이 남아 있었기 때문이었다. 이호인을 피하려고 했듯이 그녀를 무시해 버리는 것도 비열하다고 생각되었다. 아니 더 이상 무시할 수 없게 되어 하는 수 없이 찾아온 것인지 모르겠다. 아니면 격리된 인간에 지나지 않는 자신이 그녀를 피하려고 하는 것은 우스꽝스런 일이기 때문일까?

5개월 만에 이시다 씨 집을 찾아가 바라보는 동인의 마음은 착잡했다. 반년 가까이 한지붕 밑에서 살았고 검소하게 지내는 세쓰코에 대한 서글픈 기분과 화분을 줄 때의 당당하던 모습이 교차되어 떠올랐다.

겨울 햇살을 받아 회색 빛을 띄운 기와지붕 위에 비둘기 두서너 마리가 앉아 있었다. 가슴을 펴고 조금씩 처마끝으로 옮겨 가면서 꼬리를 움직이고 있었다. 아침의 햇볕이 잘드는 작은 방 창문의 유리는 얼어서 검은 색이 되고 오래 전에 끊어진 새끼줄이 처마밑으로 흘러내려 바람에 흔들리고 있었다. 떠날 때 창가에 올려 놓고 온 화분은 이미 보이지 않았다. 그런데 그 방에 아무도 살고 있는 것 같은 흔적이 없어서 동인을 까닭 없이 기뻤다.

동인은 나무울타리 밖에서 머뭇거렸다. 편지를 받은 지 2개월 가량 지났다. 동인은 나뭇가지에 붙어 있는 잎사귀를 만지며 사색에 잠겼다. 괜히 찾아왔다는 생각이 들었다. 먼지가 낀 회양목 잎사귀에 거미줄이 늘어져 있었다. 집게 손가락으로 몇 번이고 먼지를 쓸어내고 손으로 나무울타리의 문을 살며시 밀었다. 안쪽 현관문은 여느 때처럼 잠겨 있었다. 벨을 누르자 인기척이 들렸다.

이윽고 현관문이 열리며 안에서 세쓰코가 나왔다. 분홍빛 가디건 차림의 그녀가 동인을 알아보고, "어머"라고 말하며 반겼다. 그녀는 재빨리 현관 마루에 슬리퍼를 가지런히 내어놓으면서 "오실 줄 몰랐어요"라고 반갑게 말했다. 동인은 신발을 벗으면서 이상한 기분이 들기 시작했다. 현관문에 열쇠가 떨어져 나가고 없었다. 세쓰코는 왠지 다른 사람으로 보였다. 몸의 움직임과 표정에도 이 집을 떠날 무렵의 불안한 태도와 상기된 시선은 이제 사라져 버렸다. 그러고 보니 붉은 색을 그다지 좋아하지 않던 그녀가 분홍빛 가디건을 입고 있는 것도 어쩐지 이상했다.

세쓰코는 동인을 기꺼이 자기 방으로 안내했다. 이시다 씨 집에서 하숙하고 있을 때엔 한 번도 들어가 본 적이 없는 방이었다. 레이스로 장식한 작은 옷장 위에는 일본 인형과 나무 인형이 보였고, 그 옆에 레이스 덮개를 씌운 재봉틀이 놓여 있었다.

동인이 응큼한 생각을 품기에 좋은 분위기였다. 세쓰코는 차를 준비해 가지고 나와 얌전히 내놓으며 무릎꿇고 앉아 스커트를 단정하게 집어 넣고 앉았다. 젊은 여성다운 태도와 매력적인 어깨 선에 반해서 동인은 더욱 긴장되었다.

"다시는 만나뵙지 못하는 줄 알았어요."

세쓰코의 목소리는 차분했다. 그녀의 얼굴을 올려다보니

하도 밝아서 표정이 없는 것처럼 생각되었다. 이 여자가 전에도 백자처럼 생기 없는 얼굴을 하고 있었던 바로 그 사람인가? 백자는 보면 볼수록 그윽한 아름다움이 풍기지만 그녀의 밝은 모습은 범랑질의 단단한 아름다움을 느끼게 했다. 화장기 있는 얼굴이 매끄럽고 이마에는 여드름이 조금 있다.

"한 번 꼭 만나뵙고 싶어서 편지를 드렸어요. 감사하다고 말씀드리고 싶어서요."

"감사를?"

동인은 의아해서 되물었다.

"네에."

라고 세쓰코는 중얼거리며 눈을 깜박였다. 다른 얼굴이었다. 지금까지는 저렇게 눈을 깜박거리지 않았었다. "어떻게 말해야 좋을까?"세쓰코는 잠시 고개를 숙인 채 있더니 이윽고 얼굴을 들어 천천히 그 당시의 일을 이야기하기 시작했다. 동인이 이사가 한 달 정도 지난 후 이층 옆방에 살던 먼 친척뻘 되는 청년이 경찰에 검거되었던 일, 그가 이 구역에 나타났다가 사라졌다가 하는 치한이었고, 허리에 빨간 띠를 두른 바로 그 남자였다는 것이었다. 동인은 그 여자를 빤히 쳐다보았다. 옆방에 살고 있던 그 청년이 치한이었다는 게 무슨 소리일까? 동인은 한 번도 그 남자를 본 적이 없었다. 그는 언제나 밤이 이슥해져 돌아와서는 바스락거리는 소리를 내는 것을 몇 번 들은 적은 있으나 아침이 되면 어디론지 일찌감치 나가기 때문에 결국 한 번도 얼굴을 마주친 적이 없다. 그러나 물을 데우려고 하는지 옆방에서 전기곤로 꼽는 소리가 들렸고 그 소리에 기묘한 친근감을 느끼기도 했다.

그 남자가 이 근처뿐만 아니라 세쓰코까지 노리고 있었다는 것은 더구나 믿을 수 없었다. 먼 친척이라곤 해도 친척이 되는 사람이 그럴 수가…….

세쓰코의 시선에는 어두운 그늘이 없었다. 동인은 실망스러웠다. 그렇다. 그녀는 정기 넘치는 인간인 것이다. 홀려 있던 때에 들은 얘기였다면 글쎄 모르겠지만 그녀는 제정신이었다. 지금 세쓰코가 실제로 일어나지도 않았던 이야기를 할 리가 있겠나? 그녀가 지금 이야기하고 있는 것은 모두 사실이었다. 동인은 갑자기 복받쳐 오는 울음을 터트릴 것 같다. 현실이 너무도 기가 막혀 허무하기만 하다. 그것은 꿈도 없고 처참한 기분까지 들었다. 동인은 고개를 떨구었다. 그 당시 자신은 외부세계와는 단절되어 있기를 원했다. 세상일에 대해서는 전혀 눈을 돌리지 않았다. 신문조차 읽지 않았다. 다만 동인이 관심을 가지고 있었던 것은 이 집에서 일어난 사건들 뿐이었다. 그래서 이 근처의 치한이 함부로 날뛰고 있다 해도 그것은 홀린 세계로부터 바라보는 것으로밖에 받아들여지지 않았고, 어지간히 거리감이 있었던 것이다.

세쓰코가 우울한 목소리로 말하기 시작했다.

"그 사람은 불행한 사람입니다. 나는 혹시 저 사람이 아닐까 하고 늘 생각했었지요"

동인은 얼굴을 들어 손으로 지적했다. 어떤 사정이 있는지 모르지만 듣고 싶지 않았다. 불행한 사람이라고 한다면 모두가 그런 것은 아닐까? 그 청년과 등을 맞대고 살았고 불면증에 시달리고 있었던 자기도 그렇고, 홀린 상태에서부터 벗어나 제정신이 들어 당시의 일을 회고해 보는 세쓰코도 마찬가지 일것이다. 그녀는 이제부터는 행복해지고 싶겠지. 동인은 그게 좋겠다고 생각했다. 그런데 솔직히 동인에게는 축복해 줄 수 없는 마음속의 응어리가 있었다. 왠지 모르게 자기에게도 설명할 수 없는 개운치 못한 기분과 엷은 비애가 교차되고 있었다. 그제서야 동인은 자기가 이곳을 찾아온 이유가 확실해지는 것을 느꼈다. 세쓰코를 원하고 있었던 것이다. 홀린 사람끼리의 위로하는 감정일지도 모르지만 세쓰코를 피할 수 없을 것같이 생각되었다. 그러나 신들린 그녀의 얼굴은 이상하게 하얀 느낌이 들었다. 자신의 삐뚤어진 마음 때문일까. 동인은 혼자 남게 된 것 같은 기분에 빠져들었다. 두 사람은 한동안 침묵을 지키고 있었다. 침묵은 두 사람이 전혀 남일 수밖에 없는 시간을 느끼게 했다.

"돌아가시려구요?"

세쓰코가 놀란 듯이 동인을 올려봤다.

"네."

동인은 자신을 뿌리치듯이 일어섰다. 그러나 미련이 남아서

"방을 한 번 보고 가도 좋습니까?"

라고 물었다.

"네, 그러세요."

이시다 세쓰코는 수줍어하지도 않고 대답했다. 대답이 너무 분명해서 자극을 받았다. 층계를 올라가면서 세쓰코의 어머니에 대해 물어보았다. 종교관계의 모임에 출석하려고 외출하신 것 같았다. 한 계단 올라가면서 동인은 괴로워하고 있었다. 한참 홀린 상태의 그녀는 그런 사실을 잊고 만 것이

아닐까. 그만 돌아가겠다고 말해도 붙들지는 않는 세쓰코에 대해 동인은 화가 치밀었다. 옆방은 나무문이 비스듬히 기울어진 채 자물쇠가 채워져 있었다. 그것을 보니 못마땅했다. 과거를 인멸해 버리는 것 같은 생각이 들었다. 썰렁한 네 장 반의 다다미 방에 다시 돌아와 보니 매일매일 화분에 물을 주며 지내던 때가 그리워졌다. 창가에 서서, 이전에 화분을 올려 놓았던 창문의 받침대를 보고는 저쪽 멀리 바다를 바라다보았다. 바다는 바닥이 바싹 말라 버려 도심지의 공터로 변해 버린 것같이 보인다.

이시다 세쓰코가 옆으로 다가와 창 밖의 경치를 바라보았다. 그녀의 시선은 평온하고 거리낌이 없었다. 동인은 여자에게 당한 것 같은 기분이 들었다. 창 밖의 공터를 내려다보고 있던 그에게 세쓰코의 오른팔의 감촉이 감미롭게 전해져 왔다. 그리고는 부드러운 피부가 스치는 감촉에 버티고 있던 두 팔을 비키기가 싫어졌다. 언젠가 서로 팔이 닿을 뻔하던 그때와 같은 위치였다. 동인은 그녀의 나긋나긋하게 숨쉬고 있는 가슴을 꼭 껴안고 싶어졌다. 꿈속에서는 아름다운 여인은 번번이 흔적도 없이 사라져 버리고 다시 '속편'을 기다리지 않으면 안된다. 그 순간에는 자기 주위에 남아 있는 것은 선녀의 날개옷밖에 없다. 하지만 지금은 포옹하려고 하면 절대로 사라져 버리지 않을 생생한 현실의 여인이 옆에 있는 것이다.

이시다 세쓰코는 갑자기 겁먹은 듯이 동인을 돌아다보았다. 양미간을 찡그리고 허리에 붉은 띠를 두른 남자를 바라보는 눈길이었다. 그리고 순간적으로 그때의 홀린 듯한 눈으로 변했다. 동인은 그녀의 눈이 깜빡이기를 기다렸다. 지난날 그녀의 동인에 대한 연민의 감정이 다시 살아나기를 기다리고 있었다. 그녀는 임신한 여자들이 흔히 그렇듯이 눈빛이 그윽해졌다. 팔을 벌리니 잡아당기듯 동인의 가슴에 안겼다. 깊이 빠져들어 감미롭게 취해 있던 그녀가 어색한 듯 몸을 움츠렸다. 정신을 차린 듯이 멈칫했다.

"안돼요. 한국 사람하고는 어울릴 수 없어요."

동인은 갑자기 그녀의 가슴을 밀쳤다. 방금 뭐라고 했지? 잘못 들은 것은 아닐까? 아니야, 분명히 '한국 사람'이라고 말했어.

동인은 반짝거리는 눈빛으로 세쓰코를 쳐다보았다. 그녀는 일그러진 얼굴로 등을 돌리고 일어나 스커트 자락을 바로 잡았다.

두 사람은 거리를 두고 웅크리고 앉아 있었다. 참모습을 알 수 없는 상대를 경계하면서 서로를 살피고 있음이 느껴졌다. 같은 인간이라고 하기보다 두 사람은 갑자기 하나의 우리에 갇힌 짐승처럼 서로 신경을 곤두세우고 있었다.

"누가 그랬어요?"

동인은 무겁게 가라앉은 음성으로 물었다.

"어머니한테서요. 당신이 우리 집에 들어오기 전에 어머니가 조사해 보셨나 봐요."

"그때부터 다 알고 있었군요."

"제가 편지를 띄웠을 무렵일 거예요."

"그러면서 내게 편지를 보낸 이유는?"

"감사드리고 싶었어요. 그때의 일을."

"감사의 말을 하는 것과 내가 한국인이란 사실은 별개의 다른 문제란 말이군."

"저는 늘 댁에게 감사하고 있어요. 하지만……."

"하지만 뭐지? 그것은……."

세쓰코는 힘없이 동인을 쳐다보았다. 그러고 나서 조금 괴로운 듯 눈빛이 흔들렸지만 빠른 말투로 말을 이었다.

"동인 씨는 한국인이에요. 당신들을 이해할 수 없어요."

"이해할 수 없다니 그건 내가 하고 싶은 말이에요."

동인은 신음하듯이 세쓰코에게 다그쳤다. 두 사람은 싸늘하게 식은 미움을 감추고서 작은 다다미 방안에 웅크리고 있었다. 무엇엔가 홀려서 미움 따위는 존재하지 않았던 때가 더 정상이었던 듯 생각되었다. 서로 닮은 인간끼리 서로 격려해 주곤 했었다. 하지만 제정신으로 돌아온 세쓰코는 한국인에 대한 막연한 증오감을 가지고 있었다. 그것이 제정신으로 돌아온 대가이기라도 한 듯이 말이다.

세쓰코에 대해 연민의 마음이 솟았다. 그녀는 아직 완전한 제정신으로 돌아오지 않았다. 그녀가 그것을 모르고 있는 것이 우스웠다. 현실에서의 미워하는 마음이 참을 수 없게 느껴졌다. 꿈을 잃어가는 것 같았다. 유인원으로부터 진화해 온 인간이 최초로 꾸었던 꿈은 어떤 것이었을까? 그것이 어떤 꿈이었든 인간적인 것이었음에 틀림없다. 하지만, 자신들은 유인원과 같이 웅크리고 서로를 미워하고 있음을 느낀 것이다…….

이시다 세쓰코의 집을 나온 그날로부터 동인은 다시 잘해 보려고 생각했다. 세쓰코는 현실의 빈곤함을 아직 깨닫지 못하고 있다. 하지만 그런 것은 상관이 없다고 생각했다.

영일에 대한 마음은 다시 예전처럼 한결같아졌다. 자신이 무책임했다. 어떤 식으로든 서로 대화를 나누지 않으면 안되었다.

아주머니가 영일의 문제를 상의해 왔던 다음날, 그런 마음이 분명해졌다. 아주머니가 어디서 영일이에 대한 소문을 듣고 왔다. 자주 놀러가던 동네 부인에게서 그런 이야기를 듣고, 놀라서 돌아온 것이다. 영일이가 동네의 불량 소녀와 사귀고 있다는 소문이었다. 아주머니는 그냥 놓아 두어서는 안 되겠다고 나무랐다.

동인은 저녁 녘에 영일을 기다리고 있었다. 동인은 영일이 아버지를 떠올렸다. 단 한 번 만났을 뿐이었다. 그 단 한 번의 대면에서 자기 아들을 동인에게 맡겨 주었다. 그는 나를 그다지 탐탁해 하지는 않았다. 그러면서도 영일이를 기꺼이 맡겨 주었던 것은 동포끼리의 아버지다운 배려가 있었던 때문일 것이다. 지금의 동인은 난폭해 보이면서도 단호하게 배려를 아끼지 않으신 영일이의 아버지나 어머니의 신뢰에 보답하고 있다고는 말할 수 없었다.

영일이는 저녁때가 되어도 돌아오지 않았다. 동인은 아주머니에게 말을 해두고 동네 찻집을 이곳저곳 둘러보았다. 이호인과 만나 이야기를 나눴던 찻집에 가 보았지만 거기에도 영일의 모습은 눈에 띄지 않았다. 그때, 문득 이 찻집에서 보았던 불량끼 있는 소녀가 생각났다. 쥬크박스에서 흑인영가를 듣고 있었기 때문에 인상에 남았었다.

동인은 하숙으로 돌아와 영일의 책상에 말없이 앉아 있었다. 책꽂이에 수학, 물리, 사회 등의 참고서가 꽂혀 있었다. 진학준비에 가장 중요한 시기였다. 이제 한 달이 지나면 새해를 맞이한다. 공부를 하지 않으면 남에게 뒤떨어진다는 사실을 그 애는 너무나 잘 알고 있는 터였다. 멍하니 앉아 지구의를 돌려 보고 있을 때, 아주머니가 저녁식사가 준비되었다고 알려 주셨다. "나중에 먹겠습니다"라고 거절하고 다시 밖으로 나가 보았다. 언젠가 소년이 했던 말이 마음에 걸렸다. 한국 고등학교의 기장이 일본의 불량학생들 사이에서 천 엔에 팔리고 있다고 의기양양하게 말한 적이 있었다. 영일이가 그런 하찮은 소문에 끌리고 있는 것은 확실했다. 학교에서는 모범생 타입은 아니고 어느쪽인가 하면, 역시 악동류에 속하는 학생일 것이다. 하지만, 동인은 영일이가 꽤 생각이 깊은 편이라는 것을 알고 있었다.

학교에 갈 때나 길을 걸을 때 영일이는 똑바로 걸었다. 학생모를 깊숙이 눌러 쓰고 바람이 일 정도로 정확한 걸음걸이로 걷는 소년이 아주 믿음직스러웠다. 그렇다고 해도 이렇게 느긋하게 있을 때가 아니었다. 똑바로 걷는다는 것은 어려운 일이다. 자신은 앞으로 바로 걷는다고 걸어도 뒤돌아보면 길이 구부러져 있기 마련이기 때문이다.

동인은 큰길로 나오자 조금 전과는 방향을 바꾸어 공원 쪽을 향해 가보았다. 희미하게 아지랭이가 피어있던 탓인지 몸통만이 움직여 걸어 가고 있는 듯했다. 공원은 인기척이 없었다. 수책(급한 물의 흐름을 막기 위해 말뚝을 줄지어 박고 대쪽으로 얽어 놓은 장치)을 넘어서 안으로 들어가니 전에 종종 소년과 캐치볼을 했었던 기억이 났다. 서로를 생각하는 마음이 없어지고 난 후로는 소년도 야구를 하자는 말조차 하지 않게 되었다. 휘청거리며 공원을 지나 이웃에 있는 음악당 쪽으로 나갔다. 사찰의 구내를 가로질러 나가려고 사찰의 바로 옆까지 다가갔다. 뼛속까지 스며드는 찬공기를 가르고 신음 소리가 들려왔다. 동인은 재빨리 발소리를 죽였다. 달빛이 경내의 관음보살을 모신 법당문과 복전함을 새하얗게 내리비추는 쪽에서 인기척이 났다. 동인은 석등의 그림자에 살며시 몸을 숨겼다.

"그런데 말이야, 나는 네가 틀림없이 고등학생인 줄 알았어. 체격이 워낙 크잖아."

"나, 그러니까 중학교 3학년이라고 했잖아."

"그래 들었지. 하지만 나는 나이 같은 건 별로 신경쓰지 않았어. 네가 워낙 남자다워서 말이야."

"난 칭찬을 받으면 화가 나는데."

"그게 좋아, 나도 능글맞은 남자는 싫거든. 특히 어른들은 순수하지가 못해서 금방 그렇게 되고."

"뭐라고, 그런 생각이라니……."

"아니, 아무것도 아니야. 어쨌든 어른들은 싫어. 이 동네 어른들은 말만 많고 아무것도 모르는 주제에 나보고 정숙하지 못하다구. 어휴, 그 할망구들—."

소녀는 거기서 말을 서둘러 그만두고 "미안해"라고 부드럽게 사과했다.

"나보고 입이 거친 여자라고 생각하겠지?"

"아니야."

"괜히 우울해."

"여기 춥지?"

"그래서 아까부터 찻집으로 가자고 했잖아. 거기 나 잘 아는 집이거든."

"싫어, 가고 싶으면 너나 가."

"싫어, 같이 갈 거 아니라면……."

"언제 다음 번에 재즈 들으러 신주쿠에 가지 않을래? 나 멋진 음악을 들을 수 있는 집을 알고 있거든."

"그런 건 부르주아적이야. 사람을 타락하게 하지. 너도 조심해."

"아니, 몰라. 어쨌든 너도 주의해"

"말도 안돼. 누구지? 네 선생이란 사람이 그렇게 가르쳐 주었니? 너 조심해."

"우리 선생님에 대해 그런 식으로 말하지 마"

"……화해했어?"

"……아니, 아직."

"그래 단단히 혼 좀 내."

"……함부로 이래라, 저래라, 나한테 그러지 마……그래, 나 공부해야 돼. 이제 그만 가 봐야겠어."

"일본 학교는 정말 시시하단 말이야. 너 이제 한국 학교가 싫어졌니?"

"아니, 그럴 리가, 좋아. 하지만—나 할 일이 있어서 이제 집에 갈래. 너도 집에 가라."

"아이, 싫어." 소녀는 애가 타는 듯 한숨을 쉬었다. 하지만 하는 수 없이 영일을 따라 일어섰다.

"내년 봄까지 만나지 않을 거야."

"그런 말 하지 마."

"하지만, 할 수 없어."

"너무 해."

"뭐가 어때서."

"그래도……"

두 사람의 말소리가 점점 멀어져 갔다. 동인은 석등 뒤에서 고개를 내밀었다. 두 사람이 가 버리고 없는 그곳을 동인은 하염없이 바라보고 있다가 정신을 차리고 그곳을 떠났다. 서둘러서 하숙집으로 돌아오니 영일은 아직도 돌아오지 않았다. 그 여고생이 아무래도 영일이를 붙잡는 것 같다. 아주머니가 흘끔흘끔 동인을 쳐다보며 "왜 웃으세요?"라고 물었다.

"아니요. 그냥."

동인은 당황해서 고개를 저었다. 하지만, 아주머니에게 미안해서 얼었던 손을 계속 비비면서 말했다.

"아주머니, 영일이는 괜찮아요. 걱정할 것 없어요."

"그래요?" 아주머니는 한층 더 이상하게 생각하는 듯했다.

영일이가 하숙집으로 돌아온 것은 그 후 5분쯤 지나서였다. 코끝이 새빨갛게 얼어서 돌아온 영일이는 "다녀왔습니다"라고 아주머니에게 말하고 책상 위에 가방을 내려 놓았다. 얼굴과 손이 창백했다. 소년은 아무일도 없었다는 듯이 행동했다. 동인은 시치미를 떼고 영일에게 말을 건넸다.

"같이 밥 먹고 나서 목욕 갈까?"

9

앞으로 4, 5일만 지나면 연말이다. 영일은 그날 아침부터 안절부절못하고 있었다. 반년 만에 집에 가는 것이니 무리도 아니었다. 영일이가 기분이 좋다는 것은 시로를 대하는 태도에 잘 나타나 있다. 여느 때와는 달리 고양이를 대하는 태도에 여유가 있었다.

영일은 언제나 시로에게는 슬픈 존재였다. 시로는 하루 종일 웅크린 채 귤상자 안에서 고개만 쳐들고 아주머니를 부르곤 했다. 그럴 때면 아주머니가 서둘러서 고양이 옆으로 다가가서 말없이 시로를 안아 올려 방바닥 위에 놓아 준다. 아주머니는 시로가 좀 걷고 싶어하는 것을 아는 것 같다. 시로는 비틀거리며 몇 발자국을 걸어가다가 쓰러지고 만다. 그 순간을 가만히 지켜보던 소년은 즉각 "스트라이크!"라고 외치는 것이다. 그런데 오늘은 평소와는 달리 귤상자 앞에 웅크리고 앉아 시로의 목을 쓰다듬어 주는 정도였다.

도시에가 영일이의 그런 모습을 보며 놀렸다. "평소에도 그렇게 해 주면 얼마나 고마울까?"

동인은 외투를 입고 아주머니에게 외출하겠다고 인사를 했다. 영일이의 고향집에 함께 가는 것이었다. 가서 소년의 부모님과 상의할 일도 있었다.

"떠날까요?"

영일은 가볍게 일어나 신바람이 난 목소리로 소리를 높였다. 아주머니가 "좋겠구나"라고 말을 건넸다.

도시에는 현관 앞까지 두 사람을 배웅했다. 영일은 동인을 쳐다보며 가벼운 발걸음으로 걸어가며 말했다. 길모퉁이에 다다르자 이쪽을 돌아보고 힘차게 학생모를 흔들어 보였다. 두 사람의 모습이 사라지자 도시에는 집안으로 들어갔다. 시로가 주인을 보고 슬프게 울었다. 영일이가 목을 쓰다듬어 주어 마침 기분이 좋아졌는데 그만 가 버린 것이다. 도시에는 시로의 머리를 쓰다듬어 주고, 사뿐히 몸을 안아 방바닥 위에 올려 놓아 주었다.

두 사람은 아라이야쿠지 역에서 전차를 타고 다카다노바바(高田馬場)에서 갈아타고 고탄다행 국철 전차 안에 앉아 있었다. 소년은 자기 집을 향해 달리는 전차의 창 밖을 하염없이 바라보고 있었다.

동인의 마음은 미묘하게 동요되고 있었다. 반년 만에 영일이를 데리고 T마을에 있는 소년의 집을 찾아가게 되어 한편으로는 기쁘기도 했다. 비록 반 년이라는 짧은 기간이었으나 그 나름대로의 우여곡절이 있었던 것이다. 11월이 제일 어려웠던 것 같다. 공중목욕탕에서 오래간만에 영일이와 함께 목욕하며 서로 등을 씻어 주던 때, 동인은 그때도 안심이 되었다. 그날 밤, 동인이 함께 목욕탕에 가자고 말하니 "혼자 가세요"라고 쌀쌀맞게 대답했다. 그래도 동인은 영일이의 말에 지지 않았다. 쓸데없이 고집을 부리는 것이 이제는 수그러질 때가 되었다고 느껴졌기 때문이다.

"너 함께 가서 등 좀 밀어 줄래?"라고 동인은 말했다.

"몸을 깨끗이 하고 상쾌해지고 싶어. 영일이 너도 그렇지 않니?"

영일은 동인의 부탁을 더 이상 거절할 수 없다고 생각했는지 마지못해 따라왔다. 영일은 속셈이 있었던 것이다. 그 한밤중의 소녀가 "따끔한 맛을 보여 줘"라고 했던 그 말이 목욕을 하면서도 내내 통렬하게 떠올랐다. 영일은 때미는 돌을 수건 안에 넣어 힘껏 등을 밀었다. 금방 수건 자국이 난 등에 사정없이 뜨거운 물을 퍼부었다. 펄쩍 뛸 정도로 아팠다. 이번에는 동인의 차례였다. 영일이는 복수를 당할 거란 느낌이 들었는지 당황하며 "살살해 주세요"라고 부탁했다.

동인은 차근차근 등을 밀어 주었다. 목욕탕에서 나와서 동인은 오랫동안 무책임했었다며 사과했다. 동인이 사과하는 것을 보고 영일이는 무척 당황해 하는 눈치였다.

그때부터 두 사람 사이는 옛날로 돌아갔다. 영일은 다시 공부를 시작했다. 모르는 것은 질문을 하고 시험에 대해서 의욕적이 되었다. 그런 영일이의 태도에 일단 안심이 되었다. 그러나 동인은 한편으로는 진학문제로 영일이 부모들에 대해 의문을 품기 시작했다. 전에도 잠깐 느낀 적이 있었지만 '왜 하필 일본 고등학교로 진학시키려 하는 것일까'라는 의문이 생기는 것이었다.

T역에 내리니 날이 어둑어둑해졌다. 개찰구를 나오며 영일은 뒤를 돌아보며 기뻐하며 말했다. "도착했군요" 동인이 끄덕이자 영일이는 장난스럽게 덧붙였다.

"가석방으로 풀려나온 것 같아요. 형사까지 따라붙어서 말이예요."

연말 대바겐세일로 온통 활기가 넘치는 상점가를 지나 한참 동안 국도를 걸어서 두 사람은 마침내 영일이네 집에 닿았다. 공장에는 기계 돌아가는 소리가 나고 선반소리가 울리고 그리고 천둥 소리가 났다.

"아빠다!"

영일은 갑작스레 외쳤다. 자랑스러움이 담긴 목소리였다. 영일이는 자신도 모르게 학생모를 벗어 손에 쥐고서 달리듯이 공장 안으로 들어갔다. 그러나 곧 되돌아오며 "혼났어요"라고 계면쩍은 듯이 말했다. 작업중인데 무슨 짓이냐며 꾸지람을 들은 것이다. 영일은 그런 아버지가 도저히 납득이 안 간다는 표정을 짓고 있었다.

영일은 애써 정신을 다시 가다듬고 현관 앞으로 가서 큰 목소리로 "다녀왔습니다"라고 외쳤다. 이번에는 환영받았다. 남동생과 여동생들이 앞다투어 뛰어나와 온통 소란을 피워댔다. 어머니가 영일의 모습을 보자마자 "아이고"하며 몸을 비벼대며 빠져 나가려는 아들을 꼭 껴안았다. 누나 영희가 부엌에서 나와 부끄러운 듯이 그 광경을 바라보고 흘러내리는 앞 머리카락을 쓸어올렸다.

영일은 "어휴, 숨이 막혀"라고 소리치면서 어머니의 품안에서 빠져 나와 동생들을 데리고 집안을 둘러보러 들어갔다. 영일은 완전히 제멋대로였다. 옆에 앉혀 놓고 자꾸 말하려는 어머니도 무시해 버리고, 누나에게는 "역시 얼굴은 그대로 별 볼일 없군"이라며 놀려대고 존경스럽다는 눈으로 올려다보는 동생들을 일렬로 세워놓고 "도, 레, 미, 파"하면서 머리를 주먹으로 한 대씩 치기도 했다. 어머니는 흐뭇한 표정으로 그를 바라보며 "저 아이는 부끄럼을 잘 타요"라고 일부러 설명을 했다. 그러고나서 지난번 병원에서 만난 어린 여동생이 동인을 훔쳐 보고는 무슨 영문인지 킬킬대는 모습을 보고 어머니는 다시 이렇게 말했다.

"저 녀석이 선생님이 좋대요."

"유괴범이 아니란 것을 알았나 보군요."

동인이 웃으면서 대답했다.

영일의 아버지는 회사일로 한가할 날이 없는 듯했다. 어머니의 말로는 하루 종일 일만 하신다는 것이다, 사업을 확장하여 새로운 공장의 설비투자와 자금조달, 그리고 일의 진척 상황을 지휘하는 일로 아주 바쁘신 것 같았다. 제철회사라고는 하지만 종업원이 20여명밖에 안되는 영세 기업이다. 아버지의 성격으로 미루어보아 독불장군식으로 경영을 하고 있는 듯했고, 그래서 훨씬 경영이 힘드는 것 같았다. 어머니의 말에 의하면 '가야마'라는 보좌역이 제대로 일을 못 해내기 때문에 더 힘드시다는 것이다. 아버지가 같은 고향 사람이라는 이유로 특별히 봐주는데 실수만 저지르고, 거래처에게만 그저 굽실거린다는 것이다.

동인은 그 남자를 만나본 적이 없으니 이렇다저렇다 할 수도 없었으나 그가 쓰는 이름에 무언가 마음이 내키지 않았다. 일본의 식민지로 되었던 당시 동포들은 일본 성을 붙이도록 강요당했다. '가야마(香山)'라는 성은 진무(神武) 천황이 가규산(香久山)에서 즉위했다고 하는 유래에서 부여 받았다는 이야기를 들은 적이 있었기 때문이다.

"신 선생, 이제 이런 사업은 집어치우고 고국으로 돌아가고 싶습니다만. 고생만 되고, 이득은 형편없어요."

영일의 아버지는 못마땅한 표정으로 불평을 하며, 동인에게 말을 건넸다. 그는 영일이를 바로 옆에 앉혀 놓고 아들에게는 말도 걸지 않고, 동인에게만 이야기를 하고 있었다. 유리잔으로 차가운 술을 홀짝홀짝 마시고 있었다.

"회사라는 것은 그 규모가 커진다고 해서 더 형편이 좋아지는 것도 아닙니다. 어음이니, 신용이니 해서……."

아버지는 고개를 갸우뚱하며 잠시 생각에 잠기듯이 입을 다물고 있다가 "빌어먹을" 하고 내뱉듯이 말했다.

"하청을 받는 것도 한국 사람은 불리해요. 이해가 갑니까? 왜놈은 어디까지나 왜놈입니다. ……자아, 한잔 드십시오. 신 선생도 고국의 말을 조금은 배우신 모양이군요. 좋은 일입니다."

동인이 한국말로 "잘 못 마십니다"라고 대답하는 것을 듣고 그렇게 중얼거렸다. 동인이 쓴웃음을 짓고 말했다.

"아니오, 전혀 못합니다. 영일이한테서 배우고 있습니다만."

"영일이는 선생님에게서 무엇을 배웠노?"

아버지는 그제서야 겨우 영일이를 돌아보았다. 갑작스러운 질문에 영일이는 당혹스러운 표정이었다.

"뭐, 이런저런 것……글쎄, ……어쨌든, 처음부터 계속해서 가르쳐 주셨어요."

소년은 과장해서 대답하고 나서 동인을 흘끔 쳐다보았다.

"못된 녀석들과 사귀거나 하지는 않았습니까? 그런 게 걱정이 되어서……."

어머니가 동인을 보고 물었다.

"천만에요. 착실해서, 전혀 그런 일은 없었습니다."

동인도 천연덕스럽게 대답하며 영일을 보며 눈짓으로 위협했다.

아버지는 고개를 떨구고 듣고 있었다. 동인은 고이즈미 도시에를 떠올렸다. 그녀가 두 사람에게 어떠한 사람이었는지 한 번 이야기하고 싶다고 생각했다. 어머니는 문득 진지한 표정으로 미간을 찡그리고는 몸을 앞으로 구부렸다. 그리고 다시 원래의 풍만한 자세로 돌아와 천천히 고개를 끄덕였다. 아버지가 술잔을 탁자에 놓고, 못마땅한 얼굴을 했다.

"왜놈은 어디까지나 왜놈이야. 그 자식들은 모두 똑같아. 옛날부터 자기들이 무슨 짓을 해 왔는지 아직도 전혀 깨닫지 못하고 있지. 그러니까 사업에도 차별을 하는 거야. 하청 입찰에 있어서도, 같은 조건이라도 글쎄, 일본인에게 해 준다니까."

그 대목에서 어머니가 말을 가로챘다.

"여보, 그건 지나친 말이에요. 일본인 중에도 좋은 사람은 좋아요. 영일이한테 김치를 담아 주기도 하고, 단추를 달아 주기도 하고, 아이고 고마운 일이에요."

"시끄러워,……그만 해 둬, 됐어."

아버지는 애매하게 중얼거리고, 고개를 흔들었다. 잠시 후에는 그는 자조하듯이 말했다. 술기운이 도는지, 말이 꼬이기 시작했다.

"생각해 보면, 이 사업도 다 인과응보야. 우리가 이 회사……코딱지만한 회사라도 가질 수 있게 된 것은 신 선생, 한국전쟁 덕분이에요. 그때까지는 고물상을 했지요. "고물 삽니다. 고물 삽니다"라며 외치고 다녔지요. 그러던 것이 한국전쟁이 터져, 철포탄이 우리 고향 사람들을 죽이고 있었을 때, 그 총알 만드는 쇠부스러기를 모아서 우리가 돈을 벌어 규모가 커졌습니다. 일본 경제도 한국전쟁의 덕분에 성장했다고들 하지만, 우리 회사도 커진 것입니다. 글쎄, 이게 말이나 되는 이야기입니까?"

"사업 같은 거 집어치우고 싶어요. 영일아, 너는 회사 사장이 될 생각 말고 인간이 되거라, 인간이 되어 조국 통일에 힘써라."

아버지는 아들을 뚫어지게 바라보고 나서 숱이 적어진 머리를 축 늘어뜨렸다.

"술이 약해지셨어요. 이제 그만 주무셔야죠……."

어머니가 걱정하며 무거운 몸을 일으키려 했다.

"무슨 소리야. 내일은 다시 장사를 해야지. 어이 신 선생, 내일은 새로 짓고 있는 공장을 둘러보고 편히 쉬다가 돌아가세요. 신 선생—."

아무렇게나 팔베개를 하고 옆으로 누워 있는 그는 그렇게 중얼거리고 나서 부인이 아무리 몸을 흔들어 일으키려 해도 꼼짝도 하지 않았다.

다음날 동인은 가까이에 있는 새 공장을 보러갔다. 영일의 아버지는 새벽에 걸려온 전화 때문에 자가용—이라고 해도 고물차지만—을 타고 나가 버려, 결국 영일과 둘이서 공장에 가 보기로 한 것이다. 점심을 먹고 나서 둘이서 나가려고 하니 어머니가 한국 떡과 명태와 잣을 커다란 보따리로 싸 주셨다. 동인이 공장을 둘러보고 그 길로 하숙으로 돌아가기로 했던 것이다. 떠나려고 현관문에 나오니 어제 저녁때부터 킬킬거리며 웃고만 있던 어린 여자 아이가 옆으로 다가왔다.

"가지 마."

동인은 졸라대며 올려다보는 아이의 단발머리를 쓰다듬어 주었다. 작은 연인에 대한 답례였다. 아이는 잠자코 좋아서 가만히 있었다. 손을 치우니 마치 말하는 인형처럼 똑같은 말을 반복했다.

"가지 마. 영희 언니가 슬퍼해."

아이는 재잘거리고는 더 큰소리로 말하고 발을 구르며 부엌으로 뛰어들어갔다. 어머니가 당황하며

"아니 저 녀석이—." 동인은 애써 못본 체하면서, 구두를 신었다.

새 공장은 이제 막 짓기 시작한 것같았다. 차가운 공중에 모습을 드러낸 철근 골조는 앞으로 지을 공장이라기보다는 타다 남은 폐허의 흔적을 상기시켰다. 삼백 평 정도의 작은 공장이었다. "이 공장을 가동시키려면 내년 봄이나 되어야 할까"라고 생각하며 바라보았다. 영일이 가까운 땅바닥에 산더미같이 쌓여 있는 가늘고 긴 쇠막대기들 위에 사뿐히 올라가서 느닷없이,

"우리 누나가 선생님을 좋아하는가 봐요"라고 말했다.

그 말에 동인은 시선이 가로막히는 듯한 느낌이 들었다. 지금의 동인은 아무것도 생각하고 싶지 않았다. 그것은 공터와도 같은 이미지였다. 시선이 끝없이 넓어져 가는 세계만을 추구해가고 싶다고 생각했다.

"그런데 누나는 못생겨서 말이에요."

영일은 유감스럽다는 듯이 말하고 산더미처럼 쌓아 놓은 쇳더미 위에서 뛰어내렸다.

"그게 아니야. 영일이 너는 목표를 결정하려 할 때 여자가 방해된다고 생각한 적 없니?"

소년은 의아한 듯 꼼짝않고 동인을 바라보고는 갑자기 동인의 어깨에 손을 올려 놓고는 조용히 속삭였다.

"선생님, 이제 그만 두죠. 왠지 기분이 이상해지는 것 같아요."

잠시 후, 동인은 소년과 헤어져 T역으로 향했다. 역까지 바래다 주겠다는 것을 거절하고 혼자서 돌아온 것이다. 동인은 소년의 아버지와 이야기하려 했던 중요한 문제도 상의하지 않고 돌아온 것이 마음에 걸렸다. 영일이를 일본 고등학교에 진학시키는 것이 과연 잘하는 일일까라는 생각에 잠겼다.

하숙으로 돌아와 현관문을 열고 방으로 들어오니 아주머니가 돋보기를 쓰고 바느질을 하고 있었다. 영일이의 어머니가 싸 주신 보따리를 내놓으니 반가운 표정이었다. 막대기 같은 흰떡을 재미있다는 듯이 집어 들고는 "꼭 다듬이 방망이 같이 생겼네요"라고 하기도 하고 "맛있겠네요"라고 말했다.

도시에는 영일이 어머니가 이 보따리를 자기에게 보내 준 것이 무척 기뻤던 것같다. "아드님은 참 좋은 아이예요"라고 말해 주고 싶었을 것이다.

"며칠 더 계시다 올 줄 알았는데요."

도시에는 동인이 설을 지내고 오는 줄로 믿고 있었던 것이다. "글쎄요"라고 동인은 애매하게 대답했다. 사실 영일의 어머니는 돌아가려고 하는 동인을 열심히 붙들었다. 하지만, 하룻밤만 묵고 돌아오겠다는 마음을 먹게 된 것은 동인이 혼자서 생각해 볼 일이 있었기 때문이었다. 지난 일 년 동안에 자기 신변에 일어난 일들이 가슴에 사무쳐왔다. 감정을 정리하고 싶었다. 시야를 넓히기 위해서라도 위축된 가슴속의 어두운 부분들을 태양 아래에 드러내고 싶었다. 어쨌든 혼자서 지난 일 년을 되돌아보고 싶었다. 그럴 작정으로 하숙으로 돌아왔지만, 기분이 조금씩 바뀌어가고 있었다. 장창섭을 만나 이야기를 나누고 싶다고 생각했다. 그런 기분은 갑작스럽게 동인의 마음을 흔들었다.

장창섭은 예고도 없이 찾아간 동인을 흔쾌히 맞아 주었다. 시골에 가지 않았느냐고 물으면서 그는 자기가 깔고 앉아 있던 얇은 방석을 뒤집어서 동인의 앞으로 내밀어 주었다.

"앉게, 엉덩이가 차가울 테니."

동인은 안타까웠다. 그 동작 하나에도 장창섭다운 특징이 나타나 있었다. 왜 하나밖에 없는 방석을 나에게 내미는 것일까. 자기나 깔고 앉아 있으면 될 것을, 재빠르게 그런 행동을 취하는 그의 거동이 눈에 거슬렸다. 남에게 어찌할 바 없는 선을 베푸는 인간은, 그 베품을 받는 사람의 불편함의 깨닫지 못하는 맹점을 지니고 있지 않은가?

동인의 어두운 표정을 알아차린 장창섭은 더욱 무신경한 거동을 취하며 이야기하고 있다가 문득 알아차린 듯이 앉아 책상 위에서 봉해진 편지를 집어들고

"형에게서 온 편지일세. 이 편지를 북해도(北海道)에 계신 아버지에게 보내야만 하네. 내가 중간 지점에 있는 셈이지."

그는 쓴 웃음을 짓고, 그 편지를 건네려 하다가, 생각을 바꾼 듯 책상 위에 다시 올려 놓았다. 북해도라고? 동인은 의아해했다. 장창섭의 아버지가 북해도에 계시다는 말은 처음 들었다. 장창섭은 한국전쟁 당시 밀항해서 일본으로 건너왔다. 그때 함께 일본으로 건너왔었던 형은 현재 남한으로 돌아가 통일운동을 하고 있다는 이야기를 들은 적이 있었지만, 아버지가 일본에 살아 계시다는 것은 몰랐던 사실이다.

동인이 의아스런 표정을 지으니 이를 눈치챈 장창섭의 얼굴이 왠지 심각해졌다.

"자네, 고향에 돌아가지 않을 건가? 설에는 가족이 모두 함께 지내는 게 좋지 않겠나? 될 수 있으면 나도 그러고 싶지만 말이야……."

"올해는 가지 않으려네. 자네는 북해도에 아버지가 계시니 가면 되지 않나."

"북해도에? 아니야. 북한을 얘기한 거야. 형은 북한에 계신 아버지에게 보내는 편지엔, 언제나 그렇게 써 보내지. "북해도는 날씨가 추우니 건강 조심하세요"라고. 검열에 대비해서지. 한국에게 북한은 적대국이니까. 설령 부자지간에 편지 교환마저 금지되어 있지. 그래서 형은 일단 일본에 있는 나에게 편지를 보내고, 내가 그것을 다시 북한으로 보내는 거야. 일본에서는 그것이 가능하니까."

동인은 잠자코 듣고만 있었다. 그러고 보니 한국전쟁 당시 그들 부자는 뿔뿔이 헤어지게 된 것같다. 하지만 동인은 그 이야기를 들으러 온 것이 아니었다. 그에게 묻고 싶은 것은 다른 것이다. 꿈 이야기이기도 했고, 이호인에 대한 것이기도 했다. 동인은 말을 꺼냈다.

"자네는……이호인에 대해 어떻게 생각하나?"

"어떻게 생각하다니, 무슨 말인데?"

이상한 듯이 장창섭이 살펴본다. 동인이 무슨 생각을 하는지를 살피는 듯이.

"그가 자네를 위선자라고 믿고 있다는 사실은 알고 있지. 하지만 자네는 조국이라든가 조국의 통일을 진지하게 생각하고 있는 것 같네만……. 그런 자신이 왜 위선자라고 불리우는가를 한 번 생각해 본 적이 있나?"

"……잘 모르겠는데, 자네의 말뜻을. 우선 나는 내 자신을 위선자라고는 생각하지 않을 뿐더러, 이호인의 생각에 찬성하지도 않네."

"그럼 자신이 뭐라고 생각하는 거지?"

"……나 자신을?"

그 질문에서 악의를 느낀 듯, 장창섭은 동인을 물끄러미 바라보았다. 그는 주머니에서 담배를 꺼내어 입에 물었다. 불을 붙이고 나서 동인에게도 권했다.

"그러니까, 그런 거—"라고 동인이 초조한 듯 말했다.

"무의식적으로 담배를 권하거나, 하나밖에 없는 방석을 일부러 남에게 양보해 주는 그런 자네의 행위는 인간적으로 보면 나무랄 데가 없네. 내 가정교사 일도 마치 자네 일처럼 걱정해 주거나 하는 것도 말일세. 자네는 섹스에 대해서 일언반구도 하지 않네. 관능적인 꿈 같은 것은 꾸지도 않겠지. 아니, 사실은 꾸고 있으면서도 그것을 입 밖에 내지 않고 숨기는 거겠지. 그런 점에서 나는 자네를 신뢰할 수 없네. 너무

가식적이지."

장창섭은 그제서야 동인이 하려고 한 말의 의미를 파악한 듯이 자신에게 끄덕였다.

그리고는 뜻밖에도 그는 이렇게 말했다.

"나는 유교정신의 영향을 많이 받았기 때문이지. 자신의 섹스생활에 대해 함부로 입을 여는 것이 아무래도 서투르거든. 그 점은 나 자신도 인정하고 있어."

입가에 미소를 머금은 듯한 쓴웃음을 거두고는 그는 재떨이에 담배를 비벼껐다.

"……다만, 성생활이 전부가 아니란 점은 분명하지 않나?"

"어떤 의미에서?"

동인은 응큼한 표정으로 그렇게 물었다. 장창섭은 망설이는 듯 동인을 보았다.

"……어떤 의미에서라니? 자 그럼 묻겠는데, 만약 목숨을 걸지 않으면 안되는 일이 있다면, 구체적으로 말해서 베트남, 아니 조국으로 하세. 한국의 통일을 위해서 목숨을 걸고 통일운동을 하는 경우, 그 사람이 섹스만을 생각하고 있겠나?"

동인은 할 말이 없었다. 그러한 경우, 인간은 여러 가지 일을 생각할 것임에 틀림이 없기 때문이다. 장창섭은 동인의 반응에 주의를 기울이면서 말을 이었다.

"이호인은 불행한 인간일세. 그는 최초의 목적을 상실하고 반대로 빠지고 말았으니 어떤 의미에선 불행에 단련을 받아 그렇게 된 거야. ……나는 한겨울 눈의 맛을 똑똑히 기억하고 있네. 한국전쟁이 시작되던 해의 겨울이었네만 양쪽 진지 사이를 뚫고 사람들은 피난을 다녔네. 목이 마른데 물이 없어서 눈을 핥아먹었지, 그 눈이란 것은 핥으면 핥을수록 목이 타지. 이것은 경험해 본 사람이 아니고는 이해할 수 없겠지. 이호인에게는 그런 면이 있네. 그는 늘 섹스에 대한 이야기를 지껄여대지만 그로 인하여 자신을 잘못 보아 버리는 것은 아닐까?"

동인은 어두운 반발을 느꼈다. 이호인 역시 살아 남기 위해 그렇게 되어 버린 것이라고 생각하고 싶었던 것이다, 그도 이런 나처럼 바다를 찾고 있었던 것이 아닐까? 동인은 문득, 자기 주위에는 어쩐지 불행한 인간들만 모여있다고 생각을 바꾸었다. 이호인이나 이시다 세쓰코가 이런 자신에게 접근해 온 것은 똑같은 불안을 동인 안에서 발견했기 때문임이 틀림없었다. 하지만, 자신은 불행한 인간끼리의 위로만으로는 살아 나갈 수가 없다고 느꼈기 때문에 이시다의 가족을 떠나 버렸고, 이호인을 혹독하게 취급했던 것이다. 떳떳하지 못함을 느끼면서도 자기 자신은 살아 남으려고 했던 것이다. 소년기에 갑작스레 덮친 죽음에 대한 공포는, 자신에게 죽음의 방법까지 생각게 했고, 죽음의 날까지의 삶 방식을 찾게끔 하고 있었던 것이다.

그러한 동인에게 조국을 위한 삶을 선택한 장창섭은 매력적으로 비쳤다. 반발심을 느끼면서도 끌리는 점이 있었다. 그가 소년의 집을 처음 찾아왔을때, "격렬하게 움직이는 것은 아름다워"라고 말한 적이 있었다. 그것은 장창섭의 신념일 것이라는 생각이 들었다. 동인은 자신도 장창섭과 같아지고 싶다고 생각하고 있다. 그 기분이 아마도 이호인과 자신의 차이이기도 할 것이다. 하지만, 장창섭이 지금과 같이 동인이 제기한 의문에 일단은 이해를 보이면서 실로 딱 부러진 말투로 이야기하는 것을 보니, 마음이 무거워졌다.

"그럼, 자네는 꿈을 꾸나? 질척질척한 꿈을. 나는 인간을 추하다고는 생각지 않지만, 추한 것을 접하지 않고서는 살아갈 수 없다고 생각하네. 그 혼돈과 위기로부터 위태롭게 빠져 나와서 추한 것을 극복하고 아름다움을 생성시키지 않나. 정말로 격렬하게 움직이는 인간은 그것을 알고 있을 터이네. 만약, 그렇지 않다면, 위선자일세. 이호인이 자네를 증오한 것은 바로 그 점일세. 하지만, 나는 자네가 그런 인간이라고는 생각하고 싶지 않네. 그렇게 느끼게 할 때가 있기 때문이네. 그래서 다시 한 번 묻겠네만 자네는 성욕을 느끼나? 이 질문은 자네에 대한 경멸일지 모르지만 말일세. 자네가 통 섹스에 대한 이야기를 입에 올리지 않는 것은 유교의 영향 때문이라고 간단히 정리해 버렸지만, 자네의 마음속을 알고 싶단 말일세. 자네의 마음속은 어떤가?……."

장창섭은 꼼짝도 하지않고 동인의 말을 듣고 있었다. 자신에게 향한 의문의 의미를 정확하게 파악하여, 그 의문과 자기 자신을 대질시키려 해보는 모습이 느껴졌다. 한참 후에 장창섭은 어딘지 괴로운 듯이 입을 열었다. "자네는 섹스라고 하는 하나의 예를 놓고 이상적인 인간상을 따지고 있다는 느낌이 드네. 아니, 오해는 하지 말게. 자신이 다른 인간이라고 하는 말이 아닐세. 우리들은 아직 젊고 우리들이 성에 대한 생각을 하는 것은 당연한 일일세. 방금 전의 말투는 불충

분했다고 생각하네. ……나에게 만약, 조국을 위해 살겠다는 의지가 없다고 한다면—그렇게 생각하지—나는 그것이야 말로, 이호인보다도 하찮게 되어 버리는 것일지도 모르겠네. 하지만, 조국이라는 이미지가 나의 나약함을 지탱해 준다네. 그때는 용기조차 솟아나는 느낌이지. 하지만, 자네가 말하고자 하는 것은 알겠네. 나는 이호인과 같은 동포학생을 잊어서는 안될 것이네. 그를 …….”

“자네가 그를 내버려두는 것이 아니고, 그야말로 구원해 주지 않으면 안된다고 생각했으면 하네.”

동인은 그 말을 자기 자신을 향해서도 내뱉었다. 자기 자신도 마찬가지인 것이다.

“……그럴지도 모르지. 그는 우리들의 어두운 면을 한몸에 떠엎고 있는 청년이지. 우선 나는 분명히 말을 건네 왔네. 하지만 내가 최형은 좋게 평가하지만 내심으로는 이호인을 늘 불쾌하게 생각해 온 것은 분명한 사실이네. 자네도 이것만은 알아 주었으면 하네. 우리들에게는 이루어야 할 일들이 많이 있네. 아주 많이—. 조국이 분단되어 있네. 나도 하다못해 설날에 한 번만이라도 부모님을 찾아가 뵙고 싶네. 만일 그것이 불가능하다면 적어도 편지 정도라도 자유로이 주고받을 수 있는 조국이 되었으면 좋겠네. 이런 기분 이해하겠나? 그래서 나는 움직이는 인간, 생각하는 인간, 최형과 같은 친구를 좋아하네. 게다가 나는 이렇게 이호인을 내심 성가셔하고 있네. 그런 자가 있으니까 일본인은 한국인을 오해하고 잘못된 눈으로 본다고 말이네. 나는 일본인이 이호인보다 최형을 통해 부정적인 면보다 긍적적인 면으로 한국인을 보아

주기를 바라네. 아마도 그렇게 하는 것이 옳다고 생각하네. 또 긍정적인 눈으로 보지 않는다면 한국인을 이해할 수도 없을 것이네. ……하지만 이호인도 우리들의 일부임에 틀림없네. 분명, 나에게는 나도 모르는 사이에 그런 시각이 결여되어 있었는지도 모르지—."

동인은 꼼짝 않고 장창섭의 말을 듣고 있었다. 눈앞의 시계가 천천히 넓어져 가는 듯한 느낌이 들었다. 갑자기, 장창섭을 찾아가 보아야 겠다는 생각이 든 것은, 자신은 우울하게 만든 것에 대해서 자기 혼자서는 제대로 생각해 낼 수 없을 것 같은 느낌이 들었기 때문이었다. 자신의 주변에서 일어난 여러 가지 문제가 어쩐지 장창섭과의 대화를 통해서 응축되어가는 듯한 느낌이 들었다.

그와 이야기하고 있으려니 무엇인가가 녹아들고 그리고 녹지 않는 것들이 침전해 가는 듯이 느껴졌다. 하지만 동인은 그로부터 얻은 것에 대해서 느끼고 있었다. 두 사람의 차이점에도 불구하고 뜻을 함께 해 나갈 수 있을 것 같다. 정말 오기를 잘했다는 생각이 들었다.

10

설이 지나고 영일은 중학교에 다니기 시작했고 동인은 구립 도서관에 다녔다. 도시에는 두 사람이 나가고 나면 집에서 부업에 열중했다.

해가 바뀌어도 세 사람의 생활은 그다지 달라진 것이 없었다. 설이 지나고 막무가내로 떠맡기는 외판원이 찾아왔을 때

마침 동인이 집에 없었고, 아주머니와 영일이 가까스로 외판원을 따돌린 일, 드물게도 큰 눈이 내리던 아침, 눈을 치우면서 영일이가 유리창을 한 장 깼던 일, 그런 사소한 일들이 사건이었다. 1월 25일에 영일이 16세가 되어, 그날은 장창섭도 초대해서 조촐하게 축하해 준 일이 1월에 있었던 가장 큰 사건이었을 것이다.

2월에 들어와 며칠이 지나서 도시에는 독감에 걸려 꼬박 사흘이나 몸져 누워 있었다. 영일이 생각을 하면 무리를 해서라도 일어나려고 했지만 몸이 말을 듣지 않았다. 할 수 없이 동인에게 부탁하여 영일이를 데리고 나가 외식을 하도록 했다. 모리타 부인이 걱정을 해서 문병을 와 주었다. 두 사람이 외식을 하러 나갔다고 하자, 처음에는 당연하다는 표정을 보였지만, "뭐하면 우리 집에서 먹게 할까요?"라고 말해 준 것이 도시에로서는 무척 고마웠다. 열에 시달리면서 도시에는 오랜만에 꿈을 꾸었다. 괴로운 꿈이었다. 일곱 살 때, 남편에게 빼앗긴 자기 자식이 훌륭히 자라서 고등학교에 입학하려고 하고 있었다. 두꺼운 면으로 된 교복을 입고, 학생모를 똑바로 쓴 아이가 게다를 신고 딱딱 소리를 내면서 교문으로 들어가려 하고 있었다. 도시에는 교문 옆의 느티나무 그늘에 숨어서 바라보고 있었다. 하지만, 눈을 뜨고 나서 생각하니 이치에 맞지 않는 것 투성이었다. 교복에 각모도 이상했고, 게다를 신고 입학식을 하러 가는 것도 이상했다.

열이 내리고 나서 도시에는 멍하니 시어머니를 상기하곤 했다. 잔소리가 많은 시어머니였다. 빨래를 말리는 데도 부부의 빨래를 나란히 널면 못마땅한 얼굴을 하곤 했다. 도시에는 세탁을 할 때면 시어머니의 빨래를 맨 먼저 빨고 말릴 때는 시어머니의 옷들을 아들 부부의 옷들 사이에 넣도록 했다. 그런 일들을 당연한 것으로 여기고 있던 시어머니도, 남편의 바람기에 대해서는 한 번도 충고하려 하지 않았다. 오히려 도시에에게 '질투는 너무 지나치게 심하게 하지 말고 적당히 해 두라'고 가르쳐 주었다. 말도 안된다는 생각은 지금도 강하게 남아 있었다. 아내가 남편의 난잡스런 품행을 탓하는 것을 어째서 질투라고 할 수 있는 것일까. 그렇게 생각하면 생각할수록 울분이 솟구쳐 올라왔다. 하지만, 이제 다 지나간 옛날 일이었다. 어느새 자신도 시어머니와 비슷한 나이가 되어가고 있다.

도시에는 나이가 들면서 인간을 단순하게 구별해서 보는 습관이 몸에 배이게 되었다. 인간에는 좋은 사람과 나쁜 사람밖에는 없는 것이 아닌가. 일본인 가운데도 좋은 사람은 좋고, 나쁜 사람은 나쁘다. 한국인이나 미국인, 어느 나라 사람도 마찬가지일 것이다. 그리고 부당하게 사람을 학대하거나, 차별하는 것은 어떠한 경우에도 좋지 않은 일이라고 생각한다.

감기가 들어서 아주머니가 조금 나약해진 것 같다고 동인은 생각했다. 저녁식사 후에 세 사람이 잡담을 하고 있으려니 어딘지 무르게 그런 것 같았다.

"인생이란 부질없는 것 같아요"라고 하기도 하고, "나 같은 사람은 죽어도 아무도 찾아와 주지 않을 거니까. 아무도 모르게 조용히 죽을 거예요"라고 말하는 것이다. 그러면 영일이가 그 말을 듣고서 말한다.

"아줌마, 걱정마세요. 내가 와서 틀림없이 분향해 드릴 테니까요."

동인은 당황하여 영일을 바라본다. 그리고 아주머니는 그만 쓴웃음을 짓고 만다.

올해 들어 동인은 거의 꿈을 꾸지 않았다. 아름다운 여자는 어디로 가 버렸는지 꿈에 나타나지 않았다. 지난해처럼 지친 생활을 그만두려 한 탓일까. 한 번은 다른 꿈을 꾸었다. 비둘기가 온통 무리지어 있는 공원에서 얼굴이 못생긴 소녀가 부지런히 모이를 던져 주는 꿈이었다. 소녀가 뿌린 모이를 먹은 비둘기는 한 마리씩, 한 마리씩 푸른 하늘로 날아 올라간다. 그때마다 소녀의 얼굴에서는 보기 흉한 주근깨가 없어지고 자꾸만 예쁘게 변하여 마침내 아름다운 얼굴로 되어 버리는 것이었다.

영일이의 입시 날짜가 2개월 앞으로 다가왔다. 그런데 진학문제를 아직 결정하지 못했다. 그 일로 장창섭과 같이 이호인을 문병하러 가던 날, 동인은 그 문제에 대해 상의했다. 이호인은 E시의 정신병원에 수용되어 있었다. 이호인이 지난 가을에 하숙으로 찾아왔던 것은 그가 병원에 입원하고 나서 2개월 가량 지났을 무렵이었다. 그의 입원 사실을 안 것은, 장창섭의 입을 통해서였다. 그는 이호인을 찾아갔다가 그의 가족들로부터 이미 늦여름에 E시에 있는 병원으로 들어갔고 한 번은 병원을 빠져나온 적도 있었다고 들었다는 것이다.

두 사람은 기차의 창가에 마주하고 앉아 있었다.

"……어떻게 생각하나. 자네는—."

동인의 질문에 장창섭은 잠시 동안 아무 대답도 하지 않고 창 밖을 내다보고 있었다. 고목나무의 숲이 흐르듯 달리는 기차의 창 밖으로 스쳐지나가고 있었다.

"나는 목적에 달렸다고 생각하네, 일본 학교로 진학한다고 해서, 민족심를 잃어버리는 것은 아니지. 어떻게 주체성을 유지해 가는가 하는 것이 중요한 것이 아니겠나. 일본의 과학기술은 진보되어 있네. 그 지식을 배워 조국의 건설에 활용하는 사람이 한 사람이라도 많은 것이 좋으니까 말일세."

"하지만 고교생이 되는 단계가 아닌가. 대학에 입학하는 것이라면 또 모르겠네만, 나는 지금은 민족적인 지식과 사물에 대한 견해를 키워 가는 편이 좀더 중요하다고 생각하네. ……."

동인의 마음이 그쪽으로 기울고 있었다. 그것은 자기 자신에 대한 후회에서 나온 것이다. 언어 문제만 하더라도, 동인은 자신의 주체성이 결여되어 있다는 것을 느끼고 있었다. 처음에 동인은 영일의 양친이 말하는 일본어가 서투른 것을 마음속으로 흉보고 있었던 것이다. '쓰쿠즈쿠'라고 발음하지 못하고 '쓰꾸스꾸'라고 말하는 것을 들으니 어쩐지 우스웠다. 그 무렵, 그런 식으로 받아들이고 있는 자신에 대해 의문을 품기 시작했다. 일본에 살고 있는 동포가 외국어인 일본어의 발음이 정확하지 않다고 해서 별로 문제가 되는 것은 아니다. 오히려 동화되어 가기 쉬운 자국어를 잊지 않고 사용하려고 노력하다 보면 어차피 일본어로 말할 때 발음이 제대로 되지 않는 것은 있을 수 있는 일이다. 그런데 동인은 재일교포 1세들의 서투른 일본말을 들을 때 일본인들이 느끼는 기분으로 소년의 부모들의 말을 받아들였던 것이다. 영일은 일본 학교로 진학해도 똑똑하고 착실한 학생이 될 것 같다. 하지만, 그러면서도 불안을 계속 남았다.

"호랑이를 잡으러 갔다가 호랑이에게 물려 죽을 위험성은 분명히 있지—."

장창섭은 얼굴을 찌푸린 채 창 밖만 바라보고 있었다. 그가 무슨 생각을 하고 있는지 쉽게 상상할 수 있었다. 병동에서 면회실로 나온 이호인은 면회 온 두 사람을 보고 얼굴이 그대로였다. 그렇게도 싫어하던 장창섭을 보면서 이렇다 할 반응도 없이, 바닥만을 내려다보고 생각에 잠겨 있었다. 짧은 면회시간이 지나고 두 사람이 면회실을 나오려고 할 때 이호인은 그제서야 생각났다는 듯이 중얼거리기 시작했다.

"나는 아무 짓도 하지 않았어요……." "아무것도 하지 않았어요. 절대로."

장창섭은 창쪽에서 시선을 거두고 어두운 표정으로 이야기하기 시작했다.

"어쨌든 영일이와 그 부모들과 상의해 보게나. 나로서는 뭐라 말 할 수가 없네……."

부모들과는 벌써 상의해 본 일이다. 영일이의 부모들은 자기 아들을 기술자로 키우고 싶어했다. 그리고 영일이 자신도 부모의 뜻에 따르려고 하고 있다. 동인은 확신이 서지 않아서 장창섭에게 상의를 해 본 것이었다.

영일의 시골집에서 갑자기 긴급전보가 날아 들어온 것은 2월 중순의 어느 날이었다. 학교에서 하숙으로 돌아온 동인을 아주머니가 불안한 표정으로 기다리고 있었다. 영일이 아버님이 돌아가셨다는 것이다. "영일이는 좀 전에—"라고 아주머니가 당황한 목소리로 말했다. 동인도 곧 뒤따라 영일이네 집으로 떠났다.

공장은 쥐죽은 듯 조용했다. 현관에는 벗어 놓은 구두들이 가득 흐트러져 있었다. 현관 마루로 올라서니 마침 마(麻)로 된 상복 차림의 영희가 방에서 나왔다. 영희는 희미한 눈길로 동인을 힐끗 보고는 다시 눈을 내리뜨고 안으로 들어갔다. 울어서 퉁퉁 부은 눈이었다. 방으로 들어가니 거기 영일이가 있었다. 영일이는 삼베모와 상복을 입고 마치 사미승(若僧)처럼 상주자리에 정좌하고 앉아 있었다. 입술을 굳게 다문 영일이도 눈꺼풀이 엷게 붉어져 있었다. 임시로 차려 놓은 불단 옆에 병풍이 쳐져 있었다. 그 뒤에서 어머니의 곡하는 소리가 애처롭게 들려 왔다. 동인은 불단에 향을 지피고 상주에게 절을 했다. 영일은 두 손을 바닥에 대고 큰절로 답례했다.

조문객이 끊이지 않고 찾아왔다. 조문객이 잠시 뜸해지자 영일은 한쪽 구석에 앉아 있던 동인을 향해 눈짓으로 신호를 보냈다. 두 사람은 누가 먼저라고 할 것도 없이 자리에서 일어나 복도로 나왔다.

"아버지가 세상을 떠나셨어요."

영일은 들릴락 말락 하는 소리로 말하고 나서 떨리는 입술을 다물었다. 동인은 소년을 위로하려 하였지만, 순간적으로 무슨 말을 해야 할지 몰라서 그저 영일의 어깨를 손으로 어루만져 주었다.

그날 오후 영일이의 아버지는 자가용을 타고 새로 지은 공장으로 출근했다. 공장은 가동한 지 얼마 안 되었고 영일이 아버지는 적어도 하루에 한 번씩은 직접 둘러보곤 하셨다고 한다. 트럭에 길고 가는 철제막대를 와이어로 묶어 크레인을 사용해서 내리고 있었다. 아버지는 그 광경을 한동안 바라보고 있었다. 그때 갑자기 와이어의 잠금쇠가 풀려 공중에 매달려 있던 철근들이 쌓아놓은 판 위로 한꺼번에 떨어져 내렸다. 그 반동으로 철근 하나가 휘어져 소년의 아버지의 가슴을 치고 관통한 것이다.

마침 현장에 함께 있었던 가야마가 순간의 상황을 조문객들에게 설명하고 있었다. 기다란 코가 인상적인 가야마 씨는 장황하게 돌아가신 영일이 아버지의 덕담을 하고 있었다. 그리고 자기 자신도 너무나 슬프다고 눈물을 흘리며 늘어 놓고 있었다. 그러나 누구보다도 가장 슬픈 사람은 상심에 빠져 있는 이 집의 안주인이고, 희미한 눈빛으로 눈을 감았던 그 다음으로는 제대로 눈도 뜨지 못하며 슬퍼하는 영희와 말을 잇지 못하던 영일임이 확실하다. 또한 심각하게 무릎을 마주 모으고 모여 앉은 영일이의 동생들의 모습이 측은해서 동인은 다른 쪽으로 시선을 돌리고 말았다.

화장터에서 돌아온 다음날 저녁, 동인은 영일이를 남겨 두고 혼자서 먼저 하숙으로 돌아오기로 했다. 저녁노을에 물든 공장을 바라보며, 동인은 상가(喪家)를 떠났다. 공장 근처에는 상수리나무가 한 그루 서 있었고 그것은 그 후에도 잊혀지지 않고 인상에 남았다. 상수리나무는 기와지붕의 등성이를 뚫듯이 하늘로 뻗쳐 있었다.

그 후 닷새가 지난 저녁때 영일은 하숙으로 돌아왔다. 도시에와 동인이 현관까지 나가 맞아들이니 영일은 학생모를 벗어 손에 쥐고 고개를 숙였다.

그날 밤에는 셋이서 고타쓰에 발을 넣고 둘러앉아 이야기를 나누었다. 소년의 이야기를 들으며 도시에는 몇 번이나 고개를 끄덕였다.

"그게 좋겠어. 집으로 돌아가서 어머니를 도와 드려. 어머니에게는 지금은 누구보다도 영일이가 의지가 되실 거야."

소년도 그렇게 하는 편이 좋겠다고 생각했는지, 잠시 고개를 숙였다가 얼굴을 들고 동인을 쳐다보았다.

"선생님은 어떻게 생각하세요?"

"그래. 그게 좋겠구나."

동인을 팔짱 끼고 있던 손을 풀고 즉각 대답했다. 사정이 이렇게 갑자기 달라졌으니 하루라도 빨리 고향집으로 돌아가는 게 좋겠다고 영일이가 돌아오기 전부터 생각하고 있었다. 그런데 다만 한 가지 마음에 걸리는 것이 있었다.

"학교 문제는 어떻게 하지? 나는 아무래도 교포 학교로 진학하는 편이 좋겠다고 생각하는데."

"저도 그렇게 생각해 보았어요. 저는 아직 모르는 것도 많고 한국 학교에서 좀더 공부하는 편이 좋겠다고 생각해서……. 그러고 나서도 늦지 않다고요."

영일은 분명한 어조로 대답했다.

"그랬구나—." 동인은 끄덕였다. 자신은 이 아이에게 별로 가르쳐 준 것이 없었다. 하지만, 이것 한 가지만은 다행스럽다는 생각이 들었다.

"하지만 한편으로는 조금 아쉬운 기분도 들어요. 제 실력이 어느 정도인지를 시험해 볼 기회였는데."

영일은 눈을 가느다랗게 하여 동인을 쳐다보았다. 아무런 적의감이 없는 눈이다. 여느 때와 같은 천진난만한 소년으로 되돌아와 있는 느낌이다.

"영일이는 문제없어. 잘해 낼 거야."

도시에가 소년을 치켜세우듯이 말했다.

영일이가 고향집으로 돌아가던 날, 동인도 하숙을 옮기기로 했다. 당분간 장창섭네 집에서 신세를 지면서 다른 하숙을 구해 볼 셈이었다.

"아줌마, 김치 맛있었어요. 언제 우리 집에 놀러 오세요. 그때는 진짜 김치를 대접해 드릴 테니까요."

영일이는 이런 상황에서도 아주머니에게 농담을 던지고 있었다.

"그래, 그러지. 한 번 놀러 갈 거야."

도시에는 빙그레 웃으며 대답했다. 마음속으로는 과연 그런 날이 올까 하고 생각했다.

조금 전부터 동인은 이 하숙집을 처음 찾아왔던 날의 일을 떠올리고 있었다. 도대체 왜, 이 집을 그 전에 보았던 느낌이 들었을까. 아마도 꿈속에서 보았던 적이 있는 것 같은 생각에서 낯설게 느껴지지 않았던 것이다. 동인은 그러한 묘한 느낌은 영원히 계속될 것이라고 믿었다. 하지만, 꿈속에서 다가와서 이 하숙집에서 성숙되어 거기서 현실을 향하여 한 걸음씩 내딛어 가는 듯이 느껴졌다.

삼륜차에 이삿짐을 모두 실었다. 동인의 짐은 도중에서 내리기로 했다. 두 사람은 아주머니에게 작별 인사를 했다.

영일은 갑자기 심각한 표정으로 아주머니에게 말했다.

"아줌마, 건강하시고 몸조심 하세요."

도시에는 웃어 보이려고 했지만 눈물을 짓고 말았다.

"영일이도 건강히……."

도시에는 이삿짐을 실은 트럭이 보이지 않게 될 때까지 내내 서 있었다. 갑자기 몸이 가벼워지고 나른해지는 듯했다.

죽은 자가 남긴 것

나는 꾸벅꾸벅 졸다가 갑자기 깼다. 누군가 말을 걸어오는 듯했다. 그러나 아무도 옆에 없었다. 또 바람 소리에 속은 걸까? 나는 멍하니 제단의 아버지 영정을 바라보고, 밤새하는 손님들 쪽으로 천천히 시선을 옮기면서 그런 생각을 했다. 아까부터 몇 번이나 그런 일을 반복하고 있었다.

횡하니 넓은 다다미 50장 가량의 빈소에는 갓 없는 전구의 불빛을 뒤로 하고 열너댓 명의 사람들이 앉아서 빈소를 지키고 있다. 사람들은 아무렇게나 놓여 있는 스토브와 화롯가에 둘러앉아 서로 이야기를 나누며 날이 밝기를 기다리고 있었다. 손목시계를 들여다보니 막 2시가 지났다. 명치가 눌리는 듯한 냉기를 느끼고 있었다. 가끔 누가 체로 몸을 쳐대는 것처럼 온몸에 전율이 흘렀다. 어느덧 목련꽃 피는 계절이지만 밤이 되면 낮의 온기는 완전히 그림자를 감춰 버린다. 가끔, 바람 때문인지 나무에서 떨어지는 빗방울이 양철지붕 위에 소리를 내며 떨어진다.

추위는 지금부터 이른 새벽까지 한층 더해 갈 것이다. 도쿄를 떠날 때 좀더 두꺼운 옷을 입고 왔어야 했다고 후회했다. 아내가 걱정하며 싸 주었을 때 고개를 저으며 괜찮다고 했으나 그때는 마음이 어수선해서 두꺼운 옷 따위는 챙길 마음의 여유가 없었다. 무엇보다 한시라도 빨리 날이 밝기만 바라는 마음이었다. 그리고 아내가 마련해 준 돈을 손에 넣은 나는 어제 아침 난생 처음 비행기를 탔던 것이다.

……제트여객기는 천천히 움직이기 시작했다. 두껍고 투명한 유리창에 이마를 댄 채 나는 꼼짝도 하지 않고 창 밖을 응시하고 있었다. 맑은 아침 공기를 조금씩 가르며 비행기는 천천히 활주로로 미끄러져 밀려나간다. 비행기의 거대한 동체는 처음엔 끝에서부터 조금씩 흔들리기 시작하더니 차츰 크게 휘어지곤 했다. 뜻밖의 광경이었다. 당장에라도 부러지지 않을까라고 생각되었다. 모자를 뒤로 젖혀 쓰고 아름다운 머리를 늘어뜨린 스튜어디스가 승객들에게 상냥하게 일일이 주의를 주기 시작했다. 나는 잠자코 옆 자리의 승객이 하는 대로 좌석벨트를 매고 다시 창 밖을 내다보았다. 활주로에 나선 제트기는 거기서 한번 엔진 속도를 늦추었다. 그러고 나서 다음 순간 느닷없이 맹렬한 속도로 질주하였다.

순식간에 창 밖의 경치가 보이지 않게 뒤로 뒤로 사라져 갔다. 지평선의 풀과 건물이 단숨에 녹아서 태양빛이 반사되며 비행기는 대지를 떠나 하늘로 급상승하고 있었다.

이윽고 제트여객기는 어느새 수평비행 대신에 산봉우리들을 따라 계속 북상해 올라갔다. 나는 좌석벨트를 풀고 다시 창 밖을 내려다 보았다. 아득히 먼 땅 밑으로 조금 전까지 내가 있었던 지상을 내려다본다. 거대한 짐승의 등뼈처럼 솟아

오른 산맥이 구불거리며 뻗은 여러 개의 산줄기를 거느리고, 녹색으로 반사되는 계곡과 반짝거리며 구불거리는 강을 끼고 해안선으로 뻗어 있었다. 녹슨 톱날 같은 해안선에 마을들이 군데군데 흩어져 있다. 그 해안선 쪽을 향해 하얀 파도가 육지로 돌아오는 요트처럼 밀려오고 있었다.

나는 눈이 아프게 느낄 정도로 밑으로 보이는 지상의 경치를 정신없이 보고 있었던 것 같다. 그러다 보니 마음이 무거웠다. 선명한 하계, 자연이 가져다 준 바다와 육지가 어우러져 한 장의 멋있는 그림으로 비칠 정도로 아름다워 착각을 일으킬 것 같았다. 아버지의 죽음이 뇌리에서 떠나지 않았다. 밑의 세계가 덜 오염되어 있었으면 하는 생각이 들었다. 원래 이런 하늘을 날으는 여행 따위는 나에게는 익숙한 일이 아니다. 그런 나에게 아버지의 죽음으로 갑자기 이런 일이 일어났다. 하지만 역시 나에게는 낯설기만 한 것이다.

입안이 말랐다. 어젯밤부터 쭉 그랬다. 잠든 우리에게 전보 한 장이 날아온 이후의 일이었다. 자그마한 책자 크기의 전보를 열어 본 순간 나는 목안이 답답해졌던 생각이 난다. 눈앞에서 노란색 풍선이 둥둥 떠다니고 그 위에 쓰여진 '사망'이라는 글자가 차츰 커지더니 펑하고 갑자기 터졌다. 뭐예요? 왜 그래요?라고 아내가 걱정스러운 눈빛으로 바짝 다가왔다. 애써 태연한 척하며 나는 말없이 아내의 손에 전보를 쥐어 주었다. 아버지가 돌아가셨다. 내 목소리는 가래가 섞인 것처럼 쉬어 있었다.

제트기는 회색빛 솜 같은 구름 속으로 들어가고 있었다. 나는 의자에 머리를 기대고 초점 없는 눈으로 기내의 앞쪽을 바라보았다. '만일'이라고 생각해 봤다. 혹시 태식(泰植)형의 짓궂은 장난이 아닐까. 큰형 태식이……하지만 이런 전보를 큰형이 꾸민 장난이라고 생각해 보는 것은 너무나 괴로운 나머지 떠오른 생각에 지나지 않았다. 모르긴 해도 형이 그렇게 기발한 행동을 할 리가 없다. 태식형과는 사이가 좋지 않았다. 최악의 상태라고도 말할 수 있다. 최근에 몇 년 동안 나는 일 년에 한 번씩은 고향집에 다니러가곤 했으나, 될 수 있으면 태식형과 만나는 것을 피하고 있었다. 태식형도 내가 아버지의 집에 가 있을 때는 서로 약속이라도 한 것처럼 오지 않았다. 어쩔 수 없이 얼굴을 마주칠 일이 생기면 두 사람은 서로를 못마땅해 하는 감정을 드러냈다. "왔니? —"라고 태식형이 쌀쌀한 어조로 말하면 '응' 하고 퉁명스럽게 대답을 한다. 두 사람의 사이가 벌어진 것을 아버지는 둘째형 명식(明植)에게 자주 얘기하신 적이 있었다.

틀림없이 아버지는 돌아가셨다. 태식은 그 사실을 장남의 의무로서 어딘가 시청에서 보내 온 통지처럼 알려 준 셈이다. 그래도 그것을 감사히 생각해야만 하는지도 모른다. 관자놀이가 지끈거리며 아프다. 어젯밤부터 한잠도 자지 못한 탓일까? 꾸벅꾸벅 졸다가 갑자기 잠이 깨고, 눈을 감고 있어도 신경이 흥분된 채로 밤을 새웠다. 지금도 그렇다. 눈을 감아 보면 눈꺼풀에 흐릿하게 어둠이 비추어 왔지만 그 어둠의 깊은 곳에 얼룩덜룩한 반점이 살아 있어 어둠 저편에 평온하지 못한 조짐이 떠돌고 있다. 눈을 감으면 어둠의 중심이 노랗게 된 것처럼 희미해지고, 마치 인화지의 피사체가 하얗게 떠다니는 듯이 무언가가 움직이고 있다. 나는 갑자기 눈을 떴다. 사진을 찍을 때 카메라가 흔들리는 것처럼 다가온 것이 하얀 홑옷을 입은 아버지로 보였던 것이다.

참을 수 없는 기분이었다. 이상함과 슬픔은 솟아나지도 않는데 비참한 일이다. 이 비참함은 누군가가 일으킨 일이라기보다 원래 우리 집에 있었던 것이라는 느낌이 든다. 이런 일을 당하는 것은 아버지든 나든 어느 정도는 형제들에게 당연하다고 생각했었다. 그리고 어느 사이엔가 그러한 생각에 빠져 드는 자신을 깨닫는 것이 또한 참기 어려운 일이기도 했다.

오래 전부터 나는 우리 집에 대해 답답한 생각을 떨쳐 버릴 수 없었다. 그렇게 생각한 것이 한두 번이 아니다. 우리 집은 재일교포의 어느 가정보다도 어둡고 우울한 가정이 아닐까? 육십만에 달하는 재일교포, 예전에는 이백 몇십만 명으로도 불렸던 백의민족 조선인. 그 조선인 중에서 우리 식구들만큼 불행하고 희망이 없는 가족도 없지 않을까? 실제로 그런 생각은 스무 살 무렵의 나를 질식시킬 만큼 큰 압박감이었다. 이런 절망은 다분히 감정이 풍부한 젊은이들에게 흔히 일을 수 있는 쓸데없는 걱정이기도 했다. 나는 확실히 비참한 것처럼 보이려 했으며, 비뚤어진 생각도 하고 있었다. 아무리 우리 집이 불행하고 분위기가 무겁다고 해도 재일교포 어느 누구보다도 더 불행하다고 주장하는 것은 역시 건방진 일이었다.

"죽음에 무너지지 않고 살아왔다." 예전의 나라 잃은 시절을 그렇게 회고하는 사람들에게는 이상한 이야기겠지만 누구도 공평하게 너나할것없이 불행했던 것이다.

굳이 말하자면 보다 불행한 자는 오늘을 모르고 죽은 사람들이며, 행복한 자는 오늘을 사는 기쁨을 음미하고 있는 사람들일 것이다. 우리 가족들이 과거에 아무리 불행했다 할지라도 그것을 혼자서 독차지하려는 것은 오히려 모독이라고 할 수 있을지도 모른다.

분명히 지나친 걱정을 하고 있었던 것이다. 바로 그 무렵 내가 빠져 들고 있던 또 하나의 오류처럼, 나는 자위행위를 처음 하게 되었을 때 내 자신이 이 세상에서 가장 꺼림직한 인간이라고 생각했다. 소녀를 똑바로 바라볼 수 없는 꺼림직함, 더럽혀진 내 손을 몇 번이나 도끼로 자르고 싶다고 생각했던 것이다. 이제 곧 하반신이 균사로 덮여 반수반인(半獸半人)이 되어가겠구나라는 공포가 나를 꼼짝없이 사로잡은 것이었다.

이러한 나의 비통함은 아마도 무지에서 나오는 사고방식으로 우리 집을 생각할 때에도 작용하지 않았다고는 말할 수 없다. 아무리 불행한 가정도 팔월 십오일의 해방을 겪고 나서는 전보다 훨씬 밝아졌다. 확실히 그랬다. 우리 집도 마찬가지였다. 그리고 그 명랑함은 나의 마음 한쪽 구석에 완고하게 자리잡고 있어서 내가 아무리 그것을 믿지 않겠다고 하며 기분이 침체되어 있어도, 부드러운 빛으로 다가오는 듯했다. 다만 그 빛은 아직 겨울의 희미한 태양처럼 약해서 새벽빛이 엷은 회색의 구름 사이로 새어 나오는 것처럼 어쩐지 불안한 것이었다. 그래도 힘찬 햇살이 구름 사이를 재빨리 빠져 나왔던 것이 확실하다. 내가 어떻게든 그 빛을 느끼기 시작한 것은 5, 6년 전의 일이었다.

일년에 한 번씩 아내와 아이를 데리고 집에 돌아갈 때 나는 집에 대해서 은근히 독신 시절과 다른 것을 기대하게 되었다. 기차, 연락선, 기차, 그리고 버스로 계속해서 갈아타고 꼬박 하루가 걸려 가장 북쪽 끝의 고향집에 돌아갈 때마다 독신 시절에는 이렇게 집에 가야만 하는 걸까 하며 어두운 마음에 사로잡히기도 했다. 돌아오는 길에는 늘 무엇이 있어서 갔었던가라는 일종의 허탈감과 같은 마음에 접어두게 되었다. 따라서 아내를 데리고 처음 갈 때 나는 망설였다. 아내는 우리가 교제할 때 내 걸음걸이를 보고, "그대로 어두운 숲속으로 사라져 버릴 것 같아" 하며 일부러 내 팔을 잡곤 했다. 그 어두운 숲속으로 아내와 자식을 데리고 가는 것인지도 몰랐다. 가능하다면 집에 가고 싶지 않았다. 그러나 시댁에 가는 것을 며칠 전부터 기대하고 있는 밝은 아내를 보며, 나는 오히려 의지가 약해져서 차라리 집이나 보라고 해야지 하고 생각하게 되었다. 나는 그처럼 당혹스러운 기분이 되는 한편, 만약 아내가 우리 집에 대해서 나쁘게라도 얘기한다면 당장 화를 낼지도 몰랐다. 아내는 의외로 시댁을 방문한 것에 만족하고 있었다. 나에게는 이해가 가지 않는 점이었으나 어떤 유쾌한 점을 발견하고 온 듯이 아내는 무척 기뻐했다. 어쨌든 나는 일단 안심이 되었다. 어쨌든 아내와 아이가 즐거워하니 나도 용기가 난다. 아내는 분명히 내가 보지 못하는 무엇을 본 것이다. 그 다음해에도 아내는 시댁에 가기를 좋아했고, 그 후 철이 든 아이도 다시 가고 싶다고 조르게 되어 나는 일단 체면을 세운 듯한 기분이 들었다. 이것 봐라 우리 집도 그다지 형편없는 것은 아니지. 어때, 알고 있었어? 나는 혼자서 그렇게 생각하고 무엇인가에 대해 복수라도 해 준 기분이 되었다. 이제 우리 집도 점점 즐겁게 되는 것이다라고. 내가 처자를 향해서 역설하고 싶은 기분을 억눌러야 하는 것이 안타까울 정도였다. 내가 가족을 데리고 아버지를 방문하는 것은 어느 사이엔가 우리에게 즐거운 약속이 되어 버렸다.

그런 기분이 든 것은 아버지에게 변화가 생기고 나 자신도 변했기 때문일 것이다. 집안 분위기가 밝아지기 시작한 시기에 아이들이 잘 자라고 있었다. 이미 태식이형네는 큰아들이 소학교에 다니고, 둘째, 셋째가 태어났다. 손자들이 커 가면서 아버지의 모습이 믿을 수 없을 정도로 변하셨다. 아버지는 장남의 손자를 잘 돌보셨다. 비행기를 태워 준다고 하시며 두 팔로 어린아이를 쳐들고 입술로 소리를 내면서 팔을 돌리거나 어린아이의 이마를 살살 어루만지며 재미있게 얘기를 건네신다.

"아가야, 네 할아버지시다. 알겠니?"

하신다. 아기가 방긋 웃으면 할아버지는 다시

"봐라. 웃었다. 음, 역시 알고 있는 거야."

라고 아버지는 무섭게 생긴 구레나룻을 아기의 부드러운 뺨에 대고 비벼댔다. 아버지는 손자들에게 인자하셨고, 아이들은 그것을 잘 알고 있었다. 아버지만 보면 위의 아이들은 할아버지의 팔에 매달려 응석을 부렸다. 그러면 아버지는 덩실거리기 시작하는 개구쟁이들을 자신만만하게 데리고 아이들에게 둘러싸여 손자들이 가자는 데로 끌려다녔다.

보기에도 흐뭇한 광경이었다. 그러나 그 당시 독신이었던 나는 아버지의 갑작스런 변화를 그저 답답하게 바라보고 있었다. 그렇다. 나는 아버지의 변하신 모습을 내심으로는 심하게 공격해 마지 않았던 것이다.

'아버지는 왜 갑자기 변하신 거지요? 왜 지난 시절의 난폭한 모습을 보이려고 하지 않으시는 거죠? 자, 손자들 앞에서 옛날처럼 행동해 보세요. 저를 공포에 떨게 한 그 옛날의 난폭한 성질. 그야말로 아버지다운 예전의 모습을 한 번 옛날 그대로 손자들에게 드러내 보였으면 좋겠어요.'

난 분한 나머지 마음속 깊은 곳에서 이렇게 열망했던 것이다. 그 당시 내가 아버지에게 바랐던 것은 우선 그런 것밖에 없다. 정말이다. 만일 부탁대로 옛날처럼 무섭게 화를 낸다면, 아버지는 일제 강점기 때에 조선인이 몸에 익혔던 난폭함을 가장 뿌리 깊고 오래도록 계속해서 지닌 최후의 인간이 될 수 있었음에 틀림없었다. 아버지는 차라리 그렇게 인생의 유종의 미를 장식하셔야 하지 않았을까?

나는 손자들에 대해 일종의 질투심을 느끼지 않을 수 없었다. '너희들은 행복하구나. 어차피 옛날 일에 대해서는 아무것도 모르고도 지낼 수가 있으니 말이야.' 나는 나이값도 못하고 드디어 큰 손자들에게 그렇게 푸념했던 것이다. 물론 할아버지로부터 요령껏 얻어 낸 모형 비행기를 열심히 조립하고 있는 아이들은 아무것도 알 리가 없다. 그러면 나는 이 어리광쟁이 개구쟁이들에게 적어도 한 번이라도 '단거리 경주'를 맛보게 해주고 싶어서 몸이 근질근질해지는 것이다.

지금도 생각이 난다. 그 소년 시절, 나는 왜 자주 부엌으로 달려가지 않으면 안되었던 것일까? 그것은 아버지가 소년인 나를 쉴새 없이 호되게 훈련시키셨기 때문이었다. 집안에서 싸움이 시작되고 아버지가 일단 동작을 취하기 시작하면(그것은 내가 스타트 라인에서 뛰어가는 신호였다) 나는 재빨리 부엌으로 뛰어들어간다. 거기서 날쌔게 부엌칼을 낚아채 밖으로 달려가는 것이다. 그 일초일각의 스피드를 어떻게 줄이느냐 하는 것이 내게는 최대의 과제였다. 만약 내가 단거리 선수같이 순간의 전력질주에 전 신경을 집중하지 않으면, 아버지가 나보다 먼저 부엌으로 가신다. 그런데 그렇게 되었을 경우의 사태를 생각하면 나는 견딜 수가 없어서 아버지보다 빨리 뛰어가지 않으면 안되었다. 나는 그런 식으로 늘 부자간의 '단거리 경주'에서 계속해서 이기고, 언제나 승리자가 되었다. 그렇다 하더라도 나는 손에 꼭 달라붙어 떨어지지 않을 듯한 칼을 겨우 마루 밑에 밀어 넣으면 격한 심장 고동 소리로 어지러우면서 언제쯤 이런 괴로운 훈련에서 벗어나게 될지 트레이너이기도 한 아버지를 자꾸만 원망했던 것이다.

아마도 그러한 체험이 나로 하여금 아버지의 인자한 할아버지가 된 모습을 낯간지럽게 생각하게 한 것 같았다. 그런데 이제 내게도 아내가 생기고 아이가 태어나게 되니까 나는 실없게도 아버지의 축복을 받으려고 이렇게 고향집에 돌아온 것이다. 며느리에게서 배내옷에 싸인 손자를 받아 든 아버지는 "그래, 훌륭한 자식을 낳았구나—"라며 환성을 질렀다. 시아버지에게서 칭찬을 받고 아내는 얼굴을 붉히며 수줍어했다. 나는 멋쩍었다. 그래도 아버지다. "음, 이 환하게 웃는 얼굴은 어멈을 닮았구나. 그런데 눈썹이 이렇게 빳빳한 것을 보니 고집이 세겠구나. 그건 네 애비랑 똑같구나"라고 하시며 밝게 웃으시면 나도 "그럼요. 우리 집 혈통인데요. 누구신가 하고 닮아서—" 하며 맞장구 쳤다.

그때의 대화를 나중에 돌이켜 보니, 나는 역시 우리 집에 변화가 일어나기 시작했다고 느꼈다. 아버지의 말을 가볍게 받아 넘기고 하는 것은 참으로 오래간만의 일이었다. 전에는 아버지와 함께 이야기하는 것조차 꺼림칙하고 거북하게 생각했던 것이다. 고등학생 시절 나는 벙어리가 되려고 했다. 아버지에게 말도 걸지 않고, 말을 걸어 와도 대답을 안하려는 벙어리이다. 적어도 1년 동안은 절대로 말을 하지 않겠다고 마음속으로 맹세했다. 나는 오기로라도 그것을 지키려고 했다. 그러나 계획은 실패로 돌아갔다. 한 지붕 아래서 얼굴을 맞대고 있는 아버지에게 완전히 침묵을 지키는 일은 불가능했다. 수업료가 밀리면 하는 수 없이 내쪽에서 먼저 아버지께 말을 걸지 않으면 안되었기 때문이다. 그런 문제가 아니고서는 나는 버티어 낼 수 있을 만큼은 아버지와 말하지 않고 지냈다고 할 수 있다. 그러자 아버지도 아들의 반항을 눈치채시고 너는 벙어리냐라고 따지셨다. 그래도 나는 잠자코 대답을 하지 않았다.

손자들이 태어나서 커 감에 따라서 아버지와 아들 사이의 감정도 조금씩 조금씩 풀려서 서로 이야기를 나누는 분위기로 바뀌어 가고 있었다. 나는 아버지에게 말을 걸어야만 한다고 생각했다. 지금까지 피해 왔던 과거의 부자 관계에 관해서, 그래서 어두웠던 생활의 터널을 동여매 온 생각들을 담아서 서로 대화할 필요가 있었다. 순식간에 어둠에서 빠져나온 사람에게는 한겨울의 약한 햇살도 눈부시게 비치고, 눈앞에 펴져 오는 광경들이 마음을 씻어 준다. 나는 감격해서 아버지에게 말을 걸려고 했다. 그러나 터널에서 나오려고 발걸음을 옮기려 하면서 얼핏 눈짐작을 잘못한 것 같은 망설임을 느꼈다. 금년 설에 고향집에 돌아갔을 때도 그랬다. 아버지와 나는 난로가에 앉아 고국의 사정에 대해 서로 이야기하고 있었다.

"통일 문제는 당분간은 전망이 없겠지?" 아버지는 가라앉은 목소리로 그렇게 물으셨다.

"그렇지도 않아요. 뿌리를 내리고 있는 것 같아요. 표면적으로는요."

"그러냐? 그렇다면 우리 같은 늙은이들은 아무래도 그날을 보지 못하고 죽을 것 같구나."

아버지는 반쯤은 진심으로 그렇게 말씀하시고는 후우—하고 한숨을 쉬었다. "그것만이 유일한 즐거움이란다. 나라가 통일이 되어 고향의 흙을 밟는 그것만이……."

나는 그날의 일을 상상해 보았다. 그날은 팔월 십오일과 어떻게 서로 겹쳤던 것일까? 20년 전 조선이 독립을 맞았던 날 동포들은 기쁨의 눈물을 흘렸다. 거리로 뛰쳐나와 손을 흔들고 논밭의 흙덩이를 꽉 움켜쥐고 독립을 축하했다. 그것은 도저히 말로는 표현할 수 없는 그런 기분이었을 것이다. 나로서는 단지 동포들의 벅찬 감격의 심정을 몇 가지의 광경으로 뭉뚱그려 상상할 수 있을 뿐이었다. 그리고 다시 수십 년 후에 다가올 통일의 날에는 동포들이 어떠한 모습으로 있을까? 나는 아버지의 모습은 쉽게 상상할 수 있을 것 같다. 아버지는 반세기 만에 고향에 돌아가 필경 눈물도 없이 흙냄새에 목이 메어 감격해 하지 않을까? 하지만 그러한 상상은 곧 다음 상상으로 지워져 버린다. 몰라보게 변해 버린 고향의 모습에 당혹해 하시는 아버지의 모습과 목놓아 통곡하는 광경이 겹쳐지고 있다. 그제서야 나는 아버지의 말이 마음에 걸리는 것이었다.

"그것만이 유일한 즐거움이니까……"라고 하시던 '그것만'이라는 말 한끝에 빈정거림으로도 비애라고도 볼 수 있는 여운이 담겨져 있는 듯한 느낌이 들었기 때문이다. 의외라고 생각했다. 그것은 우리들에게 대한 아버지의 항의인 것일까? ……

오랫동안 내가 그랬던 것처럼 형이나 여동생들도 아버지에게 많든 적든 간에 원한을 품고 있었다. 어머니를 일찍 여윈 탓일까? 우리들에게는 어딘지 모르게 비뚤어진 구석이 있었다. 서로가 자신들을 누구보다도 불행한 인간이라고 생각하고 있는 것도 그랬다. 즉 누구보다도 자신들이 불행한 이유는 그만큼 부모의 사랑을 받지 못하고 자란 탓이라고 서로 믿고 있었던 것이다. 장남인 태식형을 비롯하여 명식형, 나, 동생 양자(良子)까지 네 형제가 모두 한결같이 그렇게 굳게 믿고 있었다. 우리들은 부모 슬하에서 그럭저럭 자라나 어른이 되어 떳떳하게 독립해 나가서 나름대로의 인생에서의 행복을 추구했다. 평소에는 서로 친하지도 않고 협조도 하지 않다가도 일단 아버지나 새어머니에게 무슨 일이 생겼다 하면 너무나 잘 단결하는 묘한 구석이 있었다. 그럴 때에는 새어머니에게 그녀의 노력 따위는 하찮다는 듯 냉정하게 대하고 아버지에게 온통 불평을 해대는 식이었다.

그런 아버지가 손자들이 커 감에 따라 부처님처럼 변해 버렸다고 하는 점에 대해서 다른 형제들도 모두들 내심으로는 나름대로 그 속마음을 살피고 있었다. 형제들 중에서 그나마 명식형이 부모를 많이 생각하는 편이었지만, 그 명식형조차 아버지의 변화를 노후를 위한 타산적인 행동으로 받아들이고 있었다. 아버지는 자식들이 그런 식으로 자신을 보고 있다는 것을 알고 계셨으니 말로 표현하지는 않으셔도 적적한 기분이 들지는 않았을까? 그것이 우연히도 '바라는 게 있다면 통일뿐이야'라는 식으로 원망 섞인 말투로 표현되는 것은 아닌지.

뒤에서 비난받고 있는 것을 깨닫자 나는 도리어 후련해지는 느낌으로 아버지를 바라보았다. 좋은 기회라고 생각했다. 사실 나는 그토록 부자연스러웠던 부자 관계가 손자가 태어나게 되어 슬며시 얼버무려져서 자연스러움을 가장해 가는 것이 예전부터 못마땅했던 것이다. 그것이 어쩌면 인간이 살아가는 모습인지는 모르지만 그 사실을 인식하고 있으면서도 그대로 휩쓸려 간다는 것에는 약간의 저항감마저 들었다.

나에게는 내 앞에 닥친 일을 비켜 가지 못하는 우직함이 있고, 만약 그런 일에 부딪히면 위험하다는 것을 알면서도 거기서 관심을 돌릴 수 없는 것이다. 나는 타인과의 관계에서도 위선이나 처세, 추종이란 것을 발견하고는 심하게 환멸감을 느끼고 또 자기 자신 속에서 그러한 경향을 발견할 때 심한 자기 혐오에 시달리지만 그렇다고 해서 인간에 대해 절망감을 느끼기보다는 결국 먼 훗날 다가올 해후에 커다란 기대를 걸지 않을 수 없는 것이다. 아버지에 대해서도 그렇다. 과거의 삐뚤어진 부자간의 언짢았던 일들이 터널과 같이 어둡고 길었다 하더라도 거기서 빠져 나왔을 때의 환희를 기다리며 걸어온 듯한 느낌이 드는 것이다. 언젠가 아내는 우리 집을 '폭풍과 같은 가정'이라고 말한 적이 있었는데, 정말로 칭찬이라도 해 주고 싶을 정도의 말이었다. 그렇다. 편안한 집 보다는 폭풍우를 안고 있는 집이 좀더 근사하지 않은가.

하지만, 방금도 아버지에게 말을 걸려고 하다가도 문득 나는 입을 다물고 말았다. 목 아래까지 올라온 말을 무의식중에 억누르면서 도대체 왜 이러는 것일까라고 생각했다. 갑자기 마음속에서 무엇인가 순서가 뒤섞여 버려 원망 서린 감정이 북받쳐 올라와서는 입안에서까지 싸우고 있었다.

'아버지, 당신은 아들이 아이를 어떻게 키우고 있는지 전혀 모르고 있군요. 아버지는 정말 낙천주이자이시군요!'

나는 내 아이를 건강한 아이로 키우고 싶다는 바람이 있었다. 그 부드러운 꿈을 지켜 주고 언제나 무방비 상태로 외부 세계와 접촉하고 있는 눈빛이나 손발을 감싸 주고 싶다고 염원해 왔다. 그중에서도 염려했던 것은 아이가 겁쟁이가 되는 것이었다. 자신이 겁많은 소년이었던 것은 아버지의 그 지독한 훈련 때문이라고 적어도 나는 그렇게 생각하고 있다. 그래서 나는 내 아이를 '단거리 선수'로 키우려는 생각은 추호도 없었고 몰래 아버지를 반면 교사—부정적인 것을 보임으로써 긍정적인 것을 한층 더 분명케 하는 데 도움이 되는 사람—로 점찍어 두었던 것이다. 어떻게 그다지도 잔인할 수 있었을까. 소년 시절의 그 특별훈련 탓인지 나는 역시 겁많은 어른이 되어 때때로 아이가 열심히 달려가는 모습을 볼 때면 가슴이 덜컥 미어지는 것 같을 때가 있다. 물론 아무 일도 없다. 아이는 씩씩하게 뛰어 놀고 있을 뿐이다. 그러면 나는 이번에는 매우 유쾌해져서 눈물이 나올 정도로 감동해 버리는 것이다.

이것은 나의 새로운 승리라고 생각한다. 나는 이것만큼은 아이와 함께 2대에 걸쳐 아버지에게 이겼다는 기쁜 마음을 품지 않을 수 없었다. 하지만 도대체 왜 이제 와서 이러한 우월감을 아버지에게 과시하지 않으면 안되는 것일까. 바로 그 때, 아버지와 과거에 대한 대화를 나누려고 하는 그때에 마치 몸 속에서 작은 악마들이 끼익끼익 소리내며 날뛰고, 이 놈이건 저 놈이건 누구할 것 없이 주인인 나를 젖혀 두고 떠들썩한 향연 준비에 열중해 있는 것 같았다. 황급히 서둘러서 작은 악마들을 가슴속 주머니에 밀어 넣어 가둬 두지 않으면 안되었다. 만약 그러한 상태로 아버지에게 말을 건다면……그 반응이 손바닥 보듯 훤하다. 아버지는 한 순간 거만한 아들의 얼굴을 믿을 수 없다는 듯 바라보고 있다가 이렇게 외칠 것이 틀림없다. '아이고, 뭔가 잘못됐지. 일본땅에 발을 들여 놓은 우리가 잘못됐어. 코흘리개 개구쟁이 녀석들을 겨우 제대로 된 어른으로 키워 놓았더니 이 꼴이라니. 에이, 이런 쌍놈 같으니라고. 기지도 못하는 놈이 날아 보겠다고!' 아버지는 느닷없이 나에게 덮쳐올 것임에 틀림없었다.

힘없는 아버지의 제재를 두려워하지는 않았다. 아버지가 어떤 방법으로든 있는 힘을 다해 공격해 와도 그것은 예전에 내 피부가 기억하고 있는 것과 같은 절실한 반응이나 효과를 올릴 수는 없을 것이다. 내가 두려워했던 것은 다른 것이었다. 아버지가 거칠고 난폭한 인간으로 돌변하여 모처럼 싹트기 시작한 마음의 평화가 날아가 버릴까 봐 그것을 우려하고 있었던 것이다. 그러한 걱정과 두려움이 나를 침묵하게 했다. 그렇다고는 해도 아버지와 마주하면 집요하게 머리를 치켜드는 원망스러움이 이상할 정도였다. 이러한 아들의 완강함을 부모가 용서할 리가 없었다. 나 자신 또한 그러한 삐딱한 자세로 얼마만큼 아버지의 마음을 열 수가 있겠는가. 세월이 지나야 나무에 열린 과일들이 잘 익어 보기 좋은 색깔이 되듯, 우리 부자도 서서히 결실을 맺어오는 것을 기다리지 않으면 안될지도 몰랐다. 그리하여 나는 끝끝내 아버지와 대화를 나눌 수가 없었다.

그 결과, 이미 아버지와는 영원히 대화가 끊어져 버렸다. 아버지는 바라고 있던 통일의 날을 보지 못하고 돌아가셨다. 언젠가 그날이 올 것이다. 그날을 맞이했다 하더라도 나에게는 아버지와의 끝내 이루지 못했던 대화가 언제까지나 미련으로 남을 것 같았다.

창 밖을 보았다. 마음속 어딘가에서 당연히 이렇게 될 일이었다고 생각하려는 자신이 참을 수 없었다. 구름이 소용돌이 치고 있었다. 구름은 하늘이 내던지는 창자와 같이 비행기 주위의 하늘을 가득 채우고 있었다. 그 더럽혀진 구름을 날카롭게 양쪽으로 가르면서 제트기는 북상을 계속하고 있었다.

고향집에 돌아온 나를 기다리고 있었던 것은 생각지도 못했던 일이다. 아버지의 죽음을 둘러싸고 일어난 여러 사건들은 전혀 예상도 해보지 못한 일들이었다. 아버지와 대면했을 때 슬픔보다도 어쩐지 떳떳하지 못함을 느꼈다. 약간 부어오른 아버지의 얼굴은 다른 사람처럼 보였고 몸이 이상할 정도로 크게 느껴진다. 눈물은 흘리지 않을 작정이었다.

"안된다. 아버지의 얼굴에 눈물을 떨어뜨려서는 안돼. 그러면 죽은 사람이 좋은 곳으로 못 가게 된다고 무당처럼 아버지 베갯머리 앉아 있던 어머니가 내 등에 손을 얹으셨다. 그렇게 말하면서 어머니는 "아이고, 아이고"라고 곡을 하시는 것이다. 그렇게 한참 있다가 나는 종이로 붙여 만든 마네킹과 같이 부피가 커진 아버지의 가슴으로부터 몸을 일으켰다. 시집갔다 소박맞고 쫓겨온 여자마냥 부질없는 눈물을 흘리고 있는 나 자신을 의식하지 못하고 있었다. 눈을 내리깔고 꼼짝 않고 있었다. 그러고 나서 작은 목소리로 아버지의 사인을 어머니에게 물었다. 뇌졸중이었다. 가끔 현기증이 나고 머리로 피가 솟아 오른다고 말씀하시던 기억이 떠올랐다. 그 조짐은 전부터 있었음에도 불구하고 나는 아버지의 건강상태 따위에는 거의 무관심하게 지나쳐 왔던 것이다.

아버지의 호소를 허풍으로나 받아들인 적은 있어도 아버지에게 진정어린 말을 건네어 본 기억이 없었다. 향 냄새가 감돌고 있었다. 정신을 가다듬고 주위의 조문객들에게 머리를 숙였다.

그때였다. 조문객 앞을 허리를 숙여가면서 명식형이 이쪽으로 다가왔다. 형은 내 옆에 와서는 허리를 구부린 채 낮은 목소리로 낮추어 말했다.

"동식아, 얘기할 게 있다. 이층으로 와라."

나는 영문을 몰라서 사람들의 시선을 의식하면서 둘째형의 뒤를 따라갔다. 이층의 어느 방에 들어서자 남쪽으로 나 있는 창에서 들어오는 빛을 받으며 세 명의 남자가 여섯 장짜리 다다미방 한 가운데에 앉아 있었다. 방문을 여는 소리에 세 명이 동시에 이쪽을 돌아보았고 놀랍게도 그중 한 명이 태식이었다. 태식형은 마치 앞머리를 쓸어 올리다가 우연히 내 모습을 본 듯한 애매한 시선으로 나를 쳐다 보았다.

"왔구나—"라고 말하는 그 눈이 약간의 움직임을 띠었다.

"지금—"이라는 식으로 나도 눈빛으로 대답했다. 여느 때와 같이 냉정한 인삿말이었지만 그래도 어떠한 감정이 미묘하게 교차하는 것은 역시 아버지의 죽음이 염두에 있었던 탓일까. 다섯 사람이 빙 둘러 앉았다. 방에 있던 처음 보는 두 명의 중년 남자들이 나를 한 번 흘끔 쳐다보고는 자신들을 소개하기 시작했다. 두 사람 모두 조총련에 속해 있는 사람들로 T지부의 부위원장과 분회장이었다. 나중에 자신을 소개한 분회장의 이름을 듣고 나는 좀 놀랐다. 유인근(兪仁根)이라는 그 이름을 전에 들은 적이 있는 듯한 느낌이 들었던 것이다. 나는 다시 한 번 눈앞에 있는 노인을 쳐다보았다. 왜소한 체격이었지만 땅 속 깊이 뿌리를 박고 있는 그루터기라도 보는 듯한 인상을 받았다. 반백의 짧은 머리카락 아래로 주름진 이마가 있고, 햇볕에 탄 그 얼굴은 사려 깊은 얼굴로 보였다.

깔끔한 반소매 셔츠의 소매 부분에 어린 동물의 가죽과 같은 두 팔이 나와 있었다. 손목 앞쪽의 손이 아주 크고 손가락 마디도 굵었다. 바로 이 사람이구나. 식구들을 데리고 정월에 집에 돌아왔을 때 아버지가 한 번 이 사람의 이름을 꺼내신 적이 있었다. 어떨 때는 화가 나서 이야기하시고 또 다른 때는 묘하게도 차분히 말씀하던 것으로 보아 아무래도 이 이름의 주인공이 아버지에게는 꽤 중요한 사람이라고 느껴졌다. 아버지는 자기가 경멸하는 사람에 대해서는 전혀 얘기도 꺼내지 않는 대신 매우 친근하거나 열등의식을 가지고 있는 상대에 대해서는 투덜투덜 화를 내며 그 이름을 들먹거리기도 하고 말없이 생각에 잠기는 버릇이 있었다. 아버지에게는 그런 사람이 그다지 없었다. 그래서 때때로 화제로 떠오르는 유인근이라는 이름을 나는 왠지 모르게 기억하고 있었다. 다만 어떤 인물인가 하는 것은 전혀 모를 뿐더러 별다른 흥미도 없었다. 하지만 이렇게 직접 장본인으로부터 소개를 받고 보니, 나는 이상하게 마음에 걸렸다. 이 늙은 분회장이 아버지만이 아니라 우리들 부자 관계도 너무나 잘 알고 있는 듯 느껴졌기 때문이다. 자기 소개가 끝나고 이야기를 꺼낸 것은 중년으로 보이는 지부의 부위원장이었다.

"실은—"이라고 그는 나를 향해 "체엣"이라고 조심스레 입을 열었다.

"다름이 아니라 이렇게 말씀을 드리는 것은 돌아가신 춘부장의 장례식 문제입니다만, 여러 가지로 깊이 생각해서 공동장례식으로 치렀으면 어떨까 해서 말입니다……."

공동장(共同葬)이라니? 나는 익숙지 않은 말에 귀를 기울였다. 분위원장의 둥근 얼굴은 무의식중에 자기를 바라보는 유족들에게 사려깊은 표정을 지어 보였다.

"그 건으로 이제 막 형님들에게 설명을 드리고 있던 참이었습니다. 아시는 바와 같이 춘부장, 즉 댁의 아버님께서는 평소에도 항상 조국의 통일을 염원하셨습니다. 그 열성에 저희들도 항상 감탄해 마지 않는 바입니다. 하지만 불행하게도 그날을 보지 못하시고 세상을 떠나셨습니다. 진심으로 애도의 뜻을 금할 수가 없군요…….”

그리고 그는 눈길을 떨구고 잠자코 있었다. 자기가 한 말의 효과를 가늠해 보는 것과 같은 그 동작은 달변가의 인상을 주었다. 연설할 때, 중간에 잠시 멈추고 물을 한 잔 마시는 동작처럼 그의 행동이 어딘지 모르게 신경이 쓰였다. 아버지를 열렬한 통일론자로 지나치게 과장하는 듯한 점이 마음에 들지 않았다. 아버지는 절대로 그런 사람이 아니었다. 단순히 마음만으로는 그랬을지 모르지만 현실로는 가리는 것이 많은 사람이었다. 단지, 아버지에 대해서 그가 그같이 말하는 것은 일반적인 예의일 것이다. 나는 꺼림칙함을 느끼면서도 잠자코 듣고 있었다.

“정말로 불행한 일입니다. 아버지의 마음이 어떠하셨겠습니까?……안타까운 심정입니다만 그렇다고 해서 불행을 슬퍼하고만 있을 수도 없습니다. 하루를 천추 같은 마음으로 통일의 날을 고대하면서 더욱이 허무하게 이 객지에서 죽어가는 동포가 정말로 많기 때문입니다. 그런 생각을 하면 얼마나 비통한 일입니까?”

그가 눈을 감고 잠시 말이 없었다. 츳, 하고 입술 부딪치는 소리를 냈다.

“돌아가신 분도 괴롭습니다. 하지만 살아 있는 우리들도 괴롭습니다. 당연합니다. 동포들은 심하게 고생만 하다가 죽어 가고 있습니다. 하지만 우리들은 그 동포의 죽음을 지금까지 얼마만큼이나 중요하게 느껴 왔습니까? 무엇을 했습니까?—고인은 우리와 같은 동포입니다. 같은 피를 나눈 단일 민족입니다. 그럼에도 불구하고 우리는 아무것도 못했습니다. 동포들이 함께 고인의 영혼을 위로하는 편이 좋았는데도 그러지 않았습니다. 이것이 불행이 아니고 무엇이겠습니까? 돌아가신 분들에게는 송구스러운 일들을 해 온 것입니다."

그는 침통한 표정으로 입을 다물고 여세를 몰아 다음 말을 서둘렀다.

"우리나라는 예로부터 동방예의지국으로 알려져 왔습니다. 왜냐하면 우리들은 평화적인 외국인에게는 항상 친절하고 공손하게 대접해 왔기 때문입니다. 외국인에 대해서조차 그랬습니다. 하물며 같은 동포의 경우에는 언제나 서로 도우며 살아온 것입니다. 그것은 아름다운 전통입니다. 그런데 일본에 사는 동포는 이 미풍을 잃어버린 것 같습니다. 예를 들면, 동포가 죽어도 모두가 모여서 장례를 치러 주는 일도 없어져 버렸습니다. 심지어는 일제 때도 사람들은 모두가 모여서 장례를 지냈다고 하는데도……왜 이렇게 되었을까요? 그것은 다름아닌 미제 때문에 재일동포가 지금과 같이 총련과 민단으로 나뉘어 버려 서로 관계없이 살고 있기 때문입니다……."

"그런데 말입니다—"라고 부위원장은 한숨을 쉬고 무릎으로 조금 앞으로 다가오는 듯이 하면서 어조를 높였다.

"그래서 유족 여러분의 협력을 얻고 싶습니다. 동포 분열의 비극을 없애기 위해 이 기회에 아버님의 장례를 공동장으로 하고 싶습니다. 이것은 원래 숭고한 동포애의 정신에서 나온 제안으로 나는 여러분이 이 취지를 십분 헤아려 반드시

긍정적인 의사표시를 해 주시리라고 믿습니다. 어떻습니까? 이상이 저의 설명입니다만 동의만 얻을 수 있다면 민단측과도 상의하기로 하고, 그렇게 되면 아무래도 그쪽에 소속되어 계신 태식 씨가 수고를 해 주셨으면 합니다만……."

부위원장의 장황한 취지설명은 끝났다. 처음에는 나를 향해서 이야기를 하고 있었던 그는 어느새인가 태식형에게 이야기하고 있었다. 그렇다고 해서 내가 그것을 문제삼을 마음은 그다지 없었으나 점점 기분이 무거워졌다. 솔직히 말해서 상상도 해 본 적이 없는 '공동장'이라는 말에 동요를 느꼈다. 만약 이것이 다른 집에서 일어나는 일이라면 나는 틀림없이 쉽게 감동했을 것이다. 동포들이 두 편으로 갈라져 정상적으로 왕래가 없는 상황에 공동장례식이 치러진다면 그것은 사람들의 마음을 감동시킬 것이 틀림없다. 그런데 이런 일이 바로 우리 집에서 일어나니 내 마음은 어쩐지 당혹스러워지는 것이다. 마치 누가 나의 내장을 마구 끄집어내는 것 같이 고통스럽다 . 아버지의 죽음으로 인해 우리 집의 실상이 완전히 밝혀지는 듯한 창피함인지, 노여움인지, 슬픔인지 모를 감정이 내 속에서 갈등을 일으키고 있었다.

나는 착잡한 기분으로 태식형이 어떤 태도를 보일지 기다리고 있었다. 이 공동장이라고 하는 제안은 태식이 민단에, 내가 조총련에, 형제가 전혀 다른 두 개의 조직에 속해 있다는 사실에서 야기되는 일이다. 만약 유족인 우리들이 그저 어느 한쪽 조직에 속해 있다면, 이런 이야기가 나올 리가 없다. 이른바 한 집안의 속사정이 가져왔다고도, 또 그 속사정에 기인했다고도 할 수 있는 '공동장'을 태식형은 어떻게 받아들이고 있을까? 기대와 불안이 뒤섞여 있었다. 아버지의 죽음으로 나와 태식의 사이가 미묘해진 점도 있었다. 여하튼 그때까지 우리 두 사람 사이를 묶어놓고 있던 끈이 툭하고 끊어지려 하는 듯했다. 그것을 기뻐해야 좋을지 슬퍼해야 할지 나로서는 알 수 없었다. 하지만 아버지가 살아 계셨을 때는 생각해 본 적도 없는 느낌이 지금 처음으로 싹트는 것 같았다. 아버지가 건재했을 때의 나는 형제간의 유대를 불행하게 생각했던 것이다. 형으로서의 태식이 지긋지긋하고 만일 남이었다면 일생 동안 절대로 사귀지도 않을 그런 사람이라고 생각했다. 하지만 아버지의 죽음으로 갑작스레 그 기회가 찾아오자 오히려 나는 당황해 하고 있었다.

"어떻습니까? 태식 씨의 협력이 꼭 필요합니다. 공동장이라고 하는 커다란 목적을 위해 이 기회에 당신의 역량을 발휘해 주셨으면 하고 생각하고 있습니다"

부위원장은 치켜세우듯이 말하며 말없이 앉아 있는 태식을 주시했다. 이윽고 태식의 얼굴에 냉담한 표정이 스쳤다. 그는 약간 등이 굽은 부위원장에게 눈길을 주고 냉담하게 대답했다.

"그런 일은 사양하겠습니다. 취지는 좋습니다만 제 방식에 맞지 않는군요."

"방식이라고요?"

부위원장은 이상한 목소리로 언성을 높였다.

"그렇습니다. 그 표현이 뭣하면 이데올로기라고 해도 좋겠죠. 어쨌든 부모의 장례식에 정치를 개입시키는 일은 저로서는 피하고 싶습니다."

자신의 생각을 내세우는 듯이 말하고는 태식은 부위원장을 응시했다. 그 가늘게 찢어진 눈이 낯설지 않았다. 형이 내 말을 가로막고 자기 주장을 할 때의 표정이었다.

"아니, 태식 씨는 좀 흥분하신 것 같군요. 정치말인데요. 그렇게 일률적으로 나무라시면 저희들의 진의도 살아나지 않습니다. 바르게 이해합시다. 바르게. 저희들은 태식 씨의 오해가 극히 일시적인 것이라고……."

부위원장은 애써 어색함을 감추려고 몸을 움직여 억지웃음을 웃다가 곧 입을 다물었다.

그때까지 조용히 지켜보고 있던 분회장이 옆에서 입을 열었기 때문이다.

"다른 유족분들의 의견을 들어 보는 것이 어떻습니까? 모두들 생각하시는 바가 있으실 테니 말이죠."

온화하고 차분한 목소리였다. 부위원장은 마침 좋은 조언을 받아서 잘되었다는 표정으로 분주하게 내쪽으로 시선을 보내왔다.

"동식 씨 생각은 어떻습니까?"

다그치듯이 물었다. 이 사람은 당연히 승낙할 것이라는 듯한 자기 만족을 띤 표정이 능글맞게 번져 있었다. 아마도 그는 상대가 조총련계의 직장에서 근무하고 있는 것을 알고 있을 것이다. 그러니 자기의 생각에 반대할 리가 없다고 단정하는 듯한 표정이었다. 말을 하기가 거북했다. '공동장'이라고 하는 말이 갖는 의미를 나는 내 나름대로 생각해 보려고 애썼다. 우리 집의 속사정에서 나온 공동장이 우리 형제들에게 무엇을 의미하는 것일까? 또 그로 인해 어떤 일이 일어날 것인가? 좀더 차분히 생각할 시간이 필요하다.

"형들과 이야기를 좀 나누고 싶습니다. 매우 중요한 일이라 생각이 되어서요……."

나는 부위원장을 올려다보고 천천히 말을 꺼냈다. 그 순간 그는 나를 뚫어지게 바라보았다. 그 고래 같은 눈에 우유부단함을 힐책하는 듯한 빛이 스쳤다. 그 옆에 분회장이 고개를 끄덕이며 앉아 있었다. 천천히 고개를 끄덕이면서 부위원장에게 말을 걸었다.

"저희들은 일단 자리를 피해 드립시다. 역시 중요한 일이니 형제분끼리 우선 상의를 하시는 편이 좋겠죠."

부위원장은 "우"하고 억눌린 듯한 소리를 내고는 멈칫거리며 분회장을 언뜻 보았다. 하지만 '그건 그래. 그렇고 말고'라는 시늉으로 누가 위에서 등을 잡아 올리는 듯 몸을 일으켰다. 두 사람이 나가고 우리 세 형제만 남게 되었다. 모두 한동안 입을 열지 않았다. 그 시간은 불과 몇 분에 지나지 않았지만 꽤 긴 시간으로 느껴졌다. 나는 공동장에 대해서 생각해 보았다. 하지만 조금도 생각이 정리되지 않고 공염불을 외듯이 공동장이란 무엇인가. 그것은 어떠한 결과를 초래할 것인가를 반복하고 있을 따름이었다. 그런 나에게는 눈앞에 앉아 있는 태식의 모습이 어쩐지 두렵게 비쳤다. 어쩌면 나는 공동장보다도 형과의 앞으로의 관계에 더 신경을 쓰고 있었는지 모른다. 앞으로 두 사람의 관계는 어떻게 되어갈 것은…… 막연한 예감이었지만 이 공동장이 어떻게 되느냐에 두 사람의 장래가 달려 있을 듯한 느낌이 들었다. 두 사람 사이가 좋게 혹은 나쁘게 되는 것도 우리 두 사람이 공동장을 어떻게 받아들일 것인가에 따라 결정되어지는 것 같았다. 그만큼 뭔지 모를 기분 나쁜 일이 다가오는 것 같았다. 그리고 지금 눈앞에 언짢은 표정으로 앉아 있는 태식과 공동장이라는 두 가지가 나를 압박해 오는 듯했다.

하지만 나는 공동장을 될 수 있는 한 알기 쉽게 이해하려고 애써 보았다. 그렇게 함으로써 언짢은 기분도 사라지는 것 같았다. 방금 전에 부위원장이 한 말을 되새겨 보았다. 그 점잔 빼는 말투나 불필요한 형용사를 빼니 공동장의 취지가 좀더 확실히 느껴졌다. 동포가 분열되어 살고 있는 현실 가운데에서 적어도 죽은 사람 정도라도 함께 장례를 치르는 마음의 교제가 있어도 좋다고 하는 것이 그 요지였다. 그것이 진정한 의도라면 고마운 배려였다. 집안의 속사정이 드러나는 것 같아 괴롭지만, 그것은 그렇다 쳐도 이 공동장이 단순히 우리 집의 일로만 끝나지 않고 앞으로 다른 동포가 죽었을 때에도 그랬으면 좋겠다라는 점에서.

내 마음속에서 하나의 기원이 싹트는 것 같았다. 이 공동장을 통해서 태식과의 유대를 확인해 가는 것이 어떨까? 공동장이 돌아가신 아버지를 향한 최소한의 전별이라고 한다면 그 장례를 위해 힘을 합쳐 가는 중에 두 사람이 잃었던 것을 되새겨 볼 수 있다면…… 그런 생각은 형에 대해서 단념하고 지내고 있었던 지금까지의 나로서는 상상하기 힘든 것이었다. 사실 나 자신은 그런 패기도 없고 자신감도 없었다. 게다가 어딘가 편의적인 사고가 숨어 있는 것은 아닐까. 하지만 그러면서도 이런 생각이 나 자신을 무겁게 압박해 오는 것이다.

그때, 명식이 불쑥 말을 걸어왔다. 둘째 형은 좀 우울한 눈빛으로 나를 보며 말했다.

"동식아, 너도 아버지가 돌아가셔서 슬프지?"

그 말에는 절박한 감정을 같은 형제의 눈빛으로 나무라려고 하는 기분과 동생을 위로하려고 하는 형의 마음이 담겨져 있었다. 나는 작은형을 힐끗 보고는 이내 고개를 떨구었다. 대답이 잘 안 나왔다. 바닥을 바라보고 있었는데 몸이 달아오르며 실없이 눈시울이 뜨거워지려 했다. 돌아가신 아버님에게 자신이 얼마나 혹독하고 박정했던가를 고백하고 싶은 충동이 일었다.

"갑작스레 돌아가셨어, 정말. 어쩌다 그렇게 갑자기 돌아가시지!"

명식은 마치 자신에게 변명이라도 하듯이 신음하고는 다시 말이 없다.

그런 명식을 곁에서 위로하듯이 태식이 입을 열었다.

"저어, 공동장에 대한 문제인데 말이지. 그 얘기를 여기서 마무리 짓지 않으면 안돼."

그렇게 말하고 태식은 천천히 가늘게 째진 눈을 나에게 돌렸다.

"어때, 네 생각은?"

어딘지 모르게 퉁명스러운 말투였다. 나는 좀 당황해서 태식형을 보며 손끝으로 눈두덩을 비볐다. 어떻게 말하면 태식형이 납득을 할까. 눈꺼풀을 비비면서 생각해 보았다. 하지만 나는 무언가를 뿌리치듯이 물었다.

"어째서—형님은 공동장에 반대하는 겁니까?"

태식은 잠자코 나를 바라보다가,

"그건 방금 말한 대로야. 정치 문제가 개입되기 때문이야. 너는 다른 사람에게 묻기 전에 우선 네 의견을 말해야 하는 것 아니냐?"

나는 그 한마디로 기가 꺾여 입을 다물고 말았다. 이 형님에게는 방금 명식형이 동생에게 보여 준 것과 같은 부드러움은 없단 말인가. 쌀쌀맞게 다그쳐 묻는 듯한 말을 듣자, 새삼스럽게 두 사람 사이의 거리감을 느꼈다. 입을 다물어 버린 동생을 보고 태식은 더욱 다그쳐 물었다.

"어떠냐. 너도 생각하는 바가 있을 것 아니냐?"

누가 이마를 치기라도 한 것 처럼 나는 고개를 들었다.

"왜 정치 문제를 들먹거립니까? 그건 지나친 생각 같아요. 공동장을 그런식으로 생각하면 오해가 아닐까요."

말이 떨리는 것을 의식했다. 태식형과 이야기할 때면 일어나는 현상이다. 몸의 근육이 굳어지고 참고 견디려니 나중에는 이까지 떨려 왔다. 나는 상대가 눈치채지 못하게 해야지 하며 초조해 했다. 몸이 자꾸 떨리면서 태식형의 모습이 점점 거대하게 보이고 점점 더 무서워졌다. 그것은 그의 체구에서 오는 느낌이 아니었다. 형이 마치 난폭함이 감추어져 있는 한 자루의 큰 막대기와 같이 보이기 시작했다. 형의 모습이 그렇게 보이기 시작한 것은 훨씬 오래 전부터였다. 내가 청년기로 접어들 무렵부터 우리 둘은 자주 논쟁을 했다. 감정을 건드리면 손위의 태식은 굵은 막대기처럼 갑자기 나를 팔로 세게 때렸다. 그 무렵부터 형과의 말다툼이 일어나면 늘 이렇게 떨리기 시작했다.

태식형은 선하품을 한 번 했다. 나는 그것이 긴장을 풀기 위한 방법이라는 것을 경험으로 이미 잘 알고 있었다. 형은 지루하지 않은 척 속이려 하고 있지만 나름대로 형도 나와 이야기를 하기 시작하면 역시 압박감을 받는 모양이다.

"너는 모른다. 아무것도 모른다. 조직이라는 게 그리 간단한 것이 아니다."

태식형은 마음에 안 든다는 듯이 나를 바라보며, "아—, 아—" 하고 크게 선하품만 해 댔다.

"그럼 형님은 조직을 어떻게 보십니까? 꼭 알고 싶군요."

나 역시 떨리는 것을 감추려고 목소리에 힘을 주어 말했다.

"좋아. 조직이라는 것은 스스로에게 도움이 되지 않는 일은 결코 하지 않는다. 도움이 되지 않으면 설령 눈앞에서 교포가 사형을 당하게 되어도 본체만체 한다. 그러나 도움이 될 듯 싶으면 죽은 사람에게까지 달려온다. 그것이 조직이 갖는 원리야. 분명히 얘기해서 너희들의 방식이지."

태식은 선하품을 멈추고 갑자기 비난하듯 주장했다. 나도 떨리던 것이 가라앉았다. 늘 이런 식이다. 이렇게 해서 두 사람은 본격적으로 상대를 서로 격렬하게 비난하며 끝내는 어쩔 수 없이 서로를 증오하게 되었던 것이다. 나는 그런 두 사람의 관계를 돌이켜 보았지만 이미 감정이 가세되어 냉정하려 해도 어찌할 수가 없었다.

"중상모략은 그만두십시오, 무슨 말씀이십니까? 조직이 조직인 한은 자신에게 이롭지 못한 일을 할 리가 없겠죠. 적어도 상대에게 이익을 가져다 주는 일은 그것은 조총련이나 민단이나 다 마찬가지이겠지요. 하지만 어쨌든, 지금 그렇게 중상모략을 해봐도 아무 도움도 안됩니다. 그보다는 좀더 구체적으로 공동장의 이로운 면을 생각해 주십시요. 돌아가신 아버지 장례를 치르는데 공동장례식으로 한다면 아마 동포들이 많이 참석해 주겠죠. 양쪽 조직이 도움을 줄 테니까요. 그렇게 되면, 아버지도 기뻐하실 거란 느낌이 들어요. 아버지는 조선인들은 골치 아프다는 말씀을 자주 하셨었죠. 사상이 다르면 서로가 등을 돌려 버린다고 말이죠. 그런 의미에서 아버지는 훌륭한 통일론자이셨습니다. 나는 형님이 아버지를 위해서라도, 그리고…… 어쨌든 아버지를 위해서라도 어떻게든 공동장에 힘을 모아 주시기를 바라고 있는데……."

"네가 아직 뭘 모르고 있던가 아니면 교묘하게 휴머니즘을 핑계로 지껄이고 있을 뿐이야."

"그게 무슨 뜻입니까?"

"무슨 뜻? 너처럼 묘하게 시침떼는 태도가 말하자면 위선이란 거다."

태식은 나를 쏘아보며 내뱉듯이 말했다. 형의 가늘게 째진 눈자위가 빨개졌다.

"너 진심으로 돌아가신 아버지를 위해 공동장을 지내려고 생각하니? 그렇다면 그만둬라. 그만두려 하는 게 차라리 속죄하는 길이 될거다."

"왜 그렇죠?"

나는 창백해져서 물었다. 그런 것은 독선적인 트집이 아닌가.

"잘 듣거라. 너는 행복한 놈이다. 그 사람들은 통일전선을 노리고 온 것이다. 살아 있는 사람이 목표이고 돌아가신 아버지는 그저 불쌍한 미끼에 지나지 않아. 모든 게 다 정치야. 그게 목적이다. 나는 분명히 아버지에게 효도는 못했다. 하지만 적어도 아들로서 장례만큼은 정성을 다해 치뤄 드리고 싶다. 그래서 나는 아버지 장례식이 정치적으로 이용되는 걸 보면서 그냥 놔 둘 수는 없는 거다."

"그럼 이건 어떻습니까? 정치, 정치 하시지만 오히려 현실 교착상태가 정치의 결과가 아닙니까? 그 결과 우리들은 동포가 죽어도 소속이 다르면 얼굴도 내밀 수 없게 된 거죠. 그런 부자연스런 상황이 오히려 이상하지 않습니까? 그러한 상황이야말로 고쳐 나가야 하는 거죠."

"그럼, 아버지를 그 실험대로서 한 번 이용해 보자는 말이냐?"

"그런 의미가 아닙니다. 아버지를 위하는 것이기도 해요."

"그리고, 너희들의 조직확대를 위해서 그렇지? 너희들은 자신들의 이익만을 노리는 놈들이지. 나는 내막을 다 알면서 그런 함정에 걸려들 정도로 바보는 아니다."

태식은 입술을 삐죽거리며 거칠게 말했다. 눈초리가 붉게 타는 듯했다. 나도 발끈해서 대들었다.

"형님은 그런 식으로 비난하지만 사실은 자신을 보호하고 있는 겁니다. 공동장을 치르게 되면 민단 내에서 입장이 난처해질 테니까."

태식의 얼굴이 한층 더 일그러져 갔다. 그 순간, 나는 얻어맞는 게 아닌가 하고 생각했다. 급소를 찔렸을 때의 형은 난폭해지곤 했다. 나를 때리면 침이라도 뱉아 줄 셈이었지만 태식은 때리지 않았다.

"상관없다. 맘대로 생각해라. 네가 나를 이해할 리가 없지. 내가 그런 비겁한 짓을…… 아니 됐다. 이제 알겠다."

이마에 늘어진 머리카락을 쓸어 올리고, 태식은 힘을 주어 말했다. 그때 아까부터 두 사람의 대화가 점차로 험악해지는 것을 지켜 보고 있던 명식이 바짝 무릎으로 다가앉는다.

"뭘 어쨌다는 겁니까? 둘 다. 이게 뭡니까? 아버지가 돌아가신 마당에."

약간 쉰 듯한 목소리였다. 명식은 심각한 표정으로 우리 두 사람을 번갈아 보았다. 명식의 눈빛은 우리 둘의 얼굴에서 무슨 불길한 징조라도 발견한 듯이 어두워져 갔다. 그리고는 정말 믿을 수 없다는 듯이 고개를 저었다.

"우리가 틀렸어요. 뭔가 잘못돼 있어요."

명식의 한마디에 나는 고개를 숙였다. 얼굴이 달아올랐다. '틀렸어요, 틀렸어요'라는 말이 메아리쳐 와 내 귓속으로 바람처럼 불어 들어오는 듯했다. 언젠가 아내는 우리 집을 가리켜 '폭풍과 같은 가정'이라고 말한 적이 있었다. 폭풍 뒤에 찾아드는 먼동을 눈앞에 떠올리듯이 아내가 그런 말을 할 때 나는 그 눈동자에 담긴 정경에 만족했었다. 하지만 폭풍 후에 찾아오는 것은 단순한 황폐가 아닐까. 다 쓰러진 집들이 남아 있을 따름이다.

"이래 가지고는 아버지도 어디 편히 눈감으시겠어요?"

명식은 쉰 목소리를 높여, 초조한 듯 격하게 말했다.

"어째서 둘이는 그렇게 잘 싸우는 거예요? 그렇게 싸우고 싶거든 제발 아버지가 누워 계신 곳에 가서 싸우든지 해요.

아래 층으로 내려가요. 두 사람 모두 아래 층에 잠들어 계신 아버지가 계신 곳에 가서 실컷 싸워요……적어도, 이런 때만은—."

명식은 말을 다 끝맺지 못하고 소리를 죽였다. '적어도 이럴 때만은 형제가 모두 합심해서 장례식을 치뤄도 좋지 않을까' 명식형이 무슨 말을 하려 했는지 귀에 들리는 것 같았다. 나는 형에게서 야단 맞을 것 같아서 긴장했다. 변명하고 싶었다. 처음부터 태식형과 대립하고 있었던 것이 아니다. 처음에는 그렇다. 처음에는, 내가 형을 얼마나 사모했던가. 형을 자랑스럽게 생각하고 형을 위해서라면 어떠한 위험도 무릅쓰겠다는 마음이었다. 그래서 나는 기꺼이 '단거리 주자'를 떠맡았던 것이 아닌가. 그 어두웠던 시절에 형은 항상 아버지의 표적이 되었다. 아버지는 "저 놈을 죽여 버리겠다"라고 고함치며 부엌으로 쫓아갔다. 나는 힘껏 달렸다. 아버지보다 먼저 부엌으로 뛰어가 재빨리 빠져 나갔다. 나는 그렇게 아버지와의 경주에서 늘 이겼고, 형을 아버지로부터 구해 주었던 것이다.

당시의 나는 형을 진심으로 동정했다. 아버지는 툭하면 칼을 휘두르며 부엌을 향해 뛰어들어가는 것이다. 그러한 아버지를 형은 속으로 경멸하고 있었다. 아버지의 난폭함이 바로 조선인의 교양부족에서 오는 것이라고 말해 준 것은 바로 이 형이었다. 그 후 나는 형의 말대로 꼭 그렇지는 않다고 생각하게 되었지만 적어도 그 당시에는 형이 말하는 그대로 믿었다. 무엇보다도 형이 너무 불쌍했다. 구학제의 중학생이었던 형은 정말 하찮은 일로 아버지에게서 꾸중을 들었다. 여학생과 편지를 주고받았다는 것만으로 매맞고 야단을 맞았다. 형은 그런 편지를 찢어 버리는 아버지를 얼굴이 새파랗게 질려 노려보고 있었다. 형은 상처받았다. 나는 아버지가 너무 하시다고 생각했다. 아버지가 보수적인 것은 봉건성에 기인한다고 형이 가르쳐 주었다. 아버지가 형에게 심하게 하셨던 것은 자식들 중 형이 아버지의 사고방식에 제일 반항했기 때문이었다. 그런데 동생들에게는 그렇게 대드는 형이 터널 속에서의 유일한 불빛과도 같았다. 그래서 나는 어떻게든 형에게 도움이 되고 싶어했고 심부름꾼처럼 늘 형의 곁을 떠나지 않았던 일도 있었다.

그러던 내가 청년기에 접어들고 나서 그 형에게서 환멸을 느끼게 되었다. 성인이 되고, 가정을 꾸미고, 사회인이 되면서 형은 아버지와 똑같은 길을 걸어나가고 있었다. 형은 가정의 폭군이 되었다. 형은 자기 자식에게는 손을 대지 않았지만 형수를 때리고 못되게 굴었다. 예전에 아버지가 어머니를 때리고 난폭하게 굴었던 것처럼. 나는 슬펐다. 형이 아버지에게 맞아 쓰러질 때마다 자기는 이 다음에 절대로 아버지처럼 되지 않아야지 하고 맹세하던 형의 그 말은 어디로 가 버렸단 말인가. 우리 세대가 아버지 세대보다보다 낫다는 것을 보여 주려면 그때의 맹세를 꼭 지켜야 한다. 그래서 나는 형의 그러한 행동에 배신감을 느꼈다.

형의 배신은 나에게 3·1 독립운동이 일어났을 때, 마지막 순간에 민중을 배신한 자들의 그것보다 결코 뒤지지 않는 것이었다. 서울의 탑골공원에 운집해 있던 민중의 분노가 내게 전해 오는 느낌에 대한 배신이었다. 정말 태식은 그 한 가지 행동만으로도 나의 비난을 면할 길이 없는 것이다.

'왜, 폭력을 휘두르는 겁니까? 아버지처럼 말입니다. 그럴 바에야 왜 나를 그토록 뛰게 했습니까?'

나는 너무 절망해서 정신이 나갈 지경이었다. 형을 용서할 수 없었다. 아버지는 그런 대로 용서할 수 있었으나 형은 도저히 용서할 수 없었다. 왜냐하면 아버지는 배우지 못하셨으므로 지성으로 자기 행동을 포장할 줄 모르셨지만 형은 최고 학부를 나왔고 이미 그 따위 변명은 말도 안되기 때문이다. 그렇다고 형이 늘 난폭했던 것은 아니다. 형에게는 자기 나름대로 비애가 있었을 것이며 그 때문에 그런 행동을 하게 되었다는 것을 모르는 바가 아니다. 그렇다 해도 나는 형의 폭력을 인정할 수는 없다. 도대체 무엇 때문에 미쳐서 저러는 걸까? 형은 제 자식에게는 매를 들지 않았지만 동생들을 때리려고 할 때가 있었다. 나는 그런 형에게 침을 뱉고 싶었다.

'때려. 얼마든지 때려. 더러운 그 손으로 계속 때려서 한 번 아버지의 전철을 밟아 봐.' 마치 그렇게 계속 외치고 있었던 것 같다. 나는 그렇게 형에게 절망하고 그때부터 둘은 자꾸 대립하게 되었다. 우리의 대립은 자꾸 다양한 형태로 확대되고, 마침내는 형과 내가 각각 다른 조직으로 갈라져 감에 따라 더 한층 격화되어 갔지만 원래 그 원인은 형에 대한 존경이 배반당한 나의 허무함에서 나왔고 그런 상태로 오늘에 이르렀다는 느낌이다.

한참 동안 나는 수심에 잠겨 있었고, 태식형은 그저 창 밖을 내다보고 있었다. 명식형은 목이 메어 목소리가 나오지 않더니, 침을 삼키고 나서 애원하듯이 태식을 바라보았다.

"형님, 제가 얘기한 게 틀렸습니까? 오늘은 평소와는 다르다고 생각해요. 어제까지는 분명 우리들이 형제임에도 불구하고 이런저런 일들이 많았습니다. 하지만, 아버지가 돌아가신 이상 지금부터는 형님이 부모님 대신이 되어 주시고 우리들도 사이좋게 살아가지 않으면 안돼요. 이대로 가다가는 모두 뿔뿔이 흩어지고 말아요. 남보다도 더 냉정한 관계가 되어 버리는 겁니다. 그렇게 되면 아버지가 기뻐하실 것 같습니까? 아버지는 가난하셨고 고생한 보람도 없었고 유산도 남기지 못했습니다. 하지만, 나는 분명히 남기고 가신 것이 있다고 생각합니다. 우리들이 사이좋게 잘 해 나갈 수 있도록 기회를 만들어 주셨어요. 나는 그렇게 생각하고 싶어요. 이런 제 생각이 틀렸습니까?"

골똘히 생각에 잠겨 있던 명식형의 눈빛이 어둡게 태식형에게 쏟아졌다. 태식은 볼을 실룩거렸다.

"어떻습니까? 형님, 대답 좀 해 봐요."

명식은 계속 물었다. 태식은 그런 동생이 좀 부담스러운 듯 돌아보았다.

"알았어. 이제 됐다. 네 기분은 잘 알겠다. 그럼 공동장 얘기는 어떻게 하는 게 좋겠니? 네가 민단이나 조총련 아무데도 속해 있지 않은 것이 다행이다. 그러니 기탄없이 말할 수 있을 게 아니냐? 어떻게 하는 것이 타당한 건지 말해 봐라."

형의 그 말에는 네가 하는 말이라면 신용하겠다라는 분위기가 담겨 있었다. 명식형은 지금까지도 그랬듯이 남에게서 신뢰받을 수 있는 점을 가지고 있었다. 우리들은 평소 생활하면서 서로 돕는 일이 별로 없었는데, 그래도 명식에게는 상냥한 구석이 남아 있어 형제들도 호의를 품고 있었다. 다만 내 입장에서는 모든 것이 원만하기를 바라는 마음과 명식형이 절충을 잘하여 이기게 되는 데 대해 걱정과 두려움이 있다. 지금만 해도 그렇다. 내가 어떤 말을 꺼낼까 하고 두 사람으로부터 주목을 받고 있으니 명식형은 순간적으로 주저하면서 말한다.

"一나는 두 사람 모두 지나치게 구애받고 신경쓰고 있다는 느낌이 들어서요. 어느 조직에서 말이 나와도 좋은 건 좋고 나쁜 건 나쁘잖아요. 그렇죠. 그렇게 생각하면 이야기는 역시 좋다고 생각해요……그거야 형님이 경계를 하는 것도 이해할 수 있을 것 같지만 우선 해보는 게 어떨까요? 그러면서 계속 지켜보기로 하지요. 어쨌든 뭐라고 할까. 일부러 저렇게 이야기해 오는 것을 딱 잘라 거절하거나 처음부터 의심해 버릴 수는 없어요."

명식은 그렇게 소박한 의견을 말했다. 주의깊게 귀를 기울이고 있던 태식은 그만 창문 쪽으로 눈을 돌려 버렸다.

침묵이 흘렀다. 태식형이 아무 말도 하지 않고 있었기 때문에 우리들은 그저 태식이 입을 열기를 기다리고 있었다. 따사한 봄볕이 엷게 먼지 낀 비닐이 붙어 있는 유리창을 통해서 태식의 얼굴에 내리쬐고 있었다. 태식은 그냥 유리창 너머의 느티나무를 응시하고 있었다. 이윽고 태식은 가느다란 눈을 황홀하게 크게 떴다. 그 모습은 마치 부드럽게 전신을 감싸오는 빛으로 무장하고 그대로 투명하게 될 것이라고 믿고 있는 듯했다. 그리고 그 방심한 듯한 얼굴에 고통의 그늘이 나타나고 마음속으로부터 솟아오르는 감정과 싸우기라도 하는 듯 조금 열린 두 입술이 경련을 일으키듯 하나로 모아졌다.

"그럼 할 수 없구나. 그것도—."

태식은 깊은 한숨을 내쉬고 말했다. 그러고 나서 태식은 햇볕이 쪼이는 곳에서 일어나 자리를 떴다.

"어디 가요?"라며 명식이 의아해 했다.

"잠깐 나갔다 오마. 한 시간 정도 걸릴 거다."

형은 애매하게 답하고 나가며 양복 주머니에 손을 넣었다. 태식은 주머니에서 자동차 열쇠를 꺼내고서 그대로 천정을 보며 무엇인가 생각하는 태도를 취했다. 형이 무슨 말을 할 것만 같아서 나는 왠지 모르게 마음이 불안했다. 그러나 태식은 나에게는 아무 말도 하지 않고 명식에게만 약간 힘없이 말을 했다.

"그럼, 다녀오마."

형이 모습을 감추자 명식은 이마 위의 머리카락을 손으로 누르고, 생각에 잠긴 듯 등을 움츠렸다. 그러더니 갑자기 얼굴을 들고 무언가 나에게 주의를 주는 모습으로 다시 한 번 고개를 떨구었다. 두 사람은 잠시 동안 아무 말도 없었다. 이윽고 명식형이 맑은 눈빛으로 나에게 말했다.

"어디 갔는지 알지?"

형의 행선지는 짐작이 갔지만 잠자코 있었다.

"형님의 입장도 생각해 주어야지. 자, 아래층으로 내려가자."

명식형은 그저 그렇게 말하고 일어섰다. 계단을 내려가다 현관에서 허둥지둥 들어오는 부위원장과 마주쳤다.

"지금 태식 군이 아무 말도 없이 자동차로 가 버리던데 도대체 어떻게 됐습니까?"

그는 핏발 서린 눈으로 우리들을 빤히 쳐다보며 물었다.

"글쎄요"라고 명식형이 난처한 듯 말을 흐리자 그는 곧 되받아치듯 나에게 시선을 향했다.

"어땠습니까? 얘기는 잘 끝냈습니까?"

마치 정해진 할당량을 확인이라도 하는 듯한 말투였다. 그런 부류의 활동가를 보면 나는 언제나 할 말이 없어진다. 내가 쏟은 노력을 인정받을 수 없는 것 같이 느껴져서, 마치 내 자신이 그의 취향에 맞는 제사에 바쳐지는 양이나 산 제물과 같은 생각이 들었다. 개운치 않은 기분으로 라드 기름처럼 번들거리는 부위원장의 얼굴을 바라보았다. 그때 오른 쪽 방에서 나이 든 분회장이 나왔다. 분회장은 주름진 눈으로 부드럽게 미소 지으며 말을 시작했다.

"어땠습니까? 태식 군과 얘기가 잘 되었습니까?"

한 시간이면 돌아와야 할 태식은 두 시간이 지나도 돌아오지 않았다. 벌써 네 시가 지났다. 뚱뚱한 부위원장은 아까부터 지루한 듯 복도에서 왔다갔다 하며 서성거리고 있었다. 뒷짐을 지고 작은 동상이 움직이듯이 한 발짝 한 발짝씩 작은 걸음으로 의미심장하게 발걸음을 옮기다가 가끔 손목시계를 들여다보기도 하고 "음" 하고 고개를 끄덕이며 저쪽으로 걸어가다 반대편에서 방향을 바꾸곤 했다.

분회장은 잡다한 장례식 준비에 몰두해 있었다. 하얀색 앞치마를 두르고 음식을 준비하는 여자들에게 붙잡혀 이야기를 나누거나, 청년들과 말없이 임시로 신발 벗어놓을 곳을 만들더니 방금은 장의사를 데리고 마을 집회장으로 갔다. 집회장은 집에서 한 정거장 정도 떨어진 마을 서쪽에 있었다. 그곳 주민들의 배려로 문상객들이 밤샘하는 장소로 빌려 쓰기로 했다. 조금 전부터 마을 사람들이 문상 와 있었다. 모두들 검은 상복을 입고 봄의 농한기에 잠시 짬을 내어서 온 일본 사람들이었다. 어머니와 명식형이 조문객들을 맞이하고 있었다. 까무잡잡한 주황색 피부에 아직 흙냄새를 풍기는 농민들은 제단에서 분향하고 상주들에게 조의를 표하고는 다시 밭으로 나갔다. 밤샘하러 다시 찾아오겠다며 송구스러워하며 돌아가는 사람도 있었다.

마을 주민이 찾아올 때마다 어머니는 반기며 인사를 하고 조문객이 끊기자 다시 "아이고, 아이고"라고 분명치 않은 소리로 곡을 했다. 그 목소리는 같은 곳만 자꾸 돌고 있는 낡은 레코드판처럼 쉬어 있었고 미덥지 않은 소리로 들렸다. 여동생 양자가 어머니에게 다가가 어머니의 하얀 상복 위의 등을 어루만지고 있었다. 양자는 태식과는 거의 엇갈리게 K시(市)에서 집으로 와서는, 아버지의 시신를 부둥켜안고 흐느껴 울었다. 조금 전까지는 어머니가 그런 양자를 위로하고 계셨다.

"너무 늦는데—."

그때 내 옆에 앉아 있었던 명식형이 얼굴을 찌푸리고 "정말 무슨 일 있는 게 아닐까"라고 말하며 나를 보았다.

"글쎄"라고 나는 얼버무렸다. 조금 전의 일이 생각났다. 바로 30분 전까지도 분회장이 유족들 옆에 앉아 있었다. 마을의 유지 두 사람이 나타나 장례식의 진행을 마을 측에 맡겨 주지 않겠냐고 말하던 일이 생각났다. 하오리에 명주로 짠 쓰무기를 받쳐 입은 정장 차림의 신사는 이 고장의 지주이기도 했다. 그는 마을 주민의 장례는 늘 마을조합에서 맡아해 왔고, 이 마을에서 수십 년이나 살아온 ×× 씨 장례도 관례대로 조합에서 맡아 치르고 싶다고 말했다. 그들은 마을의 관례와 호의에서 그런 제의를 했으나 실은 조선 사람의 사정에 어두운 제의였다. 분회장이 차근차근 이쪽의 사정을 설명했다. 조선인 동포가 죽었는데 마을 주민에게 장례를 맡길 수는 없는 일이다. 협력해 주는 것은 고맙게 받아들이겠고 대신 진행은 자기들에게 맡겨 주었으면 좋겠다는 내용이었다. 마을 유지는 처음에는 좀 완강한 표정이었으나 드디어 기분좋게 받아들이고 마을의 집회장을 사용해도 좋다고 말하고는 또 한 사람의 주민과 함께 돌아갔다.

두 사람이 돌아가니 분회장은 눈가에 씁쓸한 표정을 지었다.

"이렇게 해서 동포가 풍화해 가는 거예요. 빨리 조국이 통일되어야 할 텐데……."

분회장은 혼자서 이렇게 중얼거리고 일어나려 했다. 그때 명식이 말을 걸었다. 태식형으로부터는 아무 연락도 없고 명식형이 혼자서 초조해 하고 있었다.

"괜찮아요. 태식 씨는 분명 우리와 뜻을 함께 할 겁니다."

분회장은 일부러 먼 곳을 바라보며 달래는 듯한 말투로 명식에게 말했다.

"하지만, 이렇게 늦게 와서야……."

명식은 걱정스러워 했다.

"분명 함께 할 겁니다. 침착하게 기다려 봅시다."

분회장은 같은 말을 반복했다. 온화하지만 자신감이 담긴 목소리였다. 나는 무의식중에 늙은 분회장의 옆얼굴을 바라보았다. 이 사람은 무얼 믿고 이렇게 담담하게 있을 수 있을까. 재미있다. 분회장의 짧은 흰 머리가 굵어 보였다. 갈색으로 그을린 얼굴에 피부에 검버섯이 나 있어서 그가 살아온 긴 인생을 얘기해 주고 있었다. 분회장은 걱정하고 있는 명식에게 희미하게 흐린 듯한 눈으로 앞 방을 가리켰다. 아버지의 시신을 안치시켜 놓은 방으로부터 후스마를 떼어 낸 기둥 너머 현관 입구의 복도를 끼고 두 개의 방이 나뉘어져 있는 곳에서 동포들이 보였다.

"동포들이 와 있습니다. 태식 군, 알고 있나요. 저렇게 조객들이 모여 있는데 민단 간부가 모르는 척하고 있을 수 있겠습니까?"

분회장의 목소리에는 확신감 같은 것이 서려 있었다. 나는 분회장이 아까부터 침착하게 있을 수 있는 이유가 겨우 이해되었지만 그렇다고 해도 이상한 이야기를 듣는 것 같아 잠자코 있었다. 동포들이 와 있는 것이 그렇게도 대단한 일인가. 저 사람들은 민단계의 동포들이었다.

"게다가 당신들이 서로들 좋은 이야기를 해 주셨습니다. 아마도 태식 씨는 깊게 생각해 볼 테죠. 저는 그 기분을 이해할 수 있을 것 같습니다."

분회장은 무언가 마음에 깊게 와 닿는 듯한 표정을 지어 보였지만, 우리들에게 천천히 미소를 지어 보인 후, 장례 준비를 위해 마을의 집회장으로 향했다.

지금 나는 그때의 분회장의 말을 되새겨 보면서도 역시 명식형에게 못지않은 불안감을 느끼고 있었다.

분명히 동포들은 모여 있었다. 현관 입구로부터 안쪽으로 뻗은 복도를 끼고 있는 반대쪽에 민단계의 동포가 칠팔 명, 이쪽 방에는 열두서너 명의 조총련계의 동포들이 앉아 있었다. 양쪽 모두 아버지의 갑작스런 죽음의 소식을 듣고 달려온 사람들이었다. 아버지가 살아 계셨을 때, 어느쪽 동포들과도 잘 어울렸다고 하는 것을 짐작할 수 있는 광경이었다. 하지만 동포들은 빈소에 들어서자 자연히 다른 방으로 나뉘어 들어가 서로 상대편의 존재를 애써 무시하려 하고 있었다. 인원 수로는 열세인 민단계의 동포들은 어딘지 모르게 언짢은 표정으로 유족들을 향해 눈길을 주고 있었다. 상주인 태식의 모습이 보이지 않았기 때문에 불안해 하고 있는 듯한 모습이었다. 원래 이 사람들은 '공동장'에 관한 이야기를 듣고서 온 것이 아니라, 평소에 알고 지내던 사람이 갑자기 돌아가셨으니, 같은 교포로서 인정상 이렇게 와 준 것이다. 그런데 뜻밖에 상가에서 조총련계의 사람들과 마주치게 되어 거북해 하고 있는 기색이 얼굴에 또렷이 나타나 있었다.

한편, 조총련계의 사람들 역시 평소에 나누었던 친분을 생각해서 일부러 조의를 표하러 왔는데, 뜻밖에 이렇게 민단계의 동포들과 마주치게 되어 놀랍기도 하며, 부자연스런 기분이었다. 사람들은 아무렇지 않게 모른 체하며 상대편을 보거나 소곤소곤 이야기를 나누고 있었다. 갑자기 마음속이 에이는 듯 고통스러웠다. 실상이 이러하니 공동장이 필요한 것이 아닐까. 태식형이 정치 문제를 왈가왈부하는 것은 설령 현실에 대한 불신에서 출발하고 있다고 해도, 그것만으로는 현재 상태를 조금도 개선하지는 못할 것이다. 동포들은 서로 말도 건네지 않고 있었다. 자신들끼리는 머리를 맞대고 무언가 이야기하면서도 불과 석자 남짓한 복도를 사이에 둔 상대편에게는 일체 말을 거는 일도 없었다.

고통이 스쳐 지나가고 한 가지 기억이 머리에 떠올랐다. 마음속에 새겨져 있어서 가끔씩 되살아나는 이야기였다. 대학 시절에 남한에서 밀항해 온 한 청년으로부터 들은 이야기다. 한국전쟁이 한창일 때 당시 소년이었던 그는 전쟁터에서 싸우고 있었다. 임진강인지 한강인지 아니면 구름을 낀 추운 진영에서의 일이었던지(그 무렵의 기억은 분명치는 않지만) 격렬한 접전이 벌어지고 있었다. 폭탄이 비오듯 쏟아지고 나서 양쪽의 진영에 잠시 정전 상태가 찾아왔다. 그때 어디선가 인기척이 들려 왔다. 연기가 피어오르고 저쪽 진영 멀리서 바람에 실려 소리가 가까워지고 있었다.

'어이, 전라도 구두쇠. 내가 쏜 총알까지 모아 놓고 있는 거 아니냐?'

라고 했다. 그러자 반대편 참호에서 위세 좋은 당당한 목소리가 울려 나왔다.

'뭐라구. 황해도 황소들아! 네 놈들의 그 느려터진 총알에 맞을 거 같으냐?'

다시 누군가가 목소리들의 전쟁에 끼여들었다.

'어이, 경상도 문딩이들아. 빨리 양손 들고 나와라. 잘 듣는 약을 나눠 줄 테니'

그런 식으로 모습도 보이지 않는 상대를 별명을 붙여 불렀다는 것이다. 도저히 믿어지지 않는 이야기였다. 막바지의 전쟁터에서 그런 대화들이 오갈 수 있을까. 사상 유래 없는 격렬한 공방전이었다. 그런 와중에서 먼 옛날의 전쟁에서나 있었을 법한 에피소드 따위를 정리해 보는 것도 무의미한 일은 아니겠지만. 그것은 분명 생생한 전쟁을 체험한 사람의 바람일 것이다. 나는 그다지 유쾌한 기분은 아니었지만 기분 좋게 속고 있는 것처럼 감동되었다.

분단된 조국을 슬퍼하며 그렇게 말했을 것이다. 하지만 기도한다고 해서 해결될 일이 아닌 현실이었다. 조국의 평화적 통일을 이룬다 해도 여러 가지 가능성 중에서 통일을 위한 진정한 길을 찾아야 할 필요가 있다. 그건 그랬다. 방금 그 청년의 이야기는 내 머리 속에 남아서 동포끼리 '어이, 어이'라고 불러대는 낯선 목소리가 되어 들려 왔다. 그 목소리는 천연두 자국과 같은 전장의 흔적이나 꿩들이 날아다니는 벌거숭이산, 더욱이 38°선의 녹슨 철조망에 메아리치고 점점 커져서 남북으로 뿔뿔이 흩어진 사람들의 마음에 어리어 서서히 내 몸 속에 스며들어 오는 것이다.

현실은 인간의 기대보다도 빈약한 것일까? 내 눈앞에서는 그 목소리가 들리지 않는다. 동포들이 눈과 코앞에 있는 데도 말조차 건네지 않고 앉아 있는 것을 보며 그들의 침묵이 나로서는 거의 참기 힘들게 느껴졌다. 이 침묵은 나와 태식과의 사이에 흐르고 있는 침묵과 동질의 것이고, 아니, 그보다 더 부풀어 크게 된 것이다. 나는 문득 분회장이 내뱉은 말을 곰곰이 생각해 보았다. 그는 태식의 기분을 이해할 수 있을 것 같다고 말했다. 그것은 무슨 의미일까?…… 태식의 기분이란 무엇을 말하는 것일까? 나로서는 단지 분회장이 '형'의 어떤 점을 믿고 있는 것을 알 따름이었다. 나는 어느 점에서 태식형을 믿지는 않는다. 한마디로 말하면 그렇다. 공동장을 통해서 형과 화해하고 싶은 생각이 있으나 한편으로는 내 마음속 깊이 형을 불신하고 있다. 그래서 나도 모르게 마음이 초조한 것이다. 아무 말도 하지 않고 앉아 있는 동포들을 보자니 더욱 불안해졌다. 침묵을 지키고 있는 동포들을 보자니 더욱 불안해졌다.

침묵이 더욱 무겁게 흘렀다. 민단계의 동포들은 눈살을 찌푸리고 의아해 하듯 주위를 두리번거렸다. 혹시 조총련의 장례식에 자신들이 잘못 와 있는 것이 아닌가 하고 걱정하고 있는 듯했다. 민단의 간부는 한 명도 안 보이고 조총련의 간부만이 아까부터 점잔을 빼며 복도를 왔다갔다 하고 있으며 막상 자기들을 알아보고 맞아 주었어야 할 상주는 그림자도 보이지 않기 때문이다.

그건 그렇고 태식형은 어째서 돌아오지 않을까? 나도 초조해졌다. 화를 내던 태식형의 얼굴이 느닷없이 떠올랐다. 공동장례식을 반대하는 것은 형 자신을 보호하기 위해서라고 내가 다그치니 태식형은 나를 노려보았다. 그런 비겁자가 아니라고 내뱉듯이 말하던 그 순간의 표정은 진실인 것 같았다. 그렇다고 해서 이렇게 집을 나가서 돌아오지 않는 것이 형의 결백을 증명하려는 것은 아니겠지. 하지만 자신의 의지에 반대되는 행동을 하고 있다는 게 분명했다. 그러면 굳이 자신의 확고한 의견을 철회하고 나가 버린 그 의도는 무엇일까? 분회장이 형에 대해 깊게 생각하고 있다고 한 말이 태식의 행위에 덧붙여져 갔다. 설마? 태식이 앞으로의 형제 관계를 생각해서 그러한 행동을 취했다는 말인가.

나는 반신반의했다. 아무래도 좋다. 모두가 태식을 기다리고 있었다. 동포들도, 부위원장도, 명식형이나 나도, 각자 다른 생각을 가지고 태식형이 돌아오기를 기다리고 있는 것은 분명했다. 하지만 누구하나 태식형이 언제, 무엇을 가지고 돌아올지 분명히 아는 사람은 아무도 없었다. 모두들 묵묵히 서로를 견제하며 그저 막연하게 시간을 보내며 형을 기다리고 있었다.

이런 상황과는 관계없이 죽음은 빠르게 진행되고 있었다. 살아 있는 사람이 마치 죽은 사람처럼 무표정한데 죽은 자는 거의 충실히 자기 일을 해 나가고 있는 것 같았다. 아버지의 시신은 얼굴이 이미 어두운 자색으로 부어 올랐고, 수염 사이사이에 사후에 생기는 반점이 드러났다. 그것을 들여다보고 있는 나는 그 피부에서 독특한 냄새가 나기 시작해, 살갗 밑에서는 무수히 많은 세포들이 아메바처럼 녹아 들어가고 있다고 상상해 보았다.

얄궂은 것은 살아 있는 이들 중에서 그나마 괜찮은 사람은 장의사라는 것이다. 장의사는 연극에서 배우의 시중을 드는 조수처럼 발소리를 죽이고 일하고 있었다. 그는 조금 전 집회장에서 돌아왔다. 노송나무 냄새가 나는 관을 민첩하게 아버지 옆에 가져다 놓고는 사람들의 눈을 피해 슬며시 방을 빠져 나가 같이 온 청년과 다시 집회장으로 돌아갔다. 도대체 장례 문제는 어떻게 되었을까? 분회장과 같이 장례절차를 위해서 말없이 움직이고 있는 사람은 있어도 전반적으로는 장의사 혼자 부지런히 왔다갔다 하고 있어서 불안이 더해갔다. 장의사가 바지런하게 준비를 하고 있어도 가장 중요한 장례식의 원칙이 아직 결정되어 있지 않았다.

석양이 비쳐 들어와 그 어둠이 집들을 덮어 왔다. 바람이 불었다. 사람들은 상가의 이상한 분위기에 대해 이런저런 이야기를 했고 민단계의 교포들에게는 공포의 표정마저 감돌기 시작했다. 도대체 이번 장례는 어느쪽에서 맡을 것인가, 민단인가 조총련인가, 공동장이란 말조차 금시초문인 그들은 언짢아서 투덜대고 신변의 위험을 느끼는 모양이었다. 한국의 국시(國是)에 의하면 설령 친족이라 할지라도 빨갱이와의 합작은 어떠한 이유에서든 '죄'이다. 그 엄숙한 정신에 준해서 본다면, 지금 이렇게 상가에서 빨갱이들과 자리를 같이 하는 것도 현명한 짓이 아니다. 이러다가 한국을 방문할 때 여권이나 제대로 받겠나. 저녁노을이 물들고 있었으나 지금 민단의 동포들에게는 그런 불안감이 찾아들고 있었다.

"정말, 왜 이렇게 늦지? 전화 한 통이라도 해야 되는 것 아니야?"

명식형은 그만 화가 나서 낮게 소리질렀다. 그러면서도 동포들을 힐끗 쳐다보는 것은 그쪽에 신경이 쓰이기 때문이다. 나는 아버지의 모습을 들여다보다가 명식형의 무릎을 쿡 찔렀다. 명식형은 아버지를 보고 '아' 하는 외마디 소리를 내고 재빨리 그 옆으로 다가갔다. 시신의 한쪽 콧구멍에서 한줄기의 거무칙칙한 코피가 흘러 내렸다. 명식은 탈지면으로 조심스럽게 피를 닦았다. 끈적끈적한 피는 검은 꽃가루처럼 탈지면에 붙어 있었다. 닦자마자 다시 걸쭉한 피가 어린아이의 콧물처럼 흘러 나왔다. 명식형은 시신의 얼굴에 바짝 닿을 정도로 가까이 가서 몇 번이나 코피를 닦아 주었다. 그 모습은 아버지가 아들에게 어리광부리고 있는 듯하고 아들이 아버지에게 무언가 열심히 타이르고 있는 듯했다. 명식형은 시신의 콧구멍을 탈지면으로 틀어막고 나를 돌아보았다.

"동식아, 아버지를 납관하자꾸나. 형님이 돌아오면 하려고 했지만 그러자니 아버지가 너무나도 가엽구나. 정말, 이럴 거라면 차라리 이 동네 일본인에게 부탁하는 게 낫겠다. 이렇게 될 바에야 공동장이고 뭐고 다시 생각해야겠다."

나는 얼떨떨해서 고개를 끄덕였다. 납관은 하는 게 좋겠다. 그리고 공동장 문제는 아직 단념하지 않았다. 명식형이 그렇게 나오자 나는 오히려 분회장의 말이나 태식의 행동에 희망을 걸고 있었다. 분회장의 그 침착한 태도는 인간을 향한 신뢰가 싹트고 있는 듯이 느껴졌다. 분회장은 인간으로서의 태식의 행동을 믿고 있을 것이다. 나도 분회장처럼 형을 신뢰하고 기다려야 하는 것이 아닐까. 갑자기 희망과 함께 그런 기분이 되어 나는 스스로 놀라고 있었다. 우연한 기분이라도 태식을 신뢰하려고 했던 것이 자신에게 충격을 주는 것이다. 나는 부끄러운 기분이 들었지만 그래도 형을 믿어보려고 했다. 믿지 않고서는 못 배길 기분이었다. 민단에 간 형이 걱정스러웠다. 그리고, 형이 거기 간 것은 자기 자신을 위해서라기보다도 앞으로의 형제들과의 관계를 생각하려고 한 결과였다라며 내 자신을 납득시키려 하였던 듯하다.

명식은 어머니에게, 아버지의 관에 함께 넣을 유품을 챙겨

오라고 말했다. 어머니는 레코드판이 멈추듯 곡을 멈추고, 여동생의 부축을 받으며 방 한구석에 있는 낡은 옷장 앞으로 비틀거리며 걸어갔다. 삐걱거리며 서랍 여는 소리가 들렸다. 그 소리를 들으니 번뜩이며 생각나는 것이 있었다. 정신을 차리고 보니 나는 빛바랜 흰 천으로 덮인 아버지의 시신에 손을 넣고 발을 만지고 있었다. 손가락이 왼쪽 다리의 복사뼈에 닿았다. 복사뼈의 혹이 있는 근처에 도려낸 듯한 상처의 흔적이 있었다. 그 상처의 위에서 나는 아버지의 발목을 꽉 쥐었다. 그것은 아버지가 젊었을 때에 히타치시(日立市)에 가까운 Y탄광에서 얻은 상처이다. 낙반으로 아버지는 정신을 잃을 뻔했다. 하지만 의지가 굳은 아버지는 자욱한 탄진 사이를 결사적으로 기어서 빠져 나왔다. 같은 장소에서 채탄하고 있던 다른 조선인은 그 사고에서 맥없이 죽어 갔다.

"그놈은 불행한 녀석이었어. 그래 아니, 그 녀석은 바다를 건너 왔을 때부터 계속 운이 따르지 않았지." 아버지는 일그러진 복사뼈를 어루만질 때마다 그렇게 말씀하시며 스스로 운이 좋았다고 생각하셨다. 복사뼈에 흉터는 남았지만 절름발이가 된 것도 아니고, 글쎄 그 후로도 몇십 년이나 살면서 일본 전체를 편력한 아버지는 분명히 운이 좋았던 것이다. 그리고 더 이상 살기를 그만 두고 만 이제, 아버지에게는 이 발목의 흉터는 그 어떤 부장품보다도 더 가까운 반려가 될지도 모른다.

그러나 나는 그런 감상에 젖어 아버지의 발을 만진 것은 아니다. 갑자기 몸이 떨려옴과 함께 뇌리에 스치고 지나가는 것이 있었다. 사실 내가 아버지의 발을 만진 것은 다른 어떤 기억 때문이었다. 상처 입은 이 발로 아버지는 나와 함께 단거리 경주를 계속해 왔던 것이다. 이제는 내가 아버지에게 같이 뛰자고 애원을 해도 더 이상 달릴 수가 없다. 그것이 오히려 한스러워 나는 아버지의 감촉을 똑똑히 기억에 새겨두고 싶었던 것이었다.

알콜 솜으로 시신을 깨끗이 닦았다. 하오리와 비슷한 순백의 명주 두루마기 수의를 입히고, 발에는 앞이 휘어진 명주 버선을 신겼다. 영락없이 순례자의 모습이었다.

"음, 이것으로 황천길로 떠나실 준비가 훌륭히 끝난 셈이다."

언제 왔는지 등 뒤에 부위원장이 뒷짐을 지고 서서 만족스러운 듯이 끄덕이고 있었다. 나는 이마의 땀을 닦으면서 뭐라 형용하기 어려운 눈빛으로 부위원장을 돌아다보았다.

아버지를 입관하려 하자, 아버지의 몸은 싫어 싫어 하며 도리질을 하듯 뻣뻣해졌다. 상반신을 조금 구부리려 해도 허수아비처럼 일으킬 수가 없었다. 간신히 입관절차를 마치니 이마에 땀이 맺혔다. 한숨을 돌리고 있을 때였다. 현관문 입구에서 파도 소리같이 웅성웅성하며 "왔다, 왔다"라는 소리가 들려 왔다. 자동차의 문 닫는 소리가 들렸다. 이윽고, 사람들의 시선을 받으며 창백한 얼굴에 군데군데 붉은 빛을 띤 태식의 모습이 현관에 나타났다. 다른 남자를 한 명 데리고 왔다. 그 풍채가 좋은 중년 남자를 집안으로 안내해서 안방으로 들어왔다. 태식의 약간 초췌한 듯한 가늘게 찢어진 눈으로 땀이 번져 있는 내 얼굴을 힐끗 쳐다보고는 곧 눈길을 돌렸다.

나는 꾸벅꾸벅 졸다가 때때로 퍼뜩 잠을 깼다. 옷을 얇게 입고 있어서 으스스 춥고, 그래서 더 졸렸다. 또, 선잠이 드는 것 같았다. 창 밖에는 여전히 강바람이 불고 있었다. 무술 도장처럼 간소하고 휑하니 넓기만 한 집회장은 그리 촘촘하지 않은 골풀로 짜여진 다다미가 백 장이나 깔린 넓은 방이었다. 장례식장으로는 그 절반만 나누어 장막을 쳐 사용하고 있었다. 건물은 꽤 낡아서 빈틈 투성이었다. 벽에 붙은 널빤지 사이로 강바람이 불어 닥쳐 한 차례씩 장막을 살아 있는 생물처럼 부풀리고 구겨뜨렸다.

나는 멍하게 나무들의 가지 사이에서 불어 대는 바람 소리에 귀를 기울였다. 파도가 밀려오는 듯한 소리였다. 저 멀리서 바람이 서서히 세게 불어 와서 가지 사이로 갈라져 들어와 나뭇잎이 스치는 소리를 내며 간다. 잎과 잎을 비비는 듯한 소리가 묘하게 요염하게 들려왔다. 나는 문득 아내와 함께 보냈던 밤의 순간들을 생각했다.

거품이 이는 듯 나뭇잎 소리가 차츰 커지고 그 소리에 섞여 건물의 금속장식이 삐걱거리고 창틀이 덜커덩거리는 소리가 겹쳐 왔다. 이윽고 그런 소리들의 화음은 절정을 지나 순식간에 잠잠해졌다. 바람은 멀리 물러갔다가는 다시 한 번 기세를 몰아 가지 사이로 세게 불어 닥쳤다. 귓가에서 사람 소리가 들려왔다. 나는 깜짝 놀라 상념의 세계에서 깨어났다. 바람의 웅성거림은 물러가고 인기척 소리가 또렷이 들려왔다.

"……이제 그렇게 좋아졌나? 그렇겠지. 서울에서 부산까지 고속도로가 생겼다잖아. 음, 잘된 일이야. 트집잡는 것은 아니지만 그게 그렇게 대단한 것인가? 그건 말이야, 권력배 놈들이 막상 위험에 닥치면 일본으로 도망쳐 오기 위해 만들어 놓은 거라고, 음. 아니면 또 왜놈들에게 '제발, 우리나라를 통째로 잡수세요'라고 발밑에 비단 카펫을 깔아 놓은 셈이지. 쪽바리가 게다를 신고 오는 거지. 생각해 봐 그렇잖아. 가장 요긴한 인민들의 생활은 형편없어졌어. 왜 곡창지대의 농민들이 배를 곪주려야 하나, 이거지. 일제 때가 낫다고 일본으로 밀항해 오는 사람도 전혀 줄지도 않고 말이야. 그런 건 어떻게 설명할 거지? 단, 제대로 된 설명이라야 하지만 말일세."

동포들은 추위를 달래려고 홀짝홀짝 술을 마시며 언쟁하고 있었다. 나는 까닭 없이 미소 지었다. 아직도 언쟁은 계속된다. 꾸벅꾸벅 졸고 있는 내 귀에 '한일조약'이라든가 '매국노', '독재'라든가 '스탈린' 같은 단어조각들이 때때로 날카롭게 파고들었다. 그때마다 퍼뜩 눈을 뜨려고 하다가도 졸음을 이겨내지 못했다. 어제부터의 피곤이 몰려왔다. 나는 민단의 누군가가 끊임없이 주장하는 소리를 들으면서 잠이 들었다.

"……어쨌든, 당신들은 아무거나 반대를 하는군요. 나쁜 버릇입니다. 좋은 것은 좋다고 말해야죠. 내가 주장하는 것은 바로 그겁니다. 당신들이 자녀교육에 열성적인 것에는 감탄했소. 그것만은 인정해 두겠소. 하지만 당신들은 어딘가 인간미가 부족하오. 말로는 번지르르 하지만 인간이 되질 못했어요. 그래서 신용할 수가 없소. 게다가 위부터 아래까지 말하는 것이 똑같고, 전혀 재미가 없소."

거기까지는 듣고 있었지만 끝에 가서 동포들의 이야기가

어떻게 '고속도로'까지 발전해 왔는지 모를 일이었다. 나는 무릎 사이에 안고 있던 화롯불을 들여다보았다. 불이 거의 다 사그러져 있었다. 부젓가락으로 숯에 붙어 있는 하얀 재를 털자 작은 재가 떠서 코앞까지 날라왔다. 숯을 몇 개 더 올려 놓으면서 무심히 옛날의 장례 치르던 생각이 났다. 그 때와는 다르다. 어머니의 장례식은 전쟁이 끝날 무렵의 어느 날이었다. 밤샘 때에도 등화관제로 인해 창문마다 두꺼운 장막을 내리고 있었다. 나는 소학교에 다니고 있었다. 새벽녘에 몇 번이고 잠이 깼다. 시끄러웠다. 눈을 비비고 일어나니 방안이 온통 담배연기로 자욱하고, 술냄새가 났다. 그 와중에 어른들이 둘러앉아 화투를 치고 있었다. 화투장을 방석에 세게 내리치는 소리와 사람들의 기합소리가 숨막히듯이 그득해 있었다. 바로 그 옆에서는 사발에 담긴 탁주를 움켜쥐고 마시면서 혀 꼬부라지는 소리로 장황하게 자신을 피력하고 있는 다른 어른들이나 고향의 모내기 노래를 토막토막 흥얼거리며 부르는 사람들이 보였다. 눈을 뜰 때마다 그런 광경이 희미하게 비쳐 나는 다시 기억 속의 세계로 빠져든다. 그때, 화난 목소리와 물건이 깨지는 소리에 깜짝 놀라 머리를 쳐들었다. 어른들이 일어나서 서로 죽이겠다고 격분하여 싸우는 것이었다. 그 시대의 장례식에는 말다툼이나 치고 받고 싸우는 것은 예사로운 일이었다. 마치 그것이 죽은 자에 대한 전별이었고 살아 있는 사람의 기분전환이기도 하다는 듯이.

그렇다면, 이 광경은 무엇인가. 나는 혼자서 마음속으로 중얼거려 보았다. 예전에 사람들이 장례식 자리에서 보였던 것 같은 비애는 이제 더 이상 없다. 여전히 술은 서로 대작하며 마시고 있지만 북이 어떻다 남이 어떻다 하는 정치 이야기와 동포로서 살아가는 방식을 둘러싼 언쟁을 하고 있을 따름이다. 상가에서 하룻밤을 지새는 동안의 길고 긴 이야기가 거기서 조국분단으로까지 비약되고, 서로 대결해서 팽팽하게 맞서는 것은 현실의 혹독함을 그대로 참으며 견뎌 내고 있는 것일까.

하지만 나는, 그것도 괜찮다라며 스스로 끄덕여 보았다. 어제 저녁을 생각해 보면, 지금의 이 광경은 상상하기 어렵다. 어젯밤의 그 어색함은 거짓말처럼 없어지고 서로 하나로 뭉쳐진 것 같았다. 동포들의 말에서 묘한 매력이 느껴졌던 것을 떠올리고 문득 그 때문인가 하고 생각해 보았다. 예를 들면, 아침 인사 때였다. 일본의 전쟁중에도 사람들은 어디서 만나면 우선 "아침 드셨습니까?" 하고 묻는다. 그것은 "안녕하세요"라는 인사였다. 그러면 상대방도 "네, 댁에서도 드셨습니까?"라고 되묻는다. 그런 인사에는 가난을 참아내고 있는 사람들의 실감이 느껴졌고 학대받는 사람들끼리의 격려와 동정이 있었다. 그리고 그런 인사말들은 조국이 해방 후 분단된 가운데서도 아직 어딘가에서 계속되어 왔었다. 이제 그 생명력과 같은 것이 상가의 침묵을 깨고 서로 교제를 나누고 있는지 모른다.

하지만, 그러한 나의 마음은 끝없이 감상적으로 보인다. 어쩌면 이런 생각은 언젠가 한국전쟁(6·25)에서의 에피소드를 우화처럼 내게 말해 준 밀항 청년의 이야기처럼 덧없는 일에 지나지 않을지도 모른다. 설령 동포에게 단지 친목을 도모할 일이 있어도 공동장 이야기가 나오지 않았더라면 지금과 같은 대화는 생각도 못할 일이다. 어제 저녁, 태식이 민단의 사무장을 데리고 돌아오지 않았다면, 이 밤은 훨씬 이상한 밤이 되어있을 것이다.

무겁게 내리누르는 통증이 몸을 덮쳤다. 태식형과 나와의 불편한 관계가 머리를 스쳐 지나갔다. 공동장은 그럭저럭 준비가 되어가고 있지만 우리들 사이는 이전보다도 더욱 소원한 분위기가 되었다. 형에게 다가갔을 때 되받은 굴욕감과 슬픔이 아직 몸 속 깊은 곳에서 치밀어 오르고 있었다.

마지막 순간에 태식형이 돌아왔을 때, 나는 형언할 수 없는 기분으로 형을 바라보았다. 이마의 땀이 '뜨끔'하고 마르는 듯한 긴장과 몸이 달아 오르는 듯한 기분이 한꺼번에 교차하고 있었다. 나는 뜨거운 눈길로 형을 바라보았다. 자신에게 불리한 일을 굳이 마다 않고 하기로 마음 먹은 형에 대해 감동했다. 공동장이 설령 동포를 애도하는 바람직한 것이라고 해도 정치라는 벽이 그것을 불가능하게 해 왔다. 한쪽이 다른 한쪽과의 공동행위를 거부하는 한, 공동장도 성립될 수 없다. 그러면서도 태식이 상대측의 간부를 데리고 온 것은 장례라고 하는 특수한 요소가 작용하고 있었기 때문이다. 그리고 형 나름대로의 노력이나 설득이 받아들여졌기 때문일 것이다. 형이 굳이 왜 그러한 행동을 취했을까에 대해 아직도 잘 알 수 없었지만, 나는 형이 형제간의 마음을 한데로 묶어 준 것을 믿고 싶었다. 아버지가 나누어 주신 유산이 형제에게 화해의 기회를 주었다는 명식형의 말은 어딘지 모르게 이상했지만 형은 그런 기분을 슬퍼한 것은 아닐까. 그런 상상을 하며 전의 일들을 후회했다. 형을 호신주의자라며 비난했던 것이 쑥스러워 사과해야겠다고 생각했다.

하지만 태식형은 집에 돌아오자 왠지 모르게 나를 피하는 듯한 눈치였다. 내가 그것을 곧 알아차리자 얼어 붙었던 긴장감이 갑자기 사그러지는 듯했으나 그래도 나는 형에게 말을 걸 기회를 엿보고 있었다. 형이 돌아와 곧 이층에서 공동장에 관한 타협이 있었다. 부위원장이 기회를 엿보고 있었다. 상대편의 사무국장을 대했을 때 재빠르게 뒷짐지고 있던 자세를 고쳐 매우 친근하게 두 손을 내밀어 악수를 청했다. 그러나, 상대편은 그저 눈으로 인사를 나눌 뿐 그 손을 잡으려고도 하지 않았다. 부위원장은 달갑지 않은 표정이었고 그러한 분위기에서 협상은 매끄럽게 진행되지 않았다. 장례위원을 구성하는 것도 그랬고, 공동장례식에 대한 이해에서도 피차 의견이 엇갈려 자칫하면 감정적이 되기 쉬웠다. 태식은 그런 상황을 시종 묵묵히 빈정거리는 표정으로 바라보고 있었다. 중간에 늙은 분회장이 들어왔다. 밤샘 준비를 대강 마치고, 돌아온 것이다. 곡이 이어졌다. 협상이 막바지에 이르렀을 때 분회장은 근심스러운 표정을 하고 입을 열었다.

"자, 우리들이 이 이상 여기 앉아 논쟁만 하다가는 고인의 넋이 올라가지도 못하겠습니다. 동포들이 밤샘하는 자리에서 기다리고 있습니다. 가서 안심시켜 드립시다. 자, 저쪽에 가서 이야기를 나눕시다. 이대로 가면, 유족 여러분께도 죄송한 일입니다."

분회장은 반백의 머리카락을 흔들며 늠름한 말투로 이야기했다. 태식형은 창백한 얼굴에 경련을 일으키고 있었다.

사무국장과 부위원장은 주위를 살피고 힘들게 자리에서 일어났다. 밖으로 나오니 어느새 날이 밝아 오고 있었다. 나는 망설이면서 태식형 곁으로 다가갔다. 그것을 눈치챈 형은 다른 쪽으로 얼굴을 피했다. 때마침 땅에서 피어오른 흙먼지를 피하는 듯. 나는 떨리는 듯한 기분을 억제하며 간신히 말을 꺼냈다.

"형님……."

태식형은 내 말이 원망의 소리로 들렸는지 얼른 이쪽을 돌아보았다.

"…… 수고하셨습니다."

나는 꼬리 잘린 잠자리와 같이 말끝을 얼버무렸다.

"뭐가?"

태식형은 캐어 물으며 귀를 바짝 세웠다.

"공동장례식 말인데요. 형님께 좀 무리한 요구를 한 듯한 느낌도 듭니다만."

내 말에 주의를 기울이고 있던 형은 갑자기 흥미를 잃은 듯 앞을 향해 발걸음을 재촉했다. 매달리듯 뒤따라가며 나는 형과 걸음을 맞추었다.

"형님, 어떻게 공동장을 치를 마음이 되셨습니까? 앞으로의 일을 생각해 주신 거죠? 우리들의……."

나는 뒤쫓아가며 보조를 맞추려니, 더 숨이 찼고 그래도 형을 따라 걸으며 그렇게 물어 보았다. 그런 것을 노골적으로 묻는 자신을 마음속으로는 유치하다고 생각했지만, 어찌된 일인지 형과의 거리가 점점 멀어져 가는 듯하여 그런 초조함을 떨쳐 버리고 싶었던 것이다.

"—아니다. 그런 생각은 하지 않았다."

잠시 후 형의 입에서 나온 말은 의외의 말이었다.

"그럼. 왜 그랬습니까? 왜, 갑자기 나가 버리셨습니까?"

나는 배신 당한 듯한 기분으로 물었다.

"나는 다만 돌아가신 아버지의 장례식을 치르기 위해서 그랬다. 그때 나는 거절할 작정이었다. 정치 문제에 휘말리게 된 장례라면 무슨 위안이 되겠니. 하지만, 너희들이 그렇게 생각한다니 할 수 없구나. 너희들 마음대로 해 주어야지 하고 생각했다. 그뿐이다. 봐라 조금 전의 그 사람들의 언쟁을. 나는 그럴 줄 알고 있었다. 화가 치미는구나. 이러다간 장례식도 제대로 치를 수 없는 시대가 오겠구나."

"지나친 생각이군요."

나는 신음하듯 내뱉었다. 땅속으로 끌려 들어가는 듯했다.

"지나치기는 모두 다 마찬가지야. 비참하지. 산 인간들은 언쟁을 일삼고, 죽은 자는 성불할 수 없는 시대가 머지않아 분명히 도래할 거야."

갑자기 그 말을 흐리고, 바람이 불어오는 땅거미의 저 편을 꿰뚫어 보기라고 하려는 듯이 태식은, 눈을 고정하고 있었다. 나는 흙먼지를 피하며 목이 메는 듯한 목소리를 높였다.

"우리들에 관한 이야기인데— 형님. 한 번쯤 서로 얘기를 나누어야 하지 않을까요? 그렇게 생각하지 않습니까?"

"이야기를 한다고? 뭔데? 그럴 필요가 있을까? 서로 정치적 입장도 확실하고 인생관도 뚜렷해. 네가 좀 감상적이 된 게 아니냐?"

"나에게도 이유가 있습니다. 형님을 미워해 왔습니다.—하지만, 이대로는 안되겠다는 생각이 들어서요. 물론, 내 의지를 굽히는 것은 아닙니다. 반대하는 점은 반대합니다. 형님이 민족의 반역자가 된다면 용서할 수 없을 것이지만 우리들은 입장은 달라도 잘 해 나갈 수 있다고 생각합니다."

"그만 두자 그런 이야기는—."

태식형은 갑자기 귀찮다는 듯이 홍조를 띤 나를 바라보고는 떨쳐 버리듯이 앞장 서 걸어갔다. 나는 가슴을 찔린 듯이 한 순간 우뚝 서 있었다. 흙먼지를 일으키며 불어오는 바람이 휘몰아쳐 나는 숨이 막힐 것 같았다. 태식형과 이야기를 한 것은 그때뿐이었다. 동포들이 서로 이야기를 주거니 받거니 하면서 앉아 있었다.

"—그건 그렇지. 금 수출이 해금된 후이니까 하마구치(浜口) 내각 때였어요. 분명 쇼와(昭和) 4년인가 5년이었을걸. 아니 세계공황 후로 일본도 정말 불경기였어요. 하지만 그때도 나는 일본인과 똑같은 품삯을 꼬박꼬박 받은 사람입니다. 하루에 3엔이었죠. 그때는 일단 조선 사람은 하루에 1엔 50전이었죠. 그만큼 받으면 그나마 괜찮은 편이었지만."

"이 사람아, 이제 와서 그 따위 헛소리 한들 무슨 소용이 있단 말이요. 거기다 너만 해도 그렇지. 아직도 허풍 떠는 버릇이 고쳐지지 않은 것 같아. 그 당시에 조선인이 어떤 대우를 받았는가 이제 와서 말할 것도 없지만. 그렇게 허풍을 떨어서 그 당시 일을 조선인으로서 숨길 게 아무것도 없지 않아."

나는 화로 옆에서 이가 빠진 찻잔을 들어 입을 대 보았다.

완전히 식어 있었다. 찻잔을 다다미의 위에 놓고 아무렇지도 않게 비스듬히 저 편에 있는 제단을 바라보았다. 신불에게 올리는 등불에 비쳐 나오는 제단의 제일 윗단에 아버지의 관이 보였다. 관에는 금란의 덮개가 씌어져 있었다. 그 밑의 단에 아버지의 영정과 여러 가지 제단에 필요한 도구들이 갖추어져 있었고 제단의 양 아랫부분에서는 쥐색빛이 나는 연꽃 조화나 파란 기름색의 붓순나무 잎이 드리워져 있고 여기저기서 보내 온 화환들이 나란히 놓여 있었다. 춥디 추운 한밤중의 빈소에서 그곳이 가장 호화스럽고 따뜻해 보였다.

문득 내 어깨 한쪽이 달아 오르는 듯한 느낌이 들어 움찔했다. 누군가가 나를 바라보고 있는 것이다. 나는 허둥지둥 시선을 옮겨 식장의 한곳에 눈길을 주었다. 제단 옆의 난로 가까운 곳에 태식형이 앉아 있는 것이다. 태식형은 장막을 등 뒤에 하고 판자벽에 비스듬히 등을 기대고 지그시 눈을 감고 팔짱을 끼고 앉아 있었다. 나는 예상이 빗나갔다는 생각으로 시선을 되돌리려 했지만 그곳에서 나의 위치와 중간쯤 되는 장소에서 다른 눈빛과 부딪혔다. 분회장이었다. 저녁때부터 검은 양복으로 갈아 입고 있던 유(兪) 분회장은 어느새 돋보기를 쓰고 장기를 두고 있었다. 상대인 마을 주민이 장기판에 등을 구부리고 있는 사이에 분회장이 나를 바라보는 것이었다. 시선이 마주치자 그는 다정하게 내게 말을 걸어왔다.

"동식 군. 장기 구경이나 하지 않을래요?"

분회장은 장기알을 만져 짤랑짤랑 소리를 내 보였다. 예상하지 못했던 장난기 있는 동작이었다.

"지금 한창 고전하고 있는 중이라서요."

나는 무심코 미소를 보내고 "잘해 보세요" 하고 말을 건넸지만, 왠지 모르게 어깨를 들썩이고 멋쩍어 할 뿐이었다. 아마도 분회장은 혼자서 멍하니 화로의 잿속에 묻어 둔 숯불이나 보고 있는 나를 이상히 여겼을 것이다. 하지만, 아무것도 아닌 것이다. 내가 내키지 않은 듯 움직이지 않았더니 분회장은 또 장기판에 눈길을 돌리고 장기에 열중이다. 마을 주민이 되받아쳤다. 잠시 동안 나는 대국을 바라보고 있었다. 이 사람에게는 무리한 점이 없다고 생각했다. 그러면서도 사람을 끌고 놀라게 하는 점이 있는 것이다.

겨우 자리에서 일어난 부위원장들과 이 식장에 왔을 때의 일이다. 장막을 밀어 헤치고 식장으로 들어온 분회장은 태연히 맞은편 벽의 대들보에 걸려 있는 액자를 보고는, "아" 하고 중얼거렸다. 그는 곧 부위원장과 사무국장에게 그 액자를 눈으로 가리키며, 말을 건넸다. 그러자 그때까지 대립하고 있었던 두 사람이 처음으로 서로 얼굴을 마주보고 고개를 끄덕이는 것이었다. 액자 안에는 천황이 백마를 타고 있는 모습이 들어 있었다. 전쟁중에 찍은 낡은 사진이었다. 분회장이 집회장에 와 있던 마을의 유지에게 다가가 사진을 떼어 줄 수 있느냐고 요청했다. 빈소에 어울리지 않는다는 이유이다. 마을의 유지는 당연하다는 듯 수긍하고, 마을 주민을 시켜서 정중하게 그것을 떼어 냈다. 사진틀을 떼는 것에 대해서 쌍방은 서로 찬성했지만, 분회장의 마음속에서 오가고 있는 생각은 전혀 다른 것임이 분명했다. 거기에는 엄한 중재와 그리고 죽은 자에 대한 친절한 배려가 느껴졌다.

장기를 두고 있는 분회장의 모습을 멍하니 바라보면서 나는 어쩐지 그가 부러웠다. 이 사람은 나의 삶을 어떻게 볼까? 나는 아버지나 형에게 반항하며 살아왔다. 그들을 격렬히 부정하는 것이 자신의 청춘의 증거라도 되는 양 믿었다. 아버지나 형의 괴팍함. 낡은 것을 이어 간다고 생각만 해도 전율을 느꼈다. 형과 같이 아버지의 길을 되밟아 올라가는 것인가. 아니면 아버지의 길을 거부하고 형과도 싸우는 것인가. 나는 그러한 생각으로 고뇌하지 않으면 안되는 우리들의 시대에 살고 있었던 것이다. 물론, 우리 집은 가장 보수적인 부류에 속해 있다. 어떤 가정은 예를 들어 분회장 같은 분의 집에서는 부자는 더욱 개방적이어서 여러 가지로 동포를 위해서 일하는 것을 상상할 수 있다. 그와 같은 사람들을 흔히 볼 수 있다. 나는 그 사람들을 꼬리뼈가 없는 동포라고 생각하고 있었다. 과거의 식민지 시대 혹은 그 이전으로 거슬러 올라가서 사람들이 몸에 지니고 있던 꼬리뼈는 사람에 따라 이미 퇴화되어 버렸다. 하지만, 때때로 나는 툭 튀어 나온 꼬리뼈를 양복 속에 숨기고 뻔뻔스럽게 행동하는 인간을 보면 때때로 그것이 사람을 찌르는 흉기로까지 사용되고 있는 것을 알아차릴 수밖에 없었다. 우리들이 부모로부터 물려받은 유산은 어떤 것들일까. 나는 아버지가 남겨 주신 것을 함부로 받아들이지 않겠다고 반항해 온 것이었다.

그렇다고 해서 나는 지금 내 자신의 어리석음과 미숙함을 생각하지 않을 수 없다. 내 나름대로 아버지와 형의 보수성과 싸워 왔지만, 깨닫고 보니 아버지에게는 반항만 했고, 형에게는 그의 증오심만 불러일으키고 있었던 것이다. 그리고 이제 와서 후회해 본들 무슨 소용이 있겠는가. 이제 돌아가신 아버지에게는 아무 말도 할 수가 없고, 형에게는 설령 말을 건넬 수 있다고 해도 두 사람 사이의 거리는 과거의 어느 때보다도 소원해져 있다. 나는 내 자신의 어리석음을 인정하는데 인색하지는 않았다. 나는 가정 내에서 민주주의와 같은 것, 사람들이 품고 있어야 한다고 생각하는 그 빛을 지향하고, 자신에게도 그것이 구현되기를 간절히 바라고 있었다고 할 수 있다. 하지만 그런 당사자에게도 어째서 꼬리뼈가 없을 수 있겠는가. 오히려 나는 안절부절 못하며 앉아 그 불쾌한 존재를 깨닫고 있었고, 그래서 이 기묘한 유산을 어떻게든 하지 않으면 안되겠다고 믿었던 것이다. 만약 우리들에게서 이 꼬리뼈가 없어지지 않았다면 지금 이 현대식 의자에 앉을 수 없게 되어 큰 혼란이 일어날 것임에 틀림이 없다. 이런 나의 생각을 단순한 피해망상이라고 과연 잘라 말할 수 있을까?

멍하게 있으면서도 머리의 한 구석이 이상하게 맑아지는 것이다. 그 사이에 장기를 다 끝내었는지 분회장이 자리를 뜨는 모습이 보였다. 뜻밖에도 그는 내가 있는 곳으로 다가왔다.

"무슨 생각을 하고 있습니까?"

분회장은 이렇게 내게 말을 건네면서 화로 앞에 앉았다. 그때 분회장은 문득 눈꼬리를 옥죄이듯 찡그리다가 곧 원래의 온화한 표정으로 돌아왔다.

"왜 그러세요?"

나는 걱정스럽게 물었다. 분회장은 도리가 없다는 듯 애매하게 미소지었다.

"신경통 때문이지 대수로운 건 아닙니다."

"조심하셔야겠네요."

괜히 미안한 생각이 들어 나는 연로한 분회장을 위로했다.

"왜요. 아직 괜찮습니다. 우리나라에서는 인생은 육십부터라고 하지 않습니까?"

분회장은 화로불에 거칠거칠한 손을 쪼이며 청년처럼 말하고는 다시 목소리를 낮추어 말했다.

"운명이란 건 어쩔 수 없는 거죠. 아버님은 좀 일찍 세상을 떠나신 거죠. 마라톤 할 친구들이 하나 둘 세상을 뜨니 나도 쓸쓸해졌습니다."

나는 망설이면서 물었다.

"아버지가 우리 집안 일에 대해 말씀하신 적이 있었습니까?"

분회장은 나를 찬찬히 바라보고는 태연스럽게 말했다.

"좀처럼 얘기하지 않았었지요—. 잔걱정이 많은 사람이었어요. 자식들 걱정하느라 말이죠. 나는 걱정하지 말라고 얘기했지요. 물은 칼로 베어도 다시 하나로 합쳐지듯이 형제도 마찬가지라고. 걱정을 팔자같이 하곤 했지요. 동식 씨가 아이들을 조금 응석받이로 키우는 것 같다고. 그런 것까지 걱정을 하고 계셨으니 말이지요."

그리움에 잠긴 듯 분회장은 눈꼬리를 가늘게 떴다.

"저한테는 그런 말씀은 한마디도 안하셨습니다."

"음, 왜 그랬을까요? 어쨌든 외로움을 잘 타는 친구였어요. 자식들이 다 크고 나서는 좀처럼 만날 수가 없어서 외롭다고 불평하곤 했지요. 그러면서도 자기 자식들을 자랑하곤 했습니다. 내 자식들은 다른 자식들과 다르다고 말이지요. 그래서 내가 제 자식 자랑하는 팔불출이라고 말했더니 토라져서 두고 있던 장기판을 한 번에 엎어 버린 적도 있었지요."

나는 픽 웃었다. 생전의 아버지의 모습이 눈에 선하여 마음이 착잡해졌다.

"아버지는 그렇게 성질이 급한 분이셨지요. 그럼 분회장님은 아버지에게서 피해도 많이 받으셨겠군요."

웃음이 터져 나올 것 같이 느끼며 나도 모르게 기분 좋은 목소리로 얘기하고 있었다.

"피해라니요. 그런 기억은 없는데……."

분회장은 내 말의 뜻을 잘 모르겠는지 주저하듯이 목소리를 낮추고 희미한 눈으로 제단을 바라보았다.

잠시 후 나는 다시 혼자 남게 되었다. 얼마 동안 동포의 말소리나 나뭇가지 사이로 들려오는 바람 소리를 듣고 있었을까. 점차 의식이 둔해져가고 눈꺼풀이 무겁게 내려왔다. 비몽사몽간에 아직도 분회장과 얘기를 나누고 있는 듯한 느낌이었다. 하지만 그에 비해서는 귀에 익숙한 가슴에 설레이는 목소리였다. 가슴이 괴로워지도록 짜내는 듯한 목소리였다. ……나는 천천히 달렸다. 동식아, 나는 언제나 천천히 달렸다. 네가 이겨주도록 나는 언제나 천천히 달렸다…….

날이 밝았다.

밤새도록 세차게 불던 바람도 잔잔해졌다. 새벽녘에 비가 내렸는지 부어 오른 눈두덩이와 피부에 촉촉하게 닿는 공기가 상큼했다. 하늘은 회색빛으로 희미하고 어둡게 물들어 구름이 조금씩 움직이고 있었다. 도로 근처에 있는 작은 시냇가에는 잡초가 무성하고 그 건너편 저쪽 들에 기름진 흑토가 보였다. 흑토에 선명하게 줄지어 심어 놓은 봄 야채가 보기 좋았다. 넓게 펼쳐져 있는 들판 가장자리로 싸리비를 세운 듯 포플러나무들이 줄지어 늘어서 있고 그 주위에는 붉은 지붕의 축사나 원통형의 목초 저장창고가 군데군데 보였다. 이윽고 희미한 태양이 비쳐 오는지 멀리 지평선상의 산봉우리에는 엷은 살구빛의 구름이 떠 있었다.

나는 심호흡을 하고 달콤한 아침 공기를 마음껏 들이마셨다. 참새 떼가 뒤쪽 나무숲에서 지저귀고 있었다. 뒤돌아보니 큰 당느릅나무에서 요란하게 들려 왔다. 나뭇가지 사이에서 지저귀는 참새에게 천천히 돌을 던지는 시늉을 해 보았다. 참새떼가 정말 자갈 같은 작은 꽃잎을 흩뜨리며 날아올라 내 머리 위에서 꺾어져 저쪽 건물의 지붕으로 사라져 갔다. 가는 방향을 속이려는 듯이 깜찍하게 도망가는 모습을 보고 나는 씁쓸하게 웃었다.

"뭐 하고 있니?"

라고 등뒤에서 소리가 나고 반쯤 열린 현관에서 명식이 나왔다.

"아니, 그냥."

나는 눈꼬리에 아직 웃음을 머금고 대답했다. 명식형의 눈꺼풀도 수면부족으로 충혈되어 있었다. 나에게 말을 걸어 온 명식형은 바람에 쓰러진 현관 옆의 화환을 바로 세우고 그 김에 옆에 굴러 다니던 물통을 구두 끝으로 가볍게 치웠다.

명식형은 손수건을 꺼내어 더러워진 손을 닦으면서 길 옆에 서 있는 내 곁으로 다가왔다.

"이제 영결식이구나."

손수건을 바지 주머니에 넣으며 말했다.

"응."

나는 들을 바라보며 멍하니 대답했다.

"오늘 아침 네 처가 오겠구나."

"네. 지금쯤이면 아마 요이치(余市) 정도 왔을 거예요."

"더 가까이 와 있을거야."

"오타루(小樽) 부근까지 와 있을지도 모르지요."

"제니바코(錢函)까진 왔을 걸."

두 사람은 기차노선을 따라 대강의 지점을 시간으로 추측해 보았다. 하지만 그 시간을 짐작해 가며 두 사람이 교감하고 있었던 것은 한 시간만 지나면 시작될 아버지의 장례식에 관한 것이고 다음에 있을 화장에 관한 것이다. 이제 몇 시간만 지나면 모든 것이 끝나 버리는 것이다. 나는 갑자기 돌아섰다.

"새벽녘에 나에게 담요를 덮어 준 것이 형님인가요?"

"아니, 왜?"

명식은 이상한 듯이 뒤돌았다.

"아니, 그냥……."

왠지 모르게 나는 목소리를 흐렸다. 분회장이 다른 자리로 옮겨 간 후 나는 꾸벅꾸벅 졸고 있었다. 그때 가슴이 눌리듯 괴롭고 두근거리기 시작했다. 조금 지나서 무엇인가 내 어깨를 살포시 감싸 오는 것을 느꼈다. 뭐지? 졸음이 쏟아져 어쩔 줄 몰랐다. 몽롱한 눈을 떠 보니 부드러운 담요가 어깨 위에 덮여져 있었다. 분회장일까. 고맙게 생각하고 둘러보니 분회장은 마침 반대편에 떨어진 자리에서 동포들의 이야기에 귀를 기울이고 있었다.

나는 명식형의 눈길을 피하듯이 일부러 두세 발자국 물러서서 공 던지는 자세를 취하고는 다시 밝은 표정으로 작은형을 향해 돌아섰다.

"나 오늘 아침에 아버지와 이야기를 나누었어요."

명식은 마치 조금 전의 참새 떼들처럼 황당한 얼굴로 나를 쳐다보았다.

"아버지하고 이야기 했다구?"

"예. 정말 잠깐이었지만."

"……어떤 이야기였는데?"

"그래요. 아버지가 말씀하셨어요. 애들은 응석받이로 키우는게 아니라구요. 글쎄 자식을 오냐오냐 하고 길러서는 안되고 때에 따라서는 엄하게 꾸짖지 않으면 큰 사람이 되지 못한다구요. 혼낼 때는 따끔하게 혼을 내라구요."

명식형은 귀신에 홀린 듯이 나를 빤히 바라보고 무심히 발길로 돌을 걷어찼다.

"너 아무래도 너무 지친 모양이다. 장례식이 끝나면 화장하러 가지 말고 집에서 쉬는 게좋겠다."

"아니요. 나도 아버지의 유골을 담으러 가야죠."

나는 눈을 크게 뜨며 대들다 곧 이상한 생각이 들었다. 작은형이 나를 오해하고 있는 것 같았다. 나는 웃음을 꾹 참고 작은형에게 가까이 가서 발밑의 돌을 시냇가로 힘껏 걷어찼다.

나는 이제 더 이상 꿈 얘기를 이 성실하고 정직한 작은형에게 하지 않기로 했다. 꿈속에 나타난 아버지는 분회장의 목소리로 계속 자신의 고충을 털어놓으려 하고 있었다. 아버지는 그 옛날 '단거리 경주'에서 언제나 나에게 승리를 양보해 주었다. 조금이라도 빨리 내가 부엌칼을 감추도록 마라톤 선수와 같이 천천히 달렸었다고 변명하셨다. 그리고 그것은 다만 우리를 단련시키시려는 것뿐이었고 자기 자식을 죽일 부모가 어디 있겠느냐고 분한 듯이 호소하고 있었다.

내가 이런 꿈 이야기를 명식형에게 한다면 형은 틀림없이 동생이 미쳐 버린 줄 알고 당황해 할 것이다. 게다가 나 자신도 그런 망상과도 같은 꿈을 현실로 되돌려서 이야기하는 것이 갑자기 허무하게 느껴지기 시작했다. 이제 됐지 않나 하는 생각이 드는 것이다.

장례식은 아홉시에 시작하기로 되어 있었다. 오늘 아침에는 문상객들이 더 늘어나 그렇게 넓은 식장이 발들여 놓을 틈도 없었다. 아직까지 이 지방에서는 치뤄 보지 못한 공동 장례식이라는 것 때문에 동포의 장례식에 얼굴을 내민 적이 없었던 사람들까지 모두 나왔던 것이다. 이름도 없는 한 조선인 장례식에 여기저기서 일부러 와 준 조선인들을 바라보며, 사정 모르는 마을 주민들은 소곤소곤 식장 안에서 소문 이야기를 나누고 있었다. 조선 사람들은 의리가 아주 강한가 보다. 혹시 세상을 떠난 ○○ 씨는 거물이었나 봐. 하지만 그렇게는 보이지 않았는데. 그래도 사람은 정말 좋았지. 그래서 우리들도 이렇게 왔잖아.

영결식은 제 시간에 시작되지 않았다. 마을 사람들은 아무 영문도 모르고 있었다. 부위원장과 사무국장이 어느쪽에서 추도사를 먼저할 것이냐를 둘러싸고 다시 의견이 대립되고 있었던 것이다.

우리 유족들은 제단 맨 앞줄에 자리잡고 있어서 바로 앞에서 벌어지고 있는 실갱이를 불안하게 바라보고 있었다. 이윽고 화가 치밀어 부위원장은 접수에 있는 분회장을 불러 들였다. 그에 질세라 사무국장도 태식을 끌어 들였다.

태식형은 파랗게 질린 얼굴로 앞으로 나아갔다. 나는 오늘 아침이 되어서도 아직 형과 말도 건네지 않았다. 새벽녘에 내게 담요를 덮어준 것은 큰형이 아닐까 하고 생각하고 있었다. 하지만 물어보면 자신이 아니라고 시치미를 뗄 것이다. 그래도 좋다. 만약 그가 아니라도 상관없다. 그런 건 문제가 안된다. 앞으로는 내 본연의 모습으로 저 분회장과 같이 엄하고 부드러운 태도로 형을 대하자고 혼자서 결심하고 있었다. 나로서는 그 길이 형을 이해하는 길임에 틀림없었다. 어머니가 "아이고, 아이고"라고 곡을 하기 시작했고 여동생이 옆에서 등을 어루만지고 있었다.

나는 손목시계를 보았다. 이제 아내가 도착할 시간이었다. 도쿄를 출발할 때 우리는 아내가 이쪽에 도착하는 시간을 서로 이야기해 두었다. 풍랑이 세어져서 배가 결항을 하지 않는 한, 아내와 아이들은 꼭 올 것이다. 밤새도록 불었던 바람이 신경이 쓰였지만 올 것이 틀림없다. 나는 아들을 기다리고 있었다. 아들에게 아버지의 시신을 만져 보게 해야겠다고 생각했다. 내가 아버지의 복사뼈를 꼭 쥐었던 것처럼 할아버지의 얼굴에 작은 손을 대 보게 하고 할아버지와 작별인사를 나누게 하고 싶었다. 만약 아이가 할아버지의 변색한 얼굴을 보고 겁에 질려 하거나 도망치면 어떻게 할까. 그때는 옛날의 그 스피드로 따라가서 못된 응석받이인 아이를 호되게 때려 주면 될 것이다.

역자의 말

이 책에 실린 3편의 소설들은 이회성의 초기 작품들이다. 그는 1935년 사할린에서 태어나, 12살 되던 해인 1947년 일본인들 틈에 끼어 일본으로 이송되어 오무라 수용소에 수감되었다가 삿포로시에 정착하였다. 전쟁이 끝났어도 강제 모집이나 징용으로 고향을 떠나야 했던 그들에게 조국으로의 귀환이라는 요구가 받아들여지지 않았던 것이다. 그가 일찍부터 경험하였던 조부모와의 이별, 아홉 살 때 어머니와의 사별, 그리고 자기가 태어난 고향을 방문할 자유를 박탈당할 수밖에 없었던 상황의 부자유스러움 등은 그가 겪어야 했던 외부로부터의 한국인에 대한 차별과 무관심에서였다는 자의식을 갖게 하였다. 그러나 그는 끝내 포기할 수 없었고 미련을 가지고 마침내 1983년 마치 자신이 5살 때 어머니를 따라 경상도 시골을 한달 간 방문했던 것처럼 7살짜리 막내아들과 부인을 동반하고 고향 사할린을 찾기도 했다.

와세다대학 제1문학부 러시아문학과를 졸업하고 공무원, 신문사 근무 등을 거쳐 그가 일본어로 창작활동을 시작한 것은 1967년 이었다. '다시 두번째 길'은 사할린에서의 체험과 전후의 조선인 일가의 비애를 묘사한 것이었다. 그리고 '다듬이질 하는 여인'은 이역 땅에서 살다가 죽은 어머니상을 예리하게 묘사한 것이었고 그것으로 작가는 외국인으로는 처음으로 아쿠다가와 문학상을 수상하게 되었다. 이번에 번역한 소설집은 고단샤에서 문예문고로 출판되었던 것이다.

이와 같은 작가의 생활과정을 통하여 '재일한국인의 자기 해방'은 필연적인 주제가 되었다.

「우리 청춘의 길목에서」의 주인공 남수는 작가 자신이 20세 되던 해 도쿄로 와서 요요기 대입학원에 다니던 것과 같이, 아버지와의 불화를 핑계로 형들이 있는 도쿄로 가출한다. 좁은 다다미방에서 다섯 명의 조선인 청년들과 한 명의 일본인이 동거하는 모습이 펼쳐진다. 그들의 생활은 어둡고 고뇌에 차 있으나 철저하게 한국적이고 거기에는 유머가 있었다. 남수는 막노동판에서 만난 다른 조선인 하루지와 그의 가족을 통해 자기 자신을 정립시키고자 한다. 가출을 한 자기 자신과 조국을 등지고 떠나 버린 재일교포의 모습이 묘사되고 있다. 그리고 새벽에 조개장수가 지나가면서 외치는 "모시조개 사세요!"라는 소리와 일본어 발음의 擬音語인 "차라리 깨끗이 죽어 버려라!"라고 하는 언어 연상들은 오늘의 일본 문학에서 '재일' 문학이 중요한 평가를 받게 하는 대목이기도 하다. 청춘의 도상에 있는 자들에게는 아직도 해야 할 과제들과 장애요인이 많은 것이다.

「청구의 하숙집」은 청춘 문학의 흐름을 나타내고 있다. 그것은 성실한 지식인 申東仁의 고민하는 모습을 통하여 재일동포 2세들의 아이덴티티의 문제도 비추어 진다. 신동인은 전에 살던 하숙집 여주인에게는 申村(사루무라)라는 일본 이름으로 불렸으나 일본 이름을 버리고 조선 이름인 신동인을 택함으로써 새로 이사온 하숙집에서의 생활이 시작된다.

작가 자신도 학생시절에는 리·가이세이라고 일본식으로 불리었고 그가 이회성이란 본명을 선택한 것은 선택과 결단이었던 것이다. 『청구』(靑丘)란 잡지의 이름은 옛날부터 한국 또는 한국인을 가리키는 것이었다. 주인공 동인은 자주 환각에 사로잡힌다. 꿈에 나타나는 얼굴이 보이지 않는 미녀, 그것은 여기서는 조선과의 근친상간적 욕망으로 해석된다. 친구 장창섭은 전형적인 한국인으로 조국에 대한 분명한 존재감이 있다. 가정교사로서 자격이 없다고 자책하면서 재일동포 자녀와의 하숙생활을 통해서 도전당하고 있는 자신의 아이덴티티를 의식하고, 하숙집 여주인의 한국 사람과는 어울릴 수 없어요라는 고백에서 다시 개인의 심층의 고뇌가 민족의 문제로 부각된다.

「죽은 자가 남긴 것」은 1970년에 쓴 것으로 아버지의 죽음을 통하여 민단계와 조총련계로 나뉘어 소속되어 있었던 형제들이 공동장례식이라는 낯선 제안을 받고 화해의 기회를 맞이하게 된다. 그리고 난폭하고 엄격한 아버지를 재일동포 1세들의 모습으로 그리고, 보수성과 난폭함에도 불구하고 조국에 돌아올 의지와 민족은 하나라는 신념을 굽히지 않는 사람으로 그리고 있다. 아버지는 일제 강점기를 경험한 조선인으로 가난했고 고생을 하면서 통일의 날을 맞이하지도 못하고 보람없게 죽었다. 그리고 유산도 남기지 못했다. 그러나 형제들에게 화해의 기회를 주었다고 명식은 회상한다.

김숙자

역자: 김숙자
평양 출생
서울대학교 언어학과 졸업
도쿄대학원, 건국대학원, 서울대학교 대학원 졸업.
문학박사
현재: 상명대학교 일어교육과 교수
논문:「일본어와 한국어의 성조 비교 연구」
그 외 대조연구논문 다수.

저자: 이회성(李恢成 1935~)
사할린 출생
1947년 가족과 함께 삿포로에 이주 정착
와세다대학 노문과 졸업
신문기자, 카피라이터 등 역임
17세 때 습작「上京」을 교내지『柔畑』에 발표함으로써 등단
『群像』,『文學界』,『新潮』,『文藝』,『文藝春秋』 등에 발표
현재 도쿄에서 작품활동중
작품:『다시 두번째 길』(群償신인문학상 수상),
『다듬이질하는 여자』(아쿠다가와상 수상),
『다 꾸지 못한 꿈』,
『유역으로』,『사할린으로의 여행』,
『백년의 여행자들』,
『이회성 전집』.

한림신서 일본학총서 발간에 즈음하여

금년은 제2차 세계대전이 끝나고 우리나라가 일본 식민지에서 해방된 지 50년을 맞이하는 해이며, 한·일간에 국교정상화가 이루어진 지 30년을 헤아리는 해이다. 한·일 양국은 이러한 역사를 되돌아보면서 앞으로 크게 변모할 세계사 속에서 동북아시아의 평화와 번영을 추구해야 하리라고 생각한다.

한림대학교 한림과학원 일본학연구소는 이러한 역사의 앞날을 전망하면서 작년 3월에 출범하였다. 무엇보다도 일본을 바르게 알고 한국과 일본을 비교하면서 학문적, 문화적인 교류를 모색할 생각이다.

본 연구소는 일본학에 관한 자료를 수집하고 제반 과제를 한·일간에 공동으로 조사 연구하며 그 결과가 실제로 한·일관계발전에 이바지될 수 있도록 노력하고자 한다. 그러한 사업의 일환으로 여기에 일본에 관한 기본적인 도서를 엄선하여 번역출판하기로 하고, 널리 보급하려는 뜻에서 신서판 일본학총서로 발간하기에 이르렀다. 아직 우리나라에 있어서 일본에 관한 양서가 충분히 소개되지 못했다고 느껴지기 때문이다.

본 연구소는 조사와 연구, 기타 사업에 있어서 한국 전체를 위해야 한다고 생각하며 한·일 양국만이 아니라 다른 여러 나라의 연구자나 연구기관과 유대를 가지고 세계적인 시야에서 일을 추진해 나갈 것이다. 그러므로 누구나 열린 마음으로 본 연구소가 뜻하는 일에 참여해 주기를 바란다.

한림신서 일본학총서가 우리나라 문화에 기여하고 21세기를 향하여 동북아시아에 상호이해를 더하며 평화와 번영을 증진시키는 데 보탬이 되기를 바란다. 많은 분들의 성원을 기대해 마지 않는다.

1995년 5월
한림대학교 한림과학원
일본학연구소